EXPERIMENTO DE Amor EN NUEVA YORK

Título original: *The American Roomate Experiment*
Dirección editorial: Marcela Aguilar
Edición: Florencia Cardoso
Coordinación de arte: Valeria Brudny
Coordinación gráfica: Leticia Lepera
Diseño de interior: Cecilia Aranda sobre maqueta de Olifant

© 2022, Elena Armas
© 2022, VR Editoras, S. A. de C. V.
www.vreditoras.com

Publicado por Simon&Schuster. Derechos de traducción gestionados
por Sandra Dijkstra Literary Agency y Sandra Bruna Agencia Literaria, SL

-MÉXICO-
Dakota 274, colonia Nápoles,
C. P. 03810, alcaldía Benito Juárez, Ciudad de México.
Tel.: 55 5220–6620 • 800–543–4995
e-mail: editoras@vreditoras.com.mx

-ARGENTINA-
Florida 833, piso 2, oficina 203
(C1005AAQ), Buenos Aires.
Tel.: (54-11) 5352-9444
e-mail: editorial@vreditoras.com

Primera edición: enero de 2023

ISBN: 978-987-747-951-5

Impreso en México en Litográfica Ingramex, S. A. de C. V.
Centeno No. 195, colonia Valle del Sur, C. P. 09819,
alcaldía Iztapalapa, Ciudad de México.

EXPERIMENTO DE Amor EN NUEVA YORK

ELENA ARMAS

Traducción: Marcela A. Armengol

Para aquellos que esperan el amor,
sean pacientes.
El amor es toda una reina del melodrama,
solo espera para hacer su entrada.

Capítulo 1

Rosie

Alguien estaba tratando de entrar en mi apartamento.

Bueno. En teoría, no era *mi* apartamento, sino más bien el lugar donde me estaba quedando en aquel momento. Eso no cambiaba los hechos. Porque si algo había aprendido de vivir en un par de vecindarios de Nueva York de dudosa reputación era que, si alguien llamaba a tu puerta, era porque pedía que lo dejaras entrar.

Evidencia número uno: el tamborileo insistente en la puerta de entrada que, por suerte, estaba cerrada con llave.

El sonido se detuvo y me dejó liberar todo el aire que había estado conteniendo.

Esperé, con la mirada fija en la cerradura.

De acuerdo. Quizá estaba equivocada. Quizá era un vecino que confundió este apartamento con el suyo. O tal vez quien sea que estuviera allí afuera había golpeado la puerta por casualidad y…

Un ruido, como si alguien estuviera empujando la puerta con el hombro, me asustó y me hizo retroceder de un salto.

Nop. No era alguien llamando a la puerta y era probable que tampoco fuera un vecino.

Mi próxima respiración fue tan liviana que el oxígeno apenas llegó a su destino. Pero ¡qué diablos! No podía echarles la culpa a los pulmones. En realidad, después del día que había tenido, tampoco podía culpar a mi cerebro de no ser capaz de cumplir con funciones básicas como respirar.

Hacía solo un par de horas que el que había sido mi apartamento durante los últimos cinco años, tan acogedor y divinamente bien cuidado, se me había caído encima. Literal. Y no estamos hablando de una grieta en el cielorraso y algo de polvo suelto.

Una parte del techo se desprendió y se desmoronó. *¡Se desmoronó!* Ahí, justo delante de mis ojos. Casi encima de mí. Se hizo un agujero lo bastante grande como para regalarme una vista despejada de las partes íntimas del señor Brown, el vecino del piso de arriba, que me miraba desde las alturas. Y me hizo descubrir algo que nunca quise ni necesité saber: aquel hombre de mediana edad no usaba nada debajo de la bata. Nada de nada.

Ese descubrimiento había sido tan traumatizante como el trozo de cemento que casi se me cayó encima de camino al sofá.

Y ahora esto. Me forzaban la entrada. Después de recomponerme lo suficiente como para juntar mis cosas —bajo la mirada inquisitiva y atenta del señor Brown y debajo de sus partes íntimas que pendían incluso con total… libertad— y de llegar al único lugar en el que podía pensar, alguien estaba tratando de entrar por la fuerza.

Me pareció escuchar unas palabrotas en un idioma extraño mientras continuaba el ruido contra la cerradura.

Ay, mierda.

Allí afuera, en la ciudad de Nueva York, había más de ocho millones de habitantes y tenía que ser justo yo la potencial víctima del robo, ¿verdad?

En puntas de pie, me di la vuelta y me alejé de la puerta del apartamento estudio adonde había huido en busca de albergue, y dejé que mi vista recorriera rápidamente el lugar conocido para analizar mis opciones.

Por la distribución abierta del apartamento, no había ningún escondite respetable. El baño era la única habitación con puerta, pero ni siquiera tenía cerradura. Tampoco veía objetos que pudiera usar como armas, excepto el candelabro torcido de cerámica, que había surgido un domingo de pereza y bricolaje, y la lámpara de pie endeble de estilo bohemio, de la cual no estaba segura. Escapar por la ventana no era una opción, si tenía en cuenta que el apartamento estaba en un segundo piso y no había salida de incendios.

Las palabrotas frustradas se volvieron más claras. La voz era profunda, musical, y una respiración muy ruidosa encubrió unas palabras que no logré entender.

Se me aceleró el corazón y me llevé las manos a las sienes en un intento de contener el pánico creciente.

Podría ser peor, me dije. *Quienes sean que estén allí afuera, está claro que no son buenos en esto. En forzar entradas. Y no saben que estoy adentro. Todo lo que saben es que el apartamento está vacío. Eso me da…*

Sonó una notificación de mi celular, un sonido alto y agudo que rompió el silencio.

Y me puso al descubierto.

Mierda.

Con una mueca de dolor, me abalancé sobre el dispositivo, que estaba en la isla de la cocina. No podrían ser más de tres o cuatro pasos hasta allí. Pero mi cerebro, que todavía parecía estar luchando por realizar las funciones básicas, digamos, me hizo dar tres o cuatro pasos adelante, calculó mal la distancia y me hizo chocar la cadera contra un taburete.

—No, no, no. —Escuché que las palabras se me escaparon de la boca en un gemido, mientras que con una mano intentaba alcanzar el taburete. Sin éxito. Porque…

Se estrelló contra el piso.

Sentí que apretaba los párpados. Como si mi cerebro estuviera tratando de protegerme de ver el lio que había hecho.

Después de la Gran Explosión, el silencio llenó la sala con algo que, sabía, era una falsa sensación de calma.

Abrí un ojo y eché un vistazo en dirección a la puerta.

Tal vez aquello era bueno. Quizá eso… ¿lo había ahuyentado? ¿Los había ahuyentado? Lejos…

—¿Hola? —Una voz ronca llamaba desde el otro lado de la puerta—. ¿Hay alguien en casa?

Caramba.

Me enderecé y me di la vuelta muy despacio. Todavía podía pasar que…

Por segunda vez, resonó en todo el apartamento la melodía que había configurado para la aplicación motivacional que me había descargado temprano ese día.

Jesús. Alguien allí afuera quería arruinarme el día. Llámalo karma, predestinación, destino, diosa Fortuna o alguna otra entidad poderosa a la que, era obvio, le había tocado los huevos. Hasta podría ser Murphy y su ley estúpida.

Finalmente, tomé el celular para silenciar la estúpida cosa.

Sin querer, mis ojos se fijaron en la supuesta frase motivacional que aparecía en la pantalla: SI LA OPORTUNIDAD NO LLAMA A TU PUERTA, CONSTRUYE LA PUERTA.

–¿En serio? –susurré.

–Puedo oírte, ¿sabías? –comentó el intruso–. El móvil, después el golpe y otra vez el móvil. –Hizo una pausa y agregó–: ¿Estás... bien?

Fruncí el ceño. Muy considerado para ser un posible ladrón.

–Sé que hay alguien ahí dentro. Puedo escuchar tu respiración –insistió.

Me vino una oleada de indignación. Yo *no* era una persona con respiración pesada.

–Bien, escucha, yo solo quería... –dijo el intruso, con una risita. *Una risita.* ¡Se estaba riendo! ¿A mi costa?

–No, tú escucha –solté al fin, con voz quebrada–. Lo que sea que estés haciendo, no me interesa. Voy a, voy a... –Había estado parada allí como una boba, sin hacer nada. Y eso no iba a continuar–. Voy a llamar a la policía.

–*¿A la policía?*

–Exacto. –Desbloqueé mi móvil con los dedos temblorosos. Ya había tenido suficiente de esta... esta... situación. Qué diablos, *todo este día* ya había sido suficiente–. Te doy unos minutos para que te vayas antes de que los oficiales lleguen aquí. Hay una central de policía a la vuelta de la esquina. –No había ninguna y esperaba que él no lo supiera–. Así que, si yo fuera tú, empezaría a correr.

Di un paso mínimo y cuidadoso en dirección a la puerta, luego me detuve para escuchar su reacción. Con suerte, sería el sonido de su huida.

Pero no escuché nada.

—¿Me escuchaste? —le grité. Enseguida endurecí la voz antes de hablar de nuevo—: Tengo amigos en la Policía del Distrito de Nueva York. —No los tenía. Lo más cerca a eso era el tío Al, que era guardia de seguridad en una compañía en la 5ta. Avenida. Pero eso no pareció impresionar al intruso, porque no pronunció palabra después de mi declaración—. Está bien, te lo advertí. Estoy marcando el número, así que depende de ti… maldito… intruso tintineante.

—¿Qué?

Puse la llamada en altavoz, ignorando mi elección de palabras poco amenazantes y desafortunadas y, segundos después, la voz del operador de emergencias se amplificó en el apartamento:

—Nueve, uno, uno. ¿Cuál es su emergencia?

—Hola —dije, y me aclaré la garganta—. Hola. Hay… hay alguien que está tratando de forzar la entrada del apartamento donde estoy.

—Un momento, ¿en serio estás llamando? —El intruso resolló y, enseguida, agregó—: Ah, bueno, ya veo. —A continuación, otra risita. *¡Otra risita!* ¿Le parecía que todo esto era divertido?—. Es una broma.

Se me hinchó el pecho de indignación: *¿una broma?*

—¿Hola? —La voz venía del altavoz de mi celular—. ¿Señorita? Si no es una emergencia, entonces…

—¡Ah!, pero sí lo es —respondí de inmediato—. Como le decía, llamo para denunciar que me han forzado la entrada.

El intruso habló antes de que pudiera hacerlo el operador:

—Estoy parado afuera, en el pasillo. ¿Cómo que *he forzado la entrada*? Ni siquiera logré entrar.

Ahora que lo escuchaba hablar más, podía oír su acento con más nitidez. La forma en que pronunciaba ciertas palabras me era familiar y me activó una alarma en algún lugar de la cabeza. Pero no tenía ni ganas ni energía para desperdiciar en alarmas.

—Intento de robo —corregí.

—Bien, señorita —respondió el operador—. Voy a necesitar su nombre y la dirección de su apartamento.

—¡Ya sé! —exclamó el intruso con voz tan fuerte que retrocedí un paso—. Esta es una de esas bromas pesadas. Lo he visto en ese programa de televisión cuando estuve en casa. ¿Cómo se llamaba el tipo? El presentador. Ese que tiene buen pelo. —Hizo una pausa—. No importa. —Hizo otra pausa—. ¡Me hiciste caer! La verdad, estuvo buena. Mira cómo me río —agregó antes de lanzar una carcajada estridente que casi hizo que se me cayera el celular de la mano—. Ahora, ¿podrías, por favor, abrirme la puerta y terminar con esto? Es pasada la medianoche y estoy exhausto. —Ya se le había ido el buen humor de la voz—. Dile a ella que es graciosísima. Recordaremos esto como una de las mejores bromas de la historia.

¿Decirle a ella? ¿Decirle a quién?

Fruncí el ceño. Bajé la voz y le hablé al celular:

—¿Escuchó eso? Me parece que está perturbado.

—¿Perturbado? —se burló el intruso—. No estoy loco, solo... cansado.

Algo se cayó al suelo y dio un golpe seco al otro lado de la puerta. Recé porque no fuera él. No estaba de humor como para encima tener que lidiar con un hombre inconsciente.

—Ya escuché —dijo el operador—. Y señorita, yo...

—¿Me equivoqué de puerta o algo así? —interrumpió el intruso.

¿Equivocarse de... puerta?

Eso me llamó la atención.

—Señorita —masculló el operador—, su nombre y la dirección de su casa, por favor.

—Rosie —respondí rápido—, soy Rosalyn Graham y... y, bueno,

en rigor, esta no es mi casa. Estoy en el apartamento de mi mejor amiga. Ella está de viaje por ahora y yo… necesitaba un lugar donde quedarme. Obvio que no forcé la entrada. Tenía llave.

—Yo también tengo llave —ofreció el intruso.

El dato me punzó la cabeza.

—Imposible. —Miré con enojo hacia la puerta—. Tengo la única llave de repuesto que existe.

—Señorita Graham —el operador tenía la voz distorsionada del fastidio—, quiero que pare de interactuar con el individuo que está detrás de la puerta y nos diga su ubicación. Le enviaremos una unidad para que verifique todo.

Abrí la boca, pero antes de que me salieran las palabras, el intruso habló de nuevo:

—De verdad, ella se superó.

Ella. De nuevo ese ella.

No dijimos nada durante unos segundos. Entonces, el silencio se quebró con un golpe fuerte. Un golpe que era como si se hubiera desplomado contra su lado de la puerta.

—¿Ella? —pregunté, por fin, mientras ignoraba el "¿señorita Graham?" del operador que venía de mi celular.

—Sí —respondió el intruso, sin vueltas—, mi prima menor, muy creativa y la más divertida.

Contuve la respiración en algún lado, entre el tórax y la boca.

La prima menor.

Ella.

El intruso con acento marcado que me era demasiado familiar.

La única explicación posible tomó forma en mi cabeza.

¿Me había…?

No, no podía ser tan idiota.

–¿Señorita Graham? –Volvió a sonar la línea–. Si esta no es una emergencia…

–Lo siento… –Cerré los ojos–. Los volveré a llamar si los necesito. Gracias.

La prima menor.

Ay, Dios mío. Ay, no. Si este era uno de los primos de Lina, la había cagado. A lo grande.

Di por terminada la llamada, guardé el celular en el bolsillo trasero de mi pantalón vaquero, y me obligué a inhalar profundamente, con la ilusión de que se me oxigenaran mis células cerebrales sin duda defectuosas.

–¿Quién es tu prima, en concreto? –pregunté, aunque estaba bastante segura de la respuesta.

–Catalina.

Era oficial. La había cagado. *Síp*. Y sin embargo, porque estábamos en Nueva York, y había tenido que lidiar con una gran cantidad de gente extraña y de situaciones extrañas, agregué:

–Voy a necesitar más información que eso. Podrías haberte fijado el nombre en el buzón.

Un suspiro largo y profundo se escapó del otro lado del umbral de madera que nos separaba, lo que me hizo sentir el ácido del estómago revuelto.

–Lo siento –solté, incapaz de impedir que se me escaparan esas dos palabras, porque lo *lamentaba*–, solo me aseguro de que...

–De que no sea una persona perturbada –respondió el intruso, antes de que yo pudiera continuar con el resto de mis disculpas–. Catalina Martín, nacida el veintidós de noviembre. Cabello y ojos marrones, risa chillona. –Cerré de nuevo los ojos, el revoltijo del estómago se me estaba subiendo a la garganta–. Es menudita, pero

15

si te pega una patada en las bolas, te va a dejar sin aire; lo digo por experiencia personal. —Hizo una pausa corta–. ¿Qué más? A ver… Ah, detesta las serpientes y todo lo que se le parezca de lejos. Aunque sean unas medias cosidas unas con otras y rellenas con papel higiénico. Inteligente, ¿eh? Bueno, eso fue lo que nos llevó a las patadas en las bolas. Así que, en realidad, la broma terminó siendo para mí.

Síp.

La cagué. En grande.

Bien y ¡a lo grande!

Y me sentía mal. Horrible.

Tanto que ni siquiera me atreví a detenerlo cuando prosiguió:

—Ella estará de viaje las próximas semanas. Disfruta su luna de miel en… Perú, ¿verdad? —Esperó a que yo le confirmara, pero no hubo confirmación. Estaba muda. Mortificada–. Aaron es el afortunado. Un tipo alto, de apariencia intimidante, por las fotos que he visto.

Aguarden. Eso quería decir…

—No lo he conocido personalmente. Aún no.

¿No ha conocido a Aaron en persona *aún*?

Yo… *No.* No, no, no. Eso no podía estar pasando.

Pero después dijo:

—No tuve el gusto de asistir a la boda.

Y confirmé que eso, en efecto, podía estar pasando. Y fue así como ninguna de mis anteriores conmociones o bochornos se comparaban con lo que estaba empezando a sentir en aquel preciso momento.

Porque ese hombre no era un intruso cualquiera o un individuo perturbado que se había topado con el apartamento de mi mejor amiga.

Este hombre, por el que yo había llamado a la policía, era un familiar de Lina.

Y ahí no acababa la cosa. *No.* Tenía que ser el único primo que no había conocido a Aaron.

La única persona de toda esa larga lista de parientes españoles de Lina que se había perdido la boda. Tenía que ser *él.*

—Escuché que fue una fiesta fabulosa —dijo, y se sintió como un golpe real en el pecho—. Qué pena que me la perdí.

Sin saber bien cómo, noté que estaba apretando el picaporte de la puerta. Como si sus palabras y el darme cuenta de que era *él* de algún modo me hubieran llevado hasta la entrada y hubieran obligado a mis dedos a sostener el pomo bien fuerte.

No puede ser él, me gritaba una voz en la cabeza. *No puedo tener tanta mala suerte.*

Pero la tenía. Sabía que así era. Y la predestinación, el destino, la suerte o cualquiera sea la fuerza a cargo de decidir mi suerte había hecho las maletas y me había dejado para que me las arreglara sola.

Porque este hombre era el único primo al que yo, en secreto, me había querido encontrar en la boda. El único que me había hecho palpitar el corazón ante la mera idea de conocerlo. De que me diera esos dos besos obligatorios en las mejillas. De intercambiar cumplidos. De que quizá bailáramos juntos. De que me viera como la dama de honor de la novia. De, al fin, tenerlo delante de mí.

De las posibilidades.

Moví los dedos y la puerta se destrabó con un clic.

Se me aceleró el corazón al saber que *de verdad* era él, y apreté la manija. La ansiedad, la impaciencia y la esperanza me cerraron la garganta. Todas las tonterías, esas que mi cabeza había inventado en los meses previos a la boda, se me enredaron con las nuevas emociones del caos que había desatado. Expectación mezclada con culpa. La vergüenza, en espiral con la agitación.

Con una opresión en el pecho, abrí la puerta y…

Algo cayó a mis pies.

Miré hacia abajo y me encontré enseguida con el origen del golpe.

Él estaba acostado en el suelo, boca arriba. Como si hubiera acomodado todo su peso contra la puerta y se hubiera caído hacia atrás cuando la abrí.

Mientras parecía que el aire apenas me entraba a los pulmones, me topé con la abatida cabellera de rizos castaños. No coincidía con la imagen que guardaba, nítida, en mi memoria. En mi memoria o en la captura de pantalla que me había guardado en secreto en el móvil. Solo lo había visto con el pelo rapado.

—De verdad, eres tú —dije en un murmullo, mientras lo observaba—. De verdad estás aquí. Tienes el cabello diferente, más largo y…

Me mordí la lengua al sentir que me ponía roja.

Puso una cara de desconcierto en su atractivo rostro, que había visto en la pantalla del celular más veces de lo que estaba dispuesta a admitir. Pero, de inmediato, le brilló el par de ojos vivaces color chocolate junto con su sonrisa.

—¿Nos… conocemos?

—No —respondí enseguida—. Obvio. Lo que quiero decir es que te ves diferente de cómo pensaba. Ya sabes, por tu voz. Nada más. —Negué con la cabeza—. Y lo… *Ay, Dios.* Perdón. Por todo esto. Yo solo…

¿Solo qué, Rosie?

El rubor se me extendió hasta las puntas de las orejas. Y pensé que, si el suelo se me abriera bajo los pies (cosa que me parecía bastante probable) y quisiera tragarme, en ese mismo instante, me iría por mi propia voluntad.

—¡Lo siento mucho, perdón! —Exhalé—. ¿Te puedo ayudar a levantarte? Por favor.

Pero *él* (este hombre que ni siquiera sabía de mi existencia pero del que yo podía recitar todos sus rasgos de memoria y con los ojos cerrados) no me dio ningún indicio de estar apurado por ponerse de pie. En cambio, se tomó su tiempo para examinarme la cara, como si yo fuera la que, de la nada, hubiera pasado por allí y caído a sus pies.

Y justo cuando pensé que me había recompuesto lo suficiente como para decir algo (con suerte, algo inteligente), su sonrisa se ensanchó. Su mirada de desconcierto se disolvió por completo y dio lugar a una sonrisa. Y lo que sea que yo estuviera a punto de decir, se desintegró.

Porque me estaba sonriendo. Y era una gran y luminosa sonrisa, muy franca y tan bella en su descaro que no sabrías qué hacer ante ella.

Mucho más que la sonrisa de aquella *única* captura de pantalla que me había permitido guardar para mí y que, de vez en cuando, miraba.

–Entonces –dijo, con la sonrisa al revés y luminosa–, si no nos conocemos: Hola. Soy Lucas Martín. El primo de Lina.

Sí.

Lo sabía. Sabía con exactitud quién era. Él no se podría ni imaginar hasta qué punto lo sabía.

Capítulo 2

Rosie

Lucas me miraba desde su posición en el suelo, era muy probable que se preguntara qué diablos me pasaba.

—Yo… —*Uf*, esta *no* era la manera en que me había imaginado que conocería a Lucas. Esta ni siquiera era la misma galaxia en la que había construido el momento en mi cabeza. Y había tenido tiempo, más de un año, para inventarme decenas de escenarios diferentes.

—Hola, Lucas —saludé—. Es… es un placer por fin conocerte.

¿Por fin?

Síp. Dije *por fin*.

Lucas arqueó las cejas y sentí que las puntas de las orejas se me acaloraban más. Seguro que también me había sonrojado.

—¡Queda claro que no eres un ladrón! —solté, en un impulso, para cambiar de tema y de aquel estúpido estúpido *por fin*—. Y también lo siento mucho por asumir que lo eras. Estoy segura de que no te

imaginaste una llegada así a Nueva York. O al apartamento de Lina...
En fin, ¿te puedo ayudar a levantarte?

Pero Lucas permaneció boca arriba con esa sonrisa que había desplegado hacía unos minutos. Como si todo estuviera bien. *Normal*. Pero no lo estaba. De verdad, no lo estaba. Porque se encontraba allí, en el umbral de mi puerta, mejor dicho, en el de Lina. Y yo estaba causando la peor de las primeras impresiones.

—Sí, exacto, no me esperaba esto —afirmó mientras estiraba un brazo y mantenía la mano sobre sí, suspendida, justo a la altura de mi estómago—. Pero, de todas maneras, encantadísimo de conocerte, Rosalyn Graham.

Observé esa mano, absorta en aquellos dedos largos. Luego, mi mirada saltó a la piel bronceada de su muñeca, en la que lucía una pulsera acordonada de cuero gastado.

Una pequeña parte de mí se preguntó qué se sentiría al tocar esa piel, pero los dos brazos se me quedaron pegados al cuerpo.

—¿Cómo… sabes mi nombre? —pregunté.

Porque Lucas había dicho mi nombre completo.

La mano permaneció suspendida en el aire, esperando. Igual que su sonrisa.

—Lo escuché antes —respondió, distraído—. Cuando hablabas con el operador de emergencias, ¿recuerdas? Justo después de que me llamaras "perturbado".

—Ay, Dios, me parece que lo dije, ¿no? —me lamenté y solté un resoplido—. Perdón también por decir eso. —Parpadeé un poco más. La manga de la sudadera se le había deslizado un poco. Mi mirada se detuvo en la piel del antebrazo que quedó descubierta. Y como yo seguía sin tomarle la mano, la dejó caer a su lado—. Juro que no tenía ni idea de que llegabas hoy a la noche. Lina nunca me dijo nada. Si no, jamás hubiera llamado a la poli. Qué diablos, ni siquiera hubiera estado aquí de haber sabido que venías.

Lucas inclinó la cabeza hacia un lado, con aparente curiosidad. De seguro quería preguntar por qué: *¿por qué demonios estas aquí, entonces?*

–Pero puedes llamarme Rosie –agregué–. Todos me dicen así. Tú también puedes. Si quieres, por supuesto. Pero Rosalyn también está bien.

Una suave risita se escapó de entre su sonrisa permanente, junto con un simple "Rosie".

Como si estuviera probando el sabor de mi nombre en su boca.

Y, ¡Dios!, la forma en que lo pronunció, con aquel acento español fuerte y resonante, que hizo vibrar su *erre* como si usara todo el cuerpo para alcanzar el sonido, y no solo la lengua y las cuerdas vocales. Era tan… diferente de las otras veces que habían pronunciado mi nombre. Interesante. Seductora.

–Rosie –repitió unos segundos después, y agregó algo en su idioma materno, el español, aunque no estuve segura de lo que significaba–: *Qué dulce.* Me encanta. Va contigo.

–Gracias –balbuceé. Todo mi cuerpo entraba cada vez más en calor. Moví los pies–. También tienes un lindo nombre, Lucas. Es muy… súper.

Súper.

Ay, Dios mío. Por todos los cielos.

¿Le dije que su nombre era *súper*? Como una… una… ¿bola de espejos? ¿O como una fiesta con la temática de los años setenta?

–Gracias, creo. –Soltó una risita–. Bien, aunque estoy muy cómodo en el suelo, me cansé de mirar tu rostro al revés, Rosie.

Y antes de que pudiera procesar sus palabras, se levantó con una rápida maniobra que me tomó por sorpresa. Distraída por el movimiento, su tamaño, la seductora *erre* que todavía me hacía eco en la cabeza y, en última instancia, por el efecto de tener a Lucas Martín en carne y hueso delante de mí, fue que casi pasé por alto cuando se estremeció y se dobló de dolor.

—¡Cuidado! —le advertí, abalanzándome hacia delante para sujetarlo por el antebrazo. Pero lo hice un par de segundos demasiado tarde. Tenía la cabeza para abajo y no pude verle la cara—. ¿Estás bien?

—*Estoy bien.* —Exhaló, como si las palabras en su español se le hubieran escapado sin querer. Negó con la cabeza—. Estoy bien, todo bajo control.

Con cautela, y con esas pestañas, me lanzó una mirada que se encontró con la mía e hizo que toda la sangre del cuerpo se me subiera al rostro. Y enseguida bajó la vista, como si algo le hubiera llamado la atención.

Hice lo mismo.

Mis manos. Estaban sosteniéndolo de los brazos en un agarre mortal. Brazos que, ahora me daba cuenta, eran muy firmes. Musculosos. Duros. Sólidos.

Nuestras miradas se volvieron a encontrar al mismo tiempo. Mis ojos, abiertos de par en par, coincidieron con los suyos color café.

Su expresión se tornó risueña.

—Buena captura, Rosie.

Lo solté de inmediato, como si con aquellas tres palabras me hubiera hecho saltar para atrás.

—Por supuesto. —Me aparté rápido y junté las manos delante de mí. Desvié la mirada y la posé en un punto debajo de su barbilla—. ¿Estás seguro de que te encuentras bien?

—Sí, nada de que preocuparse. —Sacudió una mano al aire—.

Debería haber estirado las piernas un par de veces durante el vuelo en vez de dormir todo el viaje.

—Claro. —Asentí con la cabeza—. Tomaste un vuelo transatlántico. —Porque este era Lucas Martín y acababa de cruzar medio mundo para llegar hasta aquí. Desde España, donde había nacido. ¿Y qué había hecho yo? Impedirle la entrada, llamar a la policía y, después, dejarlo tirado en el pasillo durante una ridícula cantidad de tiempo.

—Ah, no —aclaró—. Tomé un vuelo en Phoenix.

Ah.

¿Eh?

—¿Era una escala o ya estabas en…? —Me callé, porque me di cuenta de que no era de mi incumbencia si Lucas ya estaba o no en el país—. Como sea, acá estoy, haciéndote esperar en la puerta. Por favor, pasa. —Di un paso al costado para dejarlo entrar al apartamento de su prima, y sentí toda clase de cosas que… no vienen al caso.

Lucas levantó del suelo el aparente pesado equipaje y entró, lo que me dejó tener una vista más clara de su espalda. Ahora que sus ojos no me observaban, por fin me permití examinarlo. Examinarlo de verdad, recorriéndole el cuerpo de arriba abajo con la mirada, varias veces.

Y, ¡guau!, chico. Tenía unas piernas esbeltas y largas. Era mucho más alto de lo que suponía, según lo que había visto cuando lo *stalkeaba* en las redes. Hasta los hombros eran más anchos de lo que me imaginaba. Y la sudadera gris y arrugada que llevaba puesta no podía ocultarlos (ni a los músculos que había tocado hacía unos minutos, cuando lo sostuve). Con solo mirarle la espalda, podrías afirmar que era un atleta profesional. Que hacía surf y competía. Y estábamos hablando de campeonatos y torneos y de las olas bellas pero aterrorizantes que se erguían a alturas increíbles. Lucas seguro había pasado la mayor parte de su vida en el agua y su cuerpo había aguantado…

El sonido de su equipaje capturó mi atención. Se había detenido junto a la isla que separaba la cocina del área del living.

—Así que, Rosie —dijo mientras se inclinaba para levantar el taburete que se me había caído al suelo y lo colocó justo al lado del otro—, si no sabías que iba a venir… —se dio la vuelta y me dedicó una cálida sonrisa—, y tampoco hubieses estado aquí si hubieras sabido que venía, entonces creo que no eres mi comité de bienvenida, ¿no? —Su voz era profunda; el tono, amable pero divertido. Hacía que sintiera algo en el estómago, algo que ignoré de inmediato—. Qué pena. En serio, estaba empezando a pensar que debería darle las gracias a mi prima.

Esa cosa en el estómago me agitó, me hizo tropezar buscando una respuesta, y nos sumergimos en un silencio extraño.

La sonrisa de Lucas desapareció.

—Era una broma —me aclaró—, un chiste bastante malo, parece. Lo siento, suelo ser más amable que ahora.

Parpadeé.

Piensa, piensa, Rosie. Solo di algo. Cualquier cosa.

—Ashton Kutcher. —Con eso fue con lo que mi cerebro decidió continuar. Lucas frunció el entrecejo—. El presentador de *Punk'd*, el programa de bromas pesadas. El que no recodabas. —Moví las manos en el aire e imité con voz grave—: ¡*Caíste* en la cámara oculta!

Torció la cabeza, y yo hubiera querido retroceder los últimos diez segundos de mi vida. Rebobinar y decir otra cosa. Algo inteligente. Seductor. Porque ¿era mucho pedir? No estaba pidiendo retroceder diez minutos. Ni las últimas diez horas.

Pero entonces, soltó una carcajada. Sonaba jovial y estridente. Y por alguna razón desconocida, yo sabía que era genuina y no a mis expensas.

–¡Sí! –respondió muerto de risa–. Ese era el programa del que estaba hablando. Y era él, el tipo con buen pelo.

Le miré con detenimiento el rostro, la sonrisa, los hermosos ojos y el cabello, que era, por lejos, mejor que el que Ashton Kutcher podría tener jamás, y se me escapó una sonrisa. No lo pude evitar.

Pero Lucas bajó la mirada a mi boca y me borró la sonrisa.

–Bien –repuse mientras me incorporaba y evitaba sus ojos–, eso fue divertido. –Pero no lo había sido–. Creo que es hora de que me vaya y te deje para… eso.

Sin perder tiempo ni considerar el hematoma que se le había formado en la frente, me dirigí hacia donde estaban mis cosas, me arrodillé frente a mis dos maletas (una de las cuales estaba abierta y a medio desempacar), una bolsa azul de Ikea llena al tope y la caja que contenía todos mis alimentos perecederos.

Escuché unos pasos a mi derecha. Luego, un par de tenis blancos aparecieron en mi campo visual.

–Te vas –dijo Lucas, justo en el momento en que yo tomaba un zapato suelto que no sabía de dónde había salido–, con todo… eso.

No había sido una pregunta. Lo sabía. Pero igual le respondí:

–Por supuesto. –Pude meter una pila de suéteres que, aparentemente, había sacado–. Pasé por la casa de Lina para… para… –Para ocuparle el apartamento que era obvio que no estaba vacío, mientras ella disfrutaba de su luna de miel, porque el mío estaba inhabitable por ahora–. Para regarle las plantas. Revisarle el correo. Ya sabes, ese tipo de cosas.

Un segundo de silencio.

–Eso no tiene la pinta de que estás aquí de paso, Rosie.

–Ah. –Hice un gesto con una mano y, con la otra, puse los suéteres en la maleta abierta. *Dios, ¿por qué diablos había desempacado tantas cosas?*–. ¿Esto? Esto no es nada.

Justo yo, tratando de no incomodar al tipo con el que puede que haya tenido un pequeñísimo enamoramiento adolescente en línea.

Se sentó en el suelo, delante de mí. Como si nos hubiésemos juntado a pasar el rato.

Abrí y cerré la boca un par de veces hasta inventar algo para decir.

–¿Qué haces aquí?

Sé lista, Rosie.

Lucas soltó una risita, un sonido ligero y despreocupado, muy lejos de como me sentía.

–Te iba a preguntar por qué estás en el apartamento de mi prima realmente. Tendría que habértelo preguntado antes, pero estábamos… ocupados. –Se encogió de hombros–. No creo que me debas una explicación. Todo esto –aseveró girando un dedo en el aire– está claro que es culpa de Lina. Tú no tenías ni idea de que yo iba a venir.

–La verdad que no.

–Entonces, ¿ella sabe que estás aquí?

Dejé escapar un suspiro.

–No… –Me detuve, aunque creía que sí le debía una explicación–. Pero no por falta de ganas. Los llamé, a Lina y a Aaron, para asegurarme de que podía usar la llave de repuesto y pasar la noche. –O unas noches, en plural–. Pero ninguno de los dos me atendió. No deben tener señal.

Lucas me escudriñaba el rostro con la mirada, como si tratara de hacer coincidir las piezas. Luego, con un movimiento de la mano, sacó un objeto pequeño del bolsillo.

–Hablando de llaves –dijo, sosteniéndolas entre sus dedos–, no mentía. De verdad tengo un juego.

Separé los labios para pronunciar otra disculpa, pero Lucas me detuvo, negando con la cabeza.

—Lina me lo dejó en la pizzería, calle abajo, en lo de ¿Alessandro? Me dijo que lo fuera a buscar allí.

Eso tenía… sentido. Aunque no cambiaba en nada el hecho de que nunca me hubiera mencionado que Lucas venía de visita.

—Buen tipo ese Sandro. —Asintió con la cabeza—. Debe haber visto que estaba molido de cansancio, porque hasta me ofreció comida. —El rostro se le iluminó de una forma increíble, y me hizo acordar a un posteo de Instagram en el que miraba fijamente a un filete como si ese pedazo de carne jugosa fuera su regalo traído de la luna y las estrellas—. Casi seguro fue la mejor pizza que he comido en mucho tiempo.

—Típico de Sandro —le respondí, pensando en el hombre moreno de mediana edad—. No me sorprende. Hemos estado pidiendo pizza de Alessandro al menos una vez por semana desde que Lina se mudó aquí, hace unos años.

Seguro que por eso mi mejor amiga le había confiado a Sandro el juego de llaves de repuesto.

—Algo me comentó —observó Lucas, guiñando un ojo, lo que hizo que me preguntara qué le habría contado Sandro sobre nosotras. En el mejor de los casos, no le dijo que siempre pedíamos lo suficiente como para darle de comer a un pequeño ejército.

Nos miramos a los ojos un buen rato. Y aunque no era tan raro como el de hacía unos minutos, este sin duda era un silencio incómodo. Lo era porque mi deseo secreto por este hombre que estaba sentado en el suelo, delante de mí, parecía inflarse como un globo y llenaba todo el espacio entre nosotros. Y porque todos los hechos y detalles que había juntado durante más de un año y había escondido en un cajón sellado de mi mente empezaban a desbordarse.

Como el hecho de que sabía que Lucas *de verdad* adoraba la pizza con piña, solo porque seguía siendo comestible, algo que nunca entendí. O que se había hecho una pequeñísima cicatriz en la barbilla por tropezarse con la correa de Taco, su hermoso perro pastor belga, y caerse de frente. O que descubrí que prefería los amaneceres antes que los atardeceres.

Mi Dios. Era aterradora la cantidad de información sobre una persona que se podía encontrar en las redes sociales, si se buscaba con la frecuencia suficiente y por un largo tiempo.

—Rosie —dijo con tanta dulzura que sentí que una bola de culpa se me subía por la garganta.

¿En qué había estado pensando al acechar a alguien de esa forma?

—¿Sí? —chillé.

—¿Qué estás haciendo aquí, en realidad?

Dudé en responder esa pregunta con honestidad. Porque quería que Lucas supiera la verdad, pero ya había suficiente drama en este encuentro como para agregarle mi día de mala suerte. Sería demasiado.

—Hay un problemita en mi edificio. —Tragué saliva y me decidí por una verdad a medias—. Algo sin importancia, pero pensé que sería mejor irme por una noche.

Arqueó las cejas.

—¿Y cuál es ese problemita?

—Un tema de plomería —me escogí de hombros—, nada que no se pueda arreglar. Podré volver enseguida.

Dejó escapar un "¡hum!" de duda.

—¿Y por eso empacaste todas tus cosas? —Con un movimiento descendente de cabeza, señaló mis maletas y las cosas desparramadas entre nosotros—. ¿Y toda tu… comida también? ¿Solo por una noche?

—Son bocadillos. —Miré para otro lado—. Soy una gran devoradora de bocadillos, me podría terminar todo esto en una sola una noche.

—Está bien —respondió, pero sonaba como que no me creía.

Y hacía bien, porque estaba mintiendo.

Le eché un vistazo y no pude descifrar su expresión, pero me escuché decirle:

—Bien. No es un *problemita*. Hay una grieta en el cielorraso. Para mí era tan grande que empaqué todo, me busqué un taxi y vine a pasar la noche aquí.

Aquí, porque papá se había mudado a Filadelfia y mi hermano Olly no me respondía las llamadas. Aquí, porque para colmo, les había estado mintiendo durante meses, seis para ser exacta, y pasar la noche con ellos sería revelar la verdad y exponer mis engaños.

—Lo siento, no deberías preocuparte por esto. Está todo bien, en serio. —Miré a mi alrededor, sopesando el pequeño apartamento de mi mejor amiga—. Este es un monoambiente y hay una sola cama, así que creo… *sé* que no podemos quedarnos los dos. —Sinceramente, podría dormir en el sofá, pero sería poner a Lucas en una posición que no se merecía. Y yo ya estaba bastante avergonzada—. Pasaré la noche en un hotel.

Lo miré justo a tiempo para ver que se le contraía la boca. No era una sonrisa. Era como un mohín.

—Entonces, ¿estás bien? —preguntó.

Fruncí el ceño, porque la pregunta me tomó por sorpresa.

—¿Qué?

—La grieta en el cielorraso —repitió—. Suena grave. ¿Estás bien?

—Ah. —Tragué saliva—. Sí, estoy… bien, sí.

Pero Lucas parecía que seguía sin creerme. Otra vez.

—En serio. Soy neoyorkina, más dura que una piedra. —Me salió una risa. Esperé haber sonado natural y revolví algunas cosas más de aquel lío que tenía cerca–. Déjame que junte todo y voy a llamar a un Uber.

Inspeccioné ese caos desorganizado. Después, empecé a meter todo dentro de las bolsas lo más rápido que pude.

Y por eso no me di cuenta de que Lucas se movió hasta que se puso de pie y se alejó dando grandes zancadas. Se detuvo para tomar su mochila, la levantó y se la puso al hombro.

–Pero ¿qué...? –Me empecé a poner de pie–. ¿A dónde vas?

Lucas reacomodó el peso en su espalda. Había vuelto a sonreír, esa sonrisa de lado que... sí, me distraía.

–A otro lado. No me quedaré aquí.

–¿Qué? –Lo miré boquiabierta–. ¿Por qué?

Dio un paso en dirección a la puerta.

–Porque es más de medianoche y te ves como si te fueras a morir.

Pestañeé. Luego me pasé la mano por el cabello. ¿Me veía...?

Dejé caer la mano. No era importante cómo me veía. Uno, porque no podía remediarlo en ese momento. Y dos, porque... de verdad no podía remediarlo en ese momento.

–¿Tienes algún lugar donde quedarte? –por fin le pregunté–. Otro además del apartamento de Lina.

–Por supuesto. –Se encogió de hombros, con los labios relajados–. Esta es la ciudad de Nueva York, las opciones son infinitas.

–No. –Negué con la cabeza, y di un paso al costado para bloquearle su camino a la puerta–. No puedo dejar que hagas eso. Yo voy a ser la que se vaya. Este es el apartamento de tu prima. Hasta tienes la llave. No... puedes pasar la noche en un hotel.

Su sonrisa se tornó afectuosa.

–Eso es muy dulce, Rosie, pero innecesario. –Me pasó por al lado, y me hizo dar la vuelta sobre mis pies para seguirle el paso–.

De hecho, es más fácil así porque yo solo tengo una mochila y tú, en cambio, tienes… –Su mirada saltó a la gran y desordenada pila–. Tú tienes un montón de cosas más.

–Pero…

Buscó mi mirada de nuevo y me hizo perder el hilo de mis pensamientos la forma en la que sus cejas se juntaron en una especie de ceño fruncido, que no concordaba con su sonrisa espontánea.

–Escucha –dijo, muy calmado–, soy un hombre directo, así que voy a decirlo y ya. ¿Está bien?

Tragué saliva.

–Tengo la impresión de que te pone incómoda que yo esté aquí. –Hizo una pausa–. Es más, estoy *seguro* de que eso es lo que pasa. Y, todo bien, acabamos de conocernos.

¿Qué? Ay, Dios mío, ¿y por eso se iba? Él…

–No estoy incómoda –objeté con total incomodidad–. No es por lo que piensas. –Torció la cabeza y abrí la boca otra vez para decirle algo más, cualquier cosa. Pero no me salió nada. Solo tartamudeé–: No es… No es…

–Te propongo un trato –me interrumpió y, por alguna razón, tuve el presentimiento de que lo había hecho para salvarme de mí misma–, te quedas aquí por esta noche, descansas un poco y mañana vuelvo. Empezaremos otra vez. Olvida todo lo que acaba de pasar. Luego, resolveremos cómo nos vamos a arreglar con el tema del alojamiento. –Hizo una pausa prudente–. ¿Qué te parece?

Empezaremos otra vez. Olvida todo lo que acaba de pasar.

Daría cualquier cosa porque lo pudiéramos hacer.

–Pero no hay nada que resolver, Lucas. Lina te prometió el apartamento a ti. Tú deberías ser el que se quede.

–Bien –respondió a secas–, pero esta noche no.

No estaba bien. No estaba *para nada* bien. Todo había salido mal y yo… yo solo sabía que respiraba porque sentía que liberaba el aire por la boca.

La risita de Lucas fue profunda, masculina.

—Vuelvo mañana, lo prometo.

Abrí la boca, lista para pelear por él un poco más, tirarlo al suelo y hacerlo quedar si era necesario.

Pero luego, agregó:

—Estaré bien, Rosie. —Y su expresión se tornó seria, sincera—. Todo va a estar bien.

Y mi determinación por luchar para que no se fuera se aflojó y dio lugar al agotamiento. Lo que había invertido año tras año para que todo estuviera bien, bajo control, siempre gracias a mí, volvía y me inundaba. De pies a cabeza, en una oleada. Y por esta vez, solo por esta vez, alguien me había dicho aquellas cinco palabras: *Todo va a estar bien.* En lugar de ser yo la que consuele a los demás con ellas, esta vez sentí la necesidad de soltar.

—Está bien. Gracias por hacer esto —murmuré. Y eso significaba más de lo que Lucas se podría imaginar.

Apenas asintió con la cabeza y dio otro paso hacia afuera.

—Te veo mañana, entonces. Prometo llamar a la puerta.

Traté de pensar algo inteligente y divertido para decir, pero, de todos modos, ¿qué sentido tenía? Ya lo había arruinado. Las primeras impresiones eran como las palabras escritas con pluma y con tinta permanente: una vez que se quedan grabadas en el papel, se podía hacer muy poco para cambiarlas. Así que solo me quedé mirándolo mientras giraba el pomo de la puerta y lo jalaba para abrirla.

—¡Ey!, Rosie —me llamó antes de cruzar el umbral de la entrada—, ha sido genial por fin conocer a la mejor amiga de Lina.

Por fin. Había dicho *por fin.*

Justo como yo había hecho hacía un rato. Pero seguro que por una razón completamente diferente.

—Para mí igual, Lucas. Esto fue… *genial.* —Un genial desastre de porquería.

Una pequeña sonrisa animó sus labios.

—¿Me harías el favor de cerrar con llave cuando me haya ido? —Se dio la vuelta, dándome la espalda para alejarse—. Nunca sabes quién puede tratar de entrar a la fuerza.

Y fue así como vi desaparecer a Lucas Martín mientras bajaba por la escalera con tanta velocidad como había llegado directo al umbral de mi puerta… o al de Lina.

Como si esto hubiera sido nada más que un sueño, todo producto de mi imaginación.

Un sueño tonto y raro sobre un hombre al que había espiado a través de la pantalla de mi celular, durante muchos meses, gracias a la magia de las redes sociales.

Un hombre por el que había albergado el enamoramiento más grande y estúpido, aun cuando no lo había conocido en persona y cuando había pensado que era muy probable que nunca lo hiciera.

Capítulo 3

Rosie

Cuando me desperté al día siguiente, a las seis de la mañana en punto como lo había hecho cada día de los últimos cinco años, aunque ya no necesitaba hacerlo, tenía a cierto hombre sonriente y de ojos marrones en la cabeza.

Y por un instante estuve segura de que todo había sido un sueño. Lucas Martín en la puerta. El desastre que vino después.

Pero, mientras los segundos pasaban y la conciencia volvía, me di cuenta de que todo aquello no había sido producto de mi subconsciente. Había sucedido de verdad. Lucas de verdad había estado aquí. Yo de verdad lo había confundido con un ladrón. Y me las había arreglado para causar la peor primera impresión de la historia.

Empezaremos otra vez. Olvida todo lo que pasó esta noche...

Si tan solo pudiera tener esa suerte.

Me cubrí la cara con un brazo y solté un gemido quejumbroso.

Para empeorar las cosas, mi cerebro, mucho menos pasmado

ahora, se dio cuenta de que yo había dejado que se marchara, con escasa resistencia de mi parte, para aventurarse en una ciudad a la que recién había llegado. Yo me había quedado en el apartamento y había dejado que él se fuera.

Dios, era la peor.

Me di vuelta para el otro lado, no quería levantarme y abandonar la cómoda seguridad de la cama de mi mejor amiga. Posé la mirada en un estante. Una foto de Lina junto a su abuela me recordó lo cercana que siempre había sido con su familia.

Pero, entonces, ¿por qué no me había dicho nada sobre la visita de Lucas? Si ella era de compartirlo todo, en especial conmigo. Esto era algo que me debería haber contado, al menos al pasar.

En defensa de mi amiga, desde que Aaron le propuso matrimonio en septiembre del año pasado, había estado atareada con los preparativos. Planificar un evento así en España estando al otro lado del mundo no era para nada sencillo. Y, después de dar el sí en una hermosa boda junto al mar hacía dos meses, Lina se había sentido abrumada por todo lo que siguió, aunque recién ahora, en octubre, se hubieran ido de luna de miel. Así que, me imagino… me imagino que debe habérsele pasado por alto.

Al cerrar los ojos decidí que, de cualquier manera, no importaba. Ahora Lucas se encontraba en Nueva York y Aaron y Lina estaban lejos, en Perú, disfrutando de su merecida luna de miel. No tenía por qué sentirme mal.

Sobre todo porque ni yo misma había sido sincera con las personas que me rodeaban. Lina no tenía ni idea de mi enamoramiento secreto con su primo. Y eso no era nada en comparación con las mentiras sistemáticas acerca de mi situación laboral que les decía a mi papá y a Olly hacía meses. *Meses.*

Una oleada de coraje me infló el pecho.

Todo eso se terminó. Basta de mentir.

Pondría a Lina al corriente de lo que había pasado ayer e iría a ver a papá a Filadelfia. Quizá Olly podría reunirse con nosotros allí. Si dejaba de ignorar nuestras llamadas telefónicas, claro.

Reacomodé mi espalda para apoyarla contra el cabecero de la cama, tomé el móvil, hice clic en el nombre de Lina en la app de mensajes y empecé a tipear:

> ¡Ey!, par de tortolitos, espero que Perú los esté tratando bien 🖤. Mira, anoche...

Mis pulgares se movían sobre la pantalla, vacilantes.

> Anoche... casi hice arrestar a tu primo Lucas. ¡Sorpresa!

No. Eso era un no rotundo.

Lo borré y empecé otra vez.

> Anoche... mi cielorraso se partió en dos, así que usé mi llave de repuesto para entrar a tu casa (no te la pude devolver, ¡pero sabía que no te importaría!). Bueno, todo estuvo bien hasta que apareció Lucas y de alguna forma lo confundí con un ladrón. ¿Te acuerdas de Lucas? Tu primo. El del perfil de Instagram que me mostraste hace mil años. Bueno, lo he estado... siguiendo en sus redes.

Entré un par de veces. Más que solo un par de veces.
Algo así como, ¿todos los días? Es difícil de explicar,
pero piensa en... Joe Goldberg, el de *You*.
Excepto por los asesinatos.

Síp, así no, tampoco. Era demasiado largo para un mensaje de texto.

Además, la palabra *asesinatos* era, casi seguro, una *red flag*.

Con un suspiro largo y sonoro, borré el texto y dejé caer el celular sobre mi regazo.

La verdad era que casi había acechado a Lucas en las redes. De una manera totalmente inofensiva.

Desde que Lina me mostró una de las publicaciones de su primo, sentí curiosidad. Y recién empecé a seguirlo con regularidad hacía un año, cuando Aaron le propuso matrimonio a mi amiga, y yo había... esperado encontrarme con Lucas en la boda. Y así fue como, lo que empezó como pura curiosidad, se convirtió en algo más.

Cada foto que publicaba, ya sea que estuviera o no en ella, me hacía sentir mariposas en el estómago. Cada descripción de foto, siempre breve, pero divertida y sincera, me acercaba más a él. Cada video que subía me permitía tener una idea más de su vida y la de Taco. Una idea del hombre interesante y atractivo que era.

Por supuesto, no había nada de malo en que, como surfista, estuviera sin camiseta en la mayoría de sus publicaciones.

Algunos seguían a celebridades como Chris Evans, Chris Hemsworth o a algún otro Chris, para inyectarse aquella dosis de serotonina antes de irse a dormir. Un poco de fantasía y mucho deseo. Y supongo que... supongo que yo había seguido a Lucas Martín.

Solo había sido un capricho inocente y tonto con alguien a quien en realidad no conocía. Además, había dejado de seguirlo cuando, unas semanas antes de la boda de Lina y Aaron, misteriosamente se esfumó. Dejó de sus subir nuevas publicaciones y resultó ser el desaparecido de la ceremonia. Por lo que sepulté todas esas tonterías y decidí que ya había sido suficiente.

Mi celular sonó en mi regazo y olvidé todo aquello de inmediato cuando vi el rostro de mi hermano menor proyectado en la pantalla.

–¿Olly? –respondí y se me oprimió el pecho–. ¿Dónde diablos has estado? ¿Por qué no me devolviste las llamadas? ¿Está todo bien? ¿Estás bien?

Un largo suspiro se escuchó al otro lado de la línea.

–Todo bien, Rosie. –La voz de mi hermano era grave, y su tesitura de barítono me recordaba que ya no era un chico. Ay, no. Era un adulto de diecinueve años que durante semanas había desviado todas mis llamadas al buzón de voz–. Y lo siento. He estado… ocupado. Pero te estoy llamando ahora.

–¿Ocupado en qué? –pregunté, antes de poder contenerme.

Un año atrás, cuando papá anunció que se iba de Queens, donde había pasado la mayor parte de su vida y donde Olly y yo nos habíamos criado, y que se mudaría a Filadelfia, Olly dijo que él no lo acompañaría. También nos informó que, a diferencia de mí, no seguiría el camino universitario. Y lo habíamos apoyado y alentado a buscar aquello que lo hiciera feliz. Incluso lo había ayudado con la renta y los gastos fijos hasta hacía poco. Se esforzó por encontrar su vocación. Y también por conservar un empleo por más de un par de semanas.

La línea se quedó en silencio por tanto tiempo que temí que hubiera colgado.

–¿Olly?

Se escuchó otro suspiro.

—Escucha —continué, cada una de las emociones que se gestaba dentro de mí cubrió esa única palabra—, no te estoy atacando. Te quiero, ¿sí? Más que a nada, lo sabes. Pero hace semanas que me estás ignorando. Solo me enviaste unos mensajes de texto cortos para que no me volviera loca y te reportara como persona desaparecida. —Y lo hubiera hecho. Lo habría hecho *sin dudar* si hubiera pasado eso—. Así que no me digas que has estado *ocupado* ni esperes que me quede conforme con esa explicación, por favor. No te...

—He estado ocupado con un trabajo, Rosie.

El pecho se me llenó de esperanza durante un segundo, pero pronto cientos de preguntas nuevas la ahogaron.

—Eso es genial —le comenté, dejando de lado mi preocupación—, ¿qué clase de empleo es?

—Es en... un club. Un club nocturno.

—Un club nocturno —repetí, y me esforcé por mantenerme imparcial—. ¿Como camarero? Ya probaste trabajar de eso y... —Renunciaste a las tres semanas—. Ya lo probaste y no funcionó. En el café, ¿te acuerdas?

—No sirvo tragos —explicó—. Hago otra cosa. Es... difícil de explicar. Pero me permite vivir bien, Rosie.

—No me interesa cuánto dinero ganas, Olly. Me importa que estés feliz, que...

—Estoy bien, ¿sí? Ya no soy más un chico y no debes preocuparte por mí.

Estuve a punto de burlarme de su "no debes preocuparte por mí", pero me contuve. Olly era un adulto y yo entendía su necesidad de ir más allá de los límites. Su deseo de que no lo cuidaran como un niño. Pero yo era su hermana mayor y él seguía siendo el chico al que le daba cereales Froot Loops en la cena, cuando el refrigerador estaba vacío y papá estaba trabajando en su turno nocturno.

—Bueno, ya, está bien. Me callo. Por hoy.

—Gracias —masculló sin entusiasmo.

—Entonces, escucha. —Desvié el tema de conversación hacia tierras firmes—. Estaba pensando en tomar unos rollitos de salchichas e irme hoy a Filadelfia. Sorprender a papá con un *brunch*. ¿Te sumas? Regresarías a la tarde. ¿Qué te parece si nos encontramos en la estación de trenes y vamos juntos?

Tras un segundo de silencio, preguntó:

—¿No se supone que hoy vas a la oficina? Es lunes.

Hice un gesto de desagrado y me maldije a mí misma por ese descuido. *Ay, mierda.*

—Yo… sí. Tienes razón. —Era verdad, en teoría. Lo que Olly y papá no sabían era que hacía seis meses que InTech de Manhattan ya no era *la oficina* para mí—. Pero hoy me he tomado el día libre. Justo hoy. Mi jefe es… más flexible con mi tiempo libre ahora que soy, como sabes, la líder de mi equipo.

—Ah, sí. Mi hermana mayor es una señora jefa ahora. Muy bien. —Soltó una risita, desearía escuchar ese sonido más seguido. Me gustaría no tener que mentirle y que él tampoco me ocultara sus cosas—. Así que te está yendo bien con el ascenso que conseguiste el año pasado, ¿eh? ¿Estás planeando ascender mucho más por la escalera del éxito, hermanita mayor?

—Eh, no tengo planes de hacer eso, créeme. —No cuando he bajado esa escalera y hasta me he salido de ella. Estiré las piernas. Puse ambos pies sobre el suelo y salí de la cama—. Entonces… ¿vas a venir? ¿A lo de papá?

—Veré… —Su voz se esfumó, lo que indicaba que me iba a rechazar.

–Por favor, Olly. Tengo algo para decirte. Decirles a los dos. Y papá te extraña. Te he estado cubriendo durante semanas y ya me estoy quedando sin excusas. Por favor, ven.

Suspiró y dijo:

–Bien, veré qué puedo hacer.

¡Ah!, ya era un progreso. O eso creía.

–Te enviaré por mensaje de texto el horario de los trenes, ¿sí? Podemos encontrarnos en la estación.

–Sí –respondió. La esperanza de hace unos instantes se reavivó en mi pecho–. Te… quiero, Frijol.

Frijol. Hacía siglos que no me llamaba así.

–Yo también te quiero, Olly.

Y con esas palabras de despedida, me dispuse a prepararme e ir a confesarle la verdad al hombre que había trabajado en miles de empleos para darnos a mi hermano y a mí una buena vida, después de que lo dejaran solo con nosotros. Al hombre que nos había criado después de que nuestra madre nos hubiera abandonado y dejado de lado. Al hombre que me había mandado a la universidad con el sudor de su frente y una determinación de acero. Al hombre al que le debía la seguridad financiera que me había dado mi título de grado en ingeniería, hasta hacía poco. Hasta ese día, seis meses atrás, cuando di un salto de fe para cambiar mi vida. Mi carrera. ¡Ay!, caray.

¿Cómo se le decía a un hombre así que una había decidido renunciar a una posición bien remunerada y estable, por la cual él y yo habíamos trabajado tan duro, solo para alcanzar sueños que no eran más que tinta sobre papel?

¿Cómo se le decía a ese hombre, que había sacrificado tanto, que una había cambiado una carrera consolidada y con un futuro increíble por una que no ofrecía garantías?

No tenía ni la más remota idea. Y por eso había cargado ese secreto sobre mis hombros durante meses.

Pero se terminó.

Continué repitiéndome aquel mantra mientras seguía preparándome. Tiré de la primera cosa que pude sacar de la maleta: unos pantalones vaqueros celestes y un enorme suéter borgoña. Y como cada bendita mañana, traté, sin éxito, de dominar la maraña de rizos oscuros que tenía en la cabeza y me conformé con atarlos en un moño alto y flojo.

Una vez que estuve lista, definí el plan de acción.

Primero, conseguiría los rollos de salchichas favoritos de papá en O'Brien, una panadería de Brooklyn a unos pocos minutos del apartamento de Lina. Esperaría a que mordiera la sabrosa fritura y, ¡bum!, tiraría la bomba.

Era un buen plan.

Al menos de eso estaba tratando de convencerme cuando entré en la panadería, hice mi pedido y me dispuse a salir con el soborno para papá. Probablemente, esa haya sido la razón por la que, al pisar la acera, casi trastabillé cuando mi mirada se topó con la ventana de la cafetería de enfrente.

Eché un segundo vistazo. Enseguida, otro más. Creo que miré fijamente durante todo un minuto.

Pero cómo no hacerlo, si Lucas estaba sentado allí, junto a la ventana de la cafetería, con el cabello revuelto y los brazos fuertes y delgados cruzados sobre el pecho. Su boca, que había visto sonriente la mayoría de las veces, estaba abierta. Tenía la cabeza apoyada contra el respaldo de la silla y podría decir que llevaba la misma ropa que anoche.

Pero tenía que estar equivocada. Ese no podía ser Lucas.

No podía estar durmiendo en una cafetería, delante de un tazón y de un plato vacío. Se suponía que estaba en un hotel. A menos que…

Ese pensamiento quedó inconcluso mientras ambos pies me conducían enfrente y, ya dentro del lugar, esta gran y apremiante pregunta me revotaba en la cabeza: ¿Había pasado la noche aquí? Y si así fuera, ¿por qué? ¿Por qué no se había ido a un hotel?

Crucé el umbral y caminé hasta él. La bolsa cálida de las masas de hojaldre aún me colgaba de la mano.

Me acerqué hasta tenerlo en primer plano, ojeroso y con la ropa increíblemente arrugada. El comienzo de algo que parecía… baba le caía de la comisura de la boca.

–Lucas –murmuré.

No se movió. Ni siquiera me escuchó.

Me aclaré la garganta y me incliné un poco.

–Lucas –repetí.

La culpa y la preocupación se me enredaron en el estómago y me hicieron querer sacudirlo y despertarlo, así podía exigirle respuestas y disculparme unas cien veces. Todo al mismo tiempo. Porque nadie se queda a dormir en una cafetería a menos que se vea obligado, y yo no debería haberlo dejado irse anoche con tanta facilidad.

Vacilante, estiré el brazo y con la mano desocupada le toqué el hombro con suavidad.

–Ey. –Lo sacudí con delicadeza, tratando de no concentrarme en lo cálido y firme que se sentía a través de su sudadera–. Lucas, despierta.

Y… Nada. Dios, duerme como los muertos.

Y no me quedó otra opción más que…

–¡DESPIERTA!

Cerró la boca de repente y uno de los ojos se abrió, saltón.

El iris marrón me miró. Luego, su expresión se fue relajando hasta que una versión de sonrisa adormilada tomó forma delante de mí.

–Rosie –balbuceó en un murmullo, con la voz ronca–. ¿Eres tú de verdad o me desperté en el paraíso?

Capítulo 4

Lucas

Era un idiota. Un gran idiota somnoliento.

¿"Eres tú de verdad o me desperté en el paraíso"?

¿En serio, Lucas? *Por Dios.*

No tuve necesidad de estar bien despierto para saber que lamentaba haberlo dicho. Pero la frase inútil, cursi y trillada se me escapó de los labios incluso antes de saber qué me estaba golpeando. Abrí los ojos, o el ojo, y allí estaba ella. Rosie. La mejor amiga de Lina. La chica que había conquistado a toda la familia Martín. Rostro en forma de corazón, rasgos delicados, labios suaves y cautivadores ojos verdes. Parecía una especie de ilusión, y mi cerebro, falto de sueño, estaba tratando de determinar si ella era real. Y mira la mierda que me salió de la boca cuando mi cabeza no estaba prestando atención.

—¿Qu... Qué? —murmuró Rosie porque no continué mi espectacular frase de apertura con cualquier otra cosa. Curvó las cejas—. ¿Estás bien?

La pregunta del año.

Dispuesto a abrir el otro ojo, sacudí la cabeza y, mientras rogaba que mi mirada pareciera relajada, dije:

—El sol está brillando detrás de ti. —Señalé la ventana con la mano—. Estaba enmarcándote el rostro. Como un halo.

Rosie parpadeó dos veces antes de responder:

—Eh…, gracias.

Ante su reacción, sofoqué una risita y estiré los brazos por encima de la cabeza. Me dolían todos los músculos de la espalda, entumecida por haber estado sentado más horas de lo debido. No debería haberme quedado allí tanto tiempo. Necesitaba ponerme de pie, empezar a mover las piernas y hacer trabajar las articulaciones, pero…

Ahora, Rosie estaba aquí, mirándome con una cara graciosa, con el entrecejo apenas fruncido. Preocupada y un poquito molesta.

—¿Estás enojada con…? —empecé a interrogarla.

Pero, casi al mismo tiempo, dijo:

—¿Te puedo hacer una pregunta?

Busqué su mirada, sonreí para mis adentros y le respondí:

—Puedes preguntarme lo que quieras.

—Sé que no es de mi incumbencia —aclaró—, pero… ¿qué estás haciendo aquí, Lucas? Te ves… ¿Pasaste…? —Se aclaró la garganta, como si estuviera tratando de suavizar el tono—. ¿Pasaste la noche aquí?

No quería mentirle. Nunca he sido bueno en eso. Así que indagué:

—¿Cómo me veo?

—Bueno, te ves genial. —Dejó escapar un ruido raro antes de continuar—. Te ves bien, pero también luces como… como alguien que ha dormido en una cafetería.

—¿Atractivo pero de una manera relajada y natural?

—Te estabas babeando.

—Ay.

—En serio —insistió.

—¡Uf!, te creo. Apuesto a que era algo digno de ver.

—Como que… en cierta forma sí, creo —admitió y se encogió de hombros—. Para las personas a las que les gustan los hombres babosos y somnolientos. —Hizo una pausa—. Lo que no es mi caso.

Ladeé la cabeza y simulé que estaba pensando en algo.

—Y entonces, ¿cuál es tu tipo, Rosalyn Graham?

Me miró un poco sorprendida.

—Mi tipo es… —empezó a decir, pero se detuvo—. Estás desviando el tema. —Hizo una pausa y puso una mueca de desagrado—. Dijiste que buscarías un hotel. Deberías haberte quedado en lo de Lina si no tenías a dónde ir. Deberías habérmelo dicho en vez de dejar que te echara.

Fruncí el ceño.

—No me echaste —le contesté muy serio, con honestidad—. Yo decidí irme. —Porque presentí que se sentía incómoda con mi presencia. Descolocada por mi llegada. Y yo no era un hombre que se sintiera bien invadiendo la privacidad y el espacio personal de una chica con la que solo había hablado una vez—. Son más cómodos de lo que parecen. Dales una chance. —Señalé con la mano el banco granate frente a mí—. Toma asiento y compruébalo por ti misma. Voy a conseguir algo para beber.

Me di la vuelta y llamé al mesero con una sonrisa. Asintió con la cabeza, señal de que en un minuto estaría con nosotros.

Cuando miré a Rosie otra vez, todavía no se había sentado.

Ni siquiera se había movido.

Estaba demasiado ocupada mirándome con el ceño fruncido.

Pero ese ceño fruncido… me hizo morderme el labio. De nuevo.

Porque estaba furiosa conmigo, un tipo bastante mayorcito y casi un extraño, porque había dormido en una cafetería. Y eso era tierno.

–Dijiste que estarías bien –me recordó Rosie, con voz temblorosa.

–Estoy bien. –Me señalé con ambas manos e hice un esfuerzo muy grande por mantener el tono ligero y esconder el agotamiento en mi voz–. Nunca he estado *tan bien*.

La miré a los ojos y parpadeé.

Se le pusieron rojas las mejillas y se le frunció aún más el entrecejo.

–Tus ojeras me dicen otra cosa.

–Diablos, Rosie. –Me di una palmada en el pecho–. Tienes que dejar de tirarme puñetazos o mi ego nunca se va a recuperar.

Pero no cedió ni sonrió ante mi intento de broma. Solo se cruzó de brazos y vi la bolsa marrón que le colgaba de una mano.

Después de lo que se convirtió en una mirada fija de diez segundos, suspiré y volví a señalar el asiento enfrente de mí.

–¿Estás apurada? ¿Puedes quedarte un rato? Toma este café conmigo y te lo explico.

Dudó al principio, pero después dio un pasito adelante.

–Tengo tiempo. Puedo quedarme un rato.

Apareció el mesero con dos tazas limpias y una jarra con café recién hecho, justo cuando Rosie se acomodaba en la cabina del comedor.

–No mentí. Anoche busqué un hotel –admití, observando cómo el brebaje oscuro llenaba nuestras tazas–. Gracias –le dije al hombre, y asentí con la cabeza antes de que se fuera–. Pero tuve un problema con mi tarjeta de crédito mientras trataba de registrarme y, con gentileza, me invitaron a retirarme.

–¿Qué clase de problema?

Le agregué azúcar a mi café, lo revolví y bebí un sorbo. El sabor, amargo en extremo, me penetró las papilas gustativas por las razones equivocadas.

—La tarjeta no estaba en mi billetera. Y parece que soy el idiota que viaja sin nada de respaldo, así que… —Me encogí de hombros—. No tengo ni la menor idea de dónde la pude haber perdido o dejado, pero todo lo que tenía conmigo era mi documento de identidad y algo de cambio.

Cincuenta dólares para ser exacto.

Rosie abrió los ojos como platos, el mohín volvió a su boca.

—¿Por qué no regresaste al apartamento? Yo estaba allí.

—Era muy tarde, Rosie —le respondí, sin vueltas—. Me metí en el primer lugar que encontré abierto para hacer unas llamadas y me quedé dormido. ¿Te acuerdas de la baba sexy?

Esperé su risa, pero nunca llegó.

Público difícil.

—Antes de quedarme dormido —continué—, me contacté con mi banco, denuncié el robo de la tarjeta y les pedí que me enviaran una nueva. Pero puede tardar en llegar hasta aquí, desde España.

—Ay, Lucas —se lamentó Rosie finalmente mientras miraba su taza con los hombros abatidos—. Eso apesta, de verdad. Y me siento…

—No hay ninguna razón para que te sientas responsable por esto.

Parecía no estar de acuerdo, pero no dijo nada. En cambio, bebió un sorbo de café. Observé que puso cara de asco y se apartó rápido la taza de los labios.

Me incliné hacia ella y susurré:

—Gracias a Dios que a ti tampoco te gusta. Comenzaba a pensar que esto era lo único que ustedes bebían por aquí.

—Claro que no —murmuró—. Este café es horrible. Dios. ¿Cuántos de estos te has bebido?

—Es el quinto desde anoche.

Estaba bien seguro de que fue culpa lo que ensombreció su expresión.

—Lo siento tanto.

—Basta de decir eso. —La detuve en seco y, con el dedo levantado, dije—: No más disculpas o nunca podremos ser amigos, Rosalyn Graham.

—¿Amigos?

Asentí con la cabeza y decidí no indagar en la forma en que había dicho esa palabra. Como si ser amigos fuera algo imposible de entender.

—Entonces, ¿qué te trae por aquí? Supongo que no es ni la decoración, ni las bebidas ni la vista, si los hombres que se babean no son lo tuyo.

Soltó un resoplido. Fue un sonido nítido y rápido. Pero lindo. Se me escapó una sonrisa mientras ella negaba con la cabeza.

—Estaba saliendo de O´Brien cuando te vi aquí. —El brazo desapareció debajo de la mesa y volvió a aparecer con la bolsa manchada de grasa—. Ahí venden los mejores rollitos de salchichas de la ciudad. Bueno, es probable que sea una de las pocas panaderías que los venden en Nueva York. En fin, son el desayuno preferido de los Graham.

Embelesado por el aroma que salía de la bolsa, no pude evitar mirar, boquiabierto, cuando sacó una flamante masa crujiente.

Un aroma intenso a dona frita me atacó los sentidos.

—¿Tienes hambre? —Escuché que me preguntó mientras sostenía el rollito entre nosotros.

—Nah —contesté, pese a que sí tenía hambre—. Estoy bien.

Rosie titubeó, y me sorprendió al estirar un brazo hacia mí.

Seguí el movimiento con la mirada. Luego levanté la vista hacia ella.

—Tómalo —ofreció, ahora con ojos divertidos y juguetones—. Tú los necesitas más que yo.

—En serio, no debería. Es tu desayuno.

Se encogió de hombros y, con una velocidad deliberadamente lenta, se llevó la masa hojaldrada a la boca. Observé, atónito, sus labios entreabiertos, pero también el flamante rollito seductor. Ella se detuvo justo antes de hacer el último centímetro de distancia, y lo sostuvo en pleno vuelo. Levanté la vista y me encontré con la suya otra vez.

Me gruñó el estómago.

—¡Ah! —observó—. Me pareció escuchar que tu estómago trataba de decirme algo.

Si no hubiera estado tan concentrado en fingir que no anhelaba ese rollito de salchicha, su comentario no me habría tomado por sorpresa. Pero lo hizo, y me arrancó una carcajada.

Rosie apretó la boca y se unió a mí con su propia risita. Una de verdad, podría decirse. *Al fin*. Me gustó.

—Cómetelo —me ordenó, con una sonrisa—. Insisto, Lucas. Me voy a poner contenta si lo haces.

Nunca sabré con exactitud qué inclinó la balanza, pero estiré un brazo y le acepté el rollito que tenía en la mano.

—Gracias, Rosie.

Bajo su atenta mirada, me lo llevé a la boca, le di un mordisco y...

—*Dios mío* —gemí—. Esta es una de los mejores —le di otro mordisco— cosas que haya bendecido —y otro más— mis papilas gustativas.

Se rio otra vez.

La miré y encontré su mirada fija. En mis labios.

—¿Te gusta? –indagó.

—¿Te gusta? –repetí, y negué con la cabeza–: Este rollito se merece más que un "me gusta". –Me lamí el dedo índice–. Se merece *amor.* –Me lamí el pulgar–. Se merece que lo seduzcan y lo adoren.

Ahora tenía las mejillas sonrojadas, quizá avergonzada de manera indirecta por mi exhibición impúdica. Pero yo era un hombre apasionado si se trataba de comida. En especial, de masas hojaldradas.

Volvió a guardar la compostura, solo las puntas de las orejas permanecían rojas.

—Ustedes los Martín tienen de verdad algo con la comida, ¿no?

Le sonreí, sin que me importara limpiarme la grasa o quitarme las migas de la boca.

—No puedo hablar por todos, pero si me traes uno de estos todos los días, me rendiría a tus pies y te juraría amor eterno, Rosalyn Graham. Eso se lograría en una semana. Quizá menos.

Quedó ensimismada.

Incliné la cabeza y me pregunté si ella sería tan tímida o solo era discreta con extraños. De todas formas, no importaba, porque nada de eso era un impedimento para mí. En especial después de que me hubiera regalado el desayuno.

Para mi sorpresa, sacó otro rollito de la bolsa.

—Ven, toma este también.

—De veras, eres un ángel caído del cielo –le aseguré y, con sorpresa, me di cuenta de que no era del todo una mentira–. Pero no merezco ni una gentileza más de tu parte.

—La mereces –afirmó, intimidante, con una expresión seria.

Agité una mano delante de mí.

—No puedo y no lo haré.

—Tómalo o… nunca podremos ser amigos. Y me dijiste… dijiste que querías que lo fuéramos, entonces…

Así que *no* era timidez.

Sonreí como si me estuviera ofreciendo el mundo en vez de un pedazo de deliciosa masa grasosa. Me incliné sobre los codos, para acercarme a su rostro. Quise asegurarme de mirarla a los ojos.

—Solo si lo compartimos. —Lo partí a la mitad—. Por más que disfruté al desplegar un espectáculo para ti, preferiría no comer solo.

Rosie pareció considerar mi oferta, pero al final lo tomó y se lo llevó a los labios. Y cuando terminamos, sacó otro, lo partió en dos y me dio una mitad, que acepté con una sonrisa aún más grande.

—Así que, Rosie… —Bebí un sorbo de café, ahora tibio, y dejé que mi mirada viajara hacia la base de su cuello y contemplara el suéter de hombros descubiertos que le cubría el torso. Me preguntaba si iba de camino a la oficina—. Trabajas en la misma compañía que Lina, ¿verdad? ¿Cómo se llamaba…? ¿Algo así como *Tech*?

—InTech —respondió con un gestito—. Yo… trabajé ahí. Ahora ya no. Por… Es una larga historia.

Esperé a que se explicara mejor, pero, aunque abrió y cerró los labios en dos oportunidades, no dijo ni una palabra.

Tarareé y di golpecitos rítmicos a la mesa.

—Te propongo un trato.

—¿Un trato? —Frunció el ceño.

Mis labios se crisparon.

—Un juego. Ya sabes, el juego de "conoce a tu compañero". Porque si vamos a ser amigos, deberíamos romper el hielo de alguna forma.

Estaba probando mi suerte, lo sabía. Ella no tenía ninguna obligación de compartir nada conmigo, pero yo solo con verlo, sabía lo que era escaparse. Y Rosie ya se podría haber ido. Pero allí estaba. Sentada junto a mí.

Torció la cabeza y un mechón oscuro se le escapó del moño.

—Entonces, ¿los dos vamos a contestar las preguntas?

Asentí con la cabeza.

—Una respuesta a cambio de otra respuesta. Por turnos, hasta que completemos las cinco. Y no importa si la respuesta es larga. ¿Qué te parece?

Nos miramos un momento y se le notó en los ojos su lucha interna. Vacilaba. También tenía curiosidad.

Finalmente, anunció:

—Cinco preguntas. Puedo con eso.

Asentí con la cabeza, despacio, y aplaqué mi creciente ansiedad.

—Porque me alimentaste y porque soy un hombre de honor, te dejaré empezar.

Me miró la cara con un gesto de suspicacia, como si se estuviera preparando para arrancar de raíz mis secretos más profundos.

Era adorable. Un poquito aterrador.

Entrelazó sus dedos y colocó las manos sobre la mesa.

—¿Dónde estabas… antes de venir a Nueva York…? Dijiste que tomaste un vuelo desde Phoenix.

Relajé los hombros.

—He estado viajando por Estados Unidos durante las últimas seis semanas. —Me percaté de que esa información pareció sorprenderla—. Comencé arriba, en el norte, en Portland, Oregón. Después, me dirigí hacia el sur, renté un auto y conduje desde Nueva Orleans a Phoenix.

Rosie asentía con la cabeza, procesaba mis palabras. Después dijo:

—Okey, es tu turno.

—Fácil. ¿Con quién ibas a compartir los rollitos? Tenías tres y, a menos que tengas un gran apetito…

Desvió la vista hacia donde estaba la bolsa hecha un bollo y suspiró.

—Mi papá y, con suerte, mi hermano menor también, pero es largo de…

Chasqueé la lengua.

—Sin romper las reglas. Larga o corta, quiero la respuesta.

Soltó una risa.

—Me voy a Fili (Filadelfia), donde ahora vive mi papá. Y espero que también vaya mi hermano menor, quien no me ha contestado las llamadas, por lo que sospecho que, o me va a molestar o me va a volver loca o ambos. Les tengo que decir algo importante. Por eso el desayuno. —Dejó escapar un suspiro leve—. Son los favoritos de papá. Se vuelve loco por ellos.

Me quedé en silencio hasta que levantó la mirada de la mesa y volvió a buscar la mía. Ocultaba algo. Y su expresión me lo decía.

Fingí estar pensando en otra cosa y luego le pregunté:

—¿Debería preocuparme porque tu papá me persiga por hacer que su hija me deje comer sus amados rollitos?

Eso le sacó una carcajada. Como siempre, fue una risa breve, pero… bastó para tranquilizarme. Por ahora. Recobró la seriedad y me desafió con la mirada.

—¿Esa es tu segunda pregunta?

—No soy un gran simpatizante de padres enojados, así que, sí, esa es mi segunda pregunta.

—¿Tienes el hábito de andar por ahí molestando a los padres?

—¿Esa es tu segunda pregunta? —contraataqué, con los codos sobre la mesa y sin dejar de hacer contacto visual.

Sus ojos se achicaron, pero asintió con la cabeza.

—Ya no. En el pasado, quizá... Debo haber hecho enojar a uno o dos. —Le guiñé un ojo y vi que se le sonrojaron las mejillas—. Me debes una respuesta.

Tragó con fuerza.

—No, papá no te va a perseguir. Ni siquiera sabía que estaba por ir a su casa. Era una sorpresa; y los rollitos, un soborno emocional.

Eso último despertó mi interés, pero Rosie fue más rápida.

—Mi turno —anunció—. ¿Cuánto tiempo te vas a quedar aquí, en Nueva York?

—Seis semanas. Sin tramitar la visa, puedo estar en el país solo tres meses, así que decidí que la parada en Nueva York sea más larga porque Lina me ofreció su casa. Dijo que hasta diciembre no podía rescindir su contrato, y que, de todos modos, el apartamento estaría desocupado después de que se mudara con Aaron.

Rosie frunció los labios, pero no podía interpretar con certeza el porqué, y no quería desperdiciar una pregunta en eso cuando había una que me interesaba más hacerle.

Descansé la barbilla en mi puño.

—¿Por qué necesitas un soborno emocional con tu papá?

Se desinfló. Se quedó quieta por tanto tiempo que pensé que no me iba a contestar, que, tal vez, ya no quería seguir jugando con un hombre que se había entrometido en su vida hacía menos de veinticuatro horas.

Pero entonces respondió:

—Dejé mi trabajo. —Y las siguientes palabras parecieron salirle a borbotones—: Mi puesto fijo y bien remunerado como líder de equipo en una empresa de ingeniería. Por eso dije que no trabajaba más en InTech. Porque renuncié. Hace seis meses.

Abrí la boca para hablar, pero dejó que se le salieran más palabras presurosas.

—Mi papá no lo sabe. Tampoco mi hermano. Solo Lina lo sabe. Y Aaron, por supuesto. No porque sea su esposo, sino porque era mi jefe y tuve que darle en mano mi carta de renuncia. Y todos los de la oficina, obvio, porque no estoy más allí. Así que creo que lo sabe más gente. Lo que no saben es por qué lo hice. —Se mordió el labio—. Y por eso necesitaba un soborno para papá. Porque le he... escondido este gran tema. Y nunca le he mentido, ni una vez. Somos muy cercanos. Siempre hemos sido un equipo.

—¿Se va a enojar? —Algo inesperado me revolvió las entrañas. *Actitud protectora*. La deseché y se la atribuí a que Rosie era la mejor amiga de mi prima menor. Y a lo mucho que odio a los bravucones—. ¿Por tu renuncia? ¿Por eso no se lo has dicho?

—No, no. Nunca se ha enojado conmigo por perseguir un sueño. Aunque se trate de uno bastante nuevo. —De alguna forma, eso me apaciguó, pero también aumentó mi curiosidad. ¿Un sueño bastante nuevo?—. Pero tampoco creo que se vaya a poner feliz con esto. Siempre se ha sentido orgulloso de mí. De su hija, la ingeniera. Que trabaja en Manhattan. No hemos cambiado mucho. —Hizo una pausa—. Cuando me gradué, fue la primera vez que lo vi llorar. Lágrimas grandes, pesadas, que no podía reprimir. Creo que lloró durante horas. Y después de obtener este ascenso el año pasado, cuando él aún vivía en Queens, les contó a todos los del vecindario: "Mi Frijol es una líder de equipo ahora. ¡Es una líder!". Me hizo una fiesta e invitó a todos los vecinos, como si..., no sé, como si su hija hubiera ganado un Premio Nobel o algo parecido. —Negó con la cabeza y sonrió con tristeza—. Se va a aterrorizar cuando sepa que estoy tirando todo por la borda por algo que quizá él no pueda entender del todo. Por eso no he reunido el coraje para decírselo. Tengo miedo de que no… me entienda y no me apoye. Y se me rompería el corazón.

—¿Y cuál es? —No pude contener mi pregunta, necesitaba saber más—. Ese sueño nuevo que estás persiguiendo.

Rosie, casi ensimismada, dejó caer los hombros y desvió la mirada. Sabía que se estaba alejando.

—Pensarás que es una tontería.

—Nada es una tontería cuando se trata de un sueño. No importa si es viejo o nuevo.

Aquellos ojos verde esmeralda regresaron a mí con una nueva profundidad.

—Cuéntame, Rosalyn Graham —continué—. Tú no sabes esto sobre mí, pero no juzgo. Nunca.

Respiró profundo.

—Escribí y publiqué un libro —confesó, al fin—. Un libro de romance. Hace alrededor de un año. Al mismo tiempo que conseguí el ascenso.

Como si estuviera diciendo algo ridículo.

Fruncí el ceño.

—Eso es impresionante, Rosie. Más que impresionante. Es increíble, y ninguna tontería.

—Hay… más.

Asentí con la cabeza, la alenté a que continuara.

—Lo autopubliqué bajo un seudónimo, no con mi nombre real. Y, al principio, no le dije a nadie, excepto a Lina, porque…, bueno, tenía miedo de que mis colegas no me tomaran en serio si sabían que estaba escribiendo lo que ellos considerarían novelas románticas para amas de casa aburridas. —Suspiró—. Qué estúpido suena, ¿no? En vez de sentirme orgullosa... –Negó con la cabeza–. Pero tenía miedo de que alguien menospreciara mi trabajo como ingeniera o subestimara mi libro, solo porque es de un género que se juzga injustamente, y temía que alguien me subestimara a mí por algo que amo. Okey, no "alguien", sino *ellos*, mis compañeros de la oficina. La mayoría, hombres. Tal vez mi papá también. ¿La sociedad en general? No lo sé.

Durante un segundo, Rosie se distrajo con sus pensamientos y luego, con la mirada un poco más iluminada, continuó:

–En fin… La novela empezó a llamar la atención. No en niveles extremos, pero más de lo que había previsto. Lento pero constantemente, se fue haciendo más conocida hasta que un editor me ofreció un contrato para publicarla. Y ahí fue que algo en mí se rompió. Después de firmar el acuerdo, dejé mi trabajo, algo que no es propio de mí. Arriesgarse no es lo mío. Tomar decisiones sin minimizar los riesgos, sin tener la certeza de que va a funcionar, es algo que nunca había hecho. Pero, caramba, se siente bien. Aterrorizante pero liberador, como si hubiese estado esperando toda la vida para ser… libre. –Se le diluyó la sonrisa–. Y después, todo se fue a la m…

Se detuvo.

–¿Todo se fue a dónde? –pregunté. Y me di cuenta de que me había acercado a ella. Encima de la mesa.

Se enderezó, firme.

–Ya completaste tu cupo.

–¿Qué? –gruñí.

–Ya hiciste tus cinco preguntas –explicó–. Así que, no te queda ninguna.

Me había olvidado de que todavía estábamos jugando.

–Por otro lado, a mí –señaló con lo que, estaba seguro, era satisfacción– me quedan dos preguntas.

Me apoyé en el respaldo del asiento.

—Tengo la impresión de que me han hecho trampa aquí.

Los labios de Rosie esbozaron una sonrisa.

—Siempre sigo las reglas. —Levantó la barbilla—. Entonces…, ¿cuáles son tus planes, Lucas?

Aunque era una pregunta bastante simple, de alguna forma la sentí como un puñetazo en las entrañas. Porque no hacía más que recordarme la verdad: no tenía planes. Ya no era un hombre que planificaba. Era *Lucas Sin Planes*.

—Nada especial. Solo… cosas de turismo.

Un breve silencio se instaló entre nosotros mientras ella sopesaba mi breve respuesta.

Me aclaré la garganta.

—Te queda una pregunta.

Se tomó unos segundos más de consideración, y luego dijo:

—¿Por qué no fuiste a la boda de Lina y Aaron?

Quedé atónito. Su pregunta me había pillado desprevenido. Los recuerdos de la semana previa a la boda revivieron y me dejaron sin aire.

Rosie, que debe haber visto todo eso en mi mirada, dudó.

—Lucas…

—Está bien. —La detuve en seco. Podía jugar siguiendo mis propias reglas. Una pregunta, una respuesta. No importaba si era una respuesta larga o difícil—. No pude asistir —lancé, y me costó respirar—. No pude llegar a tiempo. Es… —Solté un suspiro tembloroso—. Estaba…

Negué con la cabeza.

Ya sea larga, corta, fácil o difícil, parecía que no podía darle una respuesta. Porque ¿cómo se terminaba una oración que representaba todo de lo que uno huía? ¡Diablos, si lo supiera!

Algo cálido me acarició el dorso de la mano y me trajo de nuevo a la Tierra.

—Ey… —musitó, mis ojos estaban fijos en nuestras manos—. No pudiste ir. Es una respuesta válida, Lucas. Jugaste según las reglas.

Me debatí entre librarme de ella o entrelazar nuestros dedos solo porque necesitaba el contacto físico, la cercanía de otro ser humano. Pero no elegí ninguna de esas dos alternativas.

Fui por lo que mejor sé hacer.

Me recompuse y le brindé una gran sonrisa que esperaba que funcionara.

—Se terminaron nuestras cinco preguntas —comenté—. ¿A qué hora te vas a Fili?

Iba a decirme algo, pero antes de darme una respuesta, sonó su celular. Lo pescó del interior de su bolso y miró la pantalla con el ceño fruncido.

—Lo siento, tengo que responder. —Atendió y se llevó el celular a la oreja—. Ey, papá, ¿Olly fue a…?

Lo que le respondieron del otro lado de la línea la dejó muda.

Abrió los ojos y el pánico se quedó grabado en sus rasgos, siempre suaves.

—¿Que tú *qué?* —Respiró fuerte—. ¿Una ambulancia?

Algo me cayó mal al estómago cuando escuché la última palabra. Y me cayó aún peor cuando unos segundos después cortó la llamada y se puso de pie horrorizada, casi sin mirarme.

—Me tengo que ir —dijo juntando sus cosas—. Lo siento. Es mi papá. —Revolvió dentro de su bolso en un arrebato demasiado brusco y se le cayó al suelo—. ¡Diablos!

—Rosie —la llamé, de rodillas junto a ella para ayudarla a recoger las cosas que se le habían caído. Las articulaciones se me quejaron con dureza, pero ignoré el dolor y levanté sus llaves y algo parecido a un lápiz labial–. ¡Ey, Rosie! –Busqué su mirada, le dejé sus cosas en las manos y, como no me miró, le deslicé mis dedos alrededor de las muñecas. Tenía la piel cálida, suave. La sostuve con delicadeza pero firmemente. Solo para llamarle la atención.

Su mirada, al fin, se encontró con la mía.

–Respira –le aconsejé.

Ella lo hizo. Llenó los pulmones de aire mientras permanecíamos en el suelo, cara a cara.

–¿Quieres que te acompañe? –ofrecí, despacio–. Estás un poco aturdida.

–¿Qué? –Sus rasgos se suavizaron–. Eso es… No. Estoy bien. –Volvió a respirar profundo–. Me estoy portando como una tonta. Seguro que papá está bien. Es la cadera, una vieja lesión; pero se cayó y un vecino llamó a la ambulancia. Ni siquiera me necesita. Me llamó solo porque la señora Hull lo obligó. De todas maneras, hoy iba a ir a Fili. Así que está bien.

Tenía las palabras de consuelo en la punta de la lengua, pero me distrajo cuando se puso de pie.

También me levanté, con cuidado de no inclinarme sobre mi costado derecho para que no se repitiera lo de anoche.

Rosie dejó algo de dinero en la mesa.

–Aquí tienes. –Sonrió antes de desafiarme con la mirada seria–. Creo que esto cubre nuestra cuenta.

¿Nuestra cuenta?

–Rosie, no. –Negué con la cabeza–. No tienes que hacerlo.

–Tómalo –insistió–. Por favor, Lucas.

–Rosie… –Bajé la voz. Pero qué esperaba después de contarle que había perdido la tarjeta de crédito y que solo me quedaba algo de cambio. Dios. Era un *zopenco,* como mi abuela adoraba llamarme cuando me salía con algo estúpido.

Ella sonrió.

–Será mejor que me vaya. –Dio un paso y se alejó de la cabina del comedor–. Voy a regresar al apartamento por la noche a recoger mis cosas, ¿de acuerdo?

–Buena suerte. –Asentí con la cabeza–. Y… gracias, Rosie. Te lo voy a devolver, lo prometo. No bromeaba cuando te dije que estoy en deuda contigo.

Una nueva emoción le atravesó rostro.

–Nos vemos, Lucas.

La observé mientras se acercaba a la salida de la cafetería y, justo antes de que saliera, le dije:

–Ah y, por favor, ¡no le digas a tu papá que me comí sus rollitos de salchicha! Me gustaría que tuviera una buena primera impresión de mí.

No se dio la vuelta, pero antes de que la puerta de vidrio se cerrara detrás de ella, la escuché reír.

Fue un sonido melodioso. Sutil y cautelosa, como ella.

–¡Ay, mierda! –exclamé y suspiré al mismo tiempo, mirando mi taza vacía y los billetes prestados–. *Lina me va a cortar las pelotas.*

Capítulo 5

Rosie

O lly no apareció en la estación.

Sin embargo, una parte de mí no se sorprendió. Creo que esperaba que me ignorara. Pero eso no suavizó el rechazo cuando no me atendió la llamada (otra vez) y me envió un mensaje de texto que decía:

No puedo hacerlo, hermana. Lo siento.

Por fortuna, en cuanto llegué a Filadelfia descubrí que papá estaba bien. Solo con un poco de dolor por su caída. No es que me lo hubiera admitido. No, no. En casa, se había negado a recostarse, a tomar sus analgésicos o dejar que le preparara un té o algo de comer. Sin cesar. Pero ese era el Joe Graham conocido. Un millón de veces había asegurado "Estoy bien, Frijol". Y al rato, decía: "Ya hice que te hicieras cargo de muchas cosas durante todos estos años, desde que se fue tu madre, Frijol. No deberías preocuparte, Frijol. ¿Por qué te tomaste el día libre para venir a agobiarte por tu viejo, Frijol? Ahora eres una líder de equipo, Frijol. Las personas dependen de ti. ¿Sabes algo de Olly, por casualidad? Está bien, ¿no, Frijol?".

Así fue como, para cuando estaba tomando el tren de regreso a Manhattan, mi medidor de mentiras era el mismo, si no más alto, después de cubrir a mi hermano menor (otra vez); y sentía tal agotamiento emocional por haber lidiado con un papá obstinado que ya no tenía energía para culpar a Olly.

Y entonces, allí estaba Lucas.

Algo se echó a volar en mi estómago y me hizo sentir exaltada, inquieta y toda clase de nervios de solo pensar en él.

Aquí estaba yo, una mujer razonable e independiente la mayor parte del tiempo, que se sentía como una chica de dieciséis años alborotada ante la idea de ver a su amor.

Solo que Lucas Martín no era mi amor. Nop. Era un hombre al que, en rigor, no conocía y cuya presencia en las redes sociales me había… *gustado* en la medida justa.

Además, era un hombre al que, nada más esa mañana, le había confesado una buena parte de mis secretos más profundos. Y me había sentido bien. Más que eso: *muy bien*.

Y ahora aquí estábamos. Él, al otro lado de la puerta de Lina, preguntándose si al final yo iba a aparecer, dada la hora y, quién sabe, tal vez hasta estaba considerando lanzar por la ventana mi descomunal pila de pertenencias desordenadas si no iba. *No, porque nunca haría eso*, argumentó una voz. Y yo, de pie en el pasillo, mirando esa puerta hacía un lapso insano de tiempo, con el deseo de tener una vista de rayos X así podía… ¿Así podía qué?

Negando con la cabeza, avancé.

Pero en el momento en que giré el pomo, me percaté de que no había llamado a la puerta. Porque ¿qué diablos estaba haciendo, colándome así? ¿Qué tal si Lucas...?

Guau.

Me detuve en seco y me quedé helada, con la puerta abierta de par en par. El aroma más maravilloso, el más delicioso del mundo y sus alrededores me llegó como una ola.

—Rosie. —Mi nombre (salido de los labios de Lucas, con esa *erre* vibrante) atravesó la niebla—. Al fin regresaste.

Con un par de parpadeos, me enfoqué en él. Estaba de pie en la cocina del estudio, frente a la estufa y dándome la espalda. Tenía puesta una camiseta ligera y el cabello castaño despeinado le caía en desordenados rizos húmedos. Seguro recién se había duchado, ya que todavía unas pequeñísimas partículas de agua le rodaban por su fuerte nuca. Y la piel se veía bronceada y suave al tacto y... y estaba observándolo fijamente. En verdad, me lo comía con la mirada.

Me aclaré la garganta.

—Hola —chillé—. Ya regresé, sí. Y estás aquí, como dijimos. Lo cual es genial y nada por lo que debiera sorprenderme. —Me maldije por no ser capaz de ocultar mi torpeza delante de este hombre que no había hecho nada para merecerla. Cerré la puerta detrás de mí y entré de una zancada—. Huele increíble aquí, Lucas.

Por fin. Algo *normal* me salía de la boca.

—Me encanta que pienses eso. —Soltó una risita—. Espero que el sabor también sea increíble.

Viendo la comida servida sobre la angosta isla de la cocina que también funcionaba como barra desayunadora, mesa de comedor y escritorio, me era imposible pensar lo contrario.

Como una abeja atraída a la flor, mis piernas me acercaron más y, con asombro, devoré todo con la mirada. En el centro, un plato de arroz salteado con verduritas de colores. A su derecha, algo que parecía ser queso feta asado rociado con lo que debía ser miel. Y a la izquierda, una bandeja llena de rodajas de pan tostado con pimientos y cebollas.

Otra risita me llegó a los oídos y me di cuenta de que Lucas ya no estaba cerca de la estufa, sino al otro lado de la isla. Me miraba con expresión de completa diversión.

—Vamos —dijo—, siéntate antes de que se enfríe.

Abrí los ojos, sorprendida.

—¿Que me… siente?

—¿Dónde más comerías?

—¿Me estás invitando a cenar? —Tragué saliva en una mezcla de sorpresa y un poco más de ese atolondramiento nervioso que me hacía cosquillas en la barriga—. ¿Contigo?

Inclinó la cabeza, reflexivo.

—Solo si tienes hambre.

—Yo… —No sabía qué decir, lo que me sucedía muy a menudo cuando lo tenía cerca.

¿Quería sentarme y aprovechar para compartir más tiempo con él (antes de que nuestros caminos se separaran) o quería rechazarlo con amabilidad, empacar mis cosas, irme e idear un plan de acción para esta noche?

Antes de que mi mente pudiera resolverlo, me rugió el estómago y le dio una respuesta a Lucas. Me avergoncé.

—¡Ajá! —señaló, con humor—. Cómo se dieron vuelta las cosas. Creo que ahora es *tu* estómago el que está tratando de comunicarse conmigo, Rosalyn Graham. Y lo tomo como un cumplido.

Tenía una sonrisa amplia y cálida mientras ubicaba sobre la mesa los dos platos que había tomado de la encimera. Luego, vino hacia donde yo estaba, estiró un brazo, movió el taburete y me lo acercó. Mirándome a los ojos, palmeó la superficie afelpada.

—Tienes hambre, así que ponte cómoda. Cuéntame cómo está tu papá.

Abrí la boca y la cerré de inmediato.

Su ofrecimiento y sus palabras eran tiernos. Considerados. Y en un giro no tan impactante de los acontecimientos, dado mi largo historial de acecho en línea, esto era algo con lo que había fantaseado cientos de veces. Cenar con Lucas Martín. Cenar lo que ha cocinado. Cenar y compartir la misma comida.

Pero dudé. Allí, de pie, me quedé inmóvil, excepto por mis globos oculares, que estaban ocupados en seguir sus movimientos.

—Rosie, ¿quieres sentarte? —repitió—. No te puedo prometer que no te voy a comer, pero trataré de no hacerlo.

Y mi próxima inspiración se me quedó trabada en la garganta durante un segundo.

Me ardían las mejillas mientras me decía a mí misma que reaccionara. Que me lo tomara en broma. El hombre era seductor, divertido, agradable. Solo estaba siendo gracioso.

Abrí la boca y lancé una risotada estridente e incontenible.

Lucas levantó las cejas hasta casi alcanzar el cuero cabelludo.

Qué exagerada, Rosie.

—Eso fue divertido. —Me palmeé el pecho y mi chillido me hizo eco en los oídos—. Una broma divertida, muy divertida, por supuesto. Porque no me vas a morder, obvio.

Lucas meneó la cabeza.

—Estaba empezando a creer que había perdido mi toque —murmuró.

Pero cuando por fin me dejé caer sobre el taburete, relajó las cejas. Su expresión se suavizó y se volvió algo seria–. Gracias, Rosie.

–¿Por qué? –respondí, mi voz, por fortuna, había vuelto a la normalidad.

Se encogió de hombros.

–Ha pasado un tiempo desde la última vez que compartí una comida con alguien. Viajar solo tiene sus ventajas, pero también puede ser un poco solitario. Creo que me estaba empezando a sentir así. Hasta esta mañana. –Me miró a los ojos–. Y hasta ahora.

Me quedé unos segundos observando ese par de ojos marrones, y sentí algo suave, algo que se me derretía por dentro: mi vacilación, mi torpeza y, seguramente, algo más también.

–Gracias por invitarme a cenar contigo, Lucas. Es un placer, de verdad.

Y no creerías cuánto, quise agregar.

Sonrió, y su sonrisa otra vez fue grande y feliz y... *preocupada,* muy preocupada. Pude notarlo mientras le miraba fijamente los labios. Me había metido en graves problemas, hasta la coronilla, si él de verdad planeaba mostrar esa sonrisa como si nada.

–Entonces, ¿cómo está tu papá? –me volvió a preguntar, ofreciéndome la fuente de arroz salteado. Se la recibí y me serví un gran cucharón.

–Está bien. Tiene mal la cadera. Se tropezó con uno de los espeluznantes gnomos de jardín que adora. –Dejé escapar un resoplido–. Por suerte, está bien. Solo un poco dolorido. Pudo haber sido mucho peor. El gnomo fue la única baja.

–Me pone contento escuchar eso, Rosie.

Yo también lo estaba. Y, por alguna razón, dudé de que me lo hubiera dicho solo para ser amable.

—Gracias, Lucas. —Busqué concentrarme en otra cosa que no fuera su rostro, así que tomé una rodaja de pan y me la llevé derecho a la boca—. ¡Ay, Dios mío! —Casi gemí cuando saboreé el primer bocado—. ¿Qué les pusiste a estos pimientos? Tienen un sabor a… ¡guau! Están increíbles.

—Los caramelicé con cebollas moradas y unas especias que encontré en la alacena de Lina. —Me guiñó el ojo y también mordió su rebanada—. El resto de los ingredientes los compré con mi dinero más algo de lo que me dejaste. —Su expresión se volvió vacilante—. Rosie, siento que te debo…

—No te preocupes por eso, ¿está bien? —le aseguré antes de que pudiera explicarse—. Estoy más que satisfecha por prestarte algo de dinero hasta que consigas tu tarjeta. No conoces a nadie en la ciudad y es lo menos que puedo hacer. Además, me has invitado a comer. —Señalé el festín digno de los dioses que había servido—. Así que, me cuesta ver que todo esto no sea un buen trato para mí. —Me serví en el plato algunas cucharadas del brilloso y delicioso queso feta—. Haría cosas extravagantes por un queso como este.

—Me voy a asegurar de recordar eso. Para la próxima vez.

La próxima vez. ¿Quería decir que…?

No. Era solo una forma de decir.

Prosiguió:

—Cocinar y comer lo que preparo es uno de los pocos placeres que me puede distraer cuando tengo un mal día.

Reacomodé la servilleta en mi regazo y me volví a concentrar en la comida.

—No me cabe ninguna duda —le aseguré, y me contuve de preguntarle sobre los malos días. Seguro se refería a lo de anoche.

—Entonces, Rosie —comentó un par de minutos después—. He

escuchado todo sobre cómo Lina y tú se conocieron y, voy a ser honesto, me moría por escuchar tu versión de los hechos.

Con el ceño fruncido, le eché un vistazo furtivo. Aquella enorme sonrisa, que me impedía concentrarme, estaba allí de nuevo. *Diablos*. Volví a mirar mi plato.

—¿Mi versión de los hechos? Nos conocimos en la Semana de Presentación de InTech.

—¡Ah! Eso no es lo que Lina anduvo contando por ahí. —Dejó escapar una risita suave, profunda y… familiar—. Allá en casa, eres toda una leyenda.

—¿Una *leyenda*?

—¡Sí! No todos los días un alma piadosa empuja a mi prima para sacarla del camino de un caballo en fuga y le salva la vida.

—¿Un *qué*?

Y así, los hechos a los que se refería se proyectaron rápido en mi mente y dispararon la única respuesta lógica:

Me estallé en una fuerte carcajada que me sacudió todo el cuerpo.

—¿Eso les dijo Lina a todos? —pregunté. Lucas asintió con la cabeza—. *Increíble.* Bueno, en realidad, viniendo de Lina, no debería sorprenderme.

—¿Me estás diciendo que mi muy discreta y en absoluto dramática prima lo adornó un poco? —Se rio—. Ya sabes, describe hasta el más mínimo detalle de cómo su vida pasó delante de sus ojos —inclinó la cabeza—, antes de abrirlos y encontrar a su ángel guardián de ojos verdes de pie frente a ella.

—Creo que eso explica por qué tu abuela lloró cuando nos conocimos —bromeé.

Mirándome fijamente, Lucas me acercó la bandeja con queso.

—Entonces…, ¿en serio me estás diciendo que no hubo ningún

caballo encabritado? —Como no tomé más queso, estiró el brazo y me sirvió una cucharada en el plato—. ¿No te abalanzaste y le salvaste la vida?

—Bueno… —repuse mientras lo veía acomodar las manos con cara de satisfacción—. ¿Conoces los carruajes del Central Park?

Lucas asintió con la cabeza y echó mano a la última rebanada de pan tostado.

—Son para los turistas más que nada, o para esas citas pomposas, lo que es poco… poco original, si me lo preguntas. No tengo nada contra lo pomposo, por supuesto. Pero el romance (grandes detalles grandilocuentes) debería ser más personal. Bien pensado, como…

Nuestras miradas se encontraron y, cuando detecté diversión en la suya, detuve mis palabras.

—Como sea. —Me encogí de hombros—. No me preguntes cómo, pero uno de los caballos se soltó y marchó por el Central Park al paso lento típico de los… bueno, caballos. En eso viene Lina con los auriculares puestos. Se notaba que estaba perdida y miraba la app Google Maps en su celular. —Tiempo después aprendería que mi mejor amiga carecía de sentido de la orientación—. Esa misma mañana, la había visto derramar una jarra de café en los pantalones de alguien, así que sus reflejos no eran agudos.

Lucas se rio con disimulo.

—Ah, por supuesto que no es su punto fuerte.

—¿Verdad que no? —Solté una risita—. En fin, le grité para advertirle y como no se movió, solo fui y la empujé para sacarla del camino.

Lucas hizo un chasquido de desaprobación.

—Está claro que *no* es la versión que he estado escuchando en cada una de las navidades desde que te conocí.

¿Cada una de las navidades?

¿Lucas había estado escuchando eso (de mí) en cada navidad?

—Perdón por decepcionarte. —Recogí mi tenedor de nuevo y tomé un poco de arroz–. No soy un ángel guardián. Ni una heroína. Solo una ingeniera común y corriente devenida en escritora de romance. —Incliné la cabeza–. ¡Ay! Es la primera vez que lo digo en voz alta.

—¿Y qué se sintió? —Su sonrisa se volvió más cálida.

Pensé mi respuesta.

—Bien. Estuvo bueno decirlo. Escucharlo.

Solo deseaba *sentirme* más segura en estos zapatos nuevos que me había calzado. Pero no lo estaba, por ahora, no. En parte porque… alguien que ha escrito un solo libro, ¿se podría considerar "un escritor"? ¿Cómo podría alguien *sentirse* escritor si apenas ha pasado del primer capítulo de su segundo libro?

Se me revolvió el estómago de solo pensarlo.

No supe si Lucas se dio cuenta o no, pero dijo:

—¿Puedo preguntarte algo más? Es un poco personal.

—Por supuesto —respondí con un suspiro, un resto de mi baja autoestima aún me revolvía las entrañas.

—Nunca me contaste cómo te sentiste cuando dejaste tu trabajo como ingeniera. Me contaste cómo las personas que te rodeaban se podrían haber sentido contigo como escritora y cómo te parecía que tu papá se iba a sentir con tu renuncia. Pero nunca me dijiste cómo te sentiste *tú*.

Y esa fue… una pregunta que no esperaba que él me hiciera. Una pregunta que pensé que nadie (de las personas que yo conocía) me iba a hacer.

Y bien…, ¿cómo me sentía? Sabía por qué había renunciado. ¿Pero había tomado la decisión correcta? ¿Una parte de mí se arrepentía? El hecho de que no había sido capaz de escribir ni una sola maldita palabra desde entonces ¿era una señal de que había cometido un gran error?

—No es de mi incumbencia, lo sé —aclaró tras un largo silencio de mi parte. Su sonrisa se torció, casi cohibida—. Está bien.

—No… —Me quedé sin voz.

Me miró durante unos segundos y, como no agregué nada más, siguió comiendo, haciendo como que no era gran cosa. Porque seguro para él de verdad no lo era.

—No estaba mal —al fin atiné a decir, y me echó un vistazo muy despacio, como si un movimiento brusco pudiera espantarme—. Creo que estaría feliz trabajando en InTech si no hubiera encontrado algo que… por fin *amo*. Algo que me hizo entender lo que de verdad es amar lo que haces. Algo que me completó de una forma que la ingeniería nunca lo hizo, a pesar de que era feliz y no sabía que no me llenaba. —Exhalé todo el aire de mis pulmones, y me sentí como un globo pinchado, desinflado—. Por eso es tan difícil para mí hablar de ese tema. Porque esto, este sueño nuevo parece tan frágil. Quiero decir, lo tengo en mis manos, pero lo siento tan… nuevo, tan extraño que me da pánico que pueda caerse y hacerse añicos, así que solo… estoy quieta y lo observo en silencio.

Y porque cada día me acercaba un poquito más a la fecha límite (dentro de ocho semanas), cada día que pasaba sin escribir ni una sola palabra o sin poder conectarme con lo que sea que había tenido dentro de mí hasta hacía no mucho, sentía que esto estaba fracasando. Que *yo* estaba fracasando.

—¡Ey! —La voz de Lucas me hizo dar cuenta de que había estado mirando fijamente al vacío—. Eres una guerrera, Rosie. —Esbozó una media sonrisa—. Eso es algo que nunca debes olvidar. Y algo de lo que deberías sentirte orgullosa.

Guerrera. Nunca me habían llamado así. Ni una sola vez. Prudente, responsable, motivada, pero nunca guerrera.

75

—Gracias —murmuré, tan despacio que no estaba segura de que me hubiera oído—. Pero basta de hablar de mí. —Me enderecé en el taburete—. Aparte de cocinar, ¿qué otra cosa te hace sentir mejor cuando te sientes mal?

Lucas se quedó pensando un instante en mi pregunta. Luego, se inclinó sobre los codos. Muy despacio. Bajó la voz, como si me estuviera revelando un secreto, y sentí que yo también me inclinaba.

—Algo casi tan divertido como comer pero que implica mucha menos ropa.

La respiración se me atascó en la garganta, sin importar que había estado en el proceso de tragar. En consecuencia, un grano de arroz fugitivo se me fue por la tubería equivocada y me desató un ataque de tos.

—*Por Dios* —lo escuché decir entre mis bocanadas de aire superficiales—. Rosie, ¿estás bien?

Nop. Para nada. Estaba claro. Porque la imagen mental de Lucas (*con mucha menos ropa* de la que llevaba ahora y haciendo cosas *divertidas*) había provocado una conmoción en mis funciones corporales más básicas.

Como no respondí y solo continué tosiendo, dejó escapar una maldición en lo que debe haber sido español. Se puso de pie y se disparó hacia mí.

Antes de que él pudiera pensar en rodearme con los brazos y hacerme la maniobra de Heimlich, tomé cartas en el asunto y me estiré encima de la mesa para tomar un vaso de agua.

—Aguarda, Rosie —me advirtió mientras yo me llevaba el vaso a la boca—. ¡No tan rápido! Eso es… Ey, bien.

Terminé el agua y lo apoyé en la mesa.

—Vino —murmuré casi sin aliento—. Eso era vino blanco. —Cosa de la que no me había percatado. Porque, bueno. Porque había estado ocupada mirando a Lucas.

—Sí —admitió, y pude escuchar la diversión que bailaba en sus palabras—. Bueno, hizo lo suyo.

—Síp. —Me aclaré la garganta y me incorporé sobre el taburete, rehusándome a mirarlo. *Dios, de verdad ya es suficiente*—. Puedo… ¿Puedo llenar mi vaso, por favor?

—¿Estás segura? Te acabas de bajar un vaso completo —respondió después de un buen rato.

Sentía los ojos de Lucas sobre un lado del rostro y al final me atreví a encontrar su mirada. Me estaba examinando.

—Muy rara vez bebo. —Suspiré—. Pero hoy podría ser un buen día para un par de copas de vino. O una buena semana quizá. Además, casi hemos terminado de comer, así que podría necesitar algo nuevo para distraerme de mis cosas. —Parecía un poco sorprendido por mi confesión, así que sentí que debía agregar—: Algo que no implique mucha menos ropa.

Despacio y casi reticente, Lucas me sirvió más del líquido dorado.

—Tu hermano —señaló sin vueltas—. Mencionaste que ha estado ignorando tus llamadas. ¿Por eso hoy es un buen día para un par de copas de vino?

—Tienes buena memoria —murmuré.

—Soy buen oyente. —Volvió a su asiento al otro lado de la isla, y se aseguró de mirarme a los ojos—. No fue, ¿verdad? A lo de tu papá.

Entrecerré los ojos hasta que formaron dos rayas.

—¿Quién eres? ¿El doctor Phil?

—¿El doctor… qué?

—Es psicólogo y presentador de un programa de entrevistas. —Extendí el brazo para alcanzar mi vaso—. La gente va a su programa, el doctor Phil les da una miradita a sus almas y, ¡boom!, desentierra y expone todas sus preocupaciones más profundas.

Lucas sonrió con satisfacción.

–¿Es atractivo? ¿Por eso te hago acordar a él?

Una carcajada me trepó por la garganta y se me escapó antes de que pudiera detenerla.

–¡Ay, Dios! No.

La media sonrisa de Lucas se desdibujó.

–Ah.

–Quiero decir, eres atractivo –aclaré, lo creí necesario. Luego, de inmediato, me arrepentí–. *Objetivamente*. Para el resto de la gente. No subjetivamente, solo para mí. Eres objetivamente atractivo… creo.

–Tú… ¿lo crees? –Lucas frunció los labios–. Siento como que hay un halago por ahí, pero me está costando encontrarlo.

Si tan solo supieras…, pensé. Pero en lugar de eso comenté:

–La cuestión es que parece que te estuve usando como mi soporte psicológico. ¿Hace cuánto que nos conocemos? ¿Un día? Y ya sabes más de mí que la mayoría de la gente que hace años que está en mi vida. –Me encogí de un hombro–. Por eso te estaba comparando con el doctor Phil.

Sonrió de nuevo.

–Que me usen mujeres hermosas es algo que no me afecta en lo más mínimo.

Mujeres hermosas.

Mi corazón daba las volteretas más estúpidas y bobas.

Me acerqué el vaso a los labios para ganar algo de tiempo. Traté de concentrarme en *mujeres*, en plural, y no *mujer*, como yo, Rosie. Aunque qué importaba, en verdad. Este era Lucas Martín y, después de esta noche, no habría nada que nos uniera. No si Lina no estaba en Nueva York para poner alguna excusa que nos hiciera volver a vernos, y no cuando en un mes y medio él se subiría a un avión para dejar el país. El continente. Así que no importaba si se refería a mí o no.

—Entonces, mi hermano —retomé para llevar la conversación a un terreno más seguro— no apareció. Me dejó plantada. Otra vez.

Lucas asintió con la cabeza.

—¿Dijo por qué?

—No. Ya no me cuenta nada de nada. —Busqué mi servilleta, solo para tener las manos ocupadas con algo—. Y ese es todo el problema. No… sé qué le pasa, es como si ya no lo conociera, como si ya no me quisiera más en su vida. —Negué con la cabeza y estrujé la tela entre los dedos—. Y eso, aunque parezca increíble, me pone supertriste.

Levanté la mirada hacia Lucas y encontré la suya mientras masticaba el último bocado.

—¿Y tu papá?

—Seguro se está culpando, pensando que podría haber hecho algo si se hubiera quedado en la ciudad. —Dejé caer la servilleta al lado de mi plato y tomé otro trago de vino—. Por eso siempre lo cubro, le digo que está ocupado, que tiene un nuevo trabajo, que está viviendo su vida, que ya es adulto y que tenemos que darle lugar para que madure solo. Pero no estoy segura de seguir creyéndomelo. —Me bebí el vaso de un trago—. Creo que hay algo que no nos está diciendo. Algo que me está ocultando.

Lucas asintió. Por un momento evadí su mirada.

—¿Qué piensas que podría ser?

Cerré los ojos y negué con la cabeza.

—No lo sé, Lucas. —Me concentré en él otra vez y me esforcé por sonreír—. ¿Ves? Una noche ideal para beber dos copas de vino.

Se quedó unos segundos en silencio, parecía perdido en sus pensamientos. Después comentó:

—A veces, les ocultamos cosas a las personas que queremos por razones que ni siquiera nosotros mismos comprendemos.

Y por alguna razón que no pude explicar, sus palabras me parecieron una confesión.

Y prosiguió:

—Dale algo de tiempo. Ya se va a dar cuenta de lo solitario que puede ser tener secretos.

Sombras de preocupación cruzaron por su mirada. Tardé un poco en contestar:

—Ojalá tengas razón, doctor Phil.

Me moví en mi asiento y recordé que no fui la única de la sala que había tenido un día extraño.

—Debería irme. Debes estar exhausto después de las veinticuatro horas más extrañas de tu vida.

Esbozó una risita y volvió a su yo alegre.

—No diría "extrañas" —admitió.

Yo tampoco lo diría, pensé. Pero no dije nada y me puse de pie. Las dos copas de vino que habíamos bebido en unos pocos minutos se me subieron directo a la cabeza y me hicieron tambalear por un minúsculo segundo.

Lucas frunció el ceño.

—¡Ups! Me levanté demasiado rápido. —Le resté importancia con una risa jovial—. Bueno, la cena estuvo genial, Lucas. En serio. La mejor que he tenido en mucho tiempo. Gracias de nuevo por invitarme.

Se le contrajo la boca y me hizo desear una última sonrisa radiante antes de irme, pero no sucedió. En vez de eso, se puso de pie y caminó al área del living. Me dejó allí y observé la manera en que su esbelta y ancha espalda se movía con cada paso. Se dejó caer en el gran sofá con el que, lo sabía, mi mejor amiga se había encaprichado hacía alrededor de un año.

Se estiró para tomar el mando de la televisión y la encendió. Apretó algunos botones y abrió el menú de aplicaciones instaladas.

—De verdad que ella tiene cada servicio de *streaming* que existe.

—Ajá —masculle, me preguntaba si iba a despedirse de mí—. Sí, pasamos muchas noches usándolas. —Mejor dicho, todas las noches—. O solíamos hacerlo, antes de Aaron y la boda.

Y en ese momento me di cuenta de que quizá Lucas no era el único que se había sentido un poco solo en los últimos tiempos. Quizá yo también.

Se dio media vuelta y me miró por sobre su hombro.

—¿Vienes?

Parpadeé.

Su sonrisita de satisfacción volvió a aparecer.

—No me mires así. Te voy a dejar elegir.

—Debería… —dudé—. Creo que debería empezar a recoger mis cosas. Tengo un montón y desempaqué más de lo necesario. Tampoco reservé un lugar para pasar la noche y ya es hora de hacerlo. —Y eso evidenciaba lo dispersa que había estado mi mente. Porque yo era Rosie Siempre Lista, y en otra ocasión buscar un hotel hubiera encabezado mi lista de prioridades.

—O puedes relajarte mientras miramos algo, y después te ayudo con tus cosas —señaló Lucas. Bajó la vista y miró su reloj pulsera—. Apenas son las ocho y media de la noche. Y no le doy el control remoto a cualquiera.

—Creo que… —Di un pasito hacia delante y sentí que la cabeza me daba vueltas. *Por esto es que no suelo beber alcohol*—. Creo que un poco de relajación no le hace mal a nadie. –Otro pasito más–. Creo que… puedo quedarme.

–¿Entonces qué estás esperando, Rosie?

Síp. No solo lo creía, sino que lo quería. Tenía tantas ganas de quedarme que acorté la distancia, tomé el mando de su mano y me senté con él en el sofá. O al menos así lo quería el vino.

Un par de episodios de mi programa favorito después, no me había relajado, pero había sucumbido al agotamiento mental de las últimas horas… y días y semanas.

Moví mi cuerpo laxo en el sofá, me giré y dejé caer la cabeza sobre el cojín. Mis ojos somnolientos se fijaron en el perfil de Lucas.

Nariz definida, mandíbula fuerte, pómulos altos, labios carnosos… y ese cabello. Aquellos rizos más largos de un lado se las ingeniaban para hacer que mi estómago se sumergiera en la sorpresa y en algo más. Algo… más cálido y en lo que no quise pensar demasiado. No cuando solo podía mirarlo.

Síp. Ese nuevo corte le quedaba bien. Mucho mejor que ese rapado que mostraba en Instagram.

Antes de que supiera lo que estaba haciendo, me escuché murmurar:

–¿Lucas?

Vi que se le abrían las comisuras de los labios antes de que susurrara:

–¿Rosie?

Solté una risita.

–Debo estar todavía un poquito entonada. Y estoy muy cansada también. Me voy a quedar dormida si no me levanto en este preciso momento.

Fue su turno de reírse.

—Podrías —replicó, pero luego se calló y se le tensó el cuello. Giró la cabeza y se aseguró de mirarme a los ojos—. ¿Eso te preocupa?

Fruncí el ceño, un poco lenta para seguirlo.

Alzó las cejas.

—No debería. Sabes que estás segura conmigo, ¿no?

¡Oh!

Ante la seriedad de su tono, se me estrujó a fondo el estómago.

—Lo sé —le respondí. Lo decía en serio. Sabía que estaba a salvo con él.

Relajó la expresión y los hombros, lo que me causó una sensación profunda de satisfacción que no entendí.

—¿Sabes por qué lo sé? —le pregunté.

Esperó mi respuesta.

—Porque sé que notaste que estaba mareada, y por eso me insististe en que me quedara. Estabas asegurándote que estuviera bien antes de que me fuera.

Asintió con la cabeza, parecía estar pensando en algo. Para mi sorpresa, volvió a girarse hacia la tele y, cuando estuvo bien de frente a ella, bajó la voz y dijo:

—Ahora, tranquila. Estoy tratando de mirar mi programa.

Eso me sacó la sonrisa más estúpida. Porque no era su programa. Era el *mío*. Mi programa adolescente paranormal lleno de vampiros y hombres lobos y anillos mágicos, medallones encantados y curas místicas y más de una buena parte de drama exagerado.

—¿Lucas? —repetí después de unos momentos.

Se le volvió a tensar las comisuras de los labios.

–¿Sí, Rosie?

–Gracias. –*Por escuchar. Y por esta noche. Y por hacerme sentir…
menos sola. Un poco menos abrumada, aunque sea solo por un rato*–.
Creo que de verdad necesitaba hablar con alguien y quiero asegurarme de que lo sepas.

Me miró de nuevo, y debió haberme visto en la cara la seriedad
de mis palabras, porque me preguntó:

–¿Qué pasa?

El vino quizá había aniquilado el último de mis filtros, y su expresión era tan tierna y gentil que era imposible no responder.

–¿Te acuerdas de mi sueño nuevo? –pregunté, y di una gran y
largo suspiro, acomodando las manos entre mis mejillas y el almo-
hadón–. Tengo una fecha límite para la entrega de mi segundo libro
y se me está acabando el tiempo. –Bajé la voz y susurré–: Esta es mi
oportunidad de demostrarme a mí misma que no cometí un error,
Lucas. Y puede que no lo logre.

Una parte de mi se dio cuenta de que no le estaba diciendo mucho. De hecho, en realidad no le estaba diciendo nada del verdadero
problema: yo, que me sentía como alguien a quien le habían cortado
el suministro de oxígeno cada vez que abría ese manuscrito; yo, que
me ahogaba la presión y me paralizaba de miedo; yo, bloqueada.
Estancada.

Pero Lucas giró todo el cuerpo hacia mí y apoyó el costado de la
cabeza sobre un cojín, imitando mi postura.

Tenía los labios bien cerrados, rígidos.

–Lo vas a solucionar, Rosie. –En su mirada brillaba una confianza
que yo aún no había logrado–. Has llegado hasta aquí. No necesito
saber mucho más sobre ti para saber que vas a seguir adelante. Eso
es lo que hace la gente luchadora.

Luchadora. Me gustaba cómo se sentía que me llamaran "luchadora". Que él me llamara así.

Pero todavía quería decirle que no estuviera tan seguro. Que yo podría ser un fraude o una fracasada. Que pude haber cometido un error al apresurarme con esto. Pero era difícil para mí ser negativa cerca de Lucas, que se las ingeniaba para brillar con una luz resplandeciente.

—Ojalá tengas razón.

—¿Quieres apostar? —dijo en voz baja, con un tono solemne.

Solté una risita.

—Mejor no.

—Bien, porque me sería muy fácil ganar.

Sonrió y creo que yo también.

El tiempo pasó mientras nos mirábamos el uno al otro, el programa sonaba de fondo. Y, en algún punto, segundos o minutos después, sentí los párpados cada vez más pesados. Fui perdiendo la conciencia de a poco mientras un pensamiento vago e inesperado iba tomando forma en mi mente.

¿Qué hubiera pasado si Lucas hubiese ido a la boda de Lina y Aaron? ¿Si nos hubiéramos conocido ese día? ¿Hubiese sido tan… natural y espontánea esta charla con él?

Pero antes de poder conjeturar una respuesta, el sueño me ganó la batalla y se hizo cargo de mí.

Capítulo 6

Lucas

brí los ojos de golpe, con la respiración atascada en la garganta.

Me llevé una mano al pecho y… no podía respirar.

Yo… *Joder.*

Despacio, me las arreglé para hacer que mis dedos me frotaran el tórax con movimientos circulares, en un intento de aliviar la presión que me oprimía los pulmones.

No estoy en el agua, me recordé. *Estoy respirando.*

Y estaba durmiendo.

Desorientado, dejé que mi mirada deambulara y reconociera el espacio, iluminado por lo que tenía que ser la luz de la mañana. Un cuadro de colores estaba colgado en la pared. Unos pasos más allá, en la isla de la cocina, descansaban dos copas de vino. Mi mochila gastada yacía a los pies del sofá donde estaba recostado.

El sofá.

¿Me había quedado dormido en lo de la abuela otra vez? No, no era su sofá de dos cuerpos hecho polvo que sin duda había visto mejores épocas. Tampoco era su sala. La decoración era moderna y vibrante, como cada mueble. Me hacía acordar a…

Entonces, todo vino a mi mente.

No era España ni la casa de mi abuela. Estaba en Nueva York. En el apartamento de Lina. Y había pasado la noche en su sofá.

Me froté la cara varias veces, me restregué los ojos, todo mientras repetía el mantra que había usado en innumerables ocasiones en los últimos meses.

Fue solo un sueño. Estoy bien.

Aunque la última parte podría ser mentira. Estaba tan bien como nunca lo había estado. Porque esta era mi nueva vida. No Nueva York, sino *esto,* despertar cubierto de sudor frío, con los músculos, que alguna vez estuvieron en excelente estado, adoloridos, tensos y poco confiables.

A unos centímetros de mi costado izquierdo, un ronquido suave me llamó la atención. Con una mueca de dolor, levanté ambas piernas del sofá y busqué el origen del sonido. No tardé mucho en enfocarme en una figura que yacía en el medio de la cama. Rizos oscuros estaban desparramados sobre la almohada.

Rosie. Rosalyn Graham.

No me sorprendió que se hubiera quedado dormida anoche. De hecho, me impresionaba que hubiera sucedido recién en el cuarto o quinto episodio de ese programa de vampiros que se conocía de memoria. Por mucho que nos habíamos esforzado por permanecer despiertos (ella porque tenía la intención de irse y yo, diablos, porque ese programa estaba envenenado con alguna droga), igual nos quedamos dormidos. Y no había sido sino hasta más tarde, lo que supuse fueron un par de horas, que me desperté con un calambre que me recorría la pierna derecha y la encontré roncando al lado mío. Así que, sin pensarlo demasiado, apagué la televisión, levanté a Rosie lo mejor que pude y la llevé a la cama.

Nuestra conversación de anoche se me vino a la mente. No éramos tan distintos: ella y yo, ambos con miedo al futuro. La diferencia era que Rosie tenía el mundo a sus pies y, en mi caso, mi mundo se me había hundido bajo los pies. Aparté la mirada de la silueta dormida de Rosie y fui al baño. Sentía la piel pegajosa y el cuerpo contracturado, así que cerré la puerta detrás de mí y me metí en la ducha.

Después de una cantidad indecente de tiempo bajo el agua extremadamente caliente, me obligué a cerrar la ducha, a envolverme una toalla alrededor de la cadera, tomar mis ropas tiradas y salir del baño.

Me sentía mucho más yo y negué con la cabeza mientras inspeccionaba el pequeño aunque lindo apartamento de Brooklyn, Nueva York. ¿Cómo le decía Lina? Su... ¿estudio?, ¿monoambiente? No me podía acordar. Pero si consideramos que era un espacio abierto sin habitaciones, excepto el baño, me pareció que tenía uno de esos nombres que sonaba extravagante para hacerlo más elegante. Como en los programas de remodelación estadounidenses que a la abuela le gustaba tanto mirar doblados al español.

–¿Lucas? –La voz de Rosie me devolvió al presente.

Me di la vuelta y la encontré sentada en el medio de la cama, con el edredón enroscado en las piernas. Parecía que recién se había despertado, pero tenía los ojos, de un increíble verde luminoso, bien abiertos.

Mis labios se estiraron en una sonrisa.

–*Buenos días.*

Bajó la mirada, luego la levantó de nuevo.

—¡Ay, por…! ¡Ey!, sí. Hola. Bu… Buenos días —tartamudeó con las mejillas sonrosadas.

Fruncí el ceño.

—¿Estás bien?

Me recorrió el pecho con la mirada. Al principio, despacio; luego, con desesperación. Como si no se pudiera decidir a dónde mirar.

—Te duchaste —señaló—. Y ahora, estás con una toalla.

Seguí la dirección de su mirada, bajé la vista también para verificar si había algún problema con mi vestimenta (o toalla) y me aseguré de que las cicatrices de mi rodilla y muslo no fueran visibles. Todo estaba en orden y la toalla cubría la mayoría de las marcas ya curadas. La volví a mirar a la cara.

—¿Pasa algo?

Negó con la cabeza, hundiendo su mirada una vez más.

¡Ah! No pasaba nada malo. Rosie solo me estaba examinando. Descaradamente. Quizá casi sin saberlo, también.

Se enfocó en el tatuaje que me había hecho en el costado izquierdo del torso y que me cubría una gran parte del tórax. Me examinó un buen rato.

—¿Disfrutas de la vista? —pregunté con el tono más serio que pude, incapaz de contenerme.

Alzó la mirada de golpe.

—Perdón, ¿qué?

—¿Estás disfrutando la vista? —repetí, apenas contuve la risa.

—¡Ah!… *Ah*. No te estaba mirando con lujuria. Me… Pasa que me encantan los tatuajes. —Se salió del tema con rapidez—. De hecho, soy una *gran* fanática. Solo eso estaba observando. ¿Es una ola? Es precioso. Un trabajo de líneas sorprendente. ¿Te dolió? Apuesto a que sí. –Respiró profundo–. A mí… sí, me gustan los tatuajes en los hombres. O en la gente en general.

Por instinto, me llevé la palma al costado y repasé el diseño. Lo acaricié con los dedos para que dirigiera allí su mirada.

–Me encanta que lo apruebes. –Solté una risita–. Por un segundo pensé que había cruzado la línea al caminar así por aquí. Pero creo que estabas un poco distraída... –hice una pausa– por el tatuaje.

–¡Ah, sí! –Rosie asintió con vigor–. Totalmente. Podrías pasearte por aquí todo desnudo y ni siquiera se me movería un pelo.

–Bien –respondí, y dejé que pensara que le creía. No le creía. Le afectaría. Si hubiese dejado caer la toalla en ese mismo momento, probablemente se hubiera puesto tan roja que se moriría. Y me di cuenta de que me gustaba demasiado saberlo–. Me voy a asegurar de recordar eso. Nudismo, okey.

–Fantástico –chilló–. Genial, de verdad.

Escondí mi sonrisa y me alejé de ella.

–Es un poco temprano para duchas largas. ¿Te desperté?

–No, no –repuso, mientras yo iba hasta donde estaba mi mochila y la abría de un tirón–. Siempre me despierto al amanecer. No soy de dormir mucho.

–Entonces ya somos dos. –Saqué una muda de ropa y le eché un vistazo a ella–. ¿Necesitas el baño antes de que me vaya a cambiar? –pregunté, cruzándome de brazos. Contraje un poco el bíceps porque mi ego estaba demasiado complacido con su atención. Lo miró de inmediato y se le abrieron los ojos–. O podría cambiarme aquí. Ya que te parece bien que me desnude…

–¡No! –Se apresuró a responder–. Ve, *por favor*. Voy a preparar el café.

Con un asentimiento de cabeza, desaparecí en el baño otra vez.

Cuando volví, Rosie estaba colocando dos tazas en la encimera. Se había cambiado el suéter de anoche y se había puesto un top negro sin mangas. Tenía el cabello recogido con un moño de color en lo alto de la cabeza. Sin querer, mi mirada le recorrió la nuca, siguió por la línea de la garganta y los hombros, y bajó hacia los brazos y la espalda. Seguí las suaves curvas de su cuerpo y, con ansiedad, llegué a su trasero. Era lindo, redondeado…

Me estremecí.

No. No podía observarla de esa forma. No cuando estaba a punto de proponerle el plan que había elaborado en la ducha.

Rosie se giró y me miró con súplica en los ojos.

—Te juro que quise irme anoche. Lo siento, me quedé dormida.

—Nada de que disculparse. —Sacudí una mano para afirmar cada palabra—. Estabas exhausta, y yo también. Los dos nos quedamos dormidos.

Ella pareció estar pensando en algo.

—Así que me llevaste a la cama, ¿no es cierto? No tenías que hacerlo, de verdad. —Tomó la cafetera y la ubicó en la isla—. Me podría haber quedado en el sofá.

—No fue nada. —Me encogí de hombros.

Ella empujó un taburete y se sentó frente a mí.

—Fue muy tierno que hicieras eso. —Desvió la mirada y se ocupó de la cafetera—. Ya sabes, Lina mencionó lo *bruto* que eras, y me sigo preguntando por qué lo dijo.

—¡Ah! —Solté una risa—. Créeme, ella tiene más que un par de razones para decir algo como eso. Era una suerte de pesadilla cuando éramos chicos. Y también de adolescentes. —Disimulé una risita—. Y, bueno, lo sigo siendo de vez en cuando.

—Parece que ahora estás sacando a relucir tu mejor comportamiento.

Encontré su mirada mientras me acercaba mi taza de café.

—Me encanta que pienses así.

—¿Te encanta? —Frunció un poco el ceño—. ¿Por qué?

Me preparé y esperé a que diera el primer sorbo de café. Luego respondí:

—Porque pienso que deberías quedarte.

Rosie bajó su taza muy despacio.

—¿Como ahora? ¿A desayunar?

—No, quiero decir durante todo el tiempo que quieras o necesites. —Dejé que decantara y después agregué—: Quédate aquí, en el apartamento de Lina, conmigo.

Levantó una ceja.

—¿Qué? No puedo.

—¿Por qué no? —Derramé un poco de café.

La convicción en mi voz debe haber trabajado a mi favor, porque tartamudeó:

—Porque tú e… eres… Lucas. Y yo no… no vivo aquí.

—No puedes estar en tu apartamento —señalé, mientras tomaba la taza entre mis manos—. Y me parece que tampoco te puedes quedar en lo de tu papá. De ser así, ahora estarías en su casa. Pero corrígeme si estoy equivocado.

Rosie hundió los hombros.

—No. No te equivocas.

No lo había dicho con esas palabras anoche, pero lo supuse. Me di cuenta. Lo *entendí*. Mucho más de lo que me animaría a admitir.

—Entonces, quédate. Date un tiempo para resolver las cosas.

—Pero es un apartamento estudio con una sola cama y Lina te prometió el lugar a ti, Lucas.

—Podemos compartir si estás de acuerdo.

Las orejas de Rosie se sonrojaron.

Incliné la cabeza.

—El apartamento, no la cama.

Dejó escapar una risa sin ganas.

—Por supuesto. —Hizo una pausa—. ¿Pero si *yo* estoy de acuerdo con compartir?

—La noche que llegué me dijiste que no podíamos estar aquí los dos, por eso pregunto.

—Lo dije —murmuró. Después su voz se apagó con algo que sonó a mucho arrepentimiento—. Pero no lo decía en ese sentido. No me molesta compartir el apartamento contigo. Para mi sorpresa, eres… maravilloso. En realidad, ni siquiera debería sorprenderme.

Fruncí el ceño y me pregunté qué había querido decir con eso.

Rosie, perdida en sus pensamientos, se llevó una mano a la cabeza y se arregló, distraída, el pelo rizado.

—Mi plan era encontrar un hotel barato o un Airbnb, algo así. Ayer empecé a buscar cuando volvía de Fili, pero eran…

—Caros —terminé por ella—. Y cansador. Lo sé. Yo también busqué antes que Lina me ofreciera su casa. —Me incorporé en mi taburete y me aseguré de mirarla a los ojos—. Quédate aquí, Rosie —le ofrecí por última vez. No iba a presionarla—. Por todo el tiempo que quieras o necesites. Pero no… no tires dinero en una habitación sobrevaluada para salir corriendo de aquí solo porque piensas que me vas a causar molestias. Soy yo el que lo ofrece.

Algo nuevo se cristalizó en su expresión. Algo que, estaba bastante seguro, significaba que lo estaba pensando.

Titubeó y luego preguntó:

—¿No te voy a invadir?

—¿Parece que yo te invado a ti?

Negó con la cabeza.

—Pasamos la noche y funcionó, ¿verdad? —sostuve, y ella se encogió de hombros—. Y te estás olvidando de que soy un turista. Así que, el apartamento estará vacío la mayor parte del día. Una abundancia de tranquilidad para que te concentres, puedas trabajar y llegar a tu fecha de entrega.

Se le levantó el ánimo, aunque enseguida suspiró:

—Pero no puedo dejar que duermas en un sofá.

Examiné el mueble y no vi ningún problema.

—He dormido en lugares peores que un sofá de un apartamento moderno en Brooklyn.

—¿Qué lugares?

—En el sofá de treinta años de la abuela, en un colchón inflable, sobre una toalla en la arena o el suelo de mi furgoneta si el colchón inflable se empapaba por la lluvia, lo que pasaba seguido. —Levanté un hombro—. Puedo hacerlo. He vivido en la carretera durante varios meses. Así que, créeme, este suave y elegante sofá es como un sueño.

Rosie se tomó su tiempo para procesar eso.

—¿En la carretera por las competiciones?

Una ola de realidad cruda y pesada me inundó.

—Lina alardeaba cada vez que clasificabas para un torneo —explicó Rosie—. Me mostraba fotografías. Tuyas.

Eso se me instaló como una piedra en lo profundo del estómago, porque ni Lina ni el resto de la familia Martín estaba al tanto de lo mucho que había cambiado todo.

Rosie se acercó la taza a los labios y luego me sorprendió al preguntar:

—¿Por eso tu inglés es tan demencialmente bueno?

Gracias a un sutil giro en la dirección de la conversación, solté una risita.

—Sí. Los últimos cinco años he pasado más tiempo con personas de otros países y lejos de casa, que en España. Entonces, en algún punto creo que no tuve más opción que... aprender. Recogí montones de expresiones comunes.

Algo pareció brillar en los ojos de Rosie, y se le extendió por todo el rostro.

—Me quedo —confirmó—. Hasta que averigüe cuándo voy a poder regresar a mi casa. Mi casero debería decírmelo esta semana.

Asentí con la cabeza e ignoré la sensación de profundo alivio que me invadió.

—Todo el tiempo que necesites.

—Ah, y me voy a hacer cargo de la comida mientras esté aquí. —Me señaló con el dedo—. Aun después de que llegue tu tarjeta de crédito. Es lo menos que puedo hacer.

Abrí la boca para quejarme, pero ella me detuvo y, moviendo su dedo índice, agregó:

—No es negociable.

—Está bien —acepté con un suspiro—. Pero solo si yo cocino para los dos.

—Okey. —Dejó caer ese dedo combativo—. Pero yo lavo los platos.

—Trato hecho.

—¡Ah! —Se enderezó en su taburete—. Y te quedas con la cama. Yo voy a dormir en el sofá.

Esa no estaba ni cerca de ser una opción, pero era adorable que creyera que aceptaría.

—Rosie...

El sonido de mi móvil nos interrumpió.

–Debe ser importante –comentó–. Deberías atender.

Con un asentimiento de cabeza, corrí a buscar el móvil. El nombre de mi hermana iluminó la pantalla y me notificó que era una videollamada.

Sostuve mi celular frente a mí.

–*Hermanita.*

–¡Lucas! –chilló, y su cabello rojo fuego se balanceó con su entusiasmo–. ¿Cómo está mi persona favorita en todo el mundo mundial?

¿Su persona favorita en el mundo? Mi hermana nunca me había dicho una cosa como esa, a menos que…

–¿Qué hiciste, Charo? –le pregunté.

Habló ofuscada, haciéndose la ofendida.

–¿Disculpa? Soy una santa, lo sabes.

Resoplé. Y porque en realidad no era una santa, le pregunté:

–¿Taco está bien?

Mi hermana puso los ojos en blanco, cuando un ladrido sonó en la oscuridad.

–Eres un papi de cachorros sobreprotector, ¿sabías? Taco está en perfectas condiciones bajo mi cuidado.

Algo se movió a su lado, la imagen se hizo borrosa unos segundos. Luego, un hocico familiar apareció en la pantalla.

–¡Hola, chico! –saludé a mi mejor compañero, apenas pude retener la emoción en mi voz–. *¿Estás siendo un buen chico?*

Taco ladeó la cabeza ante el sonido de mi voz, luego un gemido salió del celular.

–Yo también te echo de menos, amigo. –Con eso gané un ladrido de entusiasmo–. ¿Charo te está cuidando bien?

Taco se giró y le lamió la cara a mi hermana, después miró a la cámara y le hizo lo mismo a su teléfono.

—¡*Taco, no!* —La voz de Charo se amortiguó con la lengua de mi perro, que seguramente estaba tapando el micrófono. Después de un par de segundos de lucha, ambos retornaron a la pantalla—. ¿Es normal que tu perro lama y coma casi todo?

Me reí con disimulo.

—Sí. De tal palo, tal astilla. ¿No es cierto, Taco? —Me ladró como confirmación—. Hace unos meses, se escabulló en el almacén de *mamá* y le masacró un *jamón*. Uno bueno. Ella se puso furiosa. —Y, por lo tanto, se negó a cuidarlo en estos tres meses que estaría afuera—. Pero es un buen chico, ¿no es cierto, Taco? Solo tienes un poquito de hambre todo el tiempo.

Charo negó con la cabeza mientras Taco se sentaba muy orgulloso a su lado.

—Ey, amiguito, quiero que conozcas a alguien. —Me volví y busqué a Rosie. La encontré en el mismo lugar donde la había dejado, sentada en el taburete, solo que ahora estaba boquiabierta.

Se señaló a sí misma.

—¿A mí?

—Sí, a ti. —Caminé hasta ella, me ubiqué detrás y extendí un brazo delante de nosotros—. ¿De quién más estaría hablando?

Me incliné y me acerqué más a Rosie para asegurarme de que Charo y Taco nos pudieran ver a los dos. Con el cambio de posición, le rozaba la parte de atrás del hombro con el pecho, y era difícil no darse cuenta de lo rígida que se ponía.

—Taco —lo llamé. Me preguntaba si no me había pasado de la raya al invadir su espacio personal—. Ella es Rosie, mi nueva amiga. Y, Rosie —le eché un vistazo a su perfil y le estudié el cuello y las mejillas sonrojadas, con pecas debajo del rubor que le cubría la piel—, él es mi mejor y más cercano amigo, Taco. Y mi hermana Charo.

Los labios de Rosie se entreabrieron en una exhalación justo cuando giró la cabeza para mirarme. En cuanto nuestras miradas se encontraron, me di cuenta de que su expresión no tenía nada que ver con que se sintiera incómoda conmigo estando tan cerca. La afectaba, tal como había estado antes. Cuando me examinaba.

No pude evitar morderme el labio.

Sacudió apenas la cabeza y volvió a prestar atención a mi teléfono, el movimiento rápido me dejó un sabor dulce y frutal. Como…

Un ladrido feliz capturó mi atención.

—Hola, Taco —saludó Rosie. Pude ver su sonrisa en un pequeño cuadrado en la pantalla—. Qué lindo al fin conocerte.

¡Ajá! Conque "al fin"…

Rosie continuó:

—Y, Charo, ¿cómo estás? Qué bueno verte. No tenía ni idea de que Lucas y tú eran hermanos. Nadie nunca lo mencionó. No es que tenga importancia, por supuesto. Solo me sorprende porque ustedes dos son tan…

—Diferentes —ofreció Charo—. Lo sé, *cariño*. Es por el cabello, ¿verdad? Todos pensaban que Lucas iba a ser pelirrojo, también. Era eso o ser pelado. Ambas corren por el ADN de la familia. Todos dieron por sentado que se había cortado el cabello tan corto para esconder una calvicie incipiente. ¿Y sabes qué? Nadie lo hubiera culpado.

Suspiré.

—Charo, ya sabes que fue por…

—La competencia, sí —terminó por mí. Y sentí el espasmo de dolor que acompañaba al recordatorio—. Porque es más fácil y cómodo con el agua salada y la luz del sol y todo ese baile. Pero ahora que estás de vacaciones —agregó y me costó mantener la expresión neutral, no darle ningún indicio de que, aunque mi estadía en Estados Unidos era por tiempo limitado, mis vacaciones no lo eran–, les has demostrado a todos que estaban equivocados, ¿no es así, *ricitos de oro*?

Resoplé.

Rosie repitió "¿*Ricitos de oro*?". Y aunque su pronunciación estaba lejos de ser la correcta, sonaba tan *dulce* que la pesadez de mis entrañas se esfumó por unos segundos.

–*Goldilocks* –le traduje. Se rio por la nariz y le di un suave empujoncito con el hombro–. Ni siquiera soy rubio. Y mi cabello no es ni largo ni rizado, tampoco. Así que…

–Como tú digas, *ricitos* –replicó Charo antes de poner toda su atención en mi nueva y temporal compañera de apartamento–. En fin, Rosie, no he oído sobre ti desde la boda de Lina. ¿Cómo estás, *cariño?* –Hizo una pausa, pero antes de que Rosie pudiera siquiera abrir la boca, mi hermana disparó más preguntas–: A propósito, ¿está Lina por ahí? ¿No se suponía que se estaba yendo de luna de miel? ¿Ella los presentó antes de irse?

Impávido ante las excentricidades de Charo después de una vida de lidiar con ellas, puse los ojos en blanco.

–¿Qué era lo que querías?

Me ignoró y, por un momento, entrecerró los ojos.

–Lo digo porque esta es una hora rara para juntarse. ¿No es como… de madrugada en Nueva York? ¿Qué hora es allí?

Rosie pareció contener la respiración por alguna razón.

Y yo no estaba para entretener a mi hermana mayor en lo que sea que estuviera haciendo.

–Hora de desayunar. Y sabes cuan en serio me tomo la comida más importante del día. Así que, si no te importa…

Charo se palmeó el pecho con la mano.

–¡Qué divertido! ¡Una fiesta de desayuno!

Pasé por alto la ironía y le eché un vistazo a Rosie.

–Estaba pensando en tostadas francesas. ¿Qué opinas, Rosie?

Giró la cabeza como un látigo en mi dirección. Nuestras narices casi se rozaron.

–Ay, mierda –dijo en un suspiro–. Lo siento.

Me mantuve firme, tranquilo.

–¿Por qué lo sientes? –indagué y, ahora que estaba muy cerca, obtuve más del intenso aroma a… *melocotones*. Sin duda eran melocotones–. A menos que no quieras tostadas francesas. También podemos hacer churros. Le di un toque personal a la receta original y te vas a chupar los dedos.

Parpadeó con esos ojos verdes llenos de interés.

–Churros, entonces. –Le guiñé un ojo.

Rosie murmuró algo entre su respiración.

Algo que podría haber escuchado si no hubiese sido por el chillido de mi hermana:

–*¡Ay, Lucas! ¿Sabe Lina que estás…?*

–Charo –la interrumpí. No había ninguna razón para molestar a Lina porque no había nada que decirle, independientemente de lo que mi hermana estuviera insinuando. Éramos solo nosotros, compartiendo su apartamento por unos días. Y nosotros, desayunando–. Si no tienes nada más…

Respiró con dificultad, actuado.

–¿Ya quieren librarse de mí? ¡Si apenas hemos hablado!

Entrecerré los ojos.

–Hablando de charlar… –Mi hermana dirigió su atención a la mujer que estaba a mi lado–. Rosie y yo tenemos que ponernos al día, estoy segura. No hemos hablado desde la boda. Y tuvimos una linda charla ese día. –Rosie dejó escapar un sonido extraño que

Charo decidió ignorar. Y continuó–: ¿Te acuerdas? Hablamos de lo sorprendida que estaba de que hubieras ido sola. Y tú me dijiste que hacía mucho tiempo que estabas soltera y…

–Ay, Lucas, Dios mío –interrumpió Rosie, con una mano en la oreja–. ¿Escuchas eso? Creo que es la alarma de incendio del edificio.

Tardé unos segundos en entender lo que estaba haciendo.

Yo me llevé la mano a la oreja, también.

–¡Mierda! Creo que Rosie tiene razón. Aguarden. –Hice una pausa–. ¿Es un camión de bomberos lo que se oye allá afuera?

Charo entrecerró los ojos. Su mirada demostraba sospechas justificadas.

–Creo que tienes razón, Lucas. Eso significa que de verdad deberíamos irnos –agregó Rosie, rápido–. Uno nunca es lo suficientemente rápido para evacuar antes de que el fuego se propague.

–Un momento… –protestó Charo–. No escucho…

–Perdón, Charo –Rosie la interrumpió de nuevo–. Nos ponemos al día en otro momento, ¿te parece?

–Eso si sobrevivimos –agregué.

Rosie me miró de reojo. Bajé la cabeza y le sostuve la mirada, muy consciente de que la sonrisa contra la que había estado luchando durante nuestra payasada, en ese instante me curvaba los labios.

La sonrisa de Rosie también estaba allí . Una más pequeña. Y me pregunté si ella lo hacía seguido. Sonreír.

Charo tosió y llamó mi atención de nuevo al celular. Me las arreglé para no darle pie para hablar.

–¡*Adiós, hermana!* Y, Taco, te voy a extrañar, *chico.* Sé bueno, ¿sí?

A lo que respondió con un gemido y me partió el corazón.

–¡Adiós, chicos! –se despidió Rosie deprisa–. Fue genial conocerte, Taco. Y también hablar contigo, Charo.

Entonces, y *al fin*, corté la llamada y coloqué el celular sobre la isla de la cocina.

—La alarma de incendios: un clásico —comenté, y dejé escapar un suave suspiro, sin molestarme en moverme de su lado. Solo me quedé allí, con la cabeza casi a la misma altura que la de Rosie y mi cuerpo a pocos centímetros detrás de ella.

Su sonrisita era tierna y sutil; y su postura, no tan tensa como la primera vez que nos habíamos acercado.

—Perdón porque le mentí. Me siento muy culpable.

—Me encanta que lo hayas hecho —admití. A decir verdad, estaba muy sorprendido de lo que había hecho. Gratamente—. Adoro a mi hermana, pero necesitaba que me rescataran… y fuiste más rápida que yo.

—Yo lo necesitaba tanto como tú, Lucas.

Estaba a punto de preguntarle por qué y si tenía que ver con el comentario que había hecho mi hermana sobre asistir a la boda sola; pero antes de hacerlo, relajó la espalda e hizo contacto con mi pecho.

La súbita calidez de su cuerpo contra el mío me tomó por sorpresa, y el cambio de mi respiración fue suficiente para llenar mis pulmones con su aroma. *Melocotones*.

Se le cortó la respiración por el contacto, y eso, de alguna forma, nos acercó todavía más. Por instinto, la rodeé con los brazos y sujeté el borde de la isla. Melocotones me invadieron los sentidos, el calor suave que emanaba de su cuerpo me hizo recordar cuánto había pasado desde la última vez que dejé que alguien se acercara tanto. O apenas. Me recordó lo natural que siempre me había sido el contacto físico y el tocar a alguien. Y cómo me había aislado desde lo que sucedió.

Una orden apareció ante mis ojos. *Aléjate, esta es una zona prohibida. No estás en condiciones para nada de esto.*

Entonces, retrocedí, tan rápido como me había movido antes hacia delante.

Rosie estaba a salvo conmigo. Y lo decía en serio, no me lo tomaba a la ligera. Mi prima podía tratarme de bruto a causa de mi falta de... refinamiento o modales, pero no era un hombre de las cavernas. Tenía la firme intención de respetar a Rosie. En especial ahora, que íbamos a compartir apartamento. Aunque solo sea durante un tiempo.

—Muy bien. —Me di la vuelta con un aplauso. Abrí las alacenas en busca de la harina—. Te prometí churros. Así que vas a tener churros de desayuno, *compa*.

Capítulo 7

Rosie

Éramos compañeros de apartamento.

Compañeros *temporales* de apartamento, como me había asegurado de dejar bien en claro.

Porque no quería aprovecharme de la amabilidad de Lucas.

Una cosa era quedarme en el apartamento vacío de Lina mientras ella estaba en su luna de miel, tal como lo había planeado cuando aparecí dos noches atrás. Pero otra era que le hubiera prometido el apartamento a su primo. Yo solo acepté la ayuda de Lucas porque estaba… estaba un tanto desesperada.

Y no me importaba la compañía.

Y bueno, okey, además me tentó la idea de pasar más tiempo con él; tentación animada por mi absolutamente controlado enamoramiento. Pero más que nada, me estaba quedando sin tiempo. Faltaban ocho semanas para mi fecha límite y no podía darme el lujo de desperdiciarlas buscando otra opción, un alojamiento a precio razonable, para ser honesta. *Realista.* Necesitaba cada minuto y cada centavo que tenía, porque en el peor de los casos, si no cumplía con el plazo y no liquidaba parte de mi adelanto, sufriría mi caja de ahorro.

Así que me quedaría con Lucas. Por unos días. Hasta que terminaran las reparaciones en mi apartamento. Lo cual, esperaba, fuera pronto.

Volví la mirada al ordenador, que estaba delante de mí, y me recordé a mí misma que toda mi atención debía estar puesta en el manuscrito, y no en cualquier otra cosa que fuera por las calles laterales de mi vida. En especial, no en Lucas.

Verifiqué el contador de palabras del día.

Cien de mi meta diaria de dos mil palabras.

Cien tristes palabras en tres largas horas. La mitad eran notas para mí. Que describían la escena inexistente.

Volví la mirada a la página casi en blanco. Mis dedos sobrevolaron las teclas y… cerré los ojos, tratando de invocar algo, cualquier cosa, y nada se materializó. Me invadió el miedo. Se expandió. Se me instaló justo en el medio del pecho. Como una piedra, pesada y dura. Y como me pasaba siempre, me asaltó aquella necesidad de gritar.

Y una vez más, la reprimí.

Porque yo era Rosie. Mantener la calma era lo mío. Planeaba, racionalizaba, respiraba hondo y ajustaba todo sin perder la cabeza. Era la amiga y hermana confiable.

Cuando escribí mi primer y único libro, todo… vino a mí sin más. Fue como abrir una válvula y dejar salir lo que había estado encerrado, esperando que lo liberaran. El anhelo de ser amada con locura. La maravilla de convertirse en el mundo de otra persona. La felicidad de encontrar a *esa* persona con la cual… encajar. Alguien que no es perfecto, porque nadie lo es en realidad, pero que es perfecto para *ti*.

La trama del viaje en el tiempo había sido solo para divertirme, porque siempre había tenido debilidad por un héroe perdido, un pez fuera del agua. Así creé un hombre que venía del pasado, un oficial que quedó varado en el tiempo presente, que batallaba con sus demonios e intentaba aceptar un amor que no creía merecer. Porque podía haber estado perdido, pero eso no significaba que nunca nadie lo fuera a encontrar. *Su* persona. Aun cuando todas las probabilidades estuvieran en su contra y después de haber dado un salto al futuro de cien o doscientos años.

Entonces, ¿por qué yo no podía...?

Un chillido intenso captó mi atención. *¿Lucas?*

No podía ser. Había ido a explorar la ciudad hacía unas horas y se suponía que iba a volver bien tarde.

Caminé hacia la puerta y miré a través de la mirilla.

Una anciana vestida con un overol rojo estaba de pie con las manos en la cadera frente a su puerta al otro lado del pasillo. Un sofá de dos cuerpos se veía a medias dentro del apartamento.

Salí al pasillo y arriesgué un "Hola, ¿necesita ayuda con eso?".

Ninguna reacción o acuse de recibo. La mujer estaba ocupada empujando uno de los apoyabrazos del sofá de cuero color mostaza, que estaba atascado en el umbral de la puerta.

—¿Hola? —insistí con un tono un poco más alto, y di un paso—. ¿Puedo ayudarla a mover eso?

Todavía ajena a mi presencia, la mujer, que debía tener unos setenta años a juzgar por la melena gris y la postura encorvada, volvió a empujar el mueble con fuerza. Y como no se movió, dio dos pasos resbaladizos hacia atrás.

Rápido, me acerqué y tomé el sofá por uno de los apoyabrazos.

Por fin, su mirada se concentró en mí, levantó las cejas, frunciéndole su ya arrugada frente.

—¡Ay, por el amor de todos los cielos! —chilló, dándose palmaditas al pecho—. ¡Con el susto que me diste se me salió el alma del cuerpo, niña!

Le brindé mi sonrisa más amigable.

—Lo siento, traté de llamar su atención un par de veces, pero usted no debe haberme oído.

Entrecerró los ojos.

Se me borró la sonrisa.

—Soy Rosie. —Esperé a que se presentara, pero no lo hizo—. Parece que está luchando con esto, y no quisiera que se lastimara.

La señora me miró de arriba abajo lentamente.

—No lo sé.

—¿No sabe si puedo ayudarla? —Fruncí el ceño. Me observó los brazos—. ¿Soy más fuerte de lo que parezco?

Por alguna razón, lo dije con entonación de pregunta.

La mujer ladeó la cabeza.

—Tal vez. —Todavía desconfiada, continuó su escrutinio—. Tú no vives aquí.

—Es cierto. —Señalé con el pulgar el apartamento—. Pero soy amiga de Catalina, su vecina. Me estoy quedando en su casa por un par de días.

—No conozco a ninguna Catalina.

Me quedé helada.

—Catalina Martín. ¿Baja estatura? ¿Morena? ¿Como de mi edad? ¿No la conoce? —La señora parpadeó—. Ella... ella... —¿Por qué no podía pensar en algo que describiera a mi mejor amiga?— ¡Ay, Dios! Le juro que la conozco...

Hizo un ademán en el aire y me interrumpió.

–Te estaba probando. –Soltó una risita–. Siempre saluda, no hace fiestas ni tiene animales olorosos, y su novio es muy alto. Me agrada ella. Y él también.

–Esa misma, sí.

–¿Ella tiene algo que ver con el problema ese que hubo en el pasillo hace dos noches?

Sentí temor.

–Ah, en realidad, era yo y mi… –Me fui callando, sin saber cómo terminar la frase. ¿Mi compañero de apartamento? ¿El primo de mi mejor amiga, que confundí con un ladrón?–. Lucas. No *mi* Lucas. Perdón por las molestias. –Hice una pausa, me estaba sintiendo incómoda. Miré otra vez el sofá–. Entonces…, ¿cree que podemos mover eso… juntas?

La vecina de Lina me echó otro vistazo.

–Bien, creo que podrás. Por cierto, soy Adele.

–Gracias, Adele –le dije y tomé un lado del sofá con las dos manos. Tiré los hombros hacia atrás y me preparé para darle algunas instrucciones a Adele–. Creo que deberíamos empujarlo hacia dentro para que podamos maniobrarlo. Así que, a la cuenta de tres, hacemos eso, ¿okey?

Asintió con la cabeza y murmuró algo que sonó como "sabelotodo".

–Bien. –Suspiré y decidí ignorarlo–. Tres, dos, uno… ¡Empuje!

Y… la cosa no se desplazó ni un centímetro.

Más que nada porque Adele había jalado.

–Está bien –repetí, controlando la frustración de mi voz–. Podemos intentarlo de nuevo. Asegúrese de *empujar,* ¿sí? Empuje hacia dentro.

Adele me lanzó una mirada asesina.

–No use ese tono conmigo, señorita. Sé lo que estoy haciendo.

Ay, Dios mío. No tenía tiempo para esto.

Le brindé una gran y amplia sonrisa.

—Solo trato de ayudar, Adele.

—Trata con esos bracitos de espagueti —murmuró.

Me miré los brazos y me morí de vergüenza.

Se me ocurrió algo...

—Adele, ¿estamos entrando esto o...?

—Probemos de nuevo. —Me ignoró—. Ahora.

Debatiendo si debía cuestionarla más, me agarré con ambas manos del borde.

Le eché un vistazo a la espera de instrucciones, pero su expresión había cambiado. Se le había ido la sangre del rostro, estaba pálida y los ojos se le pusieron vidriosos.

Le puse la mano en el hombro.

—Adele, ¿está bien? ¿Necesita sentarse?

La mujer miró la nada durante lo que pareció un minuto, sin responder a ninguno de mis intentos de moverla o hacerla volver en sí.

Se me encendieron todas las alarmas.

No podía entrarla a su apartamento porque la entrada estaba bloqueada con el sofá. Pedir ayuda parecía una pérdida de tiempo, ya que no estaba herida. Ella solo no estaba... ahí. Como si su mente la hubiera abandonado.

Se me formaron pequeñas gotas de sudor en la nuca.

La llamé por su nombre una última vez, sin respuesta.

Sin embargo, justo cuando estaba sacando mi teléfono para pedir ayuda, los ojos de Adele me apuntaron, la confusión le frunció entrecejo. Su mirada saltó al sofá atascado. Luego la bajó, justo hacia mi mano, que le sujetaba el hombro. No podía ser más que alarma lo que le titilaba en la expresión.

—¿Adele? —La llamé de nuevo, quitando la mano despacio—. ¿Está bien?

Pero esta señora no tenía nada que ver con la Adele irritable de hacía unos minutos. Estaba desorientada y parecía estar tan perdida como quien acababa de despertar de un sueño.

Mierda. Yo ya estaba entrando en pánico.

—Me…

—¿Rosie? —Una voz musical y grave inundó el pasillo.

Lucas.

Había vuelto.

El alivio al escuchar su voz fue tan repentino e inesperado que casi me pareció demasiado, como si tuviera que cerrar los ojos y tomar aire.

Oí sus pasos mientras se aproximaba.

—¿Qué está pasando? —Hizo una pausa—. ¿Qué hace ese sofá allí?

Me di la vuelta para mirarlo, y lo encontré de pie, solo a unos cuantos pasos de distancia.

—Estamos tratando de sacarlo. —Nuestras miradas se cruzaron, y aquella sonrisa reluciente que parecía lucir con tanta facilidad, se desvaneció en el momento en que me miró bien—. O de entrarlo. Ya… no sé muy bien, si te soy sincera.

Lucas frunció el ceño y procesó mis palabras mientras me examinaba la cara.

—¿Mateo? —intervino Adele, con incredulidad y alegría, todo en una sola palabra.

Parpadeé, mi mirada iba de la mujer, que tenía las manos entrelazadas debajo de la barbilla, a Lucas, cuya expresión permanecía tan calma como un estanque.

¿Mateo?

—Adele, él es Lucas —aclaré lo más suave que pude—. El Lucas del que le hablé hace rato. Mi Lucas, se acuerd… —Me puse pálida en cuanto me di cuenta de lo que había salido de mi boca. Me aseguré de mirar solo a la mujer—. Es el primo de Catalina.

Adele me observó con el ceño apenas fruncido.

—Pero este no puede ser tu Lucas. Él es mi Mateo.

Sonreí incómoda. No sabía cómo diablos habíamos llegado a esto ni cómo desviar la conversación para otro lado, muy lejos.

Después de lo que pareció una eternidad, Lucas preguntó:

—¿Qué les parece si quito esa cosa del camino y te acompaño adentro, Adele? Estoy a favor del feminismo, pero esta vez estoy dispuesto a hacerme cargo de esto por el equipo.

Al fin me atreví a echarle un vistazo, justo a tiempo para encontrarme con su mirada por un instante, antes de que se nos acercara.

Le puso una mano en la espalda a Adele, la condujo fuera del paso y volvió a mi lado. Despacio, se inclinó y me susurró:

—*Tu* Lucas al rescate.

Tu Lucas.

Se me escapó un sonido raro.

Por suerte, se puso manos a la obra y, segundos después, el sofá se desatascó y volvió al apartamento, y mi compañero temporal acompañó adentro a la frágil anciana.

—¿Tienen hambre? —interrogó Adele, mientras entrábamos a su casa y me daba la espalda—. Creo que tengo sobras de lasaña, y te ves un poco delgado.

—¿Cree que estoy delgado? —replicó Lucas relajado y con tanta naturalidad que parecía que se conocían de toda la vida—. Diría que estoy en muy buena forma. —Levantó el brazo desocupado y contrajo el bíceps—. ¿Ha visto lo fuertes que son?

Adele soltó una risita tonta y le bajó el brazo con una palmadita.

—¡Ay, mírate tú, pícaro!

Yo me quedé de pie, tan cautivada por la escena agridulce y extraña (y embelesada por la forma en que Lucas irradiaba ese tipo de energía relajante y dominante) que me tomó con la guardia baja cuando se giró sobre el hombro y buscó mis ojos.

—¿*Vienes?* —articuló.

Y nunca voy a saber lo que vio en mi expresión mientras nuestras miradas se quedaron inmóviles durante unos segundos; y como no me moví, me insistió, con seriedad, en ese tono firme pero tierno:

—Ven, Rosie.

Y los pies me empujaron hacia delante y seguí el movimiento.

Después de que preparó té y charló un rato, Adele nos aseguró que su hija iba a llegar tarde esa noche. Y cuando por fin se quedó dormida, volvimos a la casa de Lina. *A nuestra casa. Por ahora.* Una parte de mí pareció notarlo.

En cuanto cruzamos el umbral y cerramos la puerta detrás de nosotros, nos dejamos caer contra la superficie de madera.

—Eso fue… intenso —susurré—. Y me rompió un poco el corazón.

—Sí —admitió. A su voz le faltaba la vivacidad de siempre. Le eché un vistazo por encima del hombro, y tenía los ojos cerrados. Continuó—: Pero así es la vida. Intensa y te rompe un poco el corazón.

La sombra que le había visto en el rostro algunas veces volvió.

Las palabras se me escaparon de la boca antes de saber que estaba hablando:

—¿Te rompieron el corazón, Lucas? ¿Por eso estás aquí, lejos de España?

Los ojos de Lucas se abrieron y, con pesar, posó su mirada sobre mí.

—Sí y no —confesó, en voz baja—. Solo que nadie me rompió el corazón, Rosie. Creo que nadie tuvo la chance de hacerlo.

Nos miramos fijamente y sopesé lo que quería decir su respuesta. ¿Significaba que nunca había estado enamorado? ¿Se estaba escapando o no con su corazón roto? Y si efectivamente estaba huyendo y no había una persona culpable, entonces ¿por qué huía?

Lucas rompió el silencio.

—Mi abuelo tenía Alzheimer. Siempre me confundía con su hermano menor. En un momento dejé de corregirlo y simulaba que no ocurría nada malo con esa suposición. Aunque no sabía si Adele estaba pasando por lo mismo, hice…

—… hiciste lo mismo con ella —terminé su frase—. Lo siento, Lucas. Pasar por algo así no debe haber sido fácil. —Y no estuve segura de si fue por esto o por su confesión anterior, pero sus palabras me dejaron un espacio tan sensible, tan expuesto en el pecho, que me encontré a mí misma estirándome y apoyándole la mano en el brazo—. Creo que hoy hiciste muy feliz a Adele. Aunque solo sea por un rato.

Lucas bajó la vista a su antebrazo, donde dejé descansar la mano, y yo me concentré en la calidez que le emanaba a través de la manga del suéter. Pareció sopesar algo, y luego, sin previo aviso, se movió y me rodeó con sus brazos. Me estrechó en un abrazo que acercó nuestros cuerpos.

—De verdad espero que esto esté bien, joder —murmuró, muy cerca de mi sien. La calidez me envolvió con una extraña sensación de tranquilidad mezclada con conmoción—. ¿Lo está, Graham?

—Me… eh… ¿Sí? —balbuceé. Luego cerré los ojos—. *Sí*, está más que bien.

—Bien. —Y después de un apretón rápido y fuerte, me liberó y me dejó mirando cómo iba a la cocina, como si nada hubiera pasado.

Abrió una gaveta y tomó una sartén.

–Estoy pensando en una *frittata*, compa. Después, tengo un par de ideas para hacer un *cheesecake* de chocolate blanco que muero por probar.

Con la cabeza y el pecho en lucha por recuperar la compostura después del ataque del abrazo, me tomó un par de segundos hacer que mis cuerdas vocales funcionaran.

–Suena bien.

–Rosalyn Graham –respondió mientras abría el refrigerador–, tu falta de entusiasmo es pésima. –Sacó un cartón de huevos y algunas verduras antes de volverse y mirarme con dureza–. Estás dudando de mi *frittata* y, lo que es peor, de mi *cheesecake* de chocolate blanco. –Me apuntó con un batidor de mano–. Y acepto el reto. Solo espera y verás. Vas a adorar esto.

¡Ah! No necesitaba ni esperar ni ver nada.

Estaba empezando a entender que, en lo que a Lucas Martín se refiriera, lo más probable era que no encontrara nada que me disgustara.

Y lo que era peor, mucho peor, nada que no amaría.

Estábamos a punto de empezar el tercer episodio consecutivo de *nuestro* programa (así lo llamaba Lucas), cuando Netflix decidió apagar nuestra comilona improvisada.

¿SIGUES AHÍ? Mi compañero temporal de apartamento se burló al leer el mensaje de la pantalla delante de nosotros.

–Por supuesto que vamos a seguir viendo. ¡Acaban de asesinar a unos de los personajes principales y, sin esa *maldita* cura mágica que acaban de perder por un estúpido juego mental, ella no va a volver pronto a la vida!

Solté una risita, divertida por su frustración.

—Te lo advertí —repuse, desde mi lado del sofá. Todavía me parecía difícil de creer que estuviera compenetrado con ese drama adolescente paranormal—. Te dije que no te encariñaras con ninguno de los personajes… —Se me fue la voz, necesitaba disimular un bostezo—. En especial con ella.

Le eché un vistazo y me estaba mirando.

—¿Estás cansada?

Quería decir que no, pero imposible de controlarla esta vez, la boca se me abrió por su propia voluntad. Lucas se rio.

—Okey, *bella durmiente*.

Bella durmiente.

Como un hechizo conjurado solo para mis oídos, sus palabras sonaron seductoras y entretenidas, y sabía que, de seguro, las había sentido así solo porque habían salido de él.

—¿Qué significa eso?

—*Sleeping Beauty* —lo dijo en inglés y, antes de que lo pudiera siquiera procesar, se me acercó.

En un segundo, pasó de estar allí, en su rincón, sentado a un metro de prudente y segura distancia, a estar a unos centímetros, con su pecho apretado contra mi hombro.

Lo primero que noté fue su calidez. Lo segundo que me gustó fue su perfume. Salado, a jabón, ligero. Innegablemente Lucas, en una forma que no podía explicar o entender cómo me lo había perdido antes, cuando me había estrujado contra él como si no hubiera sido capaz de evitarlo. Pero en ese momento, era en todo lo que podía pensar. Todo lo que podía oler.

—Ey, Lu… Lucas —tartamudeé. Traté de contener la respiración, así no me cavaba mi propia tumba un poco más profunda, porque, demonios, cómo podía oler de esa manera, *tan bien*, maldita sea—. ¿Qué haces?

Se estiró sobre mí, como si estuviera buscando algo.

—¿Lucas? —repetí, apenas me salió la voz.

Se movió para mirarme a la cara y nuestras narices quedaron a unos centímetros de distancia.

—¿Lo escondiste?

—¿Qué cosa? —me pareció que pregunté, pero, con toda sinceridad, no podía ni pensar bien con su cara tan cerca. Ay, Dios mío, ¿esas son pequeñas pequitas las que tiene en la nariz?

Sentí cómo movía la mano alrededor del cojín sobre el que estaba sentada.

—El control remoto. Estás a punto de quedarte dormida, así que te voy a llevar a la cama, *Bella Durmiente*.

Su tono era juguetón, amistoso. Y podía *ver* que sus acciones no eran dañinas ni con mala intención. Caramba, parecía que solo estaba buscando el control remoto y yo estaba en medio. Pero en todo lo que podía pensar era en él, justo allí, con ese aroma maravilloso y tan cerca que, si me movía un centímetro a la izquierda, su mentón rozaría el mío y podría sentir su barba incipiente. Todo en lo que me podía concentrar era en él, que me decía cosas con ese acento español. O en lo tierno que debía ser como para llevarme a la cama.

¡Uf! Iba a ser mejor que yo misma encontrara el control remoto, me golpeara con él y pusiera fin a todo esto.

—¡Ah, aquí! —Lo vi extraer del cojín el dispositivo negro apretado contra mi costado, lo sostuvo en el aire como si hubiera encontrado el Santo Grial—. Lo tengo.

—Gracias a Dios —chillé.

Lucas se rio y, antes de alejarse, me dio un golpecito en la punta de la nariz.

—La próxima vez, escóndelo mejor.

—Créeme, nunca más voy a esconder algo cerca de ti.

Recuperé una distancia adecuada entre nosotros, respiré profundo y me ordené controlarme. Si íbamos a compartir apartamento, no podía actuar así cada vez que estuviera a un metro de distancia.

—Me parece bien, compa —respondió, de pie y con los brazos estirados hacia arriba—. ¿Sabes? No creo que vayan a encontrar la cura a tiempo. Creo que van a…

Su camisa se levantó y reveló una línea de piel bronceada que me distrajo de lo que me estaba diciendo. Y así, esos cinco o seis centímetros del vientre plano y trabajado que había visto en toda su gloria esa mañana mandaron todos mis planes a viajar por el desaguadero.

Me maldije en silencio con los ojos cerrados.

—¿Rosie?

—¿Sí? —respondí, con los ojos todavía cerrados.

Esperó unos cuantos segundos.

—¿Te… quedaste dormida mientras estaba hablando?

—Nop. —Negué con la cabeza—. Solo descansaba los ojos un segundo. Es como una rutina nocturna. Siempre lo hago un par de segundos todos los días. —Esperé uno, dos, tres latidos y luego añadí, mientras me levantaba del sofá—: ¡Okey! Listo.

Y porque era yo y no *podía* actuar normal cerca de este hombre, calculé mal la distancia a la mesa de café y me golpeé con fuerza la rodilla.

—*Por Dios* —susurró Lucas y corrió a mi lado. Se inclinó como si tuviera la intención de examinar la hinchazón de mi rodilla—. Déjame ver…

Retrocedí antes de que me tocara con la mano.

—Estoy bien —le aseguré—. No fue nada.

Lucas se incorporó y desplegó toda su altura. Me miró desde ahí arriba como si estuviera tratando de reconstruir algo. Luego, despacio, inclinó la cabeza hacia un lado y, para mi sorpresa, soltó una risita.

—Sí, no *Bella Durmiente*. Eres una princesa ruda.

Y ese comentario inesperado, por alguna razón, hizo que el corazón me diera volteretas en el pecho.

Quizá quería ser ruda. O tal vez, solo quería que alguien me llamara "princesa". O no solo alguien, sino Lucas, mejor dicho. Y eso... eso era algo que no debería haber estado pensando en ese momento. Ni en cualquier otro. Así que le respondí con el más animado "¡gracias!" y después tomé mi ropa de dormir y me dirigí al baño.

Cuando reaparecí, con todos aquellos pensamientos peligrosos hechos a un lado, encontré a Lucas apoyado contra la encimera de la cocina, escribiendo algo en su celular.

—Puedes entrar ahora —comenté—. Voy a sacar algunas mantas y una almohada para el sofá. Sé dónde Lina guarda todo.

Lucas levantó la vista del móvil y me miró a la cara. Asintió con la cabeza y se quedó boquiabierto, sin decir ni una palabra. Su mirada descendió por todo mi cuerpo, como si algo lo obligara a hacerlo, mientras yo estaba de pie, vestida solo con una camiseta de dormir, pantalones cortos y completamente despeinada. Una mirada de arriba abajo: eso fue todo lo que hizo. Con una sola mirada, sin prisas, me recorrió todo el cuerpo, de la cabeza a los pies, y de los pies a la cabeza.

Su mirada se encontró con la mía de nuevo, y me dijo con una voz que me dio un pequeño escalofrío en los brazos:

—Gracias, Graham.

Graham. No me acordaba si alguna vez me había llamado así, por mi apellido. ¿Quizá antes? Después del ataque del abrazo.

Distraída por ese pensamiento, lo vi sacar ropa de su mochila y dirigirse al baño. Cuando la puerta se cerró detrás de él, me quedé pensando en esa ojeada rápida que me había dado. A mí. A mis piernas. Pero puse una sábana sobre el sofá y me dije a mí misma que no me detendría en eso. Tenía piernas lindas, femeninas. Y a Lucas… le gustaban. Las mujeres. Las piernas, aparentemente. ¿Y qué?

Si él saliera del baño y mostrara las pantorrillas, yo haría lo mismo. Demonios, lo había hecho esa misma mañana, cuando se había aparecido con nada más que una…

—De verdad, no tenías que preparar el sofá por mí, Rosie.

La voz de Lucas vino de algún lado a mis espaldas. Estaba lista para decirle que se equivocaba si pensaba que iba a dormir otra vez en el sofá, que lo estaba preparando para mí; pero las palabras se me murieron en la punta de la lengua en cuanto me giré y me encontré con tal imagen ante mis ojos.

No eran pantorrillas desnudas.

Era mucho mejor que eso, por lejos.

Era Lucas. Con pantalones deportivos (pantalones *grises*) y una remera de algodón ligera.

Pero esos *pantalones deportivos.*

Se le ajustaban a la cadera baja y la tela se le adhería a las piernas. A sus pantorrillas no desnudas. Ay, no. Y a su par de muslos firmes. Y a esas partes mucho mucho más interesantes que se exponían entremedio.

Y yo… *Jesús.* ¿Qué diablos estaba haciendo?

Había alrededor de cien reglas en el *Manual de los compañeros de apartamento para la convivencia civil y no horripilante* que yo debía haber infringido al mirarle la entrepierna. Aunque haya sido a través de la tela del pantalón. La cual no dejaba mucho lugar a la…

—¿Rosie?

Me ardían las mejillas. Levanté la mirada y la dirigí de nuevo a su rostro.

Lucas estaba sonriendo. De oreja a oreja. Como nunca lo había visto.

—Lo siento. —Exhalé y el calor que sentía en la cara se me extendió por todo el cuerpo. —¿Dijiste… ehm… algo?

Se cruzó de brazos y el algodón de la remera se le ajustó al cuerpo. Maldición.

—Dije muchas cosas, para ser honesto.

—Ah, okey. —Tragué saliva—. ¿Algo… importante que deberíamos discutir?

—Sí —señaló detrás de mí—, que no vas a dormir allí. Y no está sujeto a discusión.

—¿Por qué no? —Fruncí el entrecejo—. Era parte del trato.

Lucas vino hacia mí. Sin prisas, como si tuviera todo el tiempo del mundo para dar un paseo por el pequeño estudio. Se detuvo cuando estuvo justo frente a mí.

—Rosie —repuso en voz baja, de advertencia, y me hizo sentir aleteos en el estómago por alguna razón—, quédate con la cama. —Sonrió, pero no de una manera luminosa ni divertida—. No me hagas pelear contigo por esto. Porque lo voy a hacer.

¿Cómo?, quería preguntarle una parte de mí que tenía mariposas en el estómago, ¿Cómo pelearía conmigo? En cambio, murmuré:

—Bien. —Me fui a la cama, al otro lado del estudio, resoplando. Corrí las sábanas y me deslicé entre ellas—. Mañana veremos quién se la queda.

—Veremos, compa —agregó, antes de apagar las luces.

Escuché que Lucas acomodaba las mantas y me esforcé por mantener los ojos cerrados para no divisar su silueta en la oscuridad. Así que no haría un escándalo por esto. Lucas Martín, que dormía a un par de metros de mí. En sus escandalosos pantalones deportivos grises.

—¿Rosie? —me llamó. No había pasado ni un minuto—. ¿Estás despierta?

Abrí los ojos.

—Sí.

—Yo igual.

Me reí un poco.

—Han pasado unos sesenta y cinco segundos desde que apagamos las luces. Me sorprendería que ya te hubieras dormido.

—Para que lo sepas, podría ser narcoléptico, listilla.

—¿Lo eres?

—Nah —contestó, y no tuve más remedio que sonreírle al cielorraso—. Ey, Rosie…

Me puse de costado y miré en dirección al sofá. Apenas podía distinguirlo en la oscuridad, pero igual lo miré.

—¿Sí, Lucas?

—¿A cuántas páginas estás de tu sueño?

Pensé en todas las palabras que no había escrito ese día. En que tendría que recalcular mi objetivo diario otra vez. Como lo hacía todos los días.

—Los escritores contamos las palabras, no las páginas.

Escuché un *¡hum!*, grave, antes de que reformulara su pregunta.

—Entonces, ¿a cuántas palabras estás de tu sueño?

A Muchas. Demasiadas.

—A algunas todavía.

Pero contar las palabras no era el verdadero problema, ¿no? Era mucho más que eso. La cuestión era escribir. Inspirarse. O la falta de ambos.

Ninguno de los dos dijo nada más durante un buen rato, y luego, cuando no estaba segura de si estaba dormido o no, lo escuché decir:

—*Buenas noches*, Rosie.

Capítulo 8

Lucas

Nueva York. La Gran Manzana. La ciudad que nunca duerme. A cualquier lado que mirara, la gente siempre estaba apurada durante el día, los vehículos aceleraban en las calles o los edificios eran bulliciosos, con actividad y…

Ruido. Mucho ruido.

No se parecía en nada a ninguna de las otras ciudades que había visitado en la primera parte de mi viaje muy lejos de casa.

De mi *hogar*. España.

Pero esa había sido todo, ¿verdad? Un cambio de escenario.

Por mi propia voluntad, había cambiado despertar junto a las olas que rompían en la costa por rascacielos y vendedores de perros calientes. Por mi propia voluntad, había dejado atrás la libertad de tomar la carretera costera y conducir cuando y por donde quisiera, para comprometerme con una especie de itinerario. Había canjeado a Taco y a mi gente por multitudes de extraños sin rostro.

Y la única razón por la que lo hice era porque esa paz, esa libertad, ese escenario que conocía como la palma de la mano y todas las personas que me amaban (o a la versión de Lucas que había sido antes) ya no eran reconfortantes. Querían a alguien que, en ese momento, se sentía un extraño.

La ciudad de Nueva York era mi última oportunidad de escapar. De postergar lo inevitable: que todos descubrieran la verdadera razón de mi viaje. De que quisieran arreglarlo. Arreglarme a *mí*. Porque así era como operaba la familia Martín.

"Ay, Lucas, no vas a arreglar nada tumbado ahí como un monigote", me solía decir mi abuela.

Pero no había nada para arreglar. Estaba seguro de que yo no necesitaba ningún maldito arreglo tampoco. Porque eso significaba que existía la posibilidad de restaurar lo que había perdido. Y no existía. Nunca más podría subirme a una tabla. Nunca más podría hacer lo único que sabía hacer. Surfear. Lo único que amaba y con lo que, por fortuna, me ganaba la vida. Lo único en lo que había *progresado*. El agua, las olas, sentir la dureza de la cera bajo los pies, la arena pegada en la piel. Había sido mi vida. La adrenalina, estar siempre viajando. Recién había alcanzado el punto más alto de mi desempeño e incluso con poco más de treinta años, todavía me quedaban buenos años por delante.

Respiré agitado mientras estaba en el lado de Manhattan del puente de Brooklyn, y noté que había estado mirando fijamente las aguas turbulentas del río Este durante lo que tuvo que haber sido una inaceptable cantidad de tiempo.

Miré la hora en el móvil. Era bastante temprano, así que podía tachar otra atracción de mi lista: o caminar por los alrededores del City Hall Park o contemplar el Toro de Wall Street. Ambas atracciones eran gratis, lo que era un requisito, ya que seguía esperando mi tarjeta de repuesto. Rosie me había prestado más dinero (el cual había deslizado en mi chaqueta sin que me diera cuenta, y el que planeaba devolverle con intereses), pero me lo reservaba para el transporte público.

"Como un monigote", mascullé y repetí las palabras de la abuela.

Debía tener razón. Lo era. No tenía un norte. Como una botella de plástico en el río. Flotaba por ahí sin dirección. Solo me dejaba arrastrar y... existir.

Estaba cansado. En realidad, exhausto. Y ahora la simple idea de visitar lugares turísticos y de flotar a la deriva por la corriente de extraños no me parecía algo que pudiera hacer.

De repente, se me vino a la cabeza la cara de Rosie. Inesperadamente. Le había prometido que no iba a molestarla durante el día así ella podía trabajar, y había tenido la firme intención de cumplir esa promesa. Hoy era una excepción, sentía un dolor extra. Tanto es así que me sorprendería no terminar el día con aquella maldita renguera que había tardado semanas en sanar.

También me sentía muy solo.

Y Rosie era una buena compañía. Dulce, inteligente y... la mejor amiga de Lina.

Algo de lo que no debía olvidarme. No porque tuviera intenciones de ser algo más que compañeros de apartamento con ella o tal vez de ser amigos, buenos amigos, sino porque... ¿Por qué, Lucas?

Sacudí la cabeza y abrí la aplicación de mapas. Verifiqué el mejor camino de vuelta a la casa de Lina y me dirigí a la estación de metro más cercana. Cuarenta minutos más tarde, y con la maldita renguera que ya me empezaba a molestar, finalmente divisé el edificio de Lina.

De pie sobre los angostos escalones de la entrada, saqué las llaves. Casi podía saborear la oleada de alivio porque iba a sentar mi trasero cuando, de repente, una imagen borrosa de rizos oscuros se estrelló contra mí.

—¡Mierda! —Una voz femenina se ahogó contra mi suéter.

Aún pegada a mi pecho, la cabellera de rizos dio lugar a una oleada de melocotones dulces que de inmediato reconocí y me llegó directo a la nariz.

Exhalé una risa.

—Yo también te extrañé, compa.

Rosie, cuyo rostro todavía estaba metido en algún lugar entre mi pectoral derecho y mi clavícula, maldijo.

Sin pensarlo, la rodeé por los hombros y nos movimos fuera de los escalones, hacia la acera.

—¡Oh! —Dejó escapar casi sin aliento—. Ah, okey, gracias.

Ignoré lo suave que ella se sentía sobre mí y la solté.

—Si hubiera sabido que me darías esta bienvenida, habría llegado antes.

Su risa era contenida y tenía las mejillas bien ruborizadas.

—Qué gracioso. Obvio que no te vi. Si no, no te hubiera chocado.

—No me importa que me choquen, Rosie —le dije con una sonrisa y noté con qué facilidad se ruborizaba hasta las orejas y el cuello—. ¿A dónde vas? Pareces muy apurada.

—¡Correcto! —Abrió los ojos aún más, como si recién se acabara de enterar que había bajado a toda carrera por las escaleras—. Me llamó el casero de mi edificio. Vamos a encontrarnos en mi apartamento con el contratista en menos de una hora. La grieta, ¿recuerdas?

Asentí con la cabeza.

—El pequeño incidente que no era tan pequeño. Me acuerdo. Es una buena noticia, entonces. Significa que las cosas ¿van avanzando?

—Síp. —Bajó la mirada y me miró los pies—. Así que, bueno. Perdón por el choque. En serio, me tengo que ir. El casero es un poquito… malhumorado.

Fruncí el ceño.

—¿Malhumorado?

—Bueno, no es una persona grata para tener cerca. —Mostró una sonrisa amplia pero tensa y hasta podría decir que no era verdadera—. Pero nada que no pueda manejar.

—Ya hice todo lo que quería hacer hoy —mentí—. ¿Puedo ir?

—¿Quieres venir? —repitió y parpadeó un par de veces.

—Soy curioso por naturaleza. ¿No has conocido a mi hermana Charo? Es genético.

—Mira que no va a ser una reunión divertida o emocionante —advirtió, pero no me perdí el destello fugaz de confianza que apareció en su expresión—. Vamos a estar de pie un montón mientras el contratista evalúa los daños.

Sentí un dolor punzante en la rodilla derecha.

—Perfecto. Voy a husmear un montón tu apartamento —respondí, retrocedí unos pasos y alejé el gesto de dolor—. Ya sabes, como los chismes en un pueblo recién fundado.

Tal como lo anticipó Rosie, el encargado, un hombre que se había presentado como el señor Allen, no solo era malhumorado. También era un imbécil certificado.

Uno que, al parecer, era dueño de todo el edificio, como nos lo hizo saber de inmediato.

Un momento después, llegó un hombre de cabello oscuro, como de mi edad. Llevaba unos pantalones cargo oscuros y una sudadera con capucha con la inscripción "Castillo & Sons" en la parte delantera.

—Perdón por llegar tarde —nos dijo cuando nos encontramos en el pasillo—. Me demoré un poco con la visita anterior y vine tan rápido como pude.

—*Un poco* —se burló el señor Allen. Sus palabras derramaban sarcasmo—. Llega diez minutos tarde. En concreto le pedí que nos encontráramos a las 6:45.

Comentarios de imbécil, cuando él mismo recién acababa de llegar.

Pero el contratista lo ignoró con facilidad y fue derecho en dirección a Rosie.

—Hola —se presentó—. Soy Aiden Castillo.

—Rosalyn Graham —respondió con apenas una sonrisa y antes de girar la llave en la cerradura y abrirnos la puerta—. Gracias por venir, señor Castillo.

—Descuida, no tienes nada que agradecer. —Aiden le sostuvo la mirada a Rosie mientras estaba de pie junto a ella. No entró de inmediato al apartamento.

Antes de pensar en mis movimientos, me puse más cerca de Rosie y extendí una mano con rudeza hacia él.

—Lucas Martín. —Hice una pausa y me aseguré de mirarlo bien a los ojos—. Un gran amigo.

Aiden me estrechó la mano sin dudarlo y me clavó una mirada comprensiva que de inmediato me hizo sentir como un estúpido por lo que sea que busqué conseguir.

Pero ¿qué coño haces, Lucas?

Me regañé para mis adentros y le estreché la mano. Después de un instante, entramos y Aiden empezó su tarea, sacó un bloc de papel y un bolígrafo.

El señor Allen, que nos había seguido el paso detrás de nosotros, soltó un largo suspiro.

—También tenemos que ver al inquilino del piso de arriba, así que hazlo rápido, ¿okey?

El contratista, otra vez, lo ignoró.

Rosie, por otro lado, se mordía el labio de preocupación al mirar por encima de su hombro al impaciente señor Allen.

—¡Ey! —le dije acercándome más a ella para entrar en su campo visual—. Tienes un apartamento precioso, Rosie.

No estaba mintiendo, era muy lindo. También quedaba en Brooklyn, pero en otra área. Más grande que el de Lina, lo que no era difícil, pero también más *hogareño*. La casa de Rosie gritaba comodidad y tranquilidad por todos lados (desde el sofá *chaise longue* de aspecto aterciopelado hasta el suave resplandor blanquecino de la lámpara y las pequeñas baratijas y los libros que había desparramado por ahí), como si estuviera diseñado para reconfortar. Un hogar.

Y que… iba con ella. Iba con ella a la perfección.

Dejé aquel pensamiento a un lado y, con la cabeza, le señalé a la izquierda.

—En especial ese cuadro que está colgado allí.

Era un retrato de ella con Lina (de tamaño impresionante) en el que estaban disfrazadas de los Minions. Tenían incluso las caras pintadas de amarillo y dos rollos de papel higiénico pegados sobre los ojos. Los disfraces eran ridículos, pero el hecho de que fueran dos mujeres adultas que miraban a la cámara con orgullo era… atrapante. Tonto.

—Y tierno —mascullé, antes de voltearme a mirarla—. ¿Crees que deberíamos llevarlo al apartamento de Lina? Quizá lo extrañas. Yo lo extrañaría, si fuese tú.

—Graciosísimo. —Hizo un mohín—. Fue un regalo de Lina, ¿okey? —Por supuesto que lo fue—. Y creo que voy a sobrevivir sin él.

Me reí con disimulo, sintiendo una extraña satisfacción por la ligereza de su tono y por la forma en que parecía haber olvidado la presencia de los otros dos hombres en la habitación.

—Señorita Graham —Aiden la llamó desde la otra punta de la sala y rompió el momento. Rosie y yo le echamos un vistazo y lo encontramos mirando hacia arriba, inspeccionando el cielorraso—. ¿Estos son todos los daños? ¿No se han derrumbado más partes del cielorraso?

¿Derrumbado?

¿No había dicho Rosie que era una *grieta*? Con toda mi atención en cuidarla, me había olvidado de verificarlo por mí mismo. Levanté la vista para inspeccionar el cielorraso y…

—*¡Pero qué cojones!* —El improperio español se me escapó sin más. El señor Allen se burló de mí y Rosie arrastró los pies hasta Aiden.

—Sí, eso es todo.

—¿Eso es *todo*? —dije sin pensar, la sorpresa envolvió mis palabras—. Rosie, eso pudo haber matado a alguien. Dijiste que era una *grieta*.

—Sí —confirmó Aiden—. Esto podría haber terminado muy mal si alguien hubiera estado justo debajo de la parte del cielorraso que se cayó.

—*Jesús* —susurré, mientras miraba a Rosie de perfil.

—Pero no había nadie —repuso Rosie, con suavidad—. Solo se me cayó a los pies.

Un sonido ahogado se me subió por la garganta.

—Señorita Graham —intervino Aiden, antes de que pudiera hablar—,

¿se rompió alguna otra parte del apartamento? ¿Dormitorio, baño, cocina?

Rosie negó con la cabeza.

—Solo esto. O, al menos, es lo que pude ver.

—Muy bien. —El contratista se puso debajo del brazo el anotador en el que había estado escribiendo—. Si no le importa, me gustaría echarles un vistazo a las otras habitaciones. ¿Podría ser?

—Sí, por supuesto. —Rosie dejó escapar un suspiro—. Por favor, tómese su tiempo. Y perdón por el desorden. Me fui apurada cuando todo… se vino abajo. Literalmente.

Con un asentimiento, Aiden se dio media vuelta y dejó la sala.

Rosie apretó los labios en una línea tensa.

Controlando mi conmoción y, a decir verdad, la frustración por ella al verla minimizar el riesgo, cuando pudo haberse lastimado, acorté la distancia que había puesto entre nosotros y con mi hombro le di un empujoncito al de ella.

—Ey.

Ella me miró de soslayo, con expresión neutral, en apariencia pasiva, pero sus ojos decían otra historia.

—Lo siento, solo me volví un poco loco —ofrecí.

Se encogió de hombros.

—No deberías disculparte. —Hizo un gesto de tristeza con la boca—. Ni volverte loco por nada.

Ignoré eso, la necesidad de hacerla sonreír me surgió de lo profundo de las entrañas.

—No puedo creer que lo pasé por alto cuando entré —comenté y ella me echó un vistazo—. Quien diría que me atraían las mujeres pintadas de amarillo —deslicé lo más relajadamente que pude—. Y por "mujeres" sin duda no me refiero a mi prima.

Parpadeó y dejó escapar una mitad risa mitad ronquido.

—Hoy estamos graciosos, ¿eh?

—Pensé que siempre era divertido. —Le guiñé un ojo y eso pareció distraerla lo suficiente como para brindarme otra de esas risas a medias–. Ahora en serio, ¿estás bien?

Se encogió de hombros.

—Sí.

—Está bien si no lo estás. —Hice una pausa–. Esto es demasiado, Rosie.

Me sostuvo la mirada, como si quisiera decirme algo, pero pareció cambiar de opinión.

—Esto. —Echó la cabeza hacia atrás y miró el agujero (que claramente no era una grieta)–. Esto no es nada. En serio. No es gran cosa. Solo un pequeño inconveniente. Lo arreglarán en un santiamén.

No era pequeño. De verdad no lo era.

—No hay nada pequeño aquí, señorita Graham. —El señor Allen, que para sorpresa de todos había estado callado, se burló y nos recordó su presencia.

Se apareció frente a nosotros, con el labio superior curvado hacia arriba y apretando el nudo de lo que parecía una corbata cara. Me hizo acordar al tipo loco de aquella película de comedia negra de terror de los primeros años del 2000. Esa con el psicópata.

Y mientras le daba la razón en esta, di un pequeño pasito hacia delante por su tono.

La mirada del señor Allen rebotó de Rosie a mí y volvió a Rosie.

—Supongo que usted no tiene ninguna propiedad, señorita Graham.

—No, no tengo. Pero solo estaba tratando de restarle importancia a la situación…

—Exacto —la interrumpió el casero psicópata e hizo que se me crispara la espina dorsal ante su cambio de voz—. Y lo hace porque usted no es consciente del costo que implicará esta reparación, que no es *"gran cosa"*. Pero, por supuesto… —Hizo una pausa, con el labio superior todavía más curvado—. Este es mi tiempo, señorita Graham. Y mi dinero, también. ¿Sabe cuánto pierdo por estar aquí, ocupándome de esto?

—Entiendo todo eso. —La respuesta de Rosie fue rápida—. Yo tampoco elegí estar aquí. No fui yo quien causó…

—¡Oh, no! No entiende. —La cortó por segunda vez, y mi cuerpo se acercó al de Rosie. Nuestros hombros se rozaron. El casero psicópata, con la sonrisa ahora irónica, continuó—: No entiende nada si cree que esto se va a arreglar en *"un santiamén"*. De hecho, creo que será todo lo contrario.

Sentí que Rosie se quedó helada en el lugar ante las últimas palabras del señor Allen. Así que la examiné y la encontré con la mirada fija en él, la mandíbula rígida y el ceño fruncido con seriedad. A simple vista, uno podría haber pensado que no estaba molesta, que se lo había tomado como una profesional, pero luego, se le escapó de la boca una respiración temblorosa y parpadeó un par de veces. Me di cuenta de que esa era su cara iracunda. Se estaba poniendo una máscara, para beneficio de quién, no lo sabía. Pero no me preocupé porque mi mano se levantó de mi costado para estirarse en dirección a ella y aterrizar con suavidad en el medio de su espalda. Justo entre los omóplatos.

En tanto Rosie fulminaba el espacio con la mirada, no se movió ni me dio indicios de que mi palma le estuviera molestando, así que la dejé donde estaba. Dibujé círculos con lentitud y le hice saber que estaba allí si me necesitaba, listo para defenderla.

—Nada de que preocuparse en el resto de las habitaciones —anunció Aiden mientras volvía a la sala—. Excepto por un par de manchas que noté en la pared de yeso del baño y que me gustaría verificar con uno de mis muchachos. —Miró a Rosie con cautela—. Eso sí, voy a necesitar chequear el piso de arriba para comprobar la extensión de los daños. —Señaló hacia arriba con el bolígrafo.

—Gracias, señor Castillo. —La voz de Rosie fue inestable cuando respondió.

Aiden guardó el bolígrafo en el bolsillo lateral del pantalón cargo y se dirigió al casero psicópata:

—Después de eso, voy a traer a mi equipo.

El señor Allen chasqueó la lengua.

—¿Y con respecto al presupuesto? No me vas a traer ningún equipo aquí sin antes darme el presupuesto, Aiden.

—Un presupuesto —repitió Aiden con lentitud—. No me has pedido eso desde hace un a…

—Para esto sí lo quiero —interrumpió el casero psicópata. Algo se le había cristalizado en la mirada, algo que no me agradaba en lo más mínimo—. Tómate el tiempo que necesites, pero no quiero ningún equipo aquí sin un presupuesto.

—Señor Allen —intervino Rosie con voz chillona—, tengo una especie de pedido para hacerle, me…

—Déjeme adivinar… A usted le gustaría que yo priorizara su apartamento sobre el del señor Brown o que acelerara la cosas —le espetó con tal desdén que inconscientemente me moví hacia delante hasta ponerme apenas delante de Rosie. El casero no se detuvo, porque agregó elevando el tono—: Si no está contenta con cómo estoy manejando las reparaciones en *mi* propiedad, siéntase libre de rescindir el contrato. Conseguiré un nuevo inquilino en… —bajó la voz–, ¿cómo era la frase? *En un santiamén*. Como ya debería saber, los apartamentos como este entran en el mercado y se ocupan en un segundo.

Rosie contuvo la respiración, pero se recobró rápido como para acotar:

—No hay ningún motivo para ser irracional y…

—¿Irracional? –dijo, enfurecido. El rostro se le mutó como si estuviera satisfecho, como si estuviera disfrutando el juego de poder con Rosie. Sentí que se me subía la sangre a la cabeza y el mal genio, que rara vez me afloraba, salió a la superficie–. Señorita Graham –contraatacó en un tono que me hizo poner en guardia–, no sea una…

—No –lo corté en seco, buscándole la mirada, así que no tuvo otra opción más que mirarme–. Le sugiero que no termine esa oración.

El hombre me sostuvo la mirada, pero le temblaba la garganta.

—De hecho –insistí, bajando la voz–, le sugiero que deje de hablarnos.

El hombre se limitó a mirarme boquiabierto, sin responder. Lentamente, muy lentamente, se atrevió a sonreír. Tal cual el casero psicópata que era sonrió como un *idiota*.

Sentí que mi cuerpo se adelantó y devoró los centímetros de espacio que nos separaban. No supe con exactitud para hacer qué, porque alguien me detuvo antes de que pudiera adivinarlo.

Unos dedos delicados me sujetaron el antebrazo y me frenaron. Como no retrocedí, me jalaron de nuevo, y esa segunda vez fue difícil ignorar lo que significaba. *Detente. Estás cruzando una línea. Retrocede.* Pero yo no quería. Nunca me han gustado los bravucones.

Pero Rosie me detuvo otra vez, tan despacio que apenas lo sentí, y no tuve más remedio que volver a su lado.

—Qué poco civilizados son algunos de sus amigos, señorita Graham —susurró el hombre con visible alivio.

Esperaba que Rosie se pusiera de su lado, yo lo hubiese estado después de lo que acababa de hacer, pero en vez de eso, deslizó los dedos hasta mi muñeca y la sujetó… con suavidad. Deslizó la yema de su pulgar dentro de mi manga, rozándome apenas la piel, como si estuviera tratando de decirme que todo estaba bien y que no estaba enojada.

Y porque era claro que yo no respetaba los límites, di vuelta la mano y tomé la suya.

—No hay nada incivilizado en él. —Creo que la escuché murmurar.

Una parte de mi quiso prestarle atención a ella, mirarla, pero el casero psicópata intervino:

—Aiden, vamos. El señor Brown nos espera.

Y sin más, se dio media vuelta y se dirigió a la puerta.

—Es un idiota —dijo Aiden, una vez que desapareció, y suspiró—. Voy a tratar de traer el presupuesto tan pronto como sea posible. —Y con un asentimiento de cabeza, desapareció detrás del casero psicópata.

Rosie retrocedió unos pasos y cortó el contacto entre nuestras manos. Cuando al fin la miré, estaba observando el cielorraso.

—Bueno, eso apestó —masculló, con las manos en la cintura—. Me pregunto… cuánto espacio van a necesitar los contratistas, todas las herramientas y el equipamiento.

Fruncí el ceño ante eso.

—Si lo piensas —prosiguió—, la cocina, el baño y el dormitorio están… libres.

¿Libres? No me gustaba hacia dónde estaba yendo eso.

Y menos me gustaba la forma en que Rosie levantaba las cejas mientras inspeccionaba el techo y pensaba mucho en algo. Y…

Se me debe haber escapado un sonido de la boca, porque la atención de Rosie volvió a mí.

—¿Estás bien?

¿Lo estaba?

—Por favor, dime que no estás pensando quedarte aquí.

Se mordió el labio y no respondió.

—No puedes quedarte aquí, Rosie. —Traté de esbozar una sonrisa, pero no pude, a juzgar por su reacción. De hecho, seguro que estaba frunciendo el ceño.

Se cruzó de brazos con una expresión de incredulidad.

—No tienes que preocuparte por mí. Ni cuidarme.

—Rosie —exhalé con una sonrisita—, no te estoy cuidando. Solo soy el primo de tu mejor amiga.

Ella se quedó pensando en algo.

—Ya has hecho demasiado. Me has dejado estar contigo. Has escuchado todas mis… tonterías. Y hasta has intercedido ante el señor Allen, cuando en verdad eso es algo que no tenías que hacer.

Fue mi turno de parecer perplejo.

—Pero somos amigos.

—¿Lo somos?

Antes de que responder, una voz vino de… arriba.

—¿Qué son todos esos gritos?

Eché la cabeza hacia atrás, levanté la vista y encontré a un tipo, vestido con una bata a cuadros, que nos espiaba desde arriba. Levanté las cejas y casi se me fusionaron con la línea de nacimiento del pelo.

El hombre continuó:

—Estamos tratando de conversar aquí arriba.

Incapaz de creer lo que estaba presenciando, di un paso adelante. Entrecerré los ojos, inspeccioné al hombre y…

—*Por el amor de Dios* —me burlé, temblando ante la vista—. No lleva nada bajo la bata. —Me giré para mirar a Rosie—. Rosie, tiene las bolas sueltas como…

—¡Hola, señor Brown! —me interrumpió antes de darme un codazo—. ¡Espero que esté todo bien!

—*Rosie…* —gemí—, ¿por qué…? —empecé a decir, pero estaba demasiado perplejo para seguir—. Jesucristo.

—Está bien. —Puso los ojos en blanco—. No es la primera vez que veo eso.

Me quedé con la boca abierta. Luego la cerré de golpe. Ni siquiera sabía qué decir. Lo único que sabía era que mi *flight switch* se había vuelto loco y me rogaba que tomara a Rosie por la cintura, me la subiera al hombro y la sacara de allí lo más antes posible.

—Rosie —musité con cuidado—, vámonos a casa.

Un temblor la sacudió y contestó:

—Pero todas mis cosas están aquí.

—Voy a cocinar algo para cenar y lo damos por terminado —sugerí, mirándola de cerca—. Mañana estarás fresca como una rosa, lista para escribir todas las palabras que necesites.

—Seguro —dijo con frustración. Su expresión mostraba cansancio. Abatimiento—. Porque eso es algo que puedo hacer.

Eso me llamó la atención.

—¿Qué quieres decir?

Negó con la cabeza.

—¿Por qué dices eso? —Suavicé la voz, adivinaba, más bien sabía, que había algo que no me quería decir—. Puedes confiar en mí, Rosie.

Volvió a negar con la cabeza, abrazándose la cintura.

—¿Rosie? —Di un paso más cerca, me estaba preocupando—. ¿Qué pasa?

No me respondió; ni siquiera me miraba.

Incliné la cabeza.

—¡Ey, Ro!...

—¡Nada! —soltó de golpe en voz alta y me dio un susto de la gran mierda—. ¡No pasa nada! —Su voz le salió estridente y chillona, le temblaba el labio y le rechinaban los dientes—. ¡Todo está bien y genial!

—Rosie —murmuré y, con más prisa, acorté la distancia entre nosotros—. Ey, *cariño,* ¿qué sucede?

Un suspiro agitado salió de ella. En un segundo, tenía los hombros abatidos y los ojos se le llenaron de lágrimas.

—Todo bien —repitió, justo antes de que se derrumbara la represa que la contenía—: Hay un maldito agujero en el cielorraso de mi apartamento. Estas estúpidas reparaciones van a tardar más tiempo de lo que pensé. Te estoy causando inconvenientes porque he estado mintiéndole a mi papá durante meses y no puedo quedarme en su casa. Estoy casi segura de que mi hermano anda en negocios raros. Y tengo menos de ocho semanas para entregar un manuscrito que está muy lejos de donde debería estar, porque estoy bloqueada. No puedo escribir, Lucas. Y aquí estás, como testigo del total y absoluto desastre que es mi vida. ¡Ah!, y para mejor, he tenido antojo de cronas desde que me vino el periodo esta mañana, y cuando nos vayamos de aquí va a ser demasiado tarde para conseguirlas porque Holy Cronut estará cerrado.

Anclado al lugar, la miré mientras recuperaba el aire.

—¡Así que, bien!, ¡okey! —continuó, y me volví a alarmar—. Debe haber más de un par de cosas que están mal. Pero soy *Rosie.* Se supone que tengo que conservar la calma. —Se le escapó un hipo—. Porque eso es lo que hago mejor. Mantener la cordura. Y ahora solo... solo...

Fue la lágrima solitaria que le brotó del borde del ojo la que me impulsó a acortar el resto de la distancia que nos separaba.

En dos segundos, la estreché entre mis brazos y la atraje hacia mi pecho.

—Está bien —dije, y llevé una de mis manos a su nuca, así podía sostenerla contra mí.

—No la estoy perdiendo —musitó, contra mi sudadera—. Soy Rosie y no puedo *perderla*.

La apreté un poquito más cuando su cuerpo tembló en mis brazos. Dejé que mi barbilla descansara sobre su cabeza.

—*Puedes* perder la calma, Graham —le respondí mientras nos mecíamos de un lado al otro—. Tienes todo el derecho a perderla de vez en cuando.

—Pero odio cuando lo hago. No me gusta que nadie me vea así. Sobre todo tú. —Otra vez tuvo hipo—. Soy una llorona fea.

—¿Fea? Imposible.

Dejó escapar un sonido ahogado que me entibió la piel debajo de la tela de mi sudadera.

—Deja de ser tan tierno conmigo.

—Solo soy honesto —le respondí, y lo era. Y no se me había pasado ese "sobre todo tú", pero no era el momento para analizar eso—. Es sanador dejar salir todo. —Le pasé la mano por la espalda, de arriba abajo como un suave masaje por la columna—. Especialmente cuando estás bajo tanta presión.

—Quizá —repuso, todavía hundida en mi pecho—. Pero, aun así, no me gusta.

Se me ocurrió algo, algo que hizo detener aquellas lágrimas.

—Conociste a mi abuela, ¿verdad? ¿En la boda?

Rosie asintió con la cabeza.

—La última vez que hice algo parecido, algo como fingir que estaba… *todo bien y genial* —usé sus mismas palabras–, mi abuela me arrojó una cuchara de madera y me golpeó en la cara.

Esperaba que Rosie se quedara boquiabierta o se riera, pero en vez de eso, se puso pensativa.

—Adoro a tu abuela.

—Es difícil no quererla. Y, admitámoslo, tal vez me lo merecía.

Rosie dejó escapar algo que casi era una risa. O se le parecía.

Bien, con tal que deje de llorar, puedo humillarme un poco más.

—La cuchara había estado dentro de la salsa boloñesa que ella estaba preparando, así que quedé como si me hubiera peleado con una lata de tomate. —En defensa de la abuela, me lo merecía–. Ah, y después de golpearme, me gritó: "Tontos son los que hacen tonterías". —Dejé que mis dedos alcanzaran el cabello de Rosie y acaricié distraído sus suaves rizos. Como no se resistió, dejé la mano allí–. Pero la abuela tenía razón. No es inteligente fingir que todo está bien cuando no lo está. Si guardas algo muy apretado, en cualquier momento explota. Más pronto que tarde.

Rosie no dijo nada y mi última afirmación me dejó un sabor amargo en la boca. Así que nos quedamos en silencio, meciéndonos de un lado al otro sin soltarnos.

Cuando Rosie al fin habló otra vez, su voz ya no temblaba.

—¿Lucas?

Respondí con un "ajá", muy consciente de que ya no había razones para tenerla entre mis brazos, pero sin dignarme a moverme.

—¿Qué habías estado guardando? Cuando te arrojó la cuchara.

No debería haber hecho esa confesión a medias, pero su pregunta me tomó por sorpresa.

—Te… —Me fui acallando y, sin seguir mi propio consejo, empujé aún más adentro a todo lo que ya llevaba guardado en lo más profundo de mí–. Te lo diré si dejas de rechazar mi ayuda. Y si vuelves al apartamento conmigo. No puedes quedarte aquí.

–¿No me lo puedes decir ahora?

–Demuéstrame que confías en mí.

Rosie se liberó de mi abrazo, y me miró a los ojos.

Yo también la miré.

–Así funciona esto, Graham. Es un camino de ida y vuelta.

Se quedó un momento pensando en algo y luego dijo reticente:

–Okey. –Y dio un fuerte suspiro–. Si esa es tu manera de pedirme que seamos amigos, entonces, está bien. Me parece que podemos ser amigos.

Algo me cruzó por el pecho, se detuvo un momento allí y luego se esfumó.

–Amigos –afirmé, y por fin dejé caer los brazos a los lados de mi cuerpo, porque los amigos se consuelan el uno al otro, pero sabían dónde estaban los límites–. Vamos, entonces. No quiero arriesgarme a que el señor Brown nos enseñe sus bolas otra vez.

–Okey –repitió, ahora con más convicción–. Vamos a casa, compa.

Capítulo 9

Rosie

Cerré mi computadora portátil. Ya no podía mirar mi manuscrito ni un segundo más.

Cero de dos mil quinientas palabras.

—Dios, esto apesta —me lamenté en el silencioso y vacío apartamento.

Porque había escrito cero y tenía que recalcular mi objetivo diario de palabras. De nuevo.

Me puse a pensar una vez más sobre el colapso épico de ayer. En cómo había descargado una cantidad de tonterías emocionales sobre Lucas. En cómo le había babeado la sudadera por todos lados, durante una cantidad indecente de tiempo. Y, más que nada, pensé en la calma de Lucas y en su cuidadosa contención. En cómo había intervenido sin que yo se lo pidiera. Sin que yo esperara que lo hiciera.

Y pensé en ese abrazo. Un abrazo con todo el cuerpo. Reconfortante, sanador, *intencional;* porque Lucas abrazaba como si le importara, como si toda su atención estuviera en ese abrazo y solo en ese. Un abrazo que te cambia la vida, si algo tan simple como un abrazo podía hacer eso.

Toda mi vida había sido la persona en la que todos confiaban. A mis diez años, compartí con papá la carga cuando mi mamá se fue y nos dejó con un bebé de diez meses, Olly, y tuve que aprender a crecer rápido. Y cuando papá no estaba, cargaba sola ese peso. Para mis amigos, he sido la tabla de salvación en el medio del océano, esa persona con la que podían contar para desahogarse o para un consejo sincero. He aceptado cualquier rol para el que me han necesitado, siempre me aseguré de estar allí para mantener un fuerte control sobre cualquier situación o crisis. Siempre tranquila, siempre centrada. Quizá por eso mi trabajo como ingeniera consultora había sido tan… apropiado, tan natural. Me pagaban para planificar, para brindar mi experticia y para asesorar en caso de crisis. Y es probable también que ese haya sido el motivo de mi renuncia para hacer lo que amaba de verdad (algo que podía ser regulado por las emociones) y había sido tan… liberador.

Aun habiéndome conducido al colapso. A la reacción inmediata de Lucas, que me dio su fuerza. Que me contuvo.

Suspiré.

Sonrisa deslumbrante, hombros anchos, habilidades culinarias de locura, el superpoder de dar los mejores abrazos con todo el cuerpo *y* un gran corazón.

A veces, la vida era muy injusta.

–Y aquí estoy –murmuré por lo bajo–, pensando en un hombre en vez de escribir.

Igual eso no cambiaba nada; seguía sin poder escribir.

Corrí el taburete hacia atrás, caminé con calma hasta la ventana y la abrí. Le di la bienvenida a la brisa fría de octubre. Me incliné sobre el umbral de la ventana, preguntándome si debía tratar de comunicarme con Lina de nuevo. Quizá...

Mi teléfono vibró desde el otro lado del apartamento.

—Raro —murmuré.

Sigilosamente, fui a la isla de la cocina, levanté el teléfono y sonreí ante el nombre que se iluminó en la pantalla.

—¡Ami! —chilló una voz que conocía bien—. ¿Por qué tengo un millón de llamadas perdidas tuyas? ¿Me extrañaste tanto o por fin localizaste a Sebastián Stan y yo me lo perdí? ¿Hicieron buenas migas? ¿Es lindo en persona? Si es un idiota, no me lo digas. No me arruines a Seb.

—Lina —lo dije con un medio suspiro y media risa—, justo estaba pensando en ti. Y no fueron un millón de llamadas, fueron solo dos.

—Mmm, lo tomaré como un no. Pobre Seb. Él se lo pierde de verdad.

—¡Ay!, te extraño. —Caminé hacia el sofá y me desplomé sobre él. Subí el volumen del audio al máximo y ubiqué el teléfono sobre la mesita de café—. ¿Cómo va todo, *señora Martín-Blackford*? ¿Cómo es Perú? ¿La luna de miel va según lo planeado?

—¡Ay, Rosie! Me podría acostumbrar a esto. ¿Crees que nos extrañarán en el trabajo si nos quedamos un poco más? —Bajó la voz—. ¿O para siempre?

—Bueno, considerando que tu esposo es el jefe de la división de una firma de ingeniería en desarrollo en Nueva York y que tú eres una líder de equipo de dicha división, diría que... ¿es probable?

—¡Uf!, debería haber seguido como consultora —se lamentó, aunque yo sabía que no lo decía en serio. Lina adoraba su trabajo—. O, ya sabes, me debería haber casado con alguien sin responsabilidades.

Abrí la boca para decirle lo ridículo que era eso si tomábamos en cuenta que esos dos no eran muy capaces de mantener las manos lejos el uno del otro; pero antes de que pudiera decir algo, distinguí la voz grave de Aaron de fondo.

Luego, escuché que Lina le dijo: "¡No te lo tomes en serio, *amor*! Era una broma. Me casaría contigo cien veces más".

Algunas otras palabras ahogadas se dijeron de fondo y mi mejor amiga soltó una risita. Basado en la experiencia, era esa clase de risita que, en general, precede al beso, al contacto o a una mirada cómplice Aaron-Lina.

Me atravesó una punzada de celos. De los buenos. La clase de anhelo que me hacía preguntarme si alguna vez encontraría lo que ellos tienen. Qué ironía, esta ha sido la clase de anhelo que hacía un tiempo me había impulsado a coquetear con la idea de escribir. De traer a la vida la clase de amor que nunca parecía tocarme.

Sin embargo, mírenme ahora, con un novela publicada y un intento de segundo libro a medio hacer; y no solamente hice que la fuente de la inspiración se secara, sino que tampoco he logrado encontrar el amor.

—¿Rosie? —La voz de Lina me trajo de vuelta—. Te estaba contando sobre mis *aventuras sexuales de mi luna de miel*, ahora que mi esposo fue a comprar empanadas peruanas, pero me dejaste hablando sola.

—Lo siento, cariño.

La línea se quedó en silencio unos momentos.

—¿Está todo bien? —Por fin indagó Lina sin su tono juguetón y alegre—. Estaba bromeando sobre las llamadas, lo sabes, ¿no? Siempre me puedes llamar. Las veces que quieras.

—Lo sé —asentí, porque lo sabía—. Pero…

—No vas a romper mi burbuja —terminó la frase por mí y me

recordó por qué ella era una persona importante y esencial en mi vida. Me conocía del derecho y del revés. Y por eso sabía qué decir para tranquilizarme–. Soy tan feliz como no lo he sido nunca en toda mi vida y hablar de lo que sea que te esté sucediendo no lo va a cambiar.

Me quedé pensando en eso y esta vez no sentí celos, ni de los buenos, solo pura e inmensa alegría por ella. Por ellos. Aaron y Lina se merecían solo felicidad.

–De hecho –continuó–, si crees que no puedes contar conmigo, me rompes el pobre y frágil corazón. Me…

–¡Okey, okey! –Exhalé–. Puedes parar con el chantaje emocional. No es que no quiera contarte. Solo…

–No quieres molestarme mientras estoy en mi luna de miel con mi cautivante esposo, lo sé. Pero te he dicho que no lo haces. Así que, habla, amiga.

Habla, amiga.

Había tanto que necesitaba contarle. Confesarle, en realidad. Para empezar, el hecho de que mi apartamento estaría fuera de servicio durante un tiempo. Y que estaba compartiendo el de ella con su primo. Y que me había enamorado virtualmente de él y que pasar el tiempo juntos no mejoraba la situación.

Y entonces, lo que atiné a decir fue:

–Creo que he cometido un grave error.

–Okey. –Su tono fue cauteloso–. ¿Fue un error tipo "agregué sal en vez de azúcar" o más bien del tipo "amor, ¿recuerdas el fosfuro de zinc que compramos por el problema de la plaga de ratas, bueno, si fuera tú, dejaría de masticar"?

Cerré los ojos.

–¿El segundo? –Lo pensé mejor–. Tal vez no es tal cual el segundo, pero está más cerca de ese. Excepto el envenenamiento accidental a mi pareja. Digamos que fui yo la única envenenada. Y parece que lo hice yo misma. Digamos que…

—¿Rosie? —me detuvo.

—¿Sí?

—Me parece que nos fuimos por las ramas con esto de las metáforas, y ahora no sé de qué estamos hablando.

Suspiré profundamente.

—Renunciar a mi trabajo en InTech. Ese fue mi error, Lina.

—¿Qué? —Me di cuenta de que lo dijo con sincero asombro—. ¿Por qué piensas eso? Estás viviendo tu mejor vida de escritora ahora, sin distracciones y con un contrato por un libro bajo el brazo.

—Sí, solo que no estoy viviendo mi mejor vida de escritora. —Miré hacia arriba, al cielorraso, y me llevé las manos a las sienes—. No he estado escribiendo. Me quedan menos de ocho semanas para mi fecha límite y estoy… estoy perdida. Hace un tiempo que estoy bloqueada y ahora no sé si lo voy a lograr. No tengo nada, Lina. Ni *una sola cosa*.

Hubo un silencio y luego mi mejor amiga exclamó:

—¡Ay, Rosie!

Un temblor me agitó el labio, la cerradura de la puerta que había abierto y roto hacía menos de veinticuatro horas, se agitaba otra vez.

—Así que eso es —dije, sin pensar—. Soy una fracasada. Todavía no he cumplido mi sueño y ya soy una fracasada. Crees… ¿Crees que Aaron me volverá a tomar si le pido mi antiguo trabajo?

—No.

—Okey, bueno, ya entendí. Me pregunto si hay alguien más…

—No —repitió—. No le vas a pedir a Aaron tu antiguo trabajo.

—Lina…

—Cállate y escucha. Escúchame con mucha atención. —Mi mejor

amiga me habló con dureza. Me tembló la boca y se me llenaron los ojos de lágrimas–. Tú, Rosalyn Graham, eres *la jefa*.

Dejé salir un sonido que me negué a reconocer como hipo.

–Tienes un título en Ingeniería. Te ascendieron a líder de equipo en una excelente compañía del maldito Nueva York dedicada a la tecnología superior. –Hizo una pausa y me dejó procesar todo–. Escribiste un libro en tu tiempo libre. Un buen libro del carajo, Rosie. Una historia de amor hermosa y épica. Un veterano de guerra que viaja a través del tiempo y lucha por encontrar un lugar, su lugar, junto a la mujer que ama con tanta desesperación en el tiempo presente. ¿Sabías que Charo aún le dice "mi oficial"? La mujer ha reclamado a este hombre de ficción como propio y se enfurece con la gente si lo mencionan mucho. –Lo sabía. Lina me había enviado unas capturas de pantalla de algunos mensajes, entusiastas al extremo–. El día en que ella descubra que eres *la* Rosalyn Sage, se va a volver loca y te va a molestar por el resto de tus días. –Hizo una pausa–. Y eso es porque la rompiste. Lo hiciste muy bien, mejor de lo esperado.

–No la rompí en realidad, Lina. Me…

–En esa editorial no te ofrecen un contrato porque tienes una cara bonita.

–Bien –acepté a regañadientes–. Creo que mi primer libro estuvo *bien*.

Lina bufó.

–Era más que "bien", Rosie. Era adictivo, te lo digo. La pequeña aunque entusiasta parte de mi familia que habla inglés lo *adoró*. –Escuché un ruido de papel arrugado de fondo, como si estuviera abriendo una barra de chocolate o una bolsa de bocadillos. Ambas opciones eran muy posibles, tratándose de ella–. Y encima de todo eso, tuviste los ovarios para renunciar a un trabajo que no te satisfacía más y perseguir una carrera que sí lo hacía. En escritura. Porque eres buena en eso, Rosie.

Los ovarios.

Me hizo acordar a Lucas cuando me llamó "guerrera". Guerrera. *Yo*.

Se me volvió a acelerar el corazón, como lo hacía cada vez que pensaba en él.

—¿Soy una luchadora, entonces?–. Me escuché preguntar a viva voz.

—¡Sí! –confirmó Lina enseguida–. En todo este tema de que estás bloqueada, es tu miedo el que habla. Le tienes terror al fracaso, Rosie. Te conozco. Pero tienes que sacártelo de la cabeza, deja de lloriquear porque no puedes arreglar el problema y empieza a creer que sí puedes.

—¡Auch! –murmuré.

—Te digo todo esto porque te quiero. –Podía verla señalándome con el dedo y moviéndolo en el aire–. No dejes que la presión que has puesto sobre ti te paralice. Eres la única persona que te está limitando, Rosie.

Sus palabras fueron más profundas de lo que deberían haber sido. No la parte del lloriqueo, sino la otra parte, la que se refería a *mí* como el problema. Porque estaba empezando a creer que lo era.

—Es muy común que un escritor se bloquee –agregó Lina–. Así que te vamos a desbloquear.

—¿A desbloquearme?

—Te vamos a hacer sacar todo para afuera.

Dejé caer las manos a los lados, con las palmas sobre la tela suave de los cojines.

—No sé, Lina. Aún no… sé que hay de malo conmigo. Estoy…

Hubo un segundo de silencio.

–¿Estás qué?

–Estoy… –Me fui callando–. Es como si hubiera cientos de cosas que me impidieran escribir y me paralizaran cuando trato de hacerlo. –Negué con la cabeza–. He intentado de todo, hasta acupuntura, porque leí en un blog que eso contribuye con la liberación de las endorfinas que ayudan a encontrar la inspiración. No funcionó.

La línea se quedó otra vez en silencio. Luego, un tentativo:

–Quizá hay algo que puedas probar.

–Y eso es…

Lina no me respondió de inmediato, ya me lo veía venir.

–Tu segundo libro se desarrolla en el mismo universo, ¿verdad? Me dijiste que le querías dar un final de "y vivieron felices por siempre" a su mejor amigo.

–Sí.

–Mencionaste que esta vez la historia sería un poco más… alegre. Que sería sobre él en la batalla de la vida moderna y sobre la adaptación a los cambios que han sucedido en la tierra salvaje que son las citas en nuestros días.

–Sí, me parece que dije eso.

–Entonces –Lina pronunció tan lentamente esa palabra de tres sílabas que duró unos segundos–, podrías hacer lo mismo. Podrías volver a salir.

Fruncí el ceño.

–¿Salir a *dónde*?

–A tener citas –confirmó con confianza, e indagó–: Has estado escondida durante… ¿cuánto tiempo? –preguntó, pero no me dio la oportunidad de responder–. Demasiado. Tal vez ese sea el problema. Eres una escritora de novelas románticas que intenta escribir sobre un hombre del siglo veinte que tiene citas en nuestro tiempo. Quizá deberías… hacer eso. Si lo piensas, ustedes dos no son tan diferentes. Hace al menos dos años que no tienes una cita. –Dejó escapar una risita–. Tu héroe y tú son dos peces antiguos y hermosos que cayeron en el estanque de las citas del siglo veintiuno.

Un sonido extraño me salió de la garganta. Abrí la boca para contarle acerca de todas las maneras distintas en las que su idea podría irse por la borda, pero me detuve. Porque quizá, solo quizá…

–Podría funcionar –afirmó Lina, como si me hubiera leído la mente–. Escucha, mi primera idea había sido el sexo. Orgasmos. Iba a sugerirte que te consiguieras un vibrador nuevo cuando mencionaste las endorfinas, pero creo que esta vez necesitas la cosa real.

Parpadeé y traté de procesarlo todo.

–Sabes que no soy buena para ligar y las aventuras de una noche.

–Exacto –respondió enseguida–. Debes tener un romance antes del dunga-dunga.

–¿El dunga-dunga?

Ignoró mi pregunta.

–Por eso creo que deberías volver a descargarte Tinder. O Bumble. O lo que sea que haya inventado esta semana el Zuckerberg de las aplicaciones de citas.

–Una aplicación de citas. –Podía oír el escepticismo que resaltaba en mi voz–. ¿Dónde quedó el pez anticuado? Creo que me gustaba más. ¿Podemos volver a eso? Nada bueno ha salido de una aplicación de citas. No para mí.

–Escucha –Lina se aclaró la garganta–, sé que has abandonado las aplicaciones (y los hombres) por una razón, una buena. El último hombre con el que tuviste una cita en particular, el Cara de idiota número cinco, era… bueno, digamos que tuvo suerte de que no le pidiera el auto a Aaron y accidentalmente lo pasara por arriba.

—¡Lina! —Resoplé—. Ya hemos hablado de que digas cosas como esas...

—Solo una cepillada suave sobre su trasero con el parachoques. Eso es todo lo que digo.

Negué con la cabeza.

—Quieres pasarle el auto por arriba a todos los hombres con los que he salido.

Lina se rio de un modo sombrío y… sanguinario.

—Quizá porque han sido todos unos imbéciles.

Cerré los ojos, me sentía… indefensa y cansada. En gran parte porque ella tenía razón.

—Mi punto es que —prosiguió— la larga fila de idiotas con los que has tenido citas de alguna manera te permitió escribir tu debut fenomenal. Y no puedes contar con ir al Central Park, soltar tu pañuelo y esperar a que el hombre de tus sueños lo encuentre y empiece a buscarte por toda la ciudad…

—Sí —la corté—. No tengo tiempo, ya entendí.

—No —coincidió con dulzura—. Así que quizá, solo quizá, descargar una aplicación de citas y salir allí afuera podría cambiar algo. Podría inspirarte. Poner en marcha toda la cosa. O aclarar tu cabeza y darte algo de diversión. Tampoco eso podría ser tan malo.

Me rodeé con los brazos, no quería aceptar que lo que estaba diciendo tenía sentido.

—Tal vez hasta podrías tomártelo como… —Se le fue apagando la voz. Luego, continuó con más entusiasmo—. Como una investigación, trabajo de campo. Como si estuvieras haciendo un experimento. Elige un hombre y haz lo que sea que necesites para que fluya la creatividad. Ni siquiera se lo tienes que decir.

Un experimento.

Eso sí, no me gustó la última parte. No creía que tuviera las agallas para hacerle trampa a alguien en… lo que sea que Lina estuviera insinuando. Ser deshonesta nunca había sido lo mío.

Me recordé a mí misma que, sin embargo, le había mentido a papá durante meses. Y que le estaba mintiendo a Lina (por omisión) al no decirle que yo estaba viviendo en su apartamento mientras ella estaba de viaje. *Con su primo.*

—Vale la pena que lo intentes —me alentó.

—Es probable —admití con calma—. A estas alturas, voy a probar cualquier cosa con tal de tener la posibilidad de superar este estúpido miedo. —Sentí la presión detrás de los ojos y me sorprendí a mí misma cuando dije—: Quien sabe…, tal vez hasta logre encontrar el amor de una vez. —Un rayo de esperanza me atravesó el pecho al pensarlo, pero se apagó rápidamente—. O si encontrarlo no está en mis cartas, me conformo con soñar despierta por el resto de mis días si me las arreglo para escribir sobre eso.

—No digas eso, Rosie —objetó Lina con tal ternura que sentí que se me cerraba la garganta con… *emociones.* Muchas emociones desordenadas e intensas. *Dios, últimamente me estoy comportando como una bebé—.* Por supuesto que está en tus cartas. Quien sabe… hasta esto podría transformarse en una de esas películas de Hallmark que tanto adoras. —Bajó la voz y anunció—: "*Escritora de romance tiene una cita en la búsqueda de inspiración y se enamora. ¡Alerta de spoiler! Fue un* bestseller". —Soltó una risita—. Y si no te enamoras y el tipo es un cretino, entonces le pediremos el auto a Aaron y nos aseguraremos de que el hombre nunca más cruce en rojo.

Dios, amaba a mi mejor amiga. La amaba a pesar de que sus buenas intenciones de naturaleza violenta nos iban a llevar a la cárcel cualquier día de estos.

Una vez más, se me hizo un nudo en el estómago al recordar todo lo que le estaba ocultando. Pero justo cuando iba a abrir la boca, un sonido chillón que venía de la entrada me llamó la atención.

Me sobresalté mucho y mi mirada se tropezó con una figura alargada y grande que solo ciega no reconocería de inmediato.

Lucas. Mi compañero de apartamento. El primo de Lina.

Estaba atrás, de pie en el umbral de la puerta, con los hombros levantados y los ojos más abiertos que lo usual. De hecho, era la imagen de alguien a quien habían atrapado haciendo algo malo. Algo que no debería haber estado haciendo. Algo...

¡Ay, Dios! *Ay, no.*

Así fue como lo supe. *Supe,* con una certeza que tenía problemas para procesar, qué había estado haciendo.

Fisgonear. Escuchar.

—¿Rosie? —me llamó mi mejor amiga. La voz le salió del parlante al máximo volumen posible, como lo había configurado cuando atendí la llamada—. ¿Sigues allí?

—Lo siento —gruñí, fulminándolo con la mirada—. Estoy aquí, pero me... me tengo que ir ya.

Como no pude apartar los ojos de Lucas, seguí sus movimientos con la mirada. Mientras tanto, mi mente se inundó con los cánticos de ¿Por qué, Señor? ¿Por qué? ¿Por qué tuvo que escuchar justo esta conversación?

Lucas caminó en mi dirección, y mi mirada, que estaba haciendo lo suyo, decidió que era un buen momento para fijarse en él. Para maravillarse por la forma en que la sudadera verde esmeralda le marcaba el pecho que yo *sabía* se sentía firme contra mis mejillas. Para perderse un poco en la forma en que ese rizo chocolate le caía sobre la frente.

Sexy y desaliñado fisgón. Al menos podría tener la decencia de no verse tan… seductor.

—Bien, okey —le escuché decir a Lina cuando Lucas se sentó sobre la mesita de café, justo frente a mí y colocó una caja rosa y azul, que no había notado, al lado de mi teléfono. Tragué saliva y vi que tenía las rodillas a medio centímetro de las mías. Casi las rozaba. Lina continuó—: Voy a decirle a la abuela que encienda una vela y pida un tipo normal que aunque sea pueda darte uno o dos orgasmos decentes porque…

—Gracias, Lina —la interrumpí de inmediato, inclinándome hacia delante para tomar mi teléfono. Desactivé el altavoz y me llevé el móvil a la oreja—. Te llamo más tarde, ¿sí? De verdad, me tengo que ir.

—Está bien —se rindió mi mejor amiga—. Te dejo libre, pero solo porque te quiero y si me prometes que recordarás que puedes hacer todo lo que te propongas.

Podía sentir los ojos de Lucas como dos bolas de fuego sobre una de mis mejillas, pero mantuve la mirada baja.

—Yo también te quiero, Lina. Dale a Aaron un abrazo y disfruten el resto de la luna de miel, ¿sí?

Con el corazón en la boca, corté la llamada e hice mi mejor intento de no parecer que estaba apurada por inventar un plan de acción, mientras mi mente lanzaba preguntas a diestra y siniestra. *Lucas había escuchado sobre los orgasmos. Pero ¿y el resto? Dios, ¿cuánto tiempo había estado allí?*

—¡Ey! —dijo con tanta suavidad que la palabra me despertó cientos de alarmas en la cabeza. Ayer, él me había sostenido mientras perdía el maldito control; ahora, esto—. ¿No me vas a decir "hola", Rosie?

—Hola —respondí, mirando para abajo. Porque si levantaba la vista y encontraba la más mínima huella de lástima en su rostro, sería tan… triste. Devastador, en realidad—. Estaba hablando con Lina.

—Me di cuenta.

Fruncí los labios.

—No tuve oportunidad de decirle que los dos estamos aquí. Juntos. Hasta que… ya sabes, pueda volver a mi casa. —Tragué saliva y mantuve la vista en la esquina de la mesita que no estaba ocupando. Si quería que pareciera que nada estaba mal, tenía que actuar en consecuencia–. En fin, ¿cómo estuvo tu día? ¿Fuiste a la exhibición gratuita de la Biblioteca Pública de Nueva York que te recomendé? ¿Te gustó? ¿Es tan genial como se ve en su sitio web?

—Sí –respondió, como si con esa sola palabra contestara mis cuatro preguntas. Luego, agregó–: Te traje algo.

Me alcanzó la caja azul y rosa y tuve que mirar dos veces cuando vi el logo en la etiqueta. Algo en mi pecho se expandía como un globo inflado con aire y se hacía más grande mientras miraba ese contenedor de cartón azul y rosa tan conocido.

—Te acordaste –murmuré, con voz temblorosa–. *Cronas*, de Holy Cronut. Tal cual te lo mencioné ayer.

No solo lo había mencionado. Lo había gritado después de informarle que estaba en mi periodo, y justo antes de que le dejara mis mocos en la sudadera.

—Sí –admitió, el globo me llenó todo el tórax–. Esta mañana, me llegó la tarjeta de reemplazo. Estaba en el buzón. Así que pensé que podríamos celebrar. –Empujó la caja en mi dirección–. Si compartes, porque como dije son para ti.

—¿Si comparto? –repetí. Porque ¿este hombre era real? ¿Era verdaderamente real? Deslicé la mirada desde las letras azules que decían *Holy Cronut* hacia sus rodillas–. Por supuesto, voy a compartir. –Hice una pausa–. Compraste la caja grande.

—Era la más grande que vendían.

Puso una de las manos sobre su muslo izquierdo, y me quedé pensando en la parte de piel bronceada que podía ver a través de las rasgaduras de sus pantalones vaqueros. Me acorralaba la urgencia por estirarme y ver cómo se sentía al tocarla.

—¿Qué dices? —Unos dedos fuertes dieron golpecitos contra la pierna. Como si hubiera sabido que estaba concentrada en ese punto exacto y quisiera llamarme la atención—. ¿Las comemos ahora o las guardamos para después? ¿Quizá para después de la cena?

Solté algo parecido a un gruñido de queja.

—Será ahora entonces. —Se rio, y su risa pareció ser razón suficiente para hacerme levantar y mirarlo. A la cara.

—Mi colapso debe haber sido de proporciones épicas —murmuré mientras examinaba cómo al sonreír se le arrugaban los extremos de los ojos—. O tal vez, me tienes terror y solo quieres tranquilizar al feo monstruo llorón.

—No hay nada feo en ti.

Separé los labios, sus palabras hicieron eco en mis oídos.

Como si no hubiera dicho algo que iba a recordar por siempre, levantó la tapa y aparecieron los seis pasteles dentro.

—Además, me gusta que me lloren de vez en cuando. —Empujó la caja en mi dirección de nuevo—. Es bueno para mi piel.

Negué apenas con la cabeza y tomé un pedazo de cielo crujiente azucarado con canela.

—Te lo agradezco, Lucas. De verdad, no tenías que hacer esto.

Él tomó uno también, y luego chocó su crona contra la mía, como si hubiera algo digno de celebrar.

—Los amigos no hacen las cosas esperando un "te lo agradezco", Rosie.

Amigos.

—Tienes razón. —Me esforcé para curvar los labios y esbozar lo que sabía era la sonrisa más pequeña de la historia de las sonrisas. Frunció el ceño, así que sentí la necesidad de distraerlo—. Entonces, creo que tendremos que encontrar algo distinto para decirnos en lugar de "te lo agradezco".

Los ojos le bailaron con algo que me gustó saber que le había puesto allí. Aun después de recordar que somos *amigos*.

—¿Cómo un código? —indagó—. ¿Solo para nosotros?

—Seguro. —Asentí, amaba la idea más que él. Mucho más de lo que debería—. Algo así.

Lucas se quedó pensando un momento, luego agitó la confitura hojaldrada con la mano.

—*Te crona*. ¿Qué te parece?

Su sonrisa era grande, brillante, con toda la potencia de un megavatio.

Y lo miré, sentado allí como si esto no fuera nada, como si no fuera maravilloso y no me estuviera poniendo muy difícil que no me gustara cada vez más, tanto que tuve que contenerme físicamente de decirle que creía que era el hombre más dulce que había conocido. Más dulce que cualquier pastel que pudiera conseguirme.

—*Te crona*, Lucas.

Y sin otra palabra, le entramos al diente con gemidos de deleite que salieron en partes iguales de ambas bocas. El contenido de la caja desapareció en tiempo récord. Y, para cuando terminamos de lamernos las puntas de los dedos, ya había logrado olvidarme de casi todo.

—Entonces, Rosie —comentó Lucas, y fijó su mirada en mí, con una expresión que debería haberme advertido lo que se venía—. ¿Al fin me vas a contar sobre tu bloqueo de escritora y sobre esa larga fila de caras de idiotas con los que has tenido citas?

Capítulo 10

Rosie

—Así que lo escuchaste todo, ¿eh?

Sabía que lo había hecho y le eché un vistazo a nuestras rodillas, separadas por un cabello de distancia.

—Creo que todo el vecindario lo hizo, estuvieron conversando en voz alta y con la ventana abierta.

Me tapé la cara con las manos.

—*Genial.*

Sentí que me apoyó la mano sobre la muñeca derecha con suavidad. Me quedé sin aire ante el contacto inesperado. Jaló con sutileza y un hormigueo se me extendió por todo el brazo y no… Bueno, no pude hacer nada, excepto dejar que me quitara la mano del rostro.

Le dirigí una mirada examinadora.

—Voy a ser honesto, Rosie. —Fue por mi otra muñeca y, como me resistí un poco, esa pequeña sonrisa que había estado jugueteando en su expresión se ensanchó, y me deslumbró tanto que le permití bajar la otra mano. *¡Uf!, estúpida y hermosa sonrisa*–. Puede que desde la calle haya escuchado una parte de la charla sin querer. Pero, cuando subí las escaleras a toda prisa y me quedé detrás de la puerta para terminar de escuchar, eso sí lo hice a propósito.

–Okey –respondí despacio, mientras me llevaba las manos al regazo–. Gracias por tu honestidad.

Porque ¿qué se suponía que debía decirle? Por alguna razón, ni siquiera me puse histérica por eso. Podía ser... muchas cosas. Pero histérica no era una de esas.

–Me gustas, Rosie –anunció Lucas y mi corazón se mareó con las palabras–. Creo que es bastante obvio. –Se encogió de hombros sin mostrar remordimiento, las pulsaciones se me aceleraban dentro del pecho–. Pero ¿que sigas creyendo que eres una fracasada? ¿Solo porque tienes un bloqueo de escritor? Eso no me gusta. Ni un poquito. Y, como amigo, voy a decirte algo, tal como lo hizo mi prima.

Como amigo. Porque yo le gustaba como *amiga.* Por supuesto. Eso no era nada nuevo.

–Y como tu amigo –continuó–, quiero ayudarte también. Mi prima no está aquí, así que me podría hacer cargo en su lugar. ¿Puedo ser tu *ami?*

Mi ami. Me sonaba maravilloso y, a la vez, me revolvía el estómago. Suspiré.

–¿Okey?

–Lina dijo que renegabas de los hombres. –Se inclinó un poco más hacia delante–. Y de las aplicaciones de citas. –Se puso serio–. ¿Por qué?

Negué con la cabeza, sentía que me hervían las puntas de las orejas.

–No creo que quiera ir a dar una vuelta contigo por el *Mundo de los recuerdos: edición Citas depresivas,* Lucas –murmuré.

—Estoy tratando de entender, y estoy en clara desventaja. Me faltan todas las piezas que Lina sí tiene. —Se había deslizado hasta el mismísimo borde de la mesita, de modo que yo tenía las rodillas entre las suyas. Tragué saliva—. Y soy un hombre que ha tenido citas. A montones. No me asusto fácilmente.

Ese "montones" que había deslizado con tanta naturalidad despertó mi curiosidad. Bien, era más que eso. También tenía un poquitito de celos.

—Así que…, ¿eres un experto en citas o algo así?

Ladeó un poco la cabeza y pensó la respuesta.

—No diría un experto, pero ninguna mujer se ha quejado.

¿Era un galancete serial, entonces? Las palabras que me había dicho hacía unos días regresaron a mí. Todas juntas y con un nuevo destello de celos.

—Pensaba que ya no ibas a tener más citas.

También había dicho que nadie le había roto el corazón, pero me guardé ese detalle.

—Tienes una buena memoria, Rosalyn Graham —admitió—. Y no, no tengo citas. Ya no estoy en el mercado. No puedo estar.

Quería escarbar más profundo. Preguntarle por qué.

—Entonces, eres un experto en citas que ya no tiene citas.

—Si eso es lo que quieres oír, entonces eso es lo que soy.

No, no era lo que quería escuchar. Pero ¿qué importaba?

Suspiré, levanté las piernas y las crucé en posición de loto, y corté el leve contacto con sus rodillas.

—Ni siquiera sé cómo comenzar mi historia.

Lucas estiró también los pies y los puso a un costado del sofá, justo al lado de mi muslo y de alguna forma se acercó más.

—Cara de idiota número cinco —ofreció, con una expresión seria—.

Puedes empezar por contarme sobre ese. ¿Nombre completo? ¿Dirección? ¿Fecha de nacimiento? Solo para tener referencias.

—¡*Ja*! —Le lancé una mirada—. Ted, sin apellido, lugar y fecha de nacimiento desconocidos. —Ignoré el ceño fruncido de Lucas y le pregunté—: ¿Qué otra cosa quieres saber? ¿Qué salió mal?

Afirmó con la cabeza.

—Si quieres esa clase de cosas aburridas —bromeé, pero no se rio—, está bien. Ted y yo salimos durante unas pocas semanas, más o menos. —Seis, para ser exacta—. Había sido muy clara respecto de tener una relación monogámica, no ver a otras personas porque solo… —Negué con la cabeza—. Así soy yo. Él estuvo de acuerdo, me dijo que tampoco quería compartirme. Pero un día, de pura casualidad, lo vi pegado a los labios de otra. Cuando lo enfrenté, simuló que no me conocía. —Y eso fue como darme la cabeza contra la pared—. El agrandado infame me hizo tal escena, que, por un segundo, llegué a pensar que me había equivocado de tipo. Pero no, era Ted. Y llevaba más tiempo con ella que conmigo.

Lucas me estudiaba, extrañamente quieto.

—Bueno —llené ese silencio—, sí, era Ted. Cara de idiota número cinco. —Me tiré sobre el respaldo del sofá para estar más cómoda mientras esperaba que dijera algo, cualquier cosa. No lo hizo—. Está bien. Tardé un par de días en superarlo. Ni siquiera fue el peor.

Con el ceño levantado, Lucas dijo muy despacio:

—Hay alguien peor que él.

Me di cuenta de que no había sido una pregunta, pero aun así la respondí:

—Nathan. Tu prima le puso el apodo "Rey de los Cara de idiota". —Me incorporé, me abracé las rodillas contra el pecho, con las piernas flexionadas. Y, como parecía que mi boca ya no tenía filtro, también le conté sobre ese tipo–: Era un guionista. Divertido, ingenioso, seductor. Nuestra primera cita quizá fue la mejor que he tenido, y eso debería haber sido una *red flag*, teniendo en cuenta que se apareció borracho.

Lucas se estremeció, apretó bien los labios.

–Su excusa –continué– fue que había tenido el peor día de su vida en el trabajo y que se había ido a tomar un par de cervezas antes de nuestra cita. Me dijo que no quería cancelarla porque yo le gustaba *mucho*. –Y, en todo caso, Nathan había sido convincente–. En fin, todas las citas que le siguieron a esa fueron... como salir con múltiples hombres al mismo tiempo. Podía ser seductor, muy encantador y luego, se le accionaba un interruptor y se volvía alguien completamente diferente. No sabía si me encontraría con alguien raro, con mal genio o solo... loco.

Un músculo de la mandíbula de Lucas se estiró.

–¿Alguna vez él...?

–No –lo detuve–. Nunca fue así. Nunca me levantó la mano. Era más bien sobre las cosas que decía o la forma en que actuaba en las citas. –Cosas sacadas directamente de un *sketch* de comedia. Bizarras–. Pero siempre se disculpaba después, y decía que los nervios lo hacían actuar extraño porque estaba loco por mí. –La tonta e ingenua que estaba en mí le creía todas las veces–. Como sea. –Me reí para restarle importancia a tan mala experiencia–. En resumen, resultó que me había estado usando como conejillos de indias: probaba escenas conmigo. Para un guion en el que estaba trabajando.

Lucas estaba tan inmóvil que apenas podía distinguirle la respiración. Ni siquiera creía que hubiera pestañeado durante un par de minutos.

Aparté la vista y me miré los pies.

—Te advertí que esto era algo deprimente, Lucas.

—Con este Nathan —ignoró mi último comentario—, ¿cuánto tiempo estuviste antes de que lo dejaras?

Retorcí los dedos de los pies dentro de mis calcetines, y mantuve la vista allí.

—Ah, creo que… ¿no lo dejé, en realidad? —Me tragué la vergüenza con toda la dignidad que pude. Porque debería haberlo dejado, en verdad, debería haber cortado esa relación en la primera cita—. Fue él quien terminó las cosas. La revelación fue su gran *giro de trama*.

Lucas no decía nada. Ni una palabra. Y yo… Dios, ¿qué estaba haciendo? ¿Por qué le estaba contando esto? Podíamos ser amigos sin que le revelara cosas que no me hacían quedar bien.

—Y eso es todo el resumen de hoy, *amigo*. —Por fin busqué su mirada y tenía una expresión que preferí ignorar—. Por eso reniego de los hombres y de las aplicaciones de citas. —Y era cierto. Después de esa estela de seudorelaciones fallidas, decidí apartarme de… del amor de la vida real y concentrarme en el de la ficción—. Por eso, puede que Lina tenga razón. Quizá todo lo que necesito es salir y experimentar con citas otra vez. Y por salir me refiero a volver a descargar Tinder.

Frunció el ceño con una extraña expresión.

Sentí la necesidad de llenar el silencio otra vez.

—Está muy lejos del ideal, pero no puedo afrontar ni pensar en otra cosa. —Comencé a jugar con los dedos, por lo que decidí sentarme sobre ellos—. Podría hacer una lista de todas las cosas que necesito para guiar esta… investigación, como dijo Lina. Un experimento. Entonces, elijo a un hombre y sigo todo el procedimiento. Todas las fases de las citas, todo el arco natural de lograr conocer a alguien de forma emocional, que va desde lo divertido y las cosas básicas, como comprar flores o experimentar las mariposas en el estómago al ir a la primera cita, hasta lo más avanzado. Como el primer roce de su mano contra la mía. O cuando se me aproxime y sepa que me… –Me detuve, al notar que estaba dispersa–. Eso.

Le eché un ojo al hombre que tenía enfrente de mí otra vez, y esperé unos segundos.

–¡Ey! –Me fui apagando, mientras me preguntaba si, quizá, debería darle un empujoncito con el dedo para comprobar que estuviera bien–. Creo que comimos una o cinco *cronas* de más. ¿Sientes un cosquilleo en las puntas de los dedos? ¿Sudor frío? Tal vez debería traerte un vaso de agua.

Solo me había movido medio centímetro cuando la mano de Lucas salió disparada en mi dirección. Dejó caer la palma de la mano sobre mi rodilla y la miré, justo cuando respondió:

–No.

Levanté las cejas.

–¿No al agua? –Miré embelesada aquella palma pesada y tibia que me calentaba la piel debajo de mis pantalones vaqueros, sintiéndome un poquito sin aliento–. ¿Quieres un vaso de leche?

–No, Rosie –repitió con tal determinación que me hizo levantar la vista al sentir que me apretaba el muslo con suavidad–. Yo lo voy a hacer.

Parpadeando y procesando sus palabras, recapitulé en mi mente y busqué lo que quizá se estaba ofreciendo a hacer.

–¿Me vas a… traer flores? –le pregunté, sintiendo cómo retiraba la mano que estaba sobre mi muslo. Me volví a acomodar, un poco aliviada, ya que podía pensar con más claridad–. Creo que ninguno de los hombres con los que salí me ha traído flores alguna vez, pero…

Negó con la cabeza y dejó escapar algo parecido a una risa.

–No, yo voy a ser tu pareja experimental.

Se me cortó la respiración. Mi tonto flechazo, ese que tanto había tratado de disimular que no era real, empezó a golpear contra las rejas de la jaula adonde lo había metido.

Silencio, le ordené al ensordecedor grito en mi cabeza. *Me había dicho que éramos amigos.* Infinidad de veces.

Traté de invocar una sonrisa y fallé.

—¿Serás mi pareja experimental?

Él asintió con la cabeza, volvió esa personalidad afable.

—Es perfecto, si lo piensas. —¿Perfecto? Con toda honestidad, la estaba pasando bastante mal al tratar de escuchar mis propios pensamientos a través del martilleo de las sienes—. No vas a tener que descargar Tinder ni ninguna de esas aplicaciones —un imperceptible mohín le curvó los labios de satisfacción— de donde salen *hombres.*

Abrí la boca, pero nada brotó de ella.

—Eso simplifica todo —continuó Lucas.

Las siguientes dos palabras quedaron suspendidas en el aire.

—¿Qué hace?

—Yo, tú, nosotros, haciendo esto —respondió con tanta seguridad que me hizo pensar si de veras no tenía un pico de azúcar. O quizá *yo* lo tenía. Porque, ¿de verdad Lucas Martín me estaba sugiriendo que saliéramos (en forma experimental) con la esperanza de que encontrara mi musa inspiradora?—. Dijiste que elegirías un hombre y seguirías todo el procedimiento —señaló—. ¿Planeabas decirle sobre el experimento? ¿Sobre las fases? ¿Sobre el arco natural de la conexión con alguien?

—Tú… —Tragué saliva—. Estuviste escuchando.

Sonrió y no me pude perder lo engreído que se veía en ese momento.

—No eres la única que tiene buena memoria, Rosalyn Graham.

—Algo pareció ocurrírsele—. Nunca me dijiste cuál era tu seudónimo, por cierto.

—Rosalyn Sage —contesté sin pensar.

Lucas entrecerró los ojos, mientras que los míos se abrieron como platos al comprender lo que pasaba.

—Aguarda —murmuró.

Ay, mierda.

—¿Eres *esa* Rosalyn Sage? —Tenía la boca abierta como una letra O, y, a pesar de que era el peor momento posible, no pude evitar pensar en cuánto me gustaban esos labios. Eran carnosos. Masculinos—. ¿Eres la Rosalyn Sage autora del libro que mi hermana lleva meses hablando a los gritos y sin parar? ¿Ese libro que tiene amurado a la mesita de café? Tú… —Se detuvo.

—Síp. —Suspiré—. Soy yo.

Una sonrisa de oreja a oreja apareció con lentitud, se le separaron los labios en forma magnífica y grandiosa, como si el mismo Moisés estuviera partiendo el mar Rojo.

Con toda la magnificencia que pude invocar, dejé de mirarlo a la cara.

—En fin, todavía no había trabajado en los detalles, así que no sabía si iba a ser del todo honesta o solo, no sé, iba a fluir y esperar lo mejor. —Fruncí el ceño ante lo poco práctico que eso sonaba. Tan… deshonesto—. Pero no quería que nadie resultara herido si descubría que lo estaba usando.

—Entonces soy tu solución —acotó en broma.

Levanté la vista y me encontré con la mirada de este Moisés fija en mí. Esa sonrisa era tan… confiada. Tan tranquilizadora y reconfortante. Como una red segura, estaba allí en caso de que te cayeras.

—Lucas… —Me apagué, me cuestioné mi propia salud mental porque estaba considerando su oferta—. No tienes citas. No estás en el mercado para eso. Así lo dijiste.

—Esto no es salir; estas son citas experimentales.

—Esto es… —Era una locura.

No lo es, una voz ávida y temeraria contraatacó en mi cabeza. *Es una oportunidad de acercarte a él sin la necesidad de una excusa. Antes de que se vaya para siempre.*

No.

Tengo que ser razonable.

—Solo estarás unas semanas en Nueva York —señalé, seis para ser exactos—. No quisiera que malgastaras tu tiempo haciendo esto, en vez de hacer lo que sea que hubieras planeado.

Lucas se observó las manos unos pocos segundos y luego me miró a mí de nuevo.

—Eso no será problema, Rosie.

Incliné la cabeza y lo miré de cerca, cuando vi que una de esas sombras le oscureció la mirada.

—¿No quieres seguir recorriendo la ciudad?

—No. —Negó con la cabeza—. Voy a ser honesto contigo, Rosie.

Y la manera en que bajó la voz me contuvo la respiración, así que no me perdería ninguna palabra.

—He estado viajando solo durante seis semanas. Por elección, porque que era algo que necesitaba hacer. Pero me ha… resultado contraproducente, y no me lo esperaba. No te mentí cuando te dije que me sentía solo. —Se encogió de un hombro, como si no fuera gran cosa, como si no me hiciera querer extender el brazo y sostenerle la mano—. Así que, se puede decir que tengo más tiempo libre y en soledad de lo que quisiera, por lo que agradecería la compañía. Y sé que ya lo has notado, pero –se dio una palmadita en el muslo– no estoy lo que se dice en *mi mejor forma* como para andar caminando por todos lados.

Mi mirada se fijó al instante en la mano que descansaba sobre su pierna. No era tan obvio, pero había notado su preferencia por el lado izquierdo. Recordé esa primera noche, también, cuando casi se cayó.

Quería preguntarle: "¿Qué te pasó, Lucas?".

Pero no lo hice porque algo me dijo que para él ya era demasiado y algo fuera de lo común abrirse y admitirlo en voz alta. Y quería atesorar eso, pero ante todo quise demostrarle que podíamos hacerlo a su propio ritmo, bajo sus propios términos y no le haría más preguntas solo por curiosidad.

–Entonces, ¿me estás diciendo que yo también estaría haciendo algo por ti si fuéramos… una pareja experimental?

–Así es, Rosie. –Me miró a los ojos–. Más de lo que te imaginas.

Me gustó eso. Tanto que una confusa sensación estremecedora me llenó el pecho.

–Eso sí, estas citas experimentales tienen que sentirse reales. No me refiero a… besarse o besuquearse o tomarse de las manos, sino a otra cosa. A ser románticos. Tener una conexión. Compartir cosas como si estuvieras en una cita real.

Su risita fue notoria.

–¿*Besuquearse*?

–Ya sabes, acercarse… mucho, físicamente. –Se apagó algo de la diversión en su mirada, pero traté de ignorarlo–. Eso podría mezclar las cosas entre nosotros. Nuestra *amistad*.

–Entonces, seamos honestos el uno con el otro si eso llega a pasar –respondió sin dudar.

Honestos el uno con el otro.

¿Honestos como una de las partes que confiesa que ha albergado un enamoramiento por la otra parte?

¡Strike uno para Rosie!

Lucas se inclinó. Un aroma fragante, nítido, me llegó a las entrañas.

—Te diré algo —dijo y yo tragué saliva, más que nada porque en ese momento estaba muchísimo más cerca. Justo al borde de la mesita de café, me tenía atrapada con las dos largas piernas—. Te prometo que esto no va a interferir con nuestra amistad. —Se movió otro centímetro más hacia delante—. Me vas a contar sobre esas fases de las citas que necesitas experimentar, saldremos, seremos la mejor pareja experimental que podamos y, al final del día, cuando regresemos a casa, seremos Rosie y Lucas. Compañeros de apartamento. Amigos. Pronto, mejores amigos.

—*¿Mejores amigos?* —grazné.

—Sí —asintió con la cabeza, y repitió, con aquella voz musical y grave para anunciar algo—, mejores amigos.

Como era evidente que estaba aturdida por su acento, sus palabras y por la forma en que parecían titilar esos ojos marrones que tenía tan cerca, no dije nada.

Quizá fue por eso por lo que sintió la necesidad de agregar:

—Y si todavía estás indecisa, te puedo prometer algo. —Hizo una pausa—. Te prometo que no me voy a enamorar de ti y complicar las cosas, *Rosalyn Sage*.

Tragué saliva y me tomé mi tiempo, porque no había ninguna razón para sentir que… esa promesa me rompía el corazón.

De hecho, solo tenía razones para sentirme entusiasmada. Lucas estaba ofreciéndome su ayuda. Y la aceptara o no, él de todos modos se iría dentro de cinco semanas. A otro continente. Y dos semanas después de eso, tenía que presentar mi manuscrito.

Así que, ¿qué podía perder?

—Está bien —confirmé—. Hagámoslo.

Me proyectó una de esas miradas con las que no sabía qué hacer.

—Cuatro citas. *Experimentales*, claro —aclaré y levanté cuatro dedos para que no quedara ninguna duda—. Cinco serían… demasiadas, si solo vas a estar aquí cinco semanas más. Y tres no serían suficientes. Entonces, cuatro.

—Que sean cuatro —aceptó y se puso de pie, desplegando toda su altura delante de mí—. Así que, creo que somos una pareja experimental ahora. Compañeros de experimento. ¿Trabajadores de… campo? Eres la mente maestra.

Me reí y la risa salió agitada y desamparada. Justo como me sentía.

—Todo lo que hago últimamente son tratos bizarros contigo.

—¿*Bizarros*? —resopló con dramatismo y me ofreció una mano que rechacé—. Me hieres, Rosie. Todo lo que tengo son ideas maravillosas.

—Tenemos que trazar lineamientos. Términos —anuncié más para mí que para él—, como te mencioné antes. No importa lo que pase, nada va a cambiar. Nada de incomodidades. —¿Escuchaste, tonto y loco *amor*? *No la compliques*—. Y no vayas por ahí gastando dinero innecesario en mí. Soy ahorrativa y austera. Siempre pagamos mitad y mitad.

—Estoy de acuerdo con algunas de esas reglas. —Tenía una mano suspendida en el aire. Esos dedos que yo sabía que eran cálidos y fuertes serpenteaban delante de mí—. Pero con el resto vas a tener que confiar en mí.

Ay, Lucas, confió de lleno en ti.

¿Y en mí? No mucho.

—Okey. Pero…

Me tomó de la muñeca y me atrajo hacia él, en dirección a su pecho, para lo que sabía que sería un abrazo de cuerpo entero al estilo Lucas Martín.

—Sellemos esto con un abrazo, Graham —anunció, y me envolvió los hombros con los brazos y me atrajo hacia sí, y… chico, deseé que alguien inventara una forma de conservar esto en un frasco. Los compraría todos. Llenaría mis gabinetes con cientos de ellos y los guardaría para los días malos. O para cualquier día—. ¿Quieres que te haga algo caliente?

Con la guardia baja, se me escapó una risa contra su sudadera.

—¿Algo caliente? —pregunté.

Me soltó y dio un paso atrás. Una vez más, me dejó lidiando con los efectos de su ataque de abrazo.

—Toda esta trama me ha dado mucha hambre.

Antes de que pudiera decirle lo ridículo que era eso, teniendo en cuenta que se acababa de comer media caja de cronas, salió disparado para la cocina. Empezó a sacar cosas del refrigerador. Luego, fue por la despensa y la gaveta de la sartén.

—Ayúdame con la cena —dijo mirándome por encima del hombro.

Caminé hasta la isla y me dejé caer sobre un taburete.

—¿Por ayudar quieres decir *mirar*?

—Mmm, adoro tener audiencia.

—Así que, ¿qué *estamos* cocinando? —Posé la mirada en sus músculos mientras tomaba una tabla de cortar.

—Lasaña de berenjenas. —Se giró y me sonrió por encima del hombro—. Y quiero preparar la masa para una ciabatta rústica. Para mañana.

Ay, Señor. ¿Lucas amasa pan?

Me distrajo de mis pensamientos.

–Entonces…, ¿qué me dices del menú?

–Me encanta.

–Esa es mi chica. –Se le encendieron los ojos.

Esa es mi chica.

Ay, mierda.

Capítulo 11

Rosie

Una semana.

Habían pasado siete días desde que acordamos hacer este experimento de citas, y aparte de que se me revolvía el estómago cada vez que lo pensaba, no había pasado nada. Hasta ahora, no habíamos tenido ninguna cita experimental, no me había reencontrado con ninguna musa ni había aumentado el contador de palabras. Por supuesto, había necesitado un par de días para elaborar las fases de las citas que le había dicho a Lucas que le detallaría. Junto con un par de páginas con notas que contenían todo lo que, me parecía, podía ayudar.

Cuando por fin le había dado todo, me miró con su sonrisa eléctrica, deslizó las notas en su bolso y me dijo que *estudiaría* el material.

Dios, toda la cuestión era tan fría que me había encontrado a mí misma batallando entre querer reír, casi histérica, o gritarme un advertencia tras otra. Porque ¿qué demonios estaba haciendo? El hombre con el que había soñado despierta en secreto durante más de un año estaba por llevarme a las citas experimentales que yo había diseñado; y después, empacaría las maletas y se iría del continente.

Mi corazón había tenido suficiente con llevar adelante el día ahora que estábamos viviendo juntos. Había tenido suficiente con no salirse por mi boca cada vez que Lucas salía del baño con solo una toalla y un ejército de pequeñas gotitas que le acariciaban la piel. Había tenido suficiente con no rasgarme el pecho al verlo dar vueltas (todavía con esa condenada toalla) y hacer bailar los músculos que lucía en la nuca, los hombros hasta la espalda, cuando cargaba su mochila. Mi tonto y débil corazón había tenido bastante con luchar contra la urgencia de caerme de rodillas cuando, cada noche, volvía con una bolsa de alimentos y una sonrisa galante y me preguntaba: "¿Cuántas palabras hoy, Rosie?" mientras acomodaba todo y empezaba a preparar la cena.

¿Y esa última parte, en particular? Tuve que hacer un esfuerzo enorme para sobrevivirla.

Porque ¿Lucas cocinando? ¿Lucas junto a la estufa? Fue como tener un boleto en primera fila para un espectáculo diseñado para satisfacer todas las fantasías sexuales que no sabía que tenía. Como la película *Magic Mike*, pero de la masa y las sartenes. Lucas podría estar amasando pan, y mis tristes y desatendidas partes femeninas se amotinarían ante la imagen de esos dedos apretando y acariciando la superficie esponjosa, trabajando la mezcla con tal diligencia y mano de hierro que me haría sudar y agitar en mi taburete. Podría estar dando vueltas una tortilla francesa y yo suspiraría de deseo ante la forma en que flexionaría los músculos.

¡Uf! Y para peor (lo más duro para mis tontas y débiles partes femeninas), el resultado: la comida de Lucas era brillante, increíble, maravillosa, sensacional y todos los superlativos de Lady Gaga.

Por eso ya había sido suficiente para mi corazón y para mí.

Mi celular sonó con un mensaje de texto, y me deshice de esos pensamientos que Lucas me había inducido. Crucé la isla, donde había establecido mi campamento para trabajar a diario, y lo desbloqueé.

Desconocido
Cita esta noche. 6 p. m. ¿Okey?

Ignoré la agitación que me generaban las palabras "esta noche" y releí el mensaje un par de veces.

Tenía que ser Lucas. No había nadie más que me pudiera enviar un mensaje de texto sobre una cita, aunque tampoco sería la primera vez que recibía un mensaje por equivocación.

¿Quién eres?

Lucas.

¿Estás esperando que alguien más te invite a salir? Pensé que era el único 😭.

"Si supieras", dije por lo bajo mientras guardaba su número y trataba de elaborar una respuesta que no me expusiera.

Bien, vamos a ser exclusivos de manera experimental. 😉

¿No lo éramos?

Negué con la cabeza y decidí ir al grano y responder la pregunta inicial.

> 6 p. m. suena bien. ¡Gracias!

Iba a preguntarle cómo había conseguido mi número (para ser honesta, me parecía un poco raro que no lo tuviera, considerando que estábamos viviendo juntos hacía más de una semana), pero la explicación aterrizó en mi teléfono, en un hilo de mensajes de texto de mi mejor amiga, antes de que siquiera pudiera tocar enviar.

Lina

¡Hola, ami! Recién llegamos a Trujillo. ¿Cómo está NYC?

Perdón por el silencio de radio, estuvimos de senderismo y sin señal.

¡Ah!, me olvidé de decirte que mi primo va a estar de visita las próximas semanas. Se va a quedar en mi casa.

Okey, bien. No me olvidé, confundí las fechas y pensé que llegaba hoy. Apesto. Todavía estoy en modo boda.

Por cierto, le di tu número de teléfono. SOLO para que lo use en caso de emergencia, ¿ok? No te sientas obligada a perder tu tiempo con él. Es un hombre adulto.

> Si te manda mensajes para mierdas sin importancia, dile que busque en Google.

La culpa se me quedó clavada en lo profundo del estómago. Lina no sabía sobre el acuerdo de convivencia que teníamos Lucas y yo. En *su* apartamento. Ni tampoco sabía del experimento que recién habíamos establecido.

Dios, de verdad tenía que parar de mentirle por omisión a cada persona de mi vida.

Me llegó otra notificación de mensaje.

Lucas
> Mira esto.

Toqué sobre su conversación y se abrió una imagen.

Una *selfie* de Lucas, que llevaba puesta una gorra azul que decía I 🖤 NYC. Su sonrisa era burlona, presumida y de fondo se veía el Empire State Building.

Se me oprimió el tórax y sentí la presión de inmediato.

> Viviendo la experiencia completa del turista.
> ¡Me encanta la gorra!

No solo me encantaba. Me encantaba tanto que, antes de darme cuenta, la había guardado en mi galería.

> Lina me acaba de mandar un mensaje.
> Dijo que confundió las fechas y que pensó que hoy llegabas aquí.

> También me dijo que te había dado mi número.

> Para emergencias.

Estaba tratando de encontrar la forma de decirle a Lucas que deberíamos contarle sobre nuestra situación actual, pero otro mensaje suyo interrumpió el hilo de mis pensamientos y estropeó cualquier intención de confesar. Era otra *selfie*, esta estaba tomada desde abajo, él miraba a la cámara y dejaba ver a ese torso fornido y de hombros anchos que había mirado con lujuria más de una vez. Su sonrisa torcida había ascendido a una sonrisa bien grande, y el aleteo en el estómago que venía sintiendo no tuvo otra más que revelarse, sacar las armas pesadas y convertirse en una revuelta.

> Verse así de bien y no tener a nadie cerca
> para compartirlo fue una emergencia, Graham.

No se equivocaba. Se veía bien. Una buena emergencia.

Y él es un seductor descarado, también, me recordé a mí misma. *¿Te acuerdas de sus palabras? "Ninguna mujer se ha quejado".*

Puse los ojos en blanco porque, en realidad, no tenía ninguna razón para sentirme amargada o celosa.

> Hola, ego de Lucas. Encantada de conocerte, por fin.

> Te manda un saludo.

Los tres puntos saltaron en la pantalla durante unos segundos y me hicieron morder el labio de ansiedad. Luego, entró otro mensaje.

> Te dejo que vuelvas a trabajar. Prepárate para las 6.
> Nos vemos, compa.

Compa.

Le contaría a Lina todo esto. Lo haría. En el mismo momento en que ella y Aaron aterrizaran en suelo estadounidense, le contaría todo.

Más tarde, a las 5:45 p. m., apenas me había puesto mis pantalones vaqueros cuando llamaron a la puerta.

—¡Un segundo! —grité, abrochándome el pantalón, mientras corría descalza por el apartamento—. ¡Ya voy!

Al abrir la puerta, no esperaba encontrar a Lucas apoyado tranquilo contra el marco.

—Lucas —susurré casi sin aliento, antes de retroceder—. ¿Te olvidaste las llaves esta mañana?

Se incorporó. Y… chica, no sé cómo lo hizo, pero en ese momento parecía más grande de lo usual. Más corpulento, más alto. Pero antes de que pudiera procesar todo eso, dio un pequeño paso hacia delante y dejó que su mirada me recorriera el cuerpo de arriba abajo, muy lentamente, de una forma que me fue difícil de procesar.

¡Guau!, que… ¿qué fue eso?

Se sonrió de a poco.

—Nop. —comentó. ¿*Nop* a qué? ¿Qué demonios había preguntado yo?—. Estás muy bonita, Rosie. Preciosa.

Muy bonita. Preciosa.

Creo que moví los labios en un extraño gesto, abriendo y cerrándolos de una forma extraña.

—Gracias —murmuré por fin, y luego, sentí la necesidad de señalar—: Estos son mis pantalones vaqueros favoritos.

Bajamos la vista al mismo tiempo.

Y cuando Lucas me volvió a mirar a los ojos un segundo después, esa sonrisa se había estirado.

—Creo que podrían ser mis favoritos también.

Dio lugar a muchos más gestos de pez con la boca, pero esta vez me recuperé más rápido.

—Bien.

Me había recuperado más rápido, pero estaba claro que no lo había hecho mejor.

—Así que… —empezó a decir Lucas. Su expresión se tornó seria—, ¿me vas a invitar a pasar, Rosie?

Arqueé una ceja.

—Vives aquí.

Tenía diversión en la mirada, pero repitió con un tono dominante pero gentil que solo había usado conmigo una vez:

—Invítame a pasar, Rosie.

Me dio un tirón en el estómago.

—¿Quieres… pasar, Lucas?

—Me encantaría —contestó rápida y firmemente. Y entonces, solo entonces, entró al apartamento.

Fui hasta la cama, me senté en el borde y me concentré en los zapatos que había sacado la noche anterior. Eran unos tacones. De terciopelo azul. Otro elemento atesorado en mi guardarropa o, bueno, maleta.

Me los puse al instante, me levanté y me detuve cuando encontré la mirada de Lucas que apuntaba a mis pies.

—¿Crees que están bien? —indagué, porque él estaba examinándolos con una profunda atención–. No me dijiste lo que íbamos a hacer y yo no pregunté tampoco…

—Son perfectos —respondió sin dudar.

—Okey, genial. Perfecto —susurré.

¿Pero estaba perfecto? Con esa forma intensa con que Lucas me había mirado, no sabría decirlo, no me podía decidir si era bueno o malo. Inspirador o seductor. Excitante o abrumador. Real o… experimental.

La cabeza me daba vueltas con pensamientos, preguntas y especulaciones, mientras en mi pecho continuaba la sensación de aleteo de arriba abajo, de arriba abajo.

Y…

—¿Lucas?

Debe haber sentido algo en mi voz, porque suavizó toda esa intensidad que le brotaba.

—¿Sí?

—Creo que estoy echando esto a perder —confesé–. La estoy complicando. Dije que no quería ninguna situación incómoda entre nosotros y yo ya…

Me tocó el hombro, la palma de su mano detuvo mis palabras. Sentí la calidez de sus dedos fuertes a través de la tela de mi blusa. Reconfortante y electrizante.

—¿Confías en mí?

Afirmé con la cabeza y sonrió.

—Entonces, tranquila. No estás echando nada a perder. Esto solo es Rosie y Lucas: Cita nocturna. Fase uno del experimento. Justo como acordamos.

Tragué saliva.

—¿Podemos tomarnos un recreo por un segundo? ¿Ser… solo

nosotros, Rosie y Lucas, como cualquier otro día, solo durante unos minutos, antes de irnos?

—Podemos ser todo lo que necesites —afirmó, con la mano en el mismo lugar donde estaba. Movió el dedo pulgar de atrás hacia delante. Y me desordenó los pensamientos. Con sus palabras. Su contacto. *Diablos.* Inclinó la cabeza—. ¿Sabes? Pensé que sería una buena idea comenzar esto así sin más —admitió, y me recorrió toda la clavícula con el pulgar, lo que me dejó una huella de estremecimiento—. Golpear la puerta, que me invitaras a entrar, pero quizá soy más rudo de lo que me creía. Así que, espero que no me eches de este experimento, Ro.

Ro.

Eso era nuevo.

Me gustaba. Me encantaba. Un montón.

Lo cual era malo. Malo de verdad. Sacudí la cabeza para intentar concentrarme, lista para decirle que no era tan rudo, basándome en cómo me había afectado; pero apartó la mano de mi hombro y esa ausencia de contacto me distrajo.

Deslizó la mano dentro del bolsillo de su chaqueta de aviador.

—Me parece que este es un buen momento para darte algo que te traje. No es nada especial, pero... —Sacó ese *"nada especial"* y me lo puso en la cabeza—. Dijiste que te encantaba.

Volvió a ponerme la mano en el hombro y me hizo dar la vuelta hasta que quedé de frente al espejo, mirándonos a los dos.

Disfruté el reflejo de nuestras gorras I ♥ NYC azul y rosa. Pensé lo equivocado que estaba por pensar que esto no era nada especial, y me di cuenta del gran gran error que yo había cometido.

—Mira eso —comentó, de pie detrás de mí—. Alguien va a llamar al 911, porque el doble de bueno, la emergencia es doble.

Se me escapó el corazón del pecho. No, debe haber hecho piruetas para salir de allí. Cuando entreabrí los labios, y en vez de palabras, solo me salió una risa. Una erupción de risitas nerviosas. Risas caóticas y felices que liberaba cualquier tensión o vergüenza que hubiera sentido unos minutos atrás, y los reemplacé por un puro atolondramiento sin filtros.

Y justo allí había estado mi error. Un error de cálculo sobre lo que podía o no podía tomar; una sobreestimación de mi control, de lo que sería experimental o real para mí. La respuesta a mi propia pregunta, ¿qué tenía para perder haciendo esto? En conclusión, más de lo que pensaba. Y todavía no nos habíamos ido a la cita.

–Te *crona* –contesté, y usé el código que habíamos acordado. Porque "los amigos no hacen cosas para que les den las gracias", como él había dicho. Y tenía que recordarlo. Éramos amigos. Lucas no tiene citas. Esto era una investigación.

Su sonrisa vaciló por un instante, demasiado corto para adivinar cómo o por qué. Y luego, estaba sacándonos las gorras y arrojándolas sobre la cama.

–¡Ey! –me quejé.

–Se terminó el recreo –sentenció. Giró sobre sus talones y se lanzó a la puerta de entrada–. ¿Crees que ya estamos listos, Rosie?

Rosie, no Ro.

Tragué saliva, volvieron los nervios y la expectativa que había sentido, pero diferentes. Más grandes, más amenazantes, aunque más… manejables, si es que eso era posible. Así que, tomé mi chaqueta, me la puse y declaré:

–Tan listos como siempre lo estaremos.

Después de caminar unas cuantas calles, Lucas rompió el cómodo silencio.

—Fase uno —anunció—. El encuentro tierno, una llama de interés, la dulce expectativa que conduce a esa primera cita. Las primeras citas son como las primeras impresiones: solo tienes una sola oportunidad de hacerlo bien.

Las mejillas me ardían al oír mis propias palabras salir de sus labios.

No estaba en absoluto orgullosa de buscar un romance a través de la lente de una ingeniera o una gestora de proyectos, como había hecho en mi trabajo en InTech. Como si estuviera optimizando un proceso. Establecer estos cuatro puntos de referencia en una relación que necesitaba verificar, con la esperanza de poner en marcha mi inspiración. Pero se ve que los hábitos son difíciles de superar, y esto *era* un experimento. Necesitábamos estructura. Eficiencia. Un plan.

Y, sin duda, Lucas había estudiado el material como había prometido.

—Creo que ya hemos tenido un encuentro tierno —continuó—. ¿Recuerdas todo eso de que pensabas que yo estaba tratando de entrar por la fuerza y llamaste a la policía? —Cómo olvidarlo—. Entonces, me he concentrado en el resto de la fase uno.

—La primera cita.

—Según mi experiencia —miró hacia delante de nuevo, verificó una señal de tránsito y nos hizo dar una vuelta—, las mejores primeras citas son bobas. Alegres. Un poco tontas. Se trata de engancharse, ver si se ríen de los mismos chistes, si hay una llama cuando lo hacen, una que te impulsa a hacer que la otra persona sonría de nuevo. Una que pueda llevar a algo… más.

—Nunca he experimentado eso en la primera cita —me escuché decirlo en voz alta.

Lucas bajó la voz cuando lo dijo:

—Y me voy a ocupar de eso.

Desvié la mirada.

—Tal vez tú deberías escribir una novela de romance —traté de bromear—. Hasta podríamos buscarte un buen seudónimo.

Su risita me resonó en los oídos y le sonreí en respuesta.

—Nunca he sido bueno con las palabras, Rosie. —Se detuvo en seco y me acarició el codo con la mano. Solo cuando me volví a mirarlo a los ojos, añadió—: Pero los compenso con mis manos.

Pensé que se me había caído la mandíbula, toda clase de imágenes que implicaban las manos de Lucas me invadieron la mente. Y ninguna de ellas tenía nada que ver con Lucas amasando pan. O haciendo origami.

Antes de que pudiera decir algo, extendió los brazos y señaló el negocio detrás de él.

—Llegamos.

Mis ojos saltaron al cartel que colgaba sobre la puerta, y no valía la pena negar que mi voz salió un poco inestable cuando dije:

—Una tienda de discos.

—Primero las damas —dijo abriéndome la puerta con un gesto triunfal.

Ignoré como ese comentario no me hizo las cosas más fáciles y entré. El aroma característico del vinilo y del cartón me dispararon una sucesión de recuerdos.

Antes que Olly naciera y nuestra madre se fuera, papá me llevaba a sitios como este. A uno diferente cada sábado por la mañana. Pasábamos horas buceando entre los discos, cada uno elegía su portada favorita, la que nos parecía más rara o la que considerábamos más fea. Y aunque nunca comprábamos nada, era una salida que siempre esperaba con ansias.

Mientras entraba haciendo ese recorrido por el pasado dentro de mi cabeza, no fui consciente de que Lucas me seguía muy de cerca, hasta que me puso las manos sobre los hombros. *Por segunda vez en el día*, hice la anotación mental.

Me empujó con suavidad hacia delante, para adentrarnos más en la tienda. Sentí su respiración sobre la sien antes de escuchar sus palabras:

—¿Estás bien?

—No me esperaba esto —respondí con sinceridad.

—¿Eso es bueno o malo?

Lo miré por encima del hombro.

—Es bueno, sin duda, muy bueno.

Con eso me gané una de sus sonrisas afables.

—Bien —dijo, antes de caminar a mi alrededor—. Porque estamos aquí en una misión.

Dejé que mi mano se moviera sobre una pila de discos, y no pude ignorar el rapto de ansiedad en sus palabras.

—¿Una misión?

Lucas me sujetó y me miró con seriedad.

—Tú —me señaló con el dedo— vas a elegir un disco, cualquiera, el que más te guste, y te lo voy a regalar.

Fruncí el ceño, pero agitó el dedo acusador y me detuvo.

—Mi cita, mis reglas —sentenció, y yo puse los ojos en blanco—. Vas a elegir un disco, pero elige con sabiduría, porque lo que elijas será nuestra banda sonora.

Parecía que la garganta se me había secado en un instante.

—¿Nuestra banda sonora?

Asintió con la cabeza.

—La de Lucas y Rosie.

¡Ay, por Dios!

Me erupcionó un volcán de caótica y estridente alegría en las sienes.

La banda sonora de Lucas y Rosie.

–Eso es… –Me fui apagando, e intenté concentrarme en sacar un vinilo de una caja, solo para poder respirar profundo y no parecer tan eufórica como me hacía sentir esa idea–. Eso es… un poco cursi. –Y me encantaba. De verdad, en serio, me encantaba por completo.

–¿*Cursi?* –preguntó en tono seco.

Seguí caminando hasta la próxima caja, acaricié el borde de un disco y nunca sabré qué diablos me pasó, pero me abrumó la necesidad de burlarme de él.

–Sí, un poco cursi. Pero tierno, creo. Creo que después de aquella frase que dijiste sobre mí, que me había caído del Cielo o de algo, nada debería sorprenderme. –Lo miré sobre el hombro–. Quizá solo eres un poco *cursi.*

Lucas entrecerró los ojos, su expresión mutó.

–Te acuerdas de esa frase. Por supuesto que sí –lo dijo por lo bajo.

–Es difícil olvidar algo como eso –señalé.

Su expresión se transformó y, antes que supiera qué estaba sucediendo, se estaba moviendo.

De alguna forma, parecida a la versión ninja de uno de sus ataques de abrazo, me tomó por los hombros y me acercó a su costado. Lo primero que sentí fue su aliento mentolado en la mejilla, luego, la línea de nuestros cuerpos pegados el uno al otro. Él, sólido y cálido. Yo, echa una mantequilla por el contacto, me moldeaba a su figura. Y después, me hizo cosquillas.

Lucas Martín me hizo cosquillas.

Me pellizcó el costado.

Y me arrancó un grito de la garganta.

—¿Te estás riendo de mí, Rosie? —dijo en voz baja, casi susurrando, y tan cerca de mi oído que temblaba.

Me hizo cosquillas otra vez, y estallé en un ataque de risa. Debajo del suéter, la piel me ardía por muchas y distintas razones.

El ataque de cosquillas en sí duró solo algunos segundos. Y cuando parecía que había terminado, Lucas no me soltó, sino que me mantuvo donde ya estaba, cobijada con suavidad contra su pecho, mi costado sobre su torso. Como ya no me reía, reposó su barbilla en mi hombro, y nuestras caras quedaron tan cerca que, más que escuchar, *sentí* su risita en la mejilla.

—Lo siento —creo que dije, pero lo dije tan bajo que no estuve segura de que lo hubiera escuchado.

—No, no lo sientes —replicó, todavía con un gruñido bajo. Su barbilla se acercó una décima de centímetro y se me aceleró el corazón—. Te gustó burlarte de mí —agregó y no estaba equivocado—. Y me encantó que lo hicieras.

—¡Ah! —solté, a viva voz—. Encantada de que estemos en la misma sintonía.

En ese momento, su agarre se soltó un poco y me arriesgué a escaparme fuera de su alcance, por pura autoconservación.

Se le borró la sonrisa unos segundos y luego hizo un gesto de engreído.

—Vuelve a trabajar, Rosie. Encuéntranos una banda sonora.

Y sonó tan mandón que no tuve más alternativa que hacer exactamente lo que me ordenó.

Unos cien discos después, tomé uno, lo inspeccioné y miré a Lucas.

—Esto es más difícil de lo que pensaba.

—Lo estás pensando demasiado —señaló, inclinándose hacia delante para ver el disco que estaba sosteniendo—. ¿Qué hay de malo con ese? Háblame de tu proceso de búsqueda.

—Es Coldplay, así que en teoría no hay nada malo con este.

—Mmm…, anticipo un "pero".

—Pero mi primer beso fue con una canción de Coldplay —repuse, incapaz de disimular el disgusto.

—¿Qué demonios te hizo?

Fingí que no me sorprendía su suposición.

—¿Cómo sabes que no fui yo quien lo estropeó?

—Solo lo sé —aseguró con tanta confianza que no pude evitar mirarlo. Sonrió con satisfacción—. ¿Entonces? ¿Qué pasó?

—En defensa de Jake Jagielski, no había conocido a alguien que le hubiera clavado un puñetazo.

—¡Ay, no!

Suspiré por ese mismo "¡Ay, no!".

—Noche de graduación. Jake había estado tratando de besarme toda la noche, y yo me moría porque lo hiciera. —Me reí por lo bajo al recordar que bailábamos con un espacio de distancia de casi un metro entre nosotros—. Sin embargo, estaba muy nervioso. Se olvidó mi *corsage*, su corbata estaba torcida y tenía las palmas sudorosas sobre mis hombros.

—Siento pena. Pobrecito.

—¿También te sudan las manos?

Lucas se aseguró de que lo estuviera mirando a los ojos cuando comentó:

—Las tendría si estuviera tratando de tomar coraje para besar a una chica como tú.

Lo miré fijamente, esa posibilidad me daba vueltas en la cabeza.

Pensaba en los labios de Lucas sobre los míos. En su boca moviéndose contra la mía. ¿Estaría nervioso de verdad? Su confesión fue... ¿verdadera?

Esto fue un coqueteo experimental, me recordé a mí misma.

Me aclaré la garganta.

—Bueno, entonces, estábamos bailando, dando vueltas en círculos lentos, canción tras canción y así. *Speed of Sound*, de Coldplay, estaba por terminar, Jake se inclina hacia delante muy despacio y empiezo a pensar: "Ay, Dios mío, lo va a hacer. Aquí viene mi primer beso". Cierro los ojos y espero ese roce de los labios contra los míos y luego, ¡bum!, allí están. Me presionan con fuerza la boca. Solo un pico. Pero estaba tan conmocionada que abrí los ojos justo a tiempo para ver... —Me fui apagando, y me dio un escalofrío ante el recuerdo de lo que sucedió después—. A Jake, que retrocedió y me vomitó todo el vestido.

Lucas quedó boquiabierto y su boca formaba una gran O.

—*No* —susurró.

—Ay, *sí*.

Me arrancó el álbum de Coldplay de las manos y lo devolvió a la caja.

—Está bien, descartemos a Coldplay. No te quiero pensando en eso.

Sacó un vinilo nuevo y lo sostuvo en el aire.

—¿Y los Smiths?

—Demasiado tristes. Me recuerda a *(500) días con ella*.

Frunció el ceño.

—¿No se supone que es algo bueno? Eso es una comedia romántica, ¿o no?

Un poco indignada, respondí con voz entrecortada:

—La primera escena de la película es literalmente una advertencia de que *no* es una historia de amor.

Lucas se rio entre dientes y eligió otro.

—¿Elton John?

Suspiré y me palmeé el pecho.

—¡Uh!, no podría.

—¿Otra banda sonora triste?

—¿Puedes nombrar a Elton John sin pensar en *Your Song*, de *Moulin Rouge*? —dije con las cejas levantadas.

—¿Esa no es la...? —Lucas frunció el ceño.

Giré la cabeza muy lentamente y le clavé la mirada.

—¿La película más hermosa y desgarradora del mundo? Sí, lo fue.

Con una sonrisa disimulada, dejó caer el disco de Elton John en su caja y dijo algo que no llegué a entender.

Decidí ignorar eso y, mientras seguíamos buscando, se me ocurrió algo.

—Te he hablado de mi primer beso. Me parece que lo justo es que me cuentes del tuyo.

Se le dibujó una sonrisa.

—Mi primer beso no fue una experiencia memorable de ninguna manera, ni buena o mala.

—¿Y de cualquier otra primera vez? Siento que me debes un momento vergonzoso tuyo.

—Puede que tenga uno. —Inclinó la cabeza—. Pero no es ni de cerca tan bueno como el que me has contado.

—Aun así quiero escucharlo.

Lucas lo pensó durante tanto tiempo que creí que no me lo iba a decir. Pero luego, empezó:

—Es la historia de la noche que no perdí mi virginidad.

La mano se me paralizó justo cuando estaba sacando un disco de una caja.

La mandíbula se me podría haber caído hasta el suelo.

Me ahogué con mis palabras. Palabras que ni siquiera me salían de la boca.

¿Significaba eso que...? No.

Imposible.

No podía ser. De ninguna forma.

Lucas echó la cabeza hacia atrás y soltó una carcajada.

—Deberías verte la cara ahora mismo. Te tomaría una foto, te juro.

Por el rabillo del ojo lo vi sacando su teléfono y eso me hizo reaccionar. Le di unas palmaditas en el brazo.

—¿Qué cara? No tengo cara de nada.

—Oh, sí. —Negó con la cabeza y volvió a guardar el teléfono en el bolsillo trasero—. La cara que hiciste mientras te preguntabas si sigo siendo virgen.

Miré a mi alrededor para ver si teníamos cerca a otros clientes, preocupada por su comportamiento. Pero no pareció importarle.

Y se inclinó hacia delante y dijo en voz baja:

—No lo soy, Rosie. La perdí hace mucho tiempo. Estoy muy muy lejos de ser virgen.

De alguna manera, supe que no era para que la gente no escuchara.

Y chica, ¡qué calor hacía allí! ¿O estaba haciendo esa cosa, esa en la que él subía la intensidad y me sentía acalorada y sin aliento?

Le di un golpecito en el hombro con el puño y respondí lo primero que se me pasó por la cabeza:

—¡Bien por ti!

Puso una mirada divertida, aunque no sonrió ni se rio.

Me volví a centrar en mi tarea y volví a recorrer la fila de cajas.

—Está bien, entonces, ¿cuál es la historia? Estoy intrigada.

—Lorena Navarro —respondió Lucas, siguiéndome de cerca—. La

chica con la que salí en forma intermitente durante toda la escuela secundaria. Primera y única relación que he tenido. —Esa afirmación me alegró los oídos, que almacenaron toda la información para su posterior inspección—. Mis padres —continuó— ese fin de semana habían ido a visitar a unos parientes que tenemos en Portugal, y Charo, que es cinco años mayor que yo, estaba ocupada con sus cosas. Así que tenía la casa para mí.

Traté de convencerme de que no estaba en lo más mínimo celosa de esta Lorena, aunque perteneciera al pasado de Lucas.

—¿Le diste un hermoso ramo de flores? ¿Iluminaste todo el lugar con velas? ¿Le pusiste un poco de aceite corporal?

—¿Aceite corporal? —Lucas me miró con sorpresa.

—A algunos chicos les gusta. —Me encogí de hombros—. Cara de idiota número tres era uno. Me…

—No sigas —gruñó—. No quiero escuchar más sobre esos idiotas. —Síp. El recuerdo a mí también me estaba desanimando. Se rascó la barba incipiente—. No era refinado cuando era adolescente. Mi versión de una noche romántica fue convencer a la abuela para que me horneara algo y conseguirle a la chica sus ositos de goma favoritos.

—Qué suerte tiene Lorena Navarro —murmuré y dije en serio cada palabra.

—Alquilé una película —continuó Lucas—, puse el pastel y los ositos en la mesa de café, y me senté en verdad muy cerca de ella. Cuando estaban pasando los créditos de la película, algunas prendas estaban en el suelo y yo estaba haciendo lo mío. —Se rio entre dientes—. O lo que pensé era lo mío cuando tenía diecisiete años.

Contuve la respiración, esperé una imagen mental que, estaba segura, se me tatuaría.

La sonrisa de Lucas era grande, sin vergüenza.

—Estaba arrodillado en el suelo, entre las piernas de Lorena, mientras hacía todo lo posible para... ya sabes, asegurarme de que lo estuviera disfrutando, pasándola bien. —Inclinó la cabeza hacia abajo, sabía exactamente hacia dónde iba la cosa—. Y lo siguiente que sé es que me arrastraron de la oreja fuera de la casa. Sin ningún recuerdo de cómo, excepto por el hecho de que mamá y abuela estaban allí de alguna manera. Y estaban enojadas.

Me tapé la boca con las manos, y Dios, traté de contenerla, pero la risa se me escapó entre los dientes.

—Te ríes, pero la abuela nunca más me quiso hornear algo. —Negó con la cabeza—. Al día siguiente, me arrojó un delantal a la cara, me sentó en una silla y me mandaron a estar en la cocina hasta que horneé mi primer pastel.

—Bueno, al menos tuviste tu primera vez en algo —dije cuando recobré la compostura.

Lucas pareció perdido en sus pensamientos por un segundo, luego estalló en una risa profunda y bulliciosa.

Estaba tan eufórica por ser la que había causado ese sonido feliz y alborotado que ni siquiera sonó amargo cuando agregué:

—Y estoy segura de que Lorena estaba feliz cuando recibió el pastel de su Lucas.

Agitó una mano en el aire.

—Mmm..., creo que nunca horneé nada para ella.

—¿Por qué no? ¿No volvió contigo después de lo que ocurrió?

—Volvió conmigo. En algún momento —aclaró, y se acercó a mí, estirándose hasta que los lados de nuestras caras quedaron alineados—. Pero no voy por ahí poniéndome un delantal para cualquiera.

Giré la cabeza y miré de cerca ese par de ojos marrón chocolate y el calor se me extendió por el pecho, llenó cada hueso y cada rincón de mi tórax, hasta que no quedó nada vacío.

—Ah, ¿no? —pregunté, con la respiración superficial y entrecortada. *Pero lo haces para mí*, quise agregar.

La respuesta de Lucas nunca llegó. Solo comentó:

—Ahora, deja de distraerme y vuelve a tu tarea, Rosie. Ya vamos dos historias vergonzosas y todavía no tenemos ninguna canción.

Capítulo 12

Lucas

—¿No es otra banda sonora de alguna película? —le pregunté cuando estábamos volviendo a casa.

Rosie resopló, y miró fijamente al disco que tenía en las manos.

—Algo así, pero esto es diferente.

—Diferente. —Se lo arranqué de las manos y lo inspeccioné en detalle—. *Dancing Queen*, de ABBA, el sencillo. —Lo di vuelta—. ¿No es más bien para… una noche de chicas, que para una cita?

—Cita experimental —murmuró—. Y era este o *Ice baby*, de Vanilla Ice, un clásico del hip-hop.

El dueño del negocio nos había apurado para que nos fuéramos a la hora de cierre. Y no iba a mentir, estaba un poco aliviado de que no se hubiera quedado con *Vanilla Ice*. Nada contra él ni contra ABBA, pero el hip hop no era lo que me había imaginado cuando le pedí que eligiera nuestra banda sonora.

Siguió y me miró con escepticismo.

–¿Nunca viste *Mamma mia*? Esta canción es la revelación del momento de Meryl Streep. Contiene la película completa. Una vez leí un artículo que desarrollaba unos argumentos muy buenos sobre lo triste que es esta canción en realidad, pero… no sé… Siempre me ha hecho feliz. Es más que una canción para bailar.

Su confesión fue suficiente para sentirme satisfecho. De hecho, el saber que había elegido una canción que significaba algo para ella me hizo sentir más que satisfecho.

–Entonces eres una de esas personas, ¿eh?

–¿Qué personas? –dijo con los ojos entrecerrados, y fue difícil no sonreír.

–Una de esas personas obsesionadas con *Mamma Mia*.

Rosie pareció indignada ante mi pregunta.

–Es un musical *y* una obra maestra. –Me sacó el disco de las manos–. ¿Cómo no amar todas esas múltiples historias de amor, todas reunidas en un perfecto musical? Imposible. Porque, literalmente, es imposible no amarlo.

–Okey, okey. –Sostuve las manos en el aire–. No es lo ideal para lo que viene a continuación, pero vamos a tener que arreglarnos con eso.

Me dio un vistazo y pude ver en su mirada que se hacía una pregunta.

–Adelante, Rosie. Pregúntame. –Me sonreí para mis adentros y dirigí la mirada a la acera, feliz, porque me estaba empezando a familiarizar con todas sus señales–. Siempre puedes decirme lo que piensas.

–¿Qué viene a continuación y por qué esto –levantó el disco y lo sostuvo a la altura de su cara– no es… maravilloso, espectacular, una obra musical adelantada a su tiempo para lo que vamos a hacer?

Me salió una risotada que terminó en un fuerte estruendo por segunda o tercera vez en el día.

Rosie bajó el álbum, y frunció un poco el ceño.

—¿Qué es tan divertido?

No había nada gracioso en lo mucho que me gustaba que me hiciera reír así y lo despistada que era.

—No tienes idea —repuse, sin vueltas, mientras divisaba el edificio de Lina a la distancia—. Ya pronto vas a saber lo que vamos a hacer.

Apuré el paso y cuando noté que no me estaba siguiendo, miré hacia atrás por encima de mi hombro.

Rosie estaba de pie en la acera y miraba hacia donde yo estaba con el ceño fruncido, esas piernas largas y los zapatos que eran difíciles de ignorar, los ojos más verdes que nunca y la chaqueta de cuero que los hacía resaltar.

—No sé si me gustan las sorpresas. —Su expresión decía otra cosa. Tenía curiosidad. Estaba exaltada. Lo podía jurar—. ¿Puedes decírmelo ahora?

—Nop. —Le dirigí una sonrisa y me di media vuelta—. Mi cita, mis reglas.

—Cursi y mandón —musitó—. Nunca pensé que esa combinación fuera posible.

Se me escapó otra risa estruendosa, pero esta implicaba algo más. Algo que demandó mi atención. Pero sacudí la cabeza y dije:

—¡Escuché eso!

Ya en el edificio de Lina, detuve a Rosie y la llevé para el lado del pasillo de Adele. Llamé a la puerta de la vecina de Lina, y antes de que pudiera captar la mirada inquisitiva de Rosie, la anciana ya se estaba asomando.

—¡Ah!, viniste. —Adele me dedicó una sonrisa torcida antes de moverse y permitirme entrar en su casa—. Me preguntaba cuándo lo recogerías. Está justo donde lo dejaste.

—Gracias, *hermosa* —le respondí a Adele. Entré y tomé la caja que había dejado unas horas antes. Ahora que sabía que ese Mateo con el que a veces me confundía había sido hispano, cada vez que la veía me aseguraba de decirle algunas cosas en español—. *Eres la mejor.* —Y de verdad lo era—. Pásala bien con tu hija más tarde, ¿sí?

—Lo haré —respondió con el rostro iluminado. Observó a Rosie y agregó—: Tú también pásala bien, diablillo.

Me reí con disimulo y volví junto a Rosie, que miraba atónita la escena.

—¿Podrías encargarte de la puerta? —le dije.

Rosie me miró boquiabierta un buen rato mientras yo cargaba la caja de cartón pesada en los brazos, antes de entrar en acción.

—Sí, por supuesto, sí. La puerta.

La seguí adentro del departamento y cerré la puerta con el pie izquierdo. Algo que, me di cuenta demasiado tarde, fue una mala idea, porque mi rodilla derecha cedió.

—¡Lucas! —gritó Rosie y corrió a mi lado—. Ay, Dios mío.

Con un gesto de dolor, recuperé mi paso rápido para intentar restarle importancia, pero Rosie ya estaba sosteniendo el otro lado de la caja.

No valía la pena negarlo, así que repetí mis palabras de la primera noche:

—Buena recepción, Rosie. —Señalé a la izquierda con la cabeza y añadí—: Pongamos la caja allí, junto al mueble de la televisión. Creo que hay un tomacorriente libre.

Nos movimos juntos y la dejamos en el suelo.

Rosie retrocedió un paso, pero no se fue demasiado lejos.

Abrí la caja bajo su mirada de interés y extraje el objeto que había dejado en lo de Adele para que Rosie no lo notara.

—¡Guau! —dijo en voz baja—. Guau.

Levanté la mirada hacia ella y la encontré boquiabierta.

—Se ve un poco golpeado —admití, un momento después—, pero la señora que me lo vendió me juró que funcionaba.

—¿Lo compraste tú? ¿Para m... para el experimento?

—Por supuesto. —Conecté el viejo tocadiscos al tomacorriente, me incorporé y retrocedí un paso para admirar mi adquisición—. Fue el destino, en realidad. Estaba caminando por ahí y encontré a una mujer que vendía un montón de cosas de su sótano, justo en el umbral de su puerta. Lo conseguí por unos pocos billetes y un favor.

—¿Qué clase de favor?

Tomé el disco de ABBA de la mesita de café, donde Rosie lo había dejado para ayudarme a cargar la caja.

—Necesitaba ayuda para mover un tocador. —Uno que, la mujer se había olvidado de mencionar, pesaba como un hijoputa.

Rosie hizo un extraño sonido.

—¿Te metiste en la casa de una extraña porque te pidió un favor?

Me encogí de un hombro y me arrodillé frente al reproductor.

—De hecho, me metí en su sótano.

—Lucas —estaba indignada—, no puedes... No puedes hacer ese tipo de cosas.

—¿Por qué? —Ubiqué el vinilo sobre el plato—. Me pidió que la ayudara. Y a cambio, iba a obtener un tocadiscos.

—¿Y si...? ¿Y si te estaba engañando para que entraras? Para cortarte en pedazos. O vender tus órganos. Estamos en Nueva York,

Lucas. El índice de gente loca por manzana es demasiado alto como para hacer eso. En especial, si se menciona la palabra *sótano*.

—Qué tierno —comenté y ella parpadeó.

Pero era tierno que hubiera pensado en la posibilidad de que me asesinaran.

—Muy bien, Rosalyn Graham. —Me acerqué a ella, e inclinó la cabeza hacia atrás—. Quítate los zapatos.

—¿Qué? —murmuró—. ¿Por qué?

—Porque con esos tacones tan sexys que tienes puestos, no podemos bailar sin molestar a los vecinos de abajo.

Se le abrieron los ojos como platos, como si hubiera dicho una locura.

—Bailar. ¿Vamos a bailar?

Me saqué los zapatos.

—Por supuesto. —Me arrodillé y operé los pocos ajustes que tenía el tocadiscos—. Te dije que ibas a elegir nuestra banda sonora. Y para eso es una banda sonora. Para bailar.

Rosie me miró como si le estuviera pidiendo que le crecieran alas y se largara a volar.

—¿Te ayudo a sacarte los zapatos? —ofrecí, con la cabeza inclinada—. Puedo hacerlo si de veras me necesitas. —Y, para ser honesto, lo hubiera hecho de buena gana. Esos zapatos me habían estado volviendo loco desde que se los había puesto.

Abrió y cerró la boca un par de veces, sin decir una palabra.

Solo cuando me acerqué un paso pareció recuperarse rápido. En pocos segundos, hizo a un lado los tacones azules de terciopelo y los dedos de los pies le asomaban bajo el dobladillo de los jeans. ¡Y qué jeans! No le había mentido cuando le dije que eran también mis favoritos. Por supuesto que lo eran si se ajustaban a su...

Lucas, concéntrate, me dije.

Puse *play* en el reproductor. Las primeras notas de *Dancing Queen* llenaron el apartamento.

Me troné el cuello a izquierda y derecha. Luego, me aseguré de mirarla a los ojos mientras comenzaba a moverme de un lado a otro.

Quizá esa canción no era de mi género favorito, menos el que me había imaginado que bailaríamos, pero al menos supe seguirle el ritmo. La abuela se había asegurado de ello cuando era un niño, por si alguna ocasión lo ameritaba. Y fue así como, de a poco, le sumé mis brazos, luego las caderas y luego, solo para conseguir una reacción, cualquier reacción de ella, di un giro perfecto.

A Rosie se le pusieron los ojos como platos.

—¡Mírate esa cara de sorpresa! —me burlé sin detener mi performance—. ¿Es tan raro verme bailar?

De acuerdo, no supe muy bien cómo seguir el ritmo. Solo sabía moverme.

El rubor de sus mejillas se tornó más intenso, pero se le curvaron las comisuras de los labios.

Intenté ocultar mi sonrisa e hice lo único que podía hacer: caminé muy lentamente en su dirección, dando casa paso al ritmo de la canción y me aseguré de mantener la vista en sus ojos.

—Vamos, Rosie —insistí y luego, agregué un poco más fuerte—: Baila. —Moví la cadera de izquierda a derecha—. Y también puedes hacer unos pasitos.

Cuando me acerqué y estuve solo a pocos centímetros de ella, ya estaba cantando ABBA a todo pulmón y moviéndome a su alrededor.

Dejó escapar una pequeñísima risa por la nariz.

Ya casi, pensé. E incluso la pierna no me molestaba tanto.

Me adelanté.

—¿No soy tan bueno como reina del baile? —le pregunté, y me acerqué más, mucho más—. No tengo diecisiete, pero al menos soy joven y tierno, ¿no crees?

En ese momento, una pequeña sonrisa le curvó los labios. Y por supuesto, eso avivó mi necesidad de sacarle algo más. De hacer que me diera algo más.

—Okey, suficiente. Ven aquí —le dije mientras la tomaba de la mano, y le hice dar una vuelta.

Rosie soltó un grito agudo y estridente y en un segundo estalló de risa.

Ahí está.

Porque ahí estaba, esa risa que tanto deseaba.

Le hice dar otra vuelta y en ese momento empezó a seguir el ritmo de la canción con el cuerpo. Y cuando me miró de nuevo a la cara, tenía tal sonrisa hecha y derecha, de oreja a oreja, que no tuve más remedio que corresponderle.

Como si lo hubiéramos coreografiado, empezó a sonar el estribillo y lo cantamos a todo pulmón.

Y así como así, Rosie aflojó las extremidades, cerró los ojos y se entregó a aquel éxito de los años setenta. Le sostenía una de las manos y la observaba cantar con total libertad, tan a viva voz que podía escucharla por sobre la música. Y, chico, no era una buena cantante. En absoluto.

Eso no me detuvo y la tomé de la otra mano y le hice dar otra vuelta. Giramos y giramos, cantamos y reímos, tal vez demasiadas veces, porque en la última vuelta, Rosie perdió el paso y perdió el equilibrio justo sobre mi pecho.

Nos chocamos y, con el brazo, la tomé de la cintura. Nos miramos a los ojos mientras respirábamos, agitados, en perfecta sincronía. El aroma más dulce a melocotón me envolvió e hizo que se me dilataran las fosas nasales.

Tragué con fuerza, al notar la forma en que sus pechos se apretaban contra mí, con el movimiento pesado ascendente y descendente de cada respiración. Una de mis pierna se deslizó entre las de ella y, de alguna manera, la atraje hacia mí un poco más, en un acto reflejo que no fui capaz de controlar. Más apretada contra mí, nuestras caderas entraron en contacto y se nos enredaron las piernas.

Se quedó sin aliento y, cuando exhaló temblorosa y agitada, el aire que liberó me dio en la mandíbula y me puso tenso.

Separé los dedos sobre su cintura y me…

Todo se detuvo de golpe cuando el disco rayado saltó.

—Lucas —exhaló Rosie.

El brazo la mantuvo asegurada justo donde estaba, contra mí, y me dio unos segundos para… pensar. Necesitaba pensar.

—¿Sí?

—La música —agregó, con sutileza, con un hilo de voz—. Se detuvo.

—Sí.

—¿Qué fue eso…?

La interrumpió un extraño ruido.

Asomó la cabeza por sobre mi hombro, en dirección al sonido.

—¿Lucas? —dijo más alto.

Iba a decir algo, pero el ruido se hizo más fuerte y me detuvo las palabras.

—¿Qué es eso? —se refería a ese chillido horrible—. ¿Qué demonios es eso?

Esa era una maldita buena pregunta.

Hice que los dos nos diéramos la vuelta por más de una razón.

El chillido se volvió más intenso, y di un paso hacia delante.

—*¿Pero qué cojones…?* —se me escapó el improperio español mientras estiraba el cuello.

—Ay, no —susurró Rosie un poco alto—. Lina dice eso todo el tiempo cuando alto está por salir mal.

Nos movimos hacia delante.

—Lucas, no me gusta esto. ¿Qué estás…?

—¡Shhh! —le dije con suavidad—. Creo que hay algo detrás del tocadiscos.

Un sonido agudo salió de las inmediaciones de la caja, así que me asomé más de cerca, a tiempo para… *Ay, mierda.*

—Okey —suavicé la voz—. Quiero que mantengas la calma, Ro. —Porque si eso era lo que estaba seguro de que era, y Rosie se asustaba de…

Un grito me perforó los oídos.

Okey. Allí estaba.

—¡Lucas! —bramó, antes de saltar y lograr colgarse de mí como si yo fuera un poste—. ¡Una rata! ¿Es una rata? —Me puso una mano en la cara, otra en el hombro y me metió una rodilla en la axila—. No, no, no, no… Por favor, ¡dime que no es una rata!

La tomé por la cintura y la subí para que me sujetara la cintura con las piernas.

—No te voy a decir nada de eso.

—¿¡Por qué demonios no!?

Me reí con disimulo y le puse las manos en la parte posterior de los muslos, e hice que giráramos para que ella mirara para el lado opuesto.

—Porque hay una rata gigante en el apartamento y no te voy a mentir, Ro. Nunca.

Otro grito.

Me di la vuelta, y traté de llevarla hacia el otro lado del apartamento, mientras se retorcía en mis brazos y no me dejaba otra opción que colocar la palma de la mano debajo de su redondeado trasero, sobre el cual, me prometí a mí mismo, no pensaría nunca más.

—Ey, Ro —contuve un gemido cuando se movió justo en mi entrepierna—, voy a ponerte a salvo, ¿sí? Pero va a ser mejor si dejas de moverte. Por favor.

Eso pareció poner fin a todos sus retorcimientos, porque quedó inmóvil en mis brazos.

—Ay, Dios, perdón, Lucas. —Trató de bajarse de un salto, pero no la dejé—. ¿Peso mucho? Soy una idiota. Deja que me...

—Quédate donde estás —le pedí mientras la cargaba el resto de la distancia, con una leve renguera—. Está bien. —Y la dejé en la encimera.

—No, no lo está. —Su expresión era de culpa y dolor—. No debí haber saltado sobre ti de esa manera.

Pero no me había importado que lo hiciera. No me había importado que me sujetara con fuerza los músculos, débiles en ese momento, bajo su peso. Ni el dolor que tendría en unas horas a causa de nuestra sesión de baile. Para ser honesto, estaba harto y cansado de prestar atención a cosas como esas. Estaba harto de no poder hacer lo que quisiera por esa maldita lesión.

Tragué saliva, y le contesté de la única manera que pude:

—No te preocupes por eso. Yo tampoco lo hago.

Asintió con la cabeza y, una vez más, me sorprendió que no insistiera. Que no me obligara a hablar sobre eso. Por el contrario, bajó la voz:

—Les tengo terror a los roedores. —Levantó las dos piernas y apoyó los pies en la encimera—. Y ahora, no puedo dejar de pensar en eso... —Se estremeció—. Esa criatura me va a comer los dedos de los pies.

Tenía una expresión de puro asco que me hizo sonreír.

—No te va a comer los dedos.

—Podría hacerlo.

—Claro que podría. Pero me refiero a que ahora estás ahí arriba. No te va a alcanzar.

—No me estás ayudando —se quejó—. Ahora voy a tener pesadillas, Lucas. Vamos a tener que dormir con las luces encendidas y quizá tenga que despertarte para que me traigas agua, porque voy a tener miedo de que algo me muerda los dedos de los pies si toco el suelo. Estás cavando tu propia tumba aquí, en realidad.

Suspiré, pero era más para molestar.

—Lo haré, si los necesitas. Así soy. Un buen compañero de apartamento y un mucho mejor amigo.

Rosie cerró la boca y murmuró algo por lo bajo.

—Ahora, quédate quieta, ¿de acuerdo? —Se lo dije antes de que se olvidara de nuevo. Luego, me volví hasta el tocadiscos, localicé el roedor y, con mucho esfuerzo, logré arrinconarlo y empujarlo a la caja vacía con la ayuda de una revista vieja que estaba por ahí.

Una vez listo, sostuve la caja con la rata dentro, y me empecé a dirigir hacia ella. Cuando me detuvo con una mano.

—No te acerques un paso más con esa cosa allí, amigo.

—¿Amigo? ¿En serio? —Fingí indignación—. ¿Y qué hay de: "Ay, Lucas, ¿mi habilidoso y sexy caballero de armadura metálica"? Justo que me había acostumbrado a un apodo que me quedaba bien.

Me disparó una mirada amenazante…

Antes de que pudiera decir algo, llamaron a la puerta.

—Ay, Dios mío —murmuró Rosie—. ¿Y si es otra más de esas?

—Bueno —respondí mientras iba hacia la entrada—, espero que traigan bocadillos.

Dejé a una Rosie furiosa detrás de mí, abrí la puerta con la caja bajo el brazo y me encontré con un rostro, cuyos rasgos reconocí por otros de una señora mucho mayor.

—Hola —dijo una mujer de cabello castaño, con uno de esos cortes vanguardistas que había visto por ahí—. Soy Alexia, la hija de Adele. Espero no... —Miró detrás de mí—. Espero no interrumpir nada.

—No, no te preocupes —le respondí con una sonrisa afable—. A ella le gusta sentarse allí. ¿Verdad, Ro?

La respuesta de Rosie se demoró unos segundos.

—Sí. Es verdad. Adoro escalar muebles. Es, en realidad, mi pasatiempo.

Solté una risita antes de volverme a Alexia.

—Es un placer conocerte. —Le ofrecí la mano libre—. Soy Lucas. Y la bella dama sobre la encimera es Rosie.

—Encantada de conocerlos... a ambos —dijo, mientras nos estrechábamos las manos—. Quería presentarme y darte las gracias por cuidar de mi mamá. Mi esposa o yo venimos todas las tardes, y Dios sabe lo mucho que hemos estado buscando a alguien que la cuide a tiempo completo, pero se ve que... —Parecía un poco abrumada por el momento y dejó incompleta la frase—. En fin, has sido muy bueno con ella y no tenías la obligación de cuidarla, así que lo valoro mucho. Más de lo que crees.

—No es nada. —Negué con la cabeza. Era en serio. De verdad no era nada.

—Es mucho. —Alexia extendió la mano y me dio unas palmaditas en el brazo—. La última vez que habló así de papá fue justo después de que falleciera.

Papá.

Así que Mateo había sido el esposo de Adele, como había sospechado.

Alexia se me quedó mirando un momento, una fuerte emoción le colmó la mirada. Pena, pesadumbre. Claro como el agua.

—Dios, te pareces tanto a él en sus fotos de cuando era joven. Era argentino, *mi papá*.

No había nada que pudiera decir para hacerla sentir mejor, así que callé.

—Bien. —Alexia se aclaró la garganta y una sonrisa cómplice reemplazó la tristeza que había estado antes—. No los voy a seguir demorando… Lo que sea que estuvieran haciendo, parece divertido.

Asentí con la cabeza, aliviado de que no hubiera preguntado por la caja bajo mi brazo.

—Nos vemos, Alexia.

—Sí. Creo que nos veremos, Lucas. —Se asomó por la puerta para mirar detrás de mí—. ¡Adiós, Rosie!

—¡Adiós! —gritó—. ¡También fue un placer conocerte!

Solo cuando Alexia se fue, la miré por encima del hombro. Rosie estaba en el mismo lugar donde la había dejado, pero su expresión era algo distinta en ese momento.

—¿Has estado visitando a Adele todos los días?

—Sí.

—Tú… —comenzó. Me recorrió el rostro con la mirada llena de algo más—. Ay, mierda.

Fruncí el ceño, pero nuestro pequeño amigo de la caja se movió y atrajo nuestra atención de nuevo, donde debería haber estado.

—Supongo que recoger cosas de la calle está prohibido por aquí.

—Y también me mantendría lejos de los sótanos. —Se le movió la comisura de los labios.

—Bien. —Suspiré, y dije con el ceño fruncido—: Bueno, voy a llevar a nuestro pequeño amigo a la calle o… ¿al parque? ¿Sabes qué? Voy a buscar en Google que puedo hacer con él. Solo bájate de ahí cuando cierre la puerta, ¿de acuerdo? Ya estás a salvo.

Porque hubiera un roedor invasor o no, se lo había prometido a Rosie.

Y no lo iba a olvidar.

Capítulo 13

Rosie

Olly nos estaba rechazando. De nuevo.

Después de haberme prometido que estaría aquí, que vendría a preparar las paredes del apartamento de papá para pintarlas, porque nos había pedido ayuda.

Pero la peor parte fue darme cuenta de que papá no necesitaba ayuda. El hecho de que yo estuviera detrás de él con la botella de limpiador multisuperficies en la mano, mientras él hacía todo el trabajo, era una prueba contundente. Nos había pedido ayuda solo para que estuviéramos aquí. Era una excusa para ver a sus hijos. Para ver a Olly.

Dios, cómo quisiera sacudir a mi hermano menor. ¿Qué diablos le estaba pasando?

—¿Estás seguro de que deberías estar haciendo esto? —le pregunté, y me acerqué para mirarlo a la cara—. ¿Tu cadera está bien, papá? Podemos tomarnos un descanso y comer algo.

—Estoy bien, Frijol —respondió con rapidez.

¡Uf!, otra vez la rutina de "estoy bien".

Le saqué la esponja de la mano y permanecí a su lado hasta que me mirara. Y, cuando por fin lo hizo, a regañadientes, su expresión confirmó que, en efecto, no estaba bien.

—Te va a crecer la nariz como a Pinocho.

Papá se rio con disimulo y le di un beso en la frente, solo porque a él tampoco lo podía sacudir.

—Solo estoy un poco preocupado, es todo —admitió por fin, con un suspiro—. ¿Has sabido de tu hermano? Va a venir, ¿no es cierto?

—Me… Sí. —Me ocupé de la esponja así no podía verme la cara—. Déjame ver si tengo llamadas pérdidas. Seguro se le hizo tarde.

—Yo sigo. —Me sacó la esponja—. Solo nos faltan algunas partes.

—¿*Nos*? —murmuré, dándome la vuelta para sacar el móvil del bolso.

Ningún mensaje de texto, ni llamada, nada.

Le mandé otro mensaje.

> ¿Dónde estás, Olly? Estoy en lo de papá y ya son las 6 p. m. Dijiste que vendrías.

Luego, inventé una excusa por su ausencia a papá, el hombre que luchó con uñas y dientes para mantenernos a flote, al mismo tiempo que nos hacía sentir amados todos los días, incluso cuando no podía estar mucho en casa.

—Debe venir en el tren. Quizá se quedó sin señal —expliqué. Esperaba que papá se tragara la mentira—. En un ratito, vuelvo a intentar.

Papá suspiró. Era un sonido tranquilo que la mayoría de la gente pasaría por alto, pero yo lo conocía bien. Era el suspiro por Olly. Porque se culpaba a sí mismo por lo que le pasara a mi hermano.

Casi como yo me culpaba.

Estaba a punto de tranquilizarlo, cuando se escuchó una voz femenina en la sala.

—¿Cómo está mi vecino favorito?

Me giré y me encontré con una mujer con el cabello canoso recogido en un moño alto. Tenía ojos centelleantes de calidez y humor.

—Ah, Nora, estás aquí —respondió papá con una expresión radiante—. Espero que no te hayamos molestado al mover los muebles. ¿Ya terminó el encuentro de tu club de lectura? ¿Me trajiste algo de ese pastel *red velvet*?

¿El encuentro de su club de lectura? ¿Su delicioso pastel red velvet?

—Estuve pensando en él todo el día —dijo papá en voz baja.

Parpadeé. ¡Ay, Señor!, ¿qué está pasando aquí?

Nora levantó una bolsa que había estado ocultando detrás de ella.

—Me alegra escuchar eso. —Sonrió antes de volverse hacia mí—. No sabía que tenías compañía, Joseph. ¿Esta es tu hija?

—Te dije que me llamaras Joe —la corrigió con un guiño. Un guiño que me tomó por sorpresa—. Y sí, es ella. Rosie es ingeniera. Trabaja para una compañía famosa en Manhattan. Te lo comenté ayer, ¿recuerdas?

La culpa me atravesó el pecho ante las palabras de papá.

—Soy yo. —Tragué saliva—. Hola, Nora, gusto en conocerla.

Me sonrió por arriba de la bolsa.

—Tu papá está muy orgulloso de ti, querida. Me contó todo sobre ese bien merecido ascenso.

Me sentí palidecer, pero asentí con la cabeza.

La mirada de Nora volvió a papá.

—Tiene esos preciosos ojos verdes iguales a los tuyos, Joseph. —Soltó una risita—. Eso sí, espero de verdad que no sea tan testaruda como tú. Porque esos son los genes que no quieres transmitir.

—Joe —la corrigió papá y, sin mirarme, agregó—: ¿Escuchaste eso, Rosie? Ojos preciosos.

Observé el rostro de papá, luego, el de Nora. Ambos sonreían.

Papá a ella, y ella, a la bolsa que contenía *el delicioso pastel* red velvet *del que se estuvo acordando todo el día.*

Me vibró el teléfono en las manos y desvió mi atención del festival de coqueteo que se estaba desarrollando allí mismo, delante de mí.

Lucas

¿Cómo va el proyecto de la casa?

¿Tu papá está bien de la cadera?

Me mordí el labio para no sonreírle a la pantalla. Ante su nombre. Ante sus palabras.

Y fue así como los recuerdos de nuestra primera y única cita experimental se abalanzaron en mi mente y me hicieron sentir toda clase de agitaciones.

La cita había sido boba, divertida y cursi en el mejor sentido posible. Por más que le molestara a Lucas, la verdad era que me encantaba lo cursi, y él superó todas las expectativas que había tenido de nuestro experimento.

Cada una de las cosas acerca de esa cita (y de él) había sido el sueño de todo escritor, convertido en realidad. *El sueño de toda mujer, convertido en realidad.* Incluso pensar en ese roedor que corría por todo el apartamento ya no me hacía erizar la piel. En vez de eso, recordé mis piernas enroscadas alrededor de su cadera mientras me llevaba a un lugar seguro. Su cuerpo cálido y firme debajo del mío. La intensidad de esos ojos marrones al mirarme bailar.

Todo había sido en nombre de la investigación. Coqueteo experimental. Baile experimental. Sorpresa… experimental.

Pero esto no lo era. El trabajo que se tomó en preguntar por mí y por mi papá (como Lucas, mi compañero de apartamento y amigo, no el Lucas de la cita nocturna) no era experimental. Era real. Y eso… era difícil de ignorar.

> Está bien. Ocupado en coquetear con su vecina. En mi cara.

😄 ¡Vamos, señor Graham!

> No fomentes este tipo de conductas.

¿Por qué no? Coquetear hace bien a la salud.

> Es mi papá 😬 Y se están mirando con ojos saltones el uno al otro justo ahora.

Él se merece comer…, ya sabes.

> ¡QUÉ ASCO, LUCAS! NO.

Bien 😶, pero eres una escritora de romance. Deberías alentar esto. Quizá hasta darle unos consejos.

¿Hasta dónde piensas que ha llegado el coqueteo? ¿Crees que ya tuvieron un poco de chacachaca?

¿Chacachaca qué? Jesucristo.

> Okey, *gossip girl,* hasta aquí llegamos.
> Se supone que estás de mi lado.

Yo siempre voy a estar de tu lado.

Esas palabras se quedaron allí por algunos segundos mientras las miraba, sin saber muy bien qué las hizo resaltar.

Los tres puntitos de tipeo aparecieron otra vez.

Te dejo, solo quería ver cómo estaba él. Y tú.

#TeamRosie

Bss, sabes que me amas.

Y antes que preguntes... Tengo una hermana mayor, Ro. Conozco *Gossip Girl.*

Ay, demonios. Demonios del carajo.

¿Por qué tenía que ir por ahí y ser tan... bueno y divertido y... y... tan Lucas?

> Muy lindo de tu parte, Lucas.
> No era necesario.

Unos pocos segundos después, y justo cuando pensé que no recibiría más mensajes suyos, una nueva burbuja apareció en mi pantalla.

Una cosa nada más, ¿vas a comer con tu papá o debería dejarte la cena en el horno?

Esa sensación de expansión en el pecho, que a menudo experimentaba cuando tenía cerca a Lucas, regresó con una venganza. Aumentada. Intensificada. Como si estuviera allí para quedarse. No se podía creer lo tierno que era, y seguro él no tenía ni la menor idea.

De verdad, esto era una maldición y una bendición. Porque…

—¿Rosie?

Levanté la vista del teléfono y me topé con la mirada interesada de papá.

—Perdón, ¿me estabas diciendo algo?

—¿Con quién te estás mensajeando?

Su pregunta me retrotrajo en el tiempo, cuando tenía dieciséis años y me había preguntado si había algún chico que me gustara. "Recuerda elegir a un chico que te plante un jardín, en lugar de solo traerte flores, Frijol."

—Ah —comenté, con tanta naturalidad como pude—. Solo un amigo.

—Hay demasiada sonrisa dando vueltas por ahí para ser "solo un amigo".

—Me estaba riendo de un comentario que me hizo. —Bloqueé el teléfono y lo deslicé en mi bolso—. Es así de divertido.

—Ah, ¿sí? —Papá esbozó una sonrisa cómplice—. ¿Cuál era el chiste?

Por el rabillo del ojo, vi a Nora, que salía de la habitación con un saludo en nuestra dirección. Usé esa desaparición como una ventaja.

—Uno tan *gracioso* como verte con Nora. —Lo apunté con un dedo—. Alguien ha estado ocupado.

Se rio con una carcajada profunda. Me encantó escucharla. Lo que no me gustó fue que se apagara después de ver la hora en el reloj.

—Creo que tu hermano no va a venir —admitió con un suspiro.

Pensé en inventar otra excusa, pero habíamos llegado a un punto en que no había mucho más que pudiera decir.

—Me parece que no, papá.

—Muy bien. —Asintió con la cabeza—. Terminemos esto, así puedes tomar el tren de regreso temprano, Frijol.

Unas horas más tarde, por fin me estaba bajando del tren y me dirigía rumbo a la salida de la estación Pensilvania. Me sorprendí al sentirme como si me hubieran absorbido toda la energía. Ya estaba oscureciendo y se estaba haciendo un poco tarde, así que opté por gastar el dinero extra en un Uber hasta casa, en lugar de tomar el metro.

Mientras esperaba a que mi conductor llegara, me llamó la atención el contorno de un hombre que pasaba por la intersección frente adonde yo estaba.

Caminaba cabizbajo, de un lado a otro, inquieto, con las manos en una posición que me pareció familiar.

Me quedé mirándolo un poco más, y sentí que mis pies me acercaban a él.

¿Olly?

Me tomó al menos diez pasos confirmar que ese hombre era mi hermano menor. Dios, ¿tanto había cambiado desde la última vez que lo había visto? Tenía los hombros más anchos y parecía más alto, pero era él. Hombre o niño, ese era mi hermano menor. Y... ¿qué estaba haciendo aquí? ¿Pasaba algo malo?

Corrí los últimos pasos que nos separaban.

—¿Olly? —lo llamé, y vi que la cabeza de inmediato reaccionó a mi voz—. ¿Qué estás…?

La última zancada que me dejó cara a cara con él detuvo lo que estuve a punto de decirle.

No es que hubiera *algo* mal. Todo estaba mal. Porque mi hermano estaba de pie frente a mí con un ojo morado y un labio roto.

—Jesucristo, Olly. —Le tomé el rostro entre las manos. Le rocé las mejillas con los dedos. Hizo una mueca de dolor—. ¿Qué pasó? ¿Quién te hizo esto?

Cerró los ojos y lo supe. Solo supe que ese hombre de diecinueve años que estaba delante de mí necesitaba consuelo. Y que puede que tuviera un par de centímetros más de altura y que ya no fuera el niño que me miraba como si le hubiera traído la luna cuando le daba a hurtadillas una barra de chocolate, pero aún quería tomarlo entre mis brazos y protegerlo del mundo. De quienquiera que le hubiera hecho esto.

—Estoy bien —gruñó.

Sentí que algo me daba un vuelco por dentro. Algo oscuro y hostil.

—Lo juro por Dios —estallé. Me tembló la voz de frustración—. Si ustedes, los hombres de la familia Graham, no paran con esa mierda del "estoy bien", me van a hacer perder la cordura.

Casi se quedó sin aliento, y sabía que era porque había maldecido, pero eso consiguió apaciguar mi ira. Solo un poquitito.

—Creo que ya la debes haber perdido, Frijol.

Suspiré y le examiné el ojo morado.

—¿Cómo, Olly? ¿Cómo pasó esto?

—Es un ojo negro. Solo pasó.

Me tomé mi tiempo para respirar muy hondo, quería que mi voz se mantuviera tranquila.

—¿Por esto estás aquí, afuera de la estación? ¿Por qué no viniste a "Fili"?

Asintió con la cabeza.

—Me mandaste un mensaje para decirme que estabas volviendo. Quería disculparme por no haber ido.

—¿Te duele? —Le rocé corte del labio con el dedo pulgar.

Se encogió de hombros y sentí las palabras a punto de salirme de la boca. Palabras que él no quería escuchar.

—Olly, ¿qué demonios está pasando?

—Soy joven, me curo rápido —tuvo el coraje de decir para desviar la atención.

—Justamente porque eres joven, no deberías meterte en situaciones que te dejen con un labio hinchado. Nadie debería, ya sea joven o viejo.

Me empezaron a temblar los dedos, desconcertados por toda la situación. Abrumados. Impotentes, también. Porque no sabía qué hacer para que él me escuchara. Para que confiara en mí.

—Deberías estar disfrutando la vida. Pasándola bien. Haciendo lo que un joven de diecinueve hace ahora. —Negué con la cabeza y algo se me vino a la mente—. ¿Esto tiene que ver con tu misterioso empleo en ese club nocturno?

Retrocedió y se salió de mi agarre.

—Solo confía en mí por una vez, ¿okey? Gano buen dinero. Estoy bien. Esto fue solo una pelea por un malentendido.

Lo volví a sujetar, pero se alejó aún más. Fue entonces que noté cómo estaba vestido. Buena ropa, cara. Marcas que yo difícilmente podía permitirme.

Bajó la vista y negó con la cabeza.

Quise gritar, pero no lo hice, tuve miedo de no poder parar.

—¿Son drogas? —demandé.

Levantó la cabeza, con los ojos abiertos como platos.

—¿*Qué*? —gritó boquiabierto, como si le hubiera preguntado si estaba cagando pepitas de oro.

—¿Estás vendiendo drogas, Olly? ¿Es eso?

—Jesús, Rosie. —La conmoción se convirtió en disgusto, frustración—. No estoy vendiendo nada. No es eso, ¿está bien? No lo entiendes. Estoy… —Negó con la cabeza, el cabello rebelde le caía sobre la frente.

—¿Estás qué?

—Estoy… ¿bailando? —dijo por fin, pero con tono de pregunta. Lo cual me confundió más.

Y me puso más escéptica. Más desconfiada.

—En el club nocturno —repuse, despacio—. Ganando suficiente dinero como para pagar mi ropa y mi renta. Se encogió de hombros.

¡Jesús! Mi hermano… ¿bailaba por dinero? ¿Era un *estríper*?

Se me salía el corazón del pecho, pero me quedé inmóvil.

Hasta hacía poco, estaba pensando en la cocina de Lucas, en que era el Magic Mike de la masa y las sartenes, y ahora resulta que mi hermanito estaba, de hecho, dejando patas para arriba toda la historia. En la vida real.

¿No confiaba en mí lo suficiente para contarme?

Me inundó una tristeza abrumadora, y me hizo marear. Abrí la boca para decir algo, cualquier cosa, pero me detuvieron las luces cegadoras de un vehículo.

Olly se llevó una mano a los ojos y maldijo por lo bajo. Un auto se acercó junto a nosotros y bajó la ventanilla.

—Okey, lindo. Sube —ordenó un hombre que no era mucho mayor que Olly desde el asiento del conductor.

—Olly —rogué–. No vayas.

Pero caminó hacia el auto.

—Hay tanto de lo que tenemos que hablar…

—Rosie —me interrumpió–. Está bien, yo lo llamé. Estoy bien. Te lo juro.

El hombre hizo un rictus de superioridad, su expresión me encendió como diez alarmas en la cabeza.

—Vamos —le dijo a Olly–. El turno empieza en media hora. Vamos a tener que usar una tonelada maquillaje para cubrir ese ojo morado que tienes, pero Lexie se las va a arreglar. –¿Lexie?–. Espero que ella lo haya valido.

Giré la cabeza en dirección a Olly, que tenía la mandíbula apretada.

El ojo morado. Fue por una chica. Pero…

—Adiós, Rosie —se despidió. Y con un rápido movimiento, me dio un beso en la mejilla y abrió la puerta trasera.

Todo se volvió confuso, me quedé sola, estupefacta, en la acera mientras miraba las luces traseras del carro convertirse en dos puntos rojos a la distancia.

Curiosamente, en ese preciso momento llegó mi Uber.

Un rato más tarde, cuando por fin llegué al apartamento, sentí que el encuentro con Olly me pesaba tanto que ni siquiera me hizo sonreír ver a Lucas dormido con la boca abierta ante nuestro programa de vampiros. Lo tapé con una manta y luego caminé en puntillas a la cocina para beber un vaso de agua, donde encontré una nota que había dejado en la encimera: "Si tienes hambre, la cena está en el horno". Y tampoco eso me hizo sonreír. Ni siquiera le contesté su mensaje, y él aun así se había tomado la molestia de cocinar para los dos. Porque no había escrito "sobras", sino la palabra "cena". Y se había cerciorado de que la viera. Me esperó. En caso de que tuviera hambre.

Todo eso debería haberme hecho sonreír. Como una tonta, agobiada por el vértigo, como antes. Pero causó el efecto contrario.

La situación con mi escritura, con Lucas, mi hermano y con papá también. El completo desastre que era mi vida. Lo muy hipócrita que era al exigir la verdad cuando lo único que yo hacía era guardar secretos. Todo era... demasiado.

Estaba allí, de pie, con la nota en la mano, y escuché mi nombre.

Lucas estaba en el medio del apartamento, como a tres metros de distancia. Tenía la manta en una mano y el cabello, enmarañado.

Armada con la mejor sonrisa que pude, dije:

—Perdón, te desperté.

—Solo descansaba los ojos. —Parpadeó un par de veces, como si se obligara a revivir. Me recorrió el rostro con la mirada.

—¿Pasa algo malo? Tu papá...

—No. Papá está bien. —Me encogí de hombros e hice lo que los Graham hacíamos mejor: esconder lo que estaba mal. Tragarlo—. Todo bien, Lucas.

Se quedó en silencio un buen rato, mirándome. Sabía lo que estaba haciendo. Estaba preocupado, se preguntaba qué podía hacer para mejorar las cosas. Quizá se preguntaba si me iba a largar a llorar de nuevo.

Y el hecho de que estuviera haciendo esas cosas me hizo enojar. Lucas estaba haciendo mucho. Y yo no le estaba dando nada. Solo la compañía de alguien que perdía el tiempo.

En ese momento, me prometí a mí misma que haría algo por Lucas Martín. Algo que lo hiciera feliz.

—¡Ey, Rosie!

Suspiré.

—¿Sí?

Me miró con algo que se parecía mucho a esa intensidad de nuestra cita experimental, pero distinto. Más intenso. Más sutil.

—¿Quieres un abrazo?

Era un buen hombre. Pero no podría tener otra crisis delante de él después de todo lo que había hecho por mí.

—No, gracias. Estoy bien —susurré.

Se quedó inmóvil unos segundos.

—Entonces, ¿me puedes dar uno? Tal vez soy yo el que lo necesita.

Tragué saliva, me invadió la urgencia de dar un paso adelante y de lanzarme hacia él. Pero no lo hice, porque sabía lo que él estaba haciendo: era por mi bien, no por el suyo.

Lucas lo captó, porque continuó con algo que no podía resistir:

—Hoy extraño mucho a Taco. Así que ese abrazo me podría ayudar, en serio. —La voz era grave y tan amable, tan sutil—. ¿Me podrías dar uno, Rosie?

Y por mucho que supiera que ese abrazo era por mi bien (porque debo haber parecido como si estuviera por caerme a pedazos), hizo que pareciera que le estaba dando algo invaluable si yo aceptaba. Como que le fuera a romper el corazón si me negaba a dárselo.

—Okey —me escuché decir, y en aquel preciso instante supe con alarmante certeza que nunca sería capaz de mirarlo a la cara y no darle lo que me pidiera—. Solo si lo necesitas mucho.

No tardó en cruzar los pocos metros que nos separaban y tomarme entre los brazos.

Una vez más, escondí mi rostro en su pecho. Pero esta vez, me permití apoyarme en él. Por completo. Me di luz verde para dejarme ir. Aspiré su aroma y me deleité con la calidez y la firmeza que él emanaba a mi alrededor. Tomé toda la fortaleza que me quisiera dar. Y me imaginé esto, su abrazo, su cuerpo, él, mi puerto seguro. Mi normalidad. Mis días malos, mis días buenos. Todos mis días.

–Gracias, Rosie. –Escuché, mejor dicho, sentí que le vibró el pecho al decir esas palabras–. Me siento muchísimo mejor ahora.

Apreté los brazos alrededor de su torso. Sentí cada músculo, cada hueso, cada centímetro de piel cálida bajo su camisa. Hasta los latidos de su corazón.

Capítulo 14

Rosie

—¿A lo de Alessandro? –pregunté cuando Lucas se detuvo en la pizzería, justo en la esquina del edificio de Lina. Al igual que había hecho con nuestra primera cita experimental, Lucas me había asaltado también con esta. Me había enviado un mensaje de texto ese día temprano, para que estuviera lista a las nueve de la noche. "Hora de la cena en España", como él había dicho. Me había vestido para salir a cenar a un restaurante. Llevaba una falda ajustada a media pierna, un jersey liviano, metido por delante, y mis botas de cuero negro.

Pero estábamos aquí. En lo de Alessandro.

Lucas me había guiado al otro lado de la calle, y ahora estábamos de pie, frente al único lugar en la ciudad de Nueva York cuyo menú podía recitar de memoria.

Y estaba... cerrado. Incluso las persianas metálicas estaban bajas.

—¿Estás seguro de que veníamos aquí? –Fruncí el ceño.

Lucas me miró por encima del hombro.

—Síp.

De acuerdo.

—Pero antes de entrar —dijo, y sacó una llave del bolsillo de su chaqueta estilo aviador—, quiero estar seguro de que todo esté bien.

Sabía que no necesitaba cerciorarse porque había hecho todo bien. Parecía hacer todo bien.

—Fase dos —recitó el plan que se me había ocurrido—. La segunda cita. Aunque se subestima, es en la segunda cita cuando la curiosidad se convierte en interés. Exploras la chispa que has sentido en la primera cita.

La chispa.

Aparté la vista, mientras un calor se me subía por el cuello. Tuve el descaro de hablar de curiosidad, interés o chispas cuando en realidad estaba empezando a sentir mucho más que eso. Si Lucas y yo, nuestro experimento, fuera un libro de romance estaría muchas páginas más allá de esta fase. Y eso había comenzado a mostrar de a poco en mis sesiones de escritura. Mi cabeza no había estado tan vacía ni mi pecho se había sentido tan rígido, sofocado por toda la presión que me había estado aplastando el alma, y, en lugar de preocuparme por la falta de tiempo y por, tal vez, convertirme en un fracaso, me había encontrado soñando despierta con él y transformando esos pensamientos en escenas de mi novela. Sin embargo, la verdad era que el tiempo seguía corriendo, que Lucas se iría en tres semanas, que tenía cinco semanas hasta la fecha de entrega y que todavía estaba muy lejos de tener algo (cualquier cosa), que pudiera enviarle a mi editor.

Lucas llevó sus dedos debajo de mi barbilla y me levantó la cabeza para encontrarse con mi mirada.

—No hay devoluciones, Rosie. —Su expresión era significativa—. ¿Todavía quieres hacer esto?

—Sí. —No había mucho para pensar, no cuando me miraba de esa manera, con toda una determinación aguda en la mirada. Esa sonrisa lenta se liberó y me temblaron las rodillas. No lo pude evitar y se la correspondí.

—Ahí está —anunció, aún sosteniéndome la barbilla y con los ojos fijos en mis labios—. *Deslumbrante. Como el mismo sol.*

Y se me agitó el corazón, como si estuviera tocando un maldito conjunto de timbales.

No importaba si no entendía lo que había dicho.

No importaba que nunca me hubieran llamado la atención los acentos, hasta que lo conocí a él.

Era Lucas, y eso parecía ser suficiente.

—¿Eso qué quiere decir?

—Que espero que tengas hambre.

Fruncí el ceño, porque dudé que hubiera querido decir eso. Pero, antes de que me pudiera quejar, se estaba alejando unos pasos para cuidar la puerta de seguridad y, ¡puf!, la vista de su espalda (de su trasero, en particular), mientras se arrodillaba y se estiraba, disipó lo que iba a decir.

La vida era muy injusta. Además de esa sonrisa, también tenía que tener un buen trasero. Uno que, apostaría mi colección completa de la edición especial de Jane Austen, era tan firme como…

—¿Rosie?

Mi mirada voló a su rostro, y lo encontré mirándome por encima del hombro. Curvó la comisura de los labios en la sonrisa más grande que cualquier hombre hubiera esbozado.

—Cuando hayas terminado de examinarme.

—*¿Qué?* —chillé, la voz me salió aguda y chirriante y obvia. Tan obvia. Me aclaré la garganta—. No estaba examinándote.

Lucas se rio, se puso de pie y abrió la puerta de entrada de vidrio e hizo gestos para darme paso a mí primero.

—Por mí, está bien, ¿sabes? Me encanta la atención. —Hizo una pausa—. Y es bueno saber que eres una apasionada de los traseros.

Yo era una apasionada de los traseros. *Sin duda,* lo era.

Con un suspiro derrotado, di un paso adelante y, una vez que le di la espalda, me centré en hacer el control de daños sobre las conocidas mejillas rojo fuego.

—No te estaba examinando el trasero, Lucas. Solo me estaba asegurando de que te...

Las palabras murieron en el momento en que puse un pie dentro de la pizzería y vi lo que me esperaba.

Decenas de velitas formaban un sendero que separaba la pizzería y conducía a la cocina.

—Qué... —Se me fue la voz y me empezaron a castañear los dientes por alguna razón que no podía explicar. Me temblaba todo el cuerpo. Y no sabía por qué—. Lucas —me las arreglé para decir—, no tengo palabras.

Sentí que se acercaba.

—No hay mejor manera de explorar la chispa y de probarle a la otra persona que vale la pena que se esfuerce por ti —una pausa, en la que escuché unos pasos más—, que iluminar un salón con docenas de velitas.

Creí escuchar una risita, pero no estaba segura. Había estado suspendida en el vacío. Un vacío de Lucas.

—¿Cómo? —creí haber susurrado.

—Sandro cerró temprano hoy. Tenía un evento con su familia. Entonces, pensé que podíamos tener el lugar solo para nosotros.

No me refería a *eso*, pero mi cabeza todavía giraba en su dirección.

—Pensaste que podíamos... —Me detuve y procesé la información—. ¿Cómo diablos convenciste a Sandro de que te diera las llaves? Esta pizzería es como...

—Como una tercera hija para él, sí. —Lucas se rio entre dientes, esa facilidad que tenía para tomar el control—. Me contó sobre todo su árbol genealógico. También me explicó en detalle que considera este lugar como su legado. Su hogar fuera de casa. Construido con el sudor de su frente y...

—Los callos en sus manos. —Lina y yo habíamos escuchado esa historia en muchas ocasiones.

—Sí. —Se encogió de hombros—. Supongo que le di una buena primera impresión.

—Entonces, ¿estuvo de acuerdo así, sin más?

Sandro era un gran hombre, pero no uno al que te lo podías ganar tan fácilmente.

—Puede que le haya hecho algunas promesas que no estoy seguro de poder cumplir, pero todo está bajo control. —Guiñó un ojo, como si esto fuera normal. Como si superar el problema no fuera nada—. Eso sí, reservémonos el peligro de incendio solo para nosotros. Puede ser nuestro primer secreto.

El peligro de incendio.

Las hermosas velas que había encendido.

Nuestro secreto.

Al igual que mi enamoramiento secreto. O los muchos otros secretos que guardaba.

Tragué saliva y asentí con la cabeza, impregnándome de la vista de la pizzería. De la sensación. Del hecho de que Lucas había ido más allá por mí.

Por el experimento.

—Si sigues el camino, por favor… —Lucas me susurró al oído, y me trajo de vuelta con un delicioso escalofrío que me recorrió la columna vertebral—, te mostraré nuestra actividad principal.

—¡Ah! —murmuré mientras avanzaba—. ¿Esta no era la actividad principal? ¿No vamos a comer rodeados por estas velitas?

—Todavía no. —Lucas caminaba bien cerca detrás de mí y con las manos sobre mis omóplatos; y me detuvo en la cocina—. Vamos a comer. Pero para eso, primero tenemos que encargarnos de la comida.

Me quedé allí, y deseé que mi falda tuviera bolsillos para poder deslizar las manos adentro y no moverlas tanto. Dios, ¿por qué algunas faldas no tenían bolsillos?

Observé a Lucas, lo vi que tocaba los controles de temperatura del gran horno.

—Te encanta Alessandro's, ¿verdad?

—Soy neoyorquina. Es genéticamente imposible para mí que no me guste la pizza. ¿Pero la de Sandro en particular? La adoro, sí.

—Bueno —Lucas sacó un recipiente de plástico grande y cuadrado y lo colocó sobre la encimera—, no soy Sandro. Ni siquiera soy italiano, pero creo que te encanta verme cocinar.

—Tal vez —bromeé. Verlo cocinar me gustaba más que ese primer sorbo de café por la mañana. O el mordisco de un volcán de chocolate. O esa sensación que tienes cuando sabes que estás leyendo un nuevo libro favorito. O el despertar en la mañana de Navidad. Amaba verlo cocinar, más que la mayoría de las cosas que me encantaban en la vida.

Lucas fue al refrigerador y sacó algunas cosas. Salsa de tomate, unas verduras y una enorme horma de lo que parecía queso parmesano.

—Sandro me dio algunos consejos, me dijo dónde estaba todo y me hizo prometer que le haría justicia.

Lucas se había ganado a Sandro *de verdad.*

—Entonces, ¿vas a cocinar? —le pregunté, mientras colocaba un paquete de harina en la encimera. Sin ningún tipo de aviso, la imagen de Lucas cubierto de harina, sonriéndome, me tendió un emboscada y casi tartamudeé las siguientes palabras—: ¿Cocinarás para nosotros? ¿Y me dejarás ver?

—No. —Caminó hacia donde yo estaba y cuando se me acercó me di cuenta de lo que estaba sosteniendo. Un delantal—. Cocinaremos. Juntos. Porque también me merezco observar un poco. ¿No crees?

Antes de que pudiera reaccionar a eso, se puso detrás de mí y me rodeó con los brazos.

—La chispa —aludió a la fase dos del experimento—. Se puede explorar de muchas maneras diferentes. —Sentí el calor de su cuerpo irradiando hacia el mío, la respiración contenida en la garganta—. Es más que encender velas. —Se acercó, su pecho casi me rozó la espalda—. Puede tratarse de compartir algo que es importante para ti.

Su barbilla casi me tocó el hombro. Tan cerca que estaba segura de que compartiríamos nuestra próxima respiración si yo giraba la cabeza.

—Puede y debe tratarse de ver si esos destellos de ti mismo que has ofrecido son atractivos para la otra persona. Ver si se corresponden y revelan algo propio —me susurró muy cerca del oído—. Vamos a ponerte esto.

Asentí con la cabeza, el corazón me latía cada vez más rápido.

Lucas me colocó el delantal por delante y me rodeó la cintura con los lazos. Eran demasiado largos, así que tuvimos que darles dos vueltas, y le dedicó a la tarea un poco más de tiempo del necesario.

Asomó la cabeza por encima de mi hombro para obtener una visión clara de sus manos, y con un lado de la mandíbula me rozó la mejilla.

Con un suave y rápido movimiento me rozó con la barba. Ese simple toque me elevó el pulso por los aires.

Antes de detenerme y contener la necesidad de acercarme, mi cuerpo se movió hacia atrás. Mi espalda se posó contra su pecho y mi nuca, contra su garganta. El calor me envolvió, me volvió flexible y me dio vida en esos brazos. Todo a la vez.

Se mantuvo firme y le dio la bienvenida a mi peso. Me recordó al día anterior, a nuestro abrazo, solo que diferente. Esta vez, no se trataba de comodidad y apoyo. Esta vez, cada terminación nerviosa del cuerpo se me erizaba, eléctrica.

—Me aseguro de que el nudo se mantenga —dijo con voz baja y áspera.

Asentí con la cabeza, quedándome muy quieta mientras observaba cómo trabajaban sus dedos. Cuando terminó, sus palmas descansaron contra mi vientre. Como si fuera incapaz de soltarme.

Cerré los párpados al sentir cómo eran ahora sus manos las que me acercaban muy suavemente a él.

Entonces, me llegó su voz grave:

—Ahora estás lista.

Abrí los ojos y me tragué la necesidad de entrelazar mis dedos con los suyos y jalar de él para acercarnos más todavía.

—Gracias. —Respiré hondo. Luego, miré hacia abajo—. Parece que hiciste un trabajo minucioso.

Me volvió a rozar la mejilla con la mandíbula y todo el aire de mis pulmones quedó atrapado en alguna parte de mi garganta.

—Soy un hombre minucioso —respondió—. No hago las cosas a medias.

Y sin más palabras, se alejó. Se me enfrió todo el cuerpo ante la pérdida de calor corporal.

Lo escuché aclararse la garganta antes de regresar a la encimera.

—¿No vas a usar un delantal también?

—No creo que necesite uno. —Se le curvaron hacia arriba las comisuras de los labios cuando nos vimos cara a cara, como si nada hubiera pasado. *Pero ¿qué era lo que acaba de suceder?*–. Ahora, ven aquí, Rosie. No podrás cocinar si te quedas ahí.

—Está bien —obedecí y me acerqué hacia él–. Pero no creas que no me di cuenta de la forma en que estás insinuando que soy un desastre.

Soltó una risa y murmuró algo que no capté.

Me apoyé en la encimera y fruncí el ceño.

—¿Qué acabas de decir? Es un poco injusto que no pueda entender esas pequeñas cosas que murmuras.

—Dije: *"Dios, dame paciencia"* —admitió.

Entrecerré los ojos.

—¿Para qué necesitas paciencia? No soy tan mala cocinera.

Lucas ignoró mi mentira blanca y arrastró el recipiente de plástico hacia mí.

—Paso uno: estiramos la masa.

Quitó la tapa y aparecieron dos bolas lisas. Con el dedo índice, presionó delicadamente uno de ellos.

—Estos ya han levado, ¿ves cómo la masa recupera su forma?

Lo imité y también le di unas palmaditas a uno de ellos.

—Sí. Lo veo. Y además, puedo decirte que el mío nunca se ve así cuando lo intento en casa.

Una risita vino de mi izquierda.

—Otro día puedo mostrarte cómo se hace. Ahora, pongamos harina sobre la encimera para que no se pegue la masa.

Se dio la vuelta y arrastró la harina más cerca de mí.

—Entonces, una cita experimental *y* una clase magistral. Soy una chica afortunada. —Tomé un poco de harina con los dedos y espolvoreé la superficie—. ¿Sandro nos dejó esto? En serio, le caíste muy bien.

—Oh, no estaba bromeando cuando dije que me lo gané totalmente —comentó, y añadió un poco más de harina—. Incluso quiere presentarme a una de sus hijas.

Me puse rígida.

—Pero estos los preparé yo mismo —continuó Lucas—. Llegué temprano hoy y dejé todo listo para nosotros. Menos las velas, esas las traje cuando el jefe no estaba cerca.

Los celos que sentí se fueron desvaneciendo. *¿Pasó el día en la pizzería? ¿Mientras yo estaba en casa trabajando y pensando que él estaba explorando la ciudad?*

—Antes de que te quejes. —Lucas arrebató uno de los bollos y lo colocó delante de mí—. Me daba mucha curiosidad la proporción de agua que usa. Y la única forma en que iba a hablar de eso era infiltrándome en su cocina. —Extrajo el otro bollo del contenedor y lo colocó a su lado en la encimera—. Al principio no quería, pero cuando le dije... —Se alejó, y negó con la cabeza—. Pero él me lo compartió.

—¿Cuándo le dijiste qué? —pregunté con tanto entusiasmo que sentí la necesidad de cubrirme—. ¿Qué te casarías con su hija o algo?

Me disparó una mirada rápida, su expresión se tornó divertida.

—¿Sabes qué? Me ofreció su bendición.

—Fabuloso —opiné y me concentré en la masa.

Me empujó con su cadera.

—Le dije que no estaba en el mercado para eso.

Por algún motivo, eso no me hizo sentir mejor.

Me chocó otra vez la cadera.

—Eres tan linda cuando te pones celosa. No quiero verte con el ceño fruncido, Rosie.

–No estoy frunciendo el ceño –murmuré–. Y tampoco estoy celosa.

Se rio.

–Muy bien, con los dedos índice y medio, presiona suavemente en el centro de la masa. Tal como lo estoy haciendo.

Con el máximo cuidado, seguí su indicación. Usé los nudillos cuando me dijo que lo hiciera e intenté seguir el ritmo del movimiento meticuloso y confiado de sus manos. Rápidamente eso se convirtió en una dificultad porque, ver las manos de Lucas al amasar, me estaba volviendo... improductiva.

–Entonces, Rosie –continuó, y levantó la masa con un giro lento–. ¿Cuántas palabras escribiste desde nuestra primera cita? ¿Conseguiste inspirarte?

Imitándolo, sostuve mi masa en el aire, pero solo... se estiró hacia abajo, con languidez.

–Creo que estoy haciendo algo mal.

Acercó las manos a las mías y una fuerte electricidad me corrió por todos los brazos.

–Gracias –musité con suavidad, y lo dejé tomar el control de mis movimientos–. Algunas palabras –respondí, solo para no pensar en las palmas cálidas que me presionaban el dorso de mis manos, tanto más pequeñas–. No muchas, con Olly y todo. Pero algunas. Seguro que algunas. Estoy...

Esos fuertes dedos me distrajeron al entrelazarse con los míos un momento.

–¿Estás qué? –Presionó.

Nuestros dedos trabajaron la masa en movimientos circulares, y tuve que aclararme la garganta.

–Estoy empezando a sentir la inspiración.

Lucas movió nuestras manos hacia la encimera y las apoyó a ambos lados de la masa estirada.

—Para que lo sepas, me muero por escuchar todos los detalles sobre el mejor amigo del oficial Burns.

¿Oficial Burns? Espera. ¿Eso significaba que Lucas había…?

—¿Has leído mi primer libro? —le solté.

—Soy un hombre minucioso —repitió sus palabras sin responder a mi pregunta—. Y no te preguntaré por el segundo hasta que esté terminado. No quiero traer aquí la mala suerte.

Arrugué la nariz, sin pensar en Lucas leyendo las escenas candentes del libro, pero centrándome, en cambio, en lo feliz que me hizo escuchar que estaba tan involucrado en esto. En mí. En mi escritura. Mis libros. Había estado tan ocupada tratando de protegerme de lo que cualquiera podría decir, escribiendo en secreto, escondiéndome detrás de un seudónimo, que no había compartido esto con nadie, solo con Lina. Y… Dios, me encantó cómo se sintió escuchar que a este hombre le importaba.

—Mala suerte, ¿eh? ¿Eres supersticioso?

—Me encantaría decir que no, pero prefiero morderme el brazo que caminar debajo de una escalera.

Estallé en risas.

Se quedó helado, como si el sonido lo hubiera tomado desprevenido. Entonces, sentí, más que escuchar, que exhaló por la nariz antes de finalmente alejarse, dejándome un poco desequilibrada sin la seguridad de sus manos sobre las mías.

—Así que… —Intenté recuperándome lo mejor que pude—. ¿Qué ingredientes vamos a usar?

—Tenemos un poco de todo. Pero quiero que seas creativa.

—La creatividad no ha sido mi fuerte últimamente.

—Rosie —dijo de una manera que me hizo mirarlo—, creo en ti. Soy del *team* Rosie, ¿recuerdas?

Sonreí para mis adentros, porque me hizo sentir muy bien y confiada. Luego, tomé algunas rodajas de salami y trabajé en silencio por un rato.

—Sé que esto no es una verdadera cita, sino una *cita experimental*, una charla nocturna, pero quería decirte que el señor Allen llamó esta mañana.

—¿El casero psicópata? —gruñó.

Su reacción hizo que se me agitara algo en el vientre.

—Dijo que el contratista podría tomarse un tiempo más para terminar.

Lucas no dijo nada, no de inmediato. Luego suspiró.

—Tienes razón, esto no es una charla en una cita nocturna.

Asentí con la cabeza y tomé algunas rebanadas más del embutido.

—Lo sé, pero solo quería decirte lo agradecida que estoy de que me dejes quedarme contigo en el apartamento de Lina, y que, si esto se está volviendo muy pesado, todavía puedo buscar otro lugar. Solo dilo.

Parecía estar pensando su respuesta.

—Te sientes cómoda quedándote conmigo.

Mi mano se detuvo en el aire.

—Por supuesto que sí.

—Y si hay algo que te molesta, solo me lo tienes que decir. —Tomó un trozo de mozzarella jugosa—. Esto quedará bien con la *finocchiona* que has elegido. —Lo desmenuzó con brusquedad con los dedos—. Incluso si soy yo, roncando.

—No roncas.

—O si soy un poco caótico en la cocina. O si es la música que escucho cuando cocino. Me lo dirás, ¿verdad?

Era ridículo.

—Lucas, eres tú el que duerme en un sofá cuando te prometieron un apartamento completo. Cama incluida. —Negué con la cabeza al observar mi trabajo—. Mientras tanto, tengo un hombre guapo cocinando deliciosas comidas de cinco estrellas para mí todas las noches. ¿Por qué me sentiría incómoda?

—Mmm…, está bien —repuso Lucas, parecía apaciguado—. Y también estoy feliz de escucharte decir que soy guapo e irresistible.

Ay, maldita sea. Eso se me había escapado por completo.

Puse los ojos en blanco.

—No dije que eras irresistible.

—¡Ejem!

—Como si no supieras que eres guapo. —O irresistible.

Miré a mi izquierda y lo encontré apoyado de lado, cruzado de brazos con naturalidad, observándome. De hecho, parecía que había terminado con su pizza hacía mucho tiempo.

Sin pensarlo demasiado, le dije:

—Has tenido muchas citas. —Utilicé sus propias palabras—. Todas esas chicas deben haberte dicho que eres guapo.

Se encogió de hombros.

—Tú has sido mi primera cita en mucho tiempo, así que tal vez necesitaba el recordatorio.

Cita experimental, sentí la necesidad de corregirlo. Aunque solo sea para mí.

Le busqué el rostro.

—Nunca dijiste por qué ya no tienes citas.

—No es algo en lo que pueda concentrarme en este momento.

—¿Por tu carrera profesional?

Lucas dudó y una sombra le atravesó las facciones.

—Algo así.

No quería quedar en evidencia ni mostrar mis sentimientos, pero tenía que preguntar.

—¿Estás emocionado de regresar? ¿Después de recuperarte de… lo que sea que sucedió? —Entrecerró apenas los ojos y sentí la necesidad de decir—: Lina dijo que tenías un éxito rotundo competencia tras competencia. Tenías patrocinadores y presencia social… La estabas rompiendo. Antes de la pausa. —Lina nunca me dijo nada de eso. La mayor parte de la información la había recopilado de sus redes sociales. De todo lo que él había compartido en línea antes de que desapareciera por completo, semanas antes de la boda—. Entonces, quería saber.

Lucas tragó con fuerza. Y se quedó callado tanto tiempo que pensé que no iba a decir nada. Comencé a alejarme de él, solo para ocultar la decepción de que no confiara en mí; pero, en cuanto me moví, me tomó el codo.

—Ya no puedo hacer nada de eso, Rosie —confesó y pude sentir el peso detrás de sus palabras, como si se tratara de rocas que apenas era capaz de levantar—. Nunca… nunca más voy a poder surfear. No al nivel que lo hice. Ni de cerca. —Dirigió la mirada hacia la pierna que sabía que le molestaba más de lo que quería mostrar. —Así que, ¿esa carrera profesional? No, no me está deteniendo para hacer nada. En especial no de salir. De todos modos, ¿qué tengo para ofrecerle a alguien, eh?

Y, ah.

Ay, Dios mío. Estas no eran solo unas vacaciones. No se estaba tomando un tiempo para recuperarse de lo que le hubiera pasado.

Y yo… Señor, quería envolverlo en un abrazo. Golpearme a mí misma por hacer esas preguntas, porque debió haber sido demasiado difícil para él responderlas.

Y también quería que me contara todo. Cómo se sentía y cómo había pasado. Estaba en la búsqueda de saber todo lo que había que saber de Lucas Martín y no fue porque tuviera curiosidad, sino porque me importaba.

Pero Lucas me miró como si acabaran de abrirlo al medio y lo hubieran expuesto y ya no le quedara nada más para lidiar con esa conversación. Así que no pregunté. Esto ya era grande por demás. Me había dado una parte crucial y significativa de lo que era hoy. Ahora. No es el personaje de las redes sociales que alguna vez yo había seguido.

–Una carrera no te define, Lucas. –Dejé que mi mano cayera encima de él, muy brevemente, solo para no entrelazar mis dedos con los suyos, como me moría por hacer–. Eres mucho más que eso. Tienes más para ofrecer también.

Parpadeó, le rechinaban los dientes y tenía la mirada obnubilada con algo que se parecía mucho a la maravilla. Al asombro. También, a la sorpresa.

Y así de rápido, se alejó, quebró el contacto y reapareció con una gran espátula de madera.

Se apoyó en la encimera y evaluó mi trabajo como si no hubiéramos tenido esa conversación.

–Buen trabajo, Rosie. Creo que podrías tener talento para esto.

Deslizó mi pizza sobre la espátula y la llevó al horno.

Aproveché la oportunidad para comprobar su elección de *toppings*.

–¡Guau! ¿Rociaste la tuya con miel?

–Sí –comentó cuando regresó y repitió el proceso con su pizza–. Pera, nueces, un poco de prosciutto porque no encontré otro jamón que valiera la pena nuestro tiempo, y un poco de queso azul.

Volvió al horno, y lo seguí con la mirada, atrapada en la forma en que su espalda se movía mientras deslizaba la espátula adentro y afuera. Los músculos se le movían y se le contraían, y me hicieron pensar en él dentro del agua. En él sobre una tabla. En él sin poder saltar sobre una nunca más.

–.... O, en otras palabras –decía Lucas–, la pesadilla de cualquier italiano.

Caminó de regreso adonde yo estaba, al lado de la encimera, y asentí con la cabeza plenamente consciente de que me había desconectado.

–Sí, pesadilla total.

–No escuchaste ni una palabra de lo que dije, ¿eh?

–¿Qué? Por supuesto que lo hice.

Se rio con conocimiento de causa.

–Rosalyn Graham, y te atreves a negarlo. Soy irresistible.

Estaba lista para negarlo de nuevo, pero ahora que él estaba más cerca, a no más de unos centímetros de distancia, pude ver que tenía la punta de la nariz cubierta de harina, así que le dije:

–Tu ego es tan grande que quizá debería dejar que caminaras el resto de la noche así, pero... tienes algo en la cara. –Me llevé el dedo índice a la nariz para indicarle el lugar exacto–. Justo aquí.

Se pasó el dorso de la mano por la nariz y la mejilla, pero solo lo empeoró.

–¿Ahora? –quiso saber.

–Sí –mentí a través de mi sonrisa–. Mucho mejor.

Entrecerró los ojos y me inspeccionó el rostro.

–No me la he limpiado, ¿verdad?

Negué con la cabeza y finalmente dejé escapar una risa.

Volvió a pasarse el dorso de la palma por la cara, pero se debe haber cubierto las manos con la harina cuando deslizaba las pizzas sobre la espátula, porque logró pintarse la barbilla de blanco, también.

—¿Qué tal ahora?

Me reí más fuerte. Sonreí más grande.

—Ven aquí y apiádate de mí, mujer. —Sostuvo las dos manos en el aire y se miró las palmas—. Quítamela, antes de que termine completamente cubierto con eso.

—Pero te ves *tan* pero *tan* lindo.

Me dirigió una mirada sombría que me hizo moverme de inmediato. Eliminé la pequeña distancia entre nosotros y me paré justo enfrente de él. Levanté la mano hacia su rostro, pero sin hacer contacto. Y jamás entendería qué me hizo decir lo que dije después:

—Tal vez me gustas cubierto de harina.

Le brillaron los ojos de sorpresa. Algo cálido y también sensual.

Mi sonrisa murió de a poco. Mi mano izquierda alcanzó los restos de harina que había en la encimera y me cubrí los dedos con ella.

—Rosie —gritó Lucas—, no.

Pero eso solo me animó más.

Me aseguré de encontrarme con su mirada cuando le manché con harina toda la mejilla izquierda.

La expresión de Lucas se transformó, y de a poco se convertía en esa intensidad que había vislumbrado en nuestra primera cita. Y justo cuando estaba a punto de recuperar mi mano, cerró los dedos alrededor de mi muñeca. Preguntó con un tono áspero:

—¿Me quieres desordenado o lindo, Rosie?

Mi vientre se sumergió profundamente en su voz, su mirada, sus palabras. Tragué con fuerza.

—Ambos.

Sin romper el contacto visual, Lucas se inclinó hacia delante, elevándose sobre mí con la cara cubierta de harina y haciéndome inclinar la cabeza hacia atrás.

—No puedes tener ambos. Elige. ¿Cuál de los dos te inspirará esta noche, Rosie?

—El desordenado. —Exhalé.

Por el rabillo del ojo, lo vi meter el pulgar en el recipiente de salsa de tomate. Entonces, él se movió, nos movió, y quedé con la espalda contra el mesón, mi muñeca todavía en su agarre.

Antes de que pudiera terminar de procesar algo de eso, Lucas me arrastraba el pulgar por la nariz, dejando un rastro pegajoso detrás.

—Entonces, haré un desastre de ti también. —Sentí su respiración en la boca. Su cuerpo acercándose—. De todos modos, me he estado conteniendo de hacerlo desde que te até el delantal.

Ante su confesión, un alboroto tuvo lugar en lo más profundo de mi estómago, pero justo cuando estaba a punto de responder, para pedirle que por favor destrozara el delantal a pedazos si tenía que hacerlo, su pulgar llegó a la comisura de mi boca y barrió de derecha a izquierda.

—¿Alguna vez has sentido esto en una cita, Rosie? —El tono de su voz era bajo, apenas un murmullo, pero llegó a lo más profundo de mi ser.

Negué con la cabeza. Se me aceleró el pulso y la sangre me recorrió el cuerpo, llegando a áreas que había descuidado y ahora estaban completamente despiertas.

—¿Es esta una chispa lo suficientemente fuerte para ti? —Bajó la mirada a mis labios, donde me había puesto salsa de tomate. Observé cómo se le movía la garganta—. Porque puedo esforzarme más. Por ti, lo haría.

Un escalofrío me recorrió la columna vertebral cuando movió una mano y me tomó de la nuca. Lucas se inclinó hacia delante, empujándome con suavidad contra el mesón que tenía a mi espalda.

Su calor corporal me cubrió toda la parte delantera de mi cuerpo. Separé los labios ante su contacto y su mirada se dirigió a mi boca de nuevo.

El marrón de sus ojos se encendió como un fuego de chocolate.

Frunció el ceño.

¿Frunció el ceño?

Y entonces, el olor nos golpeó.

—*¡Joder!* —Me soltó y saltó hacia atrás con un rastro de maldiciones españolas.

Tuve que sostenerme de la encimera.

¿Qué demonios acababa de pasar?

Repasando los hechos, traté de darles sentido a los golpes en mi pecho, a la salsa de tomate goteándome del rostro, al olor a humo que inundaba la cocina de Alessandro.

El olor a… humo.

—¡Ay, mierda! —Entré en acción, me acerqué a Lucas, que estaba junto al horno, y eché un vistazo a los restos carbonizados de los que, alguna vez, fueron dos pizzas.

Capítulo 15

Lucas

Sandro me iba a cortar la cabeza. Me iba a pegar con una de sus espátulas y echaría mi cuerpo inconsciente en el East River, tal como me había advertido.

Quizá Rosie lo ayudaría. Porque si de arruinar citas se trataba, parecía que yo tenía talento innato.

¿Tenía algún otro talento? Distraerme. Aparcar el sentido común en el borde de la acera y perder de vista los límites que estaban dibujados a mi alrededor. Aquellos que, esa noche, parecían haberse vuelto difusos. ¿O efectivamente habían desaparecido? Porque ese había sido todo el objetivo del experimento. Impulsar la inspiración. Ayudarla a olvidarse de todo lo que le pesaba y hacerla sentir otra cosa. Eso era todo lo que yo quería.

No, no todo lo que quería. Se me proyectó delante de los ojos la imagen de Rosie entre mis brazos, flexible contra mí, lista para dejarme lamerle esa maldita salsa de tomate de los labios.

Hasta ese momento, había sido casi capaz de ignorar la atracción que sentía por ella, de esconderla detrás del hecho de que, de verdad, disfrutaba de su compañía como amiga. Que yo honestamente, de corazón, quería que nos convirtiéramos en mejores amigos de lo que éramos. ¿Pero a estas alturas? ¿Después de esa noche? ¿Después de que los límites se hubieran difuminado lo suficiente como para perderme en esa *chispa* que lo consumía todo?

¿En esa chispa que podía quemar algo? No una cosa, sino la comida.

Por Dios. Ahora, ocultarle que no había tenido ningún efecto en mí no parecía algo que pudiera hacer.

—Creo que hicimos un buen trabajo de limpieza —anunció Rosie a mi lado mientras volvíamos al apartamento—. Sandro podría incluso no darse cuenta de nada.

Miré hacia ambos lados en la esquina y le coloqué la mano en la espalda antes de cruzar.

—Ojalá —respondí, todavía un poco perdido en mis pensamientos.

Nos habíamos pasado una hora fregando el horno, después de esperar que se enfriara, así no nos quemábamos. Esperaba que hubiéramos sacado del horno hasta la última mota negra de masa carbonizada.

—De todas formas, no creo que se trate de nuestras habilidades de limpieza. Creo que hacemos un gran equipo, Ro.

—Supongo que sí. —Rosie curvó los labios, devolviéndome la sonrisa.

—Entonces... —Miré la hora en mi reloj pulsera y jalé de la puerta del edificio para abrirle—. Es pasada la medianoche y aún no te he alimentado. ¿Qué tan hambrienta estás?

—Estoy bien —contestó, y subió las escaleras delante de mí—, pero no me importaría ordenar algo si no estás muy cansado para esperar el *delivery.*

Mi mirada, que no había despegado de su nuca, viajó por su columna vertebral hasta la espalda baja. Esas caderas y el trasero se balanceaban al subir y me vi un poco hipnotizado por el movimiento. Por sus hermosas curvas.

Se me aceleró el paso, como si tuviera prisa por acercarme a ella. Negué con la cabeza y traté de relajarme. Me dije que no podía jadear detrás de ella como un adolescente cachondo. Era su amigo. Su compañero de apartamento.

Solo mira hacia otro lado, Lucas.

Rosie se detuvo delante de la puerta del apartamento y me miró de forma extraña.

—Entonces, ¿qué dices?

¿Qué digo?

—¿De qué?

Frunció el ceño.

—¿Llamamos al *delivery*? Creo que no quiero pizza después de haber quemado la masa. —Hizo una pausa—. ¿Qué te parece comida japonesa?

—Eh, no… no sé. —Saqué las llaves y giré la cerradura.

—Déjame sorprenderte —insistió mientras la dejaba entrar primero—. Siempre me cocinas y nunca puedo devolverte el favor, así que déjame hacerlo. Es mi turno de darte de comer.

Me gustó eso. Me gustó escucharlo de su boca.

Caminó hasta la mesita de la sala, se sacó los zapatos, tomó su computadora portátil y se dejó caer sobre el sofá.

—Te va a encantar, lo prometo.

Me senté en el sofá, y solté un suspiro.

—No sé…

—¿No confías en mí? —Me miró por encima de la computadora.

—¿Qué? —pregunté, pero me salió como un gruñido. Me crucé de brazos—. No es eso.

—¿Y entonces qué es?

Respiré profundo por la nariz, seguro de también que estaba haciendo pucheros.

Me empujó el muslo con el pie con el calcetín puesto.

—¿Qué es? Dime.

—Tengo hambre, ¿okey? Me estoy muriendo de hambre y estaba muy entusiasmado con esas pizzas. Pero ahora, no estoy de humor para eso. No me puedo sacar el olor de las fosas nasales.

—¿Y? —Me empujó otra vez con el pie y, porque no lo pude evitar, lo atrapé con la mano y lo sostuve con firmeza.

Le pasé el dedo pulgar por el empeine.

—Y quieres comida japonesa, pero con el sushi siempre quedo… insatisfecho. —Hambriento. Enseguida estoy hambriento.

Rosie se estaba tomando su tiempo para responderme, así que la observé. Estaba mirando fijamente la mano con la que le estaba haciendo masajes en el pie.

Límites, Lucas, límites. Los dedos se me detuvieron, pero no la solté.

—No pediremos sushi. Voy a pedir otra cosa y te va a encantar, ya verás. —Volvió a mirar su portátil—. Estoy un poquito ofendida porque no confías en mis gustos, eso sí. Así que, si quieres compensarme, deberías seguir con esos masajes en los pies.

Feliz de que me hubiera dado otra luz verde esa noche, me guardé la deliciosa y dulce sorpresa y le obedecí.

Eso, hasta que murmuró por lo bajo:

—Cursi, mandón y gruñón. ¿Quién lo hubiera pensado?

Y paré de hacerle masajes y en vez de eso, le hice cosquillas.

Esa noche solo terminamos de ver dos episodios de nuestro programa, antes de dar por terminado el día y nos fuéramos a dormir.

—¿Lucas? —murmuró Rosie desde la cama.

—¿Rosie? —Sonreí al cielorraso desde el sofá.

—¿Te gustó el pollo frito japonés?

—Estuvo bueno. —Había estado más que bueno.

Mi mente ya estaba analizando cómo reproducir la forma en que estaba empanado el pollo, y quizá, hasta darle un toque. Podía agregarle galletas molidas o, incluso, nueces muy finamente picadas, todo marinado en salsa de soja. Podía…

—Mentiroso —repuso Rosie—. Te vi lamer la tapa del envase cuando llevaste todo a la cocina.

Atrapado.

Levanté un brazo y lo acomodé debajo de la cabeza.

—Bien, joder, estuvo fantástico. Tenía razón, y lamería esos envases de nuevo si les quedara algo.

Se rio y el sonido me hizo ensanchar aún más las comisuras de los labios. Era un hermoso sonido y no se lo escuchaba tan seguido.

—¿Por qué estás tratando de jugar la carta de tipo duro y solo decir que estuvo bien?

—Porque quemar las pizzas me hirió el ego. —Fui con la verdad.

Nos quedamos un par de minutos en silencio. Pensaba con las entrañas. Pensaba en ella, en esa noche. En esos labios apenas abiertos y en cómo había querido zambullirme de cabeza para lamerle los labios…

Me maldije a mí mismo cuando mis sudores consiguieron apretarme la entrepierna.

—¿Lucas? —me llamó Rosie.

—¿Sí? —Me salió la voz más aguda.

—Esta noche fue increíble. Salvo las pizzas.

—Estoy feliz de que haya ayudado, Rosie.

—No es solo eso —replicó—. Sin duda ayudó. Más de lo que crees, pero... me encantó. Fue la mejor segunda cita que he tenido en mi vida. No me merezco que te apartes de lo tuyo por mí, por esto. Por el experimento —se corrigió. Algo me oprimió en el pecho.

—Tienes la vara tan baja, Rosie. Me vuelve loco.

Un segundo de silencio.

—¿Por qué dices eso? —preguntó, por fin—. Creo que mis estándares son normales.

El hecho de que lo creyera lo hacía aún peor.

—No deberías estar contenta con una cita que terminó con la limpieza de un horno —repliqué y podía escuchar la frustración en mi voz—, o sobre una encimera, aterrorizada. —Cerré los ojos un instante. Necesitaba tiempo para sofocar el impulso de decir más de lo que debería—. Te mereces mucho más y algo mucho mejor que todo eso. Sea un experimento o no, te mereces más.

No me respondió nada. Y odiaba que me hubiera quebrado de esa forma y que no pudiera verle el rostro en la oscuridad.

Solo cuando me había dado por vencido y pensaba que se había quedado dormida, habló:

—Ojalá hubieras asistido a la boda de Lina y Aaron, Lucas. Me... —Se detuvo, lo que sonó como una respiración temblorosa que perseguía sus palabras—. Me hubiese gustado conocerte ese día, de verdad.

Se me estrujó el pecho.

Y por primera vez pensé en eso. Esa realidad alternativa en la que nosotros, Rosie, la dama de honor y Lucas, el primo mayor de la novia, se encontrarían y quizá tomarían una o dos copas de vino. Tal vez, bailarían. Con suerte, un poco más que eso. Dios sabe que lo habría intentado.

Pero yo ya no era más ese hombre. No podía... esperar algo más con alguien cuando ni siquiera tenía resuelta toda mi propia mierda. Y éramos amigos, compañeros de apartamento. Y eso me encantó. Con chispa o no, me encantó tener a Rosie en mi vida.

Por ahora, me recordé. Porque me iba a ir en tres semanas.

Y eso era algo que no debía olvidar.

Lo que existía entre nosotros no cambiaba los hechos.

Y lo había dicho en serio cuando le dije que se merecía más.

Durante la noche, la pierna me molestó.

Y eso significaba una ducha mucho más larga.

Después de semanas de viajar y estar de pie casi todo el tiempo, el largo día de ayer me pasó factura.

Era el precio a pagar por ignorar la terapia física y saltarme más de un tercio de las sesiones recetadas. Pero ¿qué sentido tenía? Si desde que me había despertado en esa cama del hospital, en Francia, me habían dicho que no me recuperaría al cien por ciento. Por eso... ni me gasté en intentarlo. Los dejé hacer lo que sea que tuvieran que hacer y, en cuanto pude caminar sin una cojera obvia, regresé a casa. A mi *hogar.*

Se me vino la imagen de Taco a la cabeza.

Pero, aparte de mi mejor amigo y mi familia, ¿qué había dejado en España para considerarla mi hogar? El sentido de pertenencia se había desdibujado desde el accidente. Era como si faltara algo. Y ya no me pedía regresar. Tampoco tenía mi propia familia. Nadie a quien pudiera llamar mío y por quien anhelara volver. Con todos los viajes y las exigencias de mi carrera nunca lo había… hecho.

Sacudí la cabeza para sacarme el agua, cerré la llave y me envolví la toalla alrededor de la cintura antes de salir del baño. Como me sentía raro y cansado, llegué a la conclusión de que le diría a Rosie si me podía quedar ese día en el apartamento. Aunque planeara escribir, podría quedarme quieto y en silencio.

Abrí la puerta del baño y mi mirada se centró de inmediato en mi compañera de apartamento, que estaba de pie con sus pantaloncitos y camiseta de dormir. *Dios*, esos pantaloncitos iban a ser mi propio fin uno de estos días.

—Buenos días, Ro…

—*Te voy a matar*. —La amenaza me muerte me cortó las palabras de inmediato. Eso vino de algún lugar y lo había dicho una voz familiar que no debería estar aquí. A menos que…–. *Lucas, ¿qué está pasando aquí?*

La duda se había pulverizado, y fue en ese momento que noté la cara de Rosie. La advertencia. La expresión de dolor.

Me di la vuelta con lentitud.

—*Hola, prima* –saludé, y el rostro desencajado de Lina me dio la bienvenida. Mis ojos saltaron al hombre que tenía al lado. Tenía los ojos fijos en mí, y aunque no parecían tan asesinos, aun así lograron parecer amenazantes–. Encantado de conocerte, Aaron –continué–. Felicidades por casarte con este pequeño tesoro.

Aaron ni siquiera me dio un asentimiento de hombres con la cabeza; sin vueltas, arqueó una ceja y me saludó con un "sí".

Sí a qué en concreto, no tenía ni idea. Pero, por como pintaba todo, parecía indicar que mi destino me vaticinaba una doble patada en el trasero.

Mi prima hizo un extraño sonido que me llamó la atención.

—¿Por qué andas paseando medio *desnudo?* —La última palabra la pronunció con un chillido agudo. Bajé la vista y me miré el pecho desnudo y la toalla sostenida alrededor de las caderas. Abrí la boca, pero Lina dejó salir otro extraño sonido que me detuvo—. ¿Por qué mi mejor amiga está aquí contigo en pijama, tan temprano en la mañana —hizo una pausa— ¿medio desnuda?

—Lina —intervino Rosie, y vino, presurosa, a mi lado—. No es lo que parece.

Le latía la vena de la frente a Lina, esa que guardaba en la memoria de cuando éramos niños.

—¿No es lo que parece? —interrogó, antes de señalarme con el dedo—. ¿Está usando algún suéter invisible?

Resoplé y sentí el codo de Rosie junto a mí. Por acto reflejo, sin siquiera pensar en lo que estaba haciendo (porque todavía no había desayunado y porque pensar no parecía lo mío en esos días), la tomé del brazo y le dije:

—No es agradable, Rosie.

Lo cual fue un error, sin duda, porque mi prima se puso rígida y más roja todavía.

—Antes de que empieces a sacar conclusiones disparatadas…

Pero Lina se lanzó hacia delante, y sucumbió a todas y a cada una de las conclusiones disparatadas a las que podía llegar.

Por fortuna, su esposo la interceptó al enroscarle a la cintura un brazo fornido.

—Nena —le dijo, tomándola con firmeza contra él—. No.

Al mismo tiempo, Rosie gritó:

—¿Qué demonios, Lina?

Pero Lina estaba ocupada gruñendo y apuntándome con su pequeño puño.

—Ella es mi mejor amiga tú, bobalicón. —Agitó el brazo en el aire—. Mi mejor amiga en todo el mundo. ¿No te podías guardar tu *fetiche* para ti? ¿No te podías guardar el pene en tus estúpidos pantalones?

Debería haberme sentido ofendido por la actuación de Lina, como lo del *fetiche* que había arruinado a su mejor amiga, pero no. En lo único en lo que me podía concentrar era en lo angustiada que parecía Rosie, y en cómo se le hacía el labio cuando estaba molesta. Temblorosa. Y sabía la razón. Ya conocía lo suficiente a Rosie como para adivinar que ella se sentía responsable de esto. Que se sentía culpable por no haberle dicho a Lina que habíamos estado compartiendo el apartamento.

Fue por eso por lo que bajé un poco la cabeza y le murmuré:

—¿Qué diablos es *bobalicón?*

Se giró con lentitud hacia mí y, cuando alzó la mirada, tenía un brillo en los ojos. Además de un poco de humor. Justo como había querido.

—*Lucas,* compórtate —me reprendió. Pero al menos el labio ya no se movía.

—*Aaron, amor mío* —intervino Lina, y me volvió al meollo del asunto—. ¿Puedes, por favor, bajarme? Así le pateo las bolas a mi primo bobalicón. Parece que piensa que todo es broma.

Aaron puso los ojos en blanco apenas, pero luego, me inmovilizó con una mirada seria. Era un tipo de apariencia intimidante. Todo grande y fornido. Pero no era que me estuviera intimidando. La única persona que me daba un poco de miedo medía un metro sesenta y tenía en la frente una vena que podía estallar.

–Okey. –Suspiré, y continué–: Tienes que calmarte –le dije a mi prima–. Pasamos la noche juntos, aquí, en tu apartamento. Pero no es lo que piensas, ¿está bien?

Lina entrecerró los ojos. Aaron inclinó la cabeza.

Podía ver el escepticismo de mi prima en toda su expresión.

–Hay una sola cama, Lucas. ¿Y debería repetir que estás casi desnudo?

Conocía a Lina; sabía que ella no se olvidaría de esto hasta… el final de los tiempos. Era demasiado terca. Así dije con tanta claridad como pude:

–Rosie y yo no hemos follado.

Escuché la brusca respiración de mi compañera de apartamento ante mis palabras, pero la ignoré. Tenía que hacerlo. Estaba en toalla y estaba intentando dejar las cosas en claro, por el amor de Dios.

Lina dejó escapar un sonido extraño.

Unos segundos después, Rosie dio un pasito hacia delante.

–¿Recuerdas esas llamadas perdidas? ¿Poco después de que te fuiste?

Lina asintió, sus ojos asesinos se suavizaron cuando miraron a Rosie.

–Bueno, esa noche hubo un… pequeño incidente en mi apartamento.

Resoplé.

–El techo de su baño se derrumbó. No había nada de *pequeño* en eso.

–Bien –admitió Rosie–. Pequeño o no, no me podía quedar ahí. De hecho, mi casa está inhabilitada hasta que terminen las reparaciones. Por eso estoy aquí. Por eso te llamé esa noche, para preguntarte si podía pasar unas noches en tu apartamento. Pero ustedes no tenían señal, así que solo empaqué mis cosas y usé la llave de repuesto. Esa misma noche, Lucas llegó a Nueva York.

Hubo un largo silencio en el cual Aaron retomó su ceño fruncido y la vena de Lina se relajó hasta volverse imperceptible, *gracias a Dios.*

—Entonces, ustedes dos —empezó a decir mi prima y nos señaló con la mano— ¿han estado viviendo aquí? ¿Juntos?

Asentí con la cabeza y vi que Rosie hizo lo mismo.

—¿Lo que significa —continuó Lina—, que ustedes no se han enganchado y que no los hemos interrumpido haciendo travesuras postsexuales?

—¿*Travesuras postsexuales?* —chilló Rosie, con las mejillas casi rojas.

—No —respondí a secas con los brazos cruzados sobre el pecho desnudo.

Lina pareció procesar eso.

—¿Por qué no me lo dijiste? —preguntó con la expresión más relajada.

Rosie contestó primero:

—Me sentí horrible y...

—Fui yo. —Me hice cargo—. La convencí de que no deberíamos molestarte y de que tampoco tenía sentido decírtelo.

Rosie giró la cabeza y me miró un segundo. Luego volvió a mirar a su mejor amiga.

—Lo siento, Lina. Te lo tendríamos que haber dicho, no cabe duda. Pero no queríamos que te preocuparas por nada. Y yo..., bueno, con todo lo que está pasando, me olvidé de que regresabas hoy, así que ni siquiera te pude avisar.

Lina asintió con calma, como procesando la información. Se veía triste, más que enojada.

Sentí la mirada de Aaron sobre mí. Tenía los ojos entrecerrados, pero no con desaprobación.

—Lucas ha sido muy bueno conmigo —murmuró Rosie y dio un par de pasos hacia delante, y su voz parecía más animada, estable, cuando dijo—: No. Ha sido el mejor. De hecho, no sé porque has sido tan dura con él. Porque es una gran persona. Y muy considerado. Y lo único que ha hecho es hacerme sentir segura. Así que, no se le deberían patear las bolas a nadie. En especial, las suyas.

Escuchar a Rosie decir esas cosas sobre mí me hizo desear no estar en toalla delante de mi prima desconfiada y su esposo. Porque quería estrecharla en mis brazos y acercarla a mi pecho. Apretarla contra mi cuerpo durante lo que sería una cantidad de tiempo descontrolada e inapropiada.

Porque ella me había defendido.

Ni siquiera yo había pensado en defenderme. Estaba listo para aceptar la derrota.

Tragué y me guardé todos esos sentimientos.

Lina abrió la boca, estaba entre los brazos de Aaron, relajada. Y Aaron estaba… ¿sonriendo? Si es que esa línea torcida podía considerarse una sonrisa.

Fue Lina la que rompió el silencio y recuperó la voz de siempre, ese tono suave y dulce.

—Entonces, ¿están seguros de que no están enganchados?

Rosie resopló.

—*Lina*, ¿puedes parar de hacer esa pregunta? No tuvimos sexo.

—¿Y coqueteo? —siguió mi prima—. ¿Miradas intensas? ¿Contacto sensual? ¿Caricias? ¿Besos? Francés o no, para mí ambos cuentan.

—*Déjalo ya*, Lina —dije, aunque ella podría haber dado en la tecla. No tenía ningún problema en admitirle que estábamos teniendo citas experimentales, para su libro, pero no lo haría sin antes consultarlo con Rosie. Ser *colegas* de investigación era algo. Éramos un equipo–. Rosie y yo somos amigos.

Y, sobre todo, lo éramos.

Mi prima se quedó mirándola fijamente a los ojos durante un buen rato y, cuando por fin se dirigió a mí, aclaró:

–*Ella es mi mejor amiga. Como una hermana para mí. Es demasiado buena.*

Para mí.

Lina no lo había dicho, pero sabía que eso era lo que le seguía a su declaración.

Y estaba de acuerdo.

Rosie estaba fuera de mi liga. Las mujeres como ella no iban por ahí con hombres que habían perdido tanto que no les quedaba nada para ofrecerles. Hombres que ni siquiera podían quedarse en el país por más de unas pocas semanas.

Lina me miró muy fijamente un buen rato. Luego señaló con el dedo a Rosie.

–Un momento –señaló el pasillo–, a solas, por favor.

Aaron al fin la liberó, pero no sin antes darle un beso en la sien y susurrarle:

–Sé buena.

Rosie me echó un vistazo y le guiñé un ojo. Miré cómo seguía a su mejor amiga hacia afuera, y nos dejaron solos a Aaron y a mí.

–Así que… –empecé a decir con un suspiro–, ¿crees que mis bolas están fuera de peligro?

Miró rápido a la puerta de entrada, como si pudiera mirar a través de ella, y luego volvió a mí.

–Si juegas bien tus cartas.

Alcé una ceja.

—Y por "bien" te refieres a…

Aaron se cruzó de brazos y pensó su respuesta.

—Lina es más de ladrar que de morder. —Clavó la mirada en dirección a su esposa, de nuevo, y luego volvió hacia mí—. Ella te quiere, Lucas. Estaba tan entusiasmada por verte que vinimos derecho del aeropuerto. Sin previo aviso. —Eso me trajo alivio al pecho. También quería a Lina. Por supuesto—. Pero no creo que pueda (o quiera) contenerla si lastimas a Rosie.

Me di cuenta de que no me estaba mintiendo. De seguro ayudaría si llegaba a lastimar a Rosie. Y me gustó eso, me gustó saber que personas como Aaron y Lina le cuidaban la espalda a Rosie.

Por eso, lo miré directo a los ojos cuando le confesé:

—Nunca la lastimaría. No podría hacer eso.

Aaron me sorprendió al curvar los labios en una sonrisa deslumbrante:

—Lo sé.

Capítulo 16

Rosie

Lina negó con la cabeza.

—¿Qué? —susurré—. ¿Por qué estás tan exasperada?

Estábamos en nuestro café favorito en Manhattan, horas después de que Lina se hubiera aparecido en su apartamento y se hubiera enterado de Lucas y mi arreglo, y me hubiera exigido que nos reuniéramos de nuevo por la tarde para hablar.

No solo hablar. Pero *hablar*. Lejos de los hombres.

—No me digas "qué" —respondió Lina. Exhaló con fuerza por centésima vez más o menos—. Sabes qué. Me voy unas semanas de luna de miel y cuando vuelvo, te encuentro toda… íntima y compinche con mi primo.

—Tienes razón —afirmé, porque la tenía—. Te lo tendríamos que haber dicho desde el primer día. Me siento horrible, Lina. Horrible por ocupar tu apartamento así sin que lo sepas.

Lina gimió.

—No es que esté molesta, Rosie.

Me resurgió el impulso de defender a Lucas, pero yo misma lo aplaqué. Hacía casi tres semanas que lo conocía oficialmente, así que creía que no me correspondía. Me había obligado a detenerme esa mañana.

—¿Qué es, entonces? ¿Por qué te molesta tanto que Lucas y yo seamos amigos?

—Lo quiero mucho, ¿de acuerdo? —Levantó ambas manos—. De todos mis primos, Lucas es con el que soy más cercana. Entonces, cuando digo que lo quiero, no quiero decir que "lo aguanto porque tenemos la misma sangre". Es como el hermano mayor que nunca tuve. Y eso... No sé. Quizá eso sea parte del problema. La idea de que se interponga entre nosotras y de que te lastime me hace querer cortarle...

—Okey. —La detuve allí, antes de que, otra vez, empezara a lanzar amenazas para todos lados—. En primer lugar, nadie se interpone entre tú y yo, ¿sí? Lo digo en serio.

Ella asintió.

—Ahora —continué—, ¿por qué asumes que me va a lastimar? ¿Está relacionado con eso del fetiche de Lucas que mencionaste esta mañana?

—Tal vez —respondió, encogiéndose de hombros.

—¿Puedes explicármelo? ¿Dime por qué?

Lina envolvió su taza de café con las dos manos y se la llevó a los labios.

—Bien. —Bebió un sorbo antes de continuar—: El superpoder de Lucas es hacer que la gente lo ame, y aunque era tan molesto cuando éramos niños, *es* adorable. A veces. Y créeme, sé que tiene una sonrisa que te hace caer las bragas, y que es guapo en... la forma fácil. Y también sé que puede ser divertido, ¿de acuerdo?

—Sí —murmuré. Porque él era todas esas cosas. Además de las muchas muchas otras cosas que hicieron que me gustara tanto.

Lina golpeteó la taza con las uñas.

—Él es todo eso, y, sin embargo, nunca llevó a una mujer a una reunión familiar. Nunca ha tenido una relación seria. No desde... No sé, ¿la escuela secundaria?

—Lorena Navarro —dije antes de saber lo que estaba haciendo.

—Cómo diablos…

—Hablamos —comenté al pasar—. La nombró una vez.

Miré detrás de ella, fingiendo que estaba inspeccionando las hermosas flores que adornaban la ventana, porque, Dios, me estaba volviendo tan buena en este juego de "mentir por omisión". Y la habilidad no me hizo sentir bien. Me odiaba por ello. Pero ¿cómo le podía decir que su miedo era, en efecto, un desastre a punto de ocurrir? ¿Que el *fetiche* de Lucas funcionaba tan bien que su magia, de hecho, me estaba ayudando con mi libro? ¿Qué hoy, después de que Lina y Aaron se habían ido, *por fin* pude escribir? ¿Que se había encendido una fuente de inspiración y una corriente de emociones e ideas empezaban a fluir?

Lina frunció el ceño, pero pareció comprar mi explicación.

—Es como si no hubiera estado en un lugar el tiempo suficiente como para mantener una relación. Y con todos esos torneos alrededor del mundo, pasa seis meses en casa y seis meses afuera. O solo tres. O quién sabe. Así que…, supongo que tiene sentido que nunca se haya establecido.

Me había dicho que nadie le ha roto el corazón.

Y, sin embargo, por mucho que viajara, me parecía una maravilla que nadie se lo hubiera robado hasta ahora.

—Ahora, que está aquí de vacaciones, la cosa no es muy diferente —siguió Lina.

Pensé en la noche anterior. Lucas había confiado en mí y me había contado sobre su lesión. Nadie más que yo sabía que su fractura no sanaría.

Necesitaba tener cuidado con mi elección de palabras.

—¿Cómo que no es diferente?

—¿Quién dice que no usará su *fetiche* contigo? Te reirás. Te hará la sonrisita creída. Harán lo desagradable. Él se irá. Y *bum*.

Tragué con fuerza. La idea de que se fuera me mareó por todo tipo de razones.

—Y *bum*, ¿me lastimará?

—Sí, tal cual. Y no tendré más remedio que asesinarlo. —Exhaló por la boca—. Y como dije, él es mi primo favorito. Y yo... ¡uf!, de verdad no quiero. No cuando en realidad estoy preocupada por él.

No dije nada, esperé que ella continuara.

Lina abrió la boca.

—Creo que algo anda mal. La abuela me contó que lo vio teniendo un ataque de pánico. Antes de su viaje.

Me dolía el pecho por eso. Al pensar en un hombre tan sólido y fuerte pasando por tal cosa. Me hizo preguntarme qué le había pasado en realidad.

La tristeza cubrió la cara de mi mejor amiga cuando continuó:

—Creo que fue Taco el que fue a buscar a la abuela y la llevó con Lucas. Gracias a Dios tuvo entrenamiento de apoyo emocional.

—¿En serio? No tenía ni idea, Lucas nunca... —Me detuve y atrapé mi desliz a tiempo—. Lucas nunca dijo nada. Y tú tampoco.

Lina asintió.

—Cuando Taco era un cachorro, se lo llevaron a uno de los vecinos de la abuela, un policía retirado que sufría de trastorno de estrés postraumático. El hombre falleció al poco tiempo. —Suspiró—. Un ataque al corazón. La familia estaba tan devastada que no podían lidiar, encima, con un cachorro, así que la abuela se ofreció a cuidarlo durante unas semanas. En una de las visitas de Lucas, los dos se conocieron y, bueno, se enamoraron uno del otro. Cuando las semanas se convirtieron en meses y la familia no mostró signos de querer cuidar de Taco... Lucas lo adoptó.

—Entonces, ¿no fue Lucas quien le puso el nombre? —pregunté, cuando en realidad, la historia me estaba haciendo sentir todo tipo de cosas nuevas por él.

—¡No, no! —Lina se rio entre dientes—. Se lo puso la nieta del hombre. —Ella negó con la cabeza—. En fin, después del ataque de pánico, la abuela le sugirió que hiciera un viaje. Un cambio de escena para despejar la cabeza.

—Y vino a los Estados Unidos —concluí y Lina asintió. Sentí que mi garganta hacía un gran esfuerzo para no dejar que todo lo que estaba sintiendo me afectara la voz—. Estoy segura de que sea lo que sea, Lucas vendrá y te lo dirá. Él los quiere mucho a ustedes, y quizá solo necesita tiempo para hacerlo bajo sus propias condiciones. —Hice una pausa—. A veces, cuando tenemos dolor, debemos comprender por nuestra cuenta que necesitamos ayuda. Antes de que podamos aceptarlo.

Lina extendió una mano sobre la mesa y me tomó la mía.

—Uy, de verdad eres sabia, mejor amiga.

No lo era. Realmente no lo era. Pero le di una sonrisa y esperaba que me siguiera queriendo cuando le contara todo lo que le estaba ocultando sobre Lucas.

—En fin... —Lina agitó la mano en el aire—. ¿Estás segura de que no quieres quedarte con Aaron y conmigo? Hay una habitación libre y espacio más que suficiente en su apartamento. Nuestro apartamento ahora.

—Estoy segura —aseveré con confianza. Lo último que quería era molestar a dos recién casados.

—Está bien. Si estás segura... —Se encogió de hombros, y miró la hora en el teléfono—. Se está haciendo tarde y le dije a Aaron que lo ayudaría con la cena.

—Sí, vámonos. —Apoyé las manos sobre la mesa y deslicé la silla hacia atrás—. Yo también debería regresar. Lucas seguro ya empezó a preparar la cena.

Lina chasqueó la lengua.

—Por eso no quieres dejarlo y venirte con nosotros.

Sabía exactamente de lo que estaba hablando, pero me hice la tonta.

—¿Eh?

Ella se rio a carcajadas.

—No te culpo. Lucas es un cocinero increíble. De alguna manera elevó el libro de recetas de la abuela a una galaxia completamente diferente. La tía Carmen siempre está tratando de que vaya a audiciones para uno de esos programas de cocina.

Sonreí ante la idea de Lucas en la televisión. Dios, ganaría el maldito concurso y los corazones de todos en un abrir y cerrar de ojos.

—¡Ah! —Me llamó la atención agitando una mano—. Antes de que me olvide. ¿Tienes planes para Halloween?

Tomé mi abrigo del respaldo de mi silla.

—Sabes que no.

Lina se me acercó al lado de la mesa, mordiéndose el labio y con una sonrisa maliciosa.

—Bueno, podrías tenerlos ahora. —Tomó su abrigo y se lo deslizó por los brazos—. Invitaron a Aarón a un (prepárate) baile de máscaras. El próximo sábado.

Levanté las cejas hasta la frente.

—Qué elegante.

—En realidad es una fiesta de disfraces, pero ustedes los neoyorquinos tienen un nombre sexy para todo. En fin, es una de esas cosas de caridad a las que lo invitan todos los años pero nunca asiste. Ya sabes cómo es Aaron.

—Sí, puedo imaginar cómo disfrazarse no es lo suyo. —O socializar, en general—. Pero supongo que Aaron va a confirmar su asistencia a esta… ¿Por ti?

—Y no me costó convencerlo —se jactó Lina, con un destello en los ojos—. Mi esposo es el mejor.

Se le iluminó el rostro. Como siempre que hablaba de él.

Esa puntada aguda de anhelo regresó. Fue breve, pero me desequilibró.

Sin notarlo, Lina continuó:

—El comité organizador estaba tan feliz de que fuera a asistir que le enviaron dos invitaciones extras.

Ah.

—No sé, amiga. Tengo…

—Tienes que cumplir una fecha de entrega, lo sé. —Lina parecía pensar algo—. ¿Volviste a descargar Tinder, tal como te sugerí?

Se me enrojecieron las puntas de las orejas.

—No, no lo hice. De alguna manera encontré un método… diferente. Es una larga historia que puedo contarte mañana porque estamos muy… este… apresuradas ahora.

Parecía escéptica.

—¿Está funcionando?

—Sí —confirmé sin dudarlo. Porque estaba funcionando. *Demasiado*.

—Entonces, tal vez puedas darte el lujo de tomarte esa noche libre

–señaló Lina con una sonrisa– y divertirte un poco en Halloween. La diversión es buena para la mente.

Nos dirigíamos hacia la salida del café, y me escuché a mí misma preguntar:

–Tienes dos boletos, ¿verdad?

Lina suspiró.

–¿Eso significa que quieres traer a mi primo?

La inmovilicé con una mirada dura.

–¿Estás segura de que ustedes dos no están… *dándose besitos*? Sabes que puedes decírmelo, ¿verdad? Incluso después de todo lo que te dije e incluso si es mi primo y esa sería una conversación muy asquerosa.

–Estoy segura. ¿Y de dónde sacas todas estas expresiones y eufemismos? O son de la vieja escuela o son…. raros –bromeé.

–Tengo mis maneras. –Se encogió de hombros. Y antes de llegar a la puerta, me dio una última mirada–. Entonces, Lucas y tú no son una pareja, ¿verdad?

–No –respondí tan natural como pude–. Eso nunca ha estado en nuestras cartas, Lina.

Lo primero que noté al entrar en el apartamento fue a las dos mujeres que hacían escándalo con Lucas en la estufa.

–Hola… ¿a todos? –saludé a la habitación, y se giraron tres cabezas: la de Lucas, la de nuestra vecina Adele y la de su hija, Alexia–. Qué sorpresa. De las buenas.

–Has vuelto –dijo Lucas–. Por fin.

Uf, ese "por fin" me hizo sentir tan… esperanzada que casi me distrajo de la forma segura en que venía en mi dirección.

Cuando me alcanzó, se inclinó ligeramente y me murmuró al oído:

—Tenemos compañía, como ves. Espero que no te moleste.

—Claro que no —respondí, y tomé nota de lo cerca que estaba. Cómo se aproximó. Tragué con fuerza—. Adele siempre será bienvenida. Ya lo sabes.

Frunció las cejas un momento.

—¿Mi prima te hizo pasar un mal momento?

—No. —Negué con la cabeza—. Ella solo… —Estaba preocupada. Por mí, y también por ti—. Ella tiene buenas intenciones, pero todo el asunto la tomó por sorpresa. Pero ya le dejé las cosas bien en claro aunque no… no le conté sobre el experimento.

No podía decir "citas". Lucas pareció darse cuenta de mi vacilación, porque una expresión reflexiva atenuó la claridad de sus ojos.

Observé cómo su mirada me recorrió el cuerpo de una manera casi distraída, como si no fuera consciente de lo que estaba haciendo.

—Está bien —comentó, tomando la bolsa del supermercado que yo había olvidado que la tenía en la mano—. Llegas justo a tiempo. Necesitaba tirar estos en la sartén.

Ah.

Por eso estaba mirando hacia abajo. De ahí vino el "por fin".

Me había enviado un mensaje de texto para que, si podía, trajera un poco de perejil y chiles rojos frescos. Había estado esperando los ingredientes. No a mí.

Y eso estaba bien. No tenía motivos para sentirme decepcionada. Yo…

Lucas me dio un beso rápido, rozándome la mejilla. Mis pensamientos se pusieron en alto ante el contacto.

—Gracias por comprarlos —dijo—. Ahora, vamos, la cena estará lista en un minuto.

Un momento sus labios me rozaban la piel, apenas a un centímetro de la boca, y al siguiente, él se alejaba y me dejaba... embobada.

Porque me había besado. En la mejilla.

Como amigos, me recordé. Porque en España, los amigos se besaban en la mejilla todo el tiempo. Los compañeros de habitación también lo hacían cuando se llevaban bien.

Intenté ignorar con todas mis fuerzas la forma en que esa pequeña porción de piel todavía se estremecía, y lo seguí a la isla para charlar con las invitadas.

—Hola, chicas, ¿cómo están?

—Hola, Rosie —me saludó Alexia. Tenía los ojos iguales a los de su madre—. *Ahora* estamos bien.

Adele ignoró la mirada de reojo de su hija.

—Este joven está cocinando la cena para nosotros. —Miró a Lucas, que estaba de nuevo junto a la estufa—. Dijo que sabe lo que está haciendo y me hizo prometerle que me sentaría y dejaría de molestarlo por todo.

—Cosa que no cumpliste —murmuró su hija, colocándole las manos sobre los hombros y guiándola a un taburete—. Entonces, ¿qué tal si dejas de rondar a nuestro alrededor como una mosca testaruda y te relajas, eh?

Adele murmuró pero tomó asiento, y una satisfecha Alexia regresó al lado de Lucas, parecía absorta con las habilidades culinarias de mi compañero de apartamento.

Cuando la conocí, no había podido verla bien. Sobre todo porque estaba sobre la encimera de la cocina, aterrorizada por la rata. También distraída por el hecho de que acababa de bailar con Lucas y había estado en sus brazos minutos antes de que llamara a la puerta. Pero ahora, me di cuenta de que ella estaba en sus tempranos cincuenta, lo que hacía que Adele fuera un poco mayor de lo que había pensado al principio.

Lucas me miró por encima del hombro.

—Toma asiento, Ro —me pidió.

Ro.

Ese apodo, de nuevo. Me hacía sentir cosas tontas, muy tontas que traté de mantener bajo control lo mejor que pude.

—Estoy bien —repliqué.

—Estoy seguro de que lo estás. Pero será bueno para tu espalda. Tienes los hombros tensos de escribir todo el día. —Me guiñó un ojo y me dejó sin más remedio que obedecer antes de que me cayera de culo.

Tienes los hombros tensos.

Tomé el único otro taburete que quedaba en la cocina y me senté al lado de Adele.

—Perfecto —murmuró antes de regresar a la sartén en la estufa—. Muy bien, damas, unos minutos más y esto estará listo.

Las tres suspiramos al mismo tiempo.

Me reí y cuando miré en dirección a Lucas, Alexia me atrapó conteniendo una sonrisa.

—Eres muy afortunada, Rosie —me dijo. Mi expresión de perplejidad debe haber revelado mi confusión total, porque ella explicó—: Los hombres como Lucas son difíciles de encontrar.

Comencé a asentir con la cabeza, pero me detuve enseguida.

—Ay, no. Solo somos amigos. No estamos juntos. Solo somos compañeros de apartamento. *Amigos.*

Alexia arqueó las cejas y miró a Lucas, quien aseguró:

—Muy pronto, mejores amigos.

—Sigues diciendo eso —murmuré—. Pero, de cualquier forma,

estamos viviendo de manera temporal. Volveré a mi apartamento y él... –Me fui apagando, tenía problemas para terminar la frase– regresará a su casa. En España.

Los movimientos de Lucas parecieron detenerse por un momento y de inmediato siguió picando el perejil.

Alexia asintió.

–Qué lástima, de verdad. Nos vendría bien un hombre como él. –Suspiró–. La forma en que casi corrió al rescate de mamá... Es un héroe de verdad.

–¿Qué rescate? –pregunté–. ¿Pasó...?

–Apenas me sacudió, querida. –La anciana frunció los labios–. No hay necesidad de tanto escándalo.

–Mi madre –comentó Alexia– dejó una olla a presión sobre la estufa y fue a tomarse un baño de espuma de treinta minutos.

Adele exhaló ruidosamente.

–La cosa estaba funcionando mal. Y los baños largos son buenos para mis huesos.

–Lucas debe haber escuchado la explosión –explicó Alexia, ignorando a su madre–, porque cuando llegué aquí para traerle a mamá sus prescripciones médicas, lo encontré raspando estofado de las paredes con mamá.

–Fue una pequeña explosión –repuso Lucas–. Y no fue ninguna molestia.

–¿Ves? –Alexia se rio–. Ni siquiera se llevará el crédito. Y créeme, la limpieza fue ardua. Estaba salpicado por todos lados. –Negó con la cabeza–. Tipos como él...

–Son muy difíciles de encontrar –terminé por ella.

Los movimientos de Lucas se detuvieron de nuevo, y me hicieron desear que no estuviera de espalda, así podía mirarlo a la cara.

—Así que, ¿por eso han venido a cenar? —se me ocurrió de pronto.

Lucas no solo había ido al rescate de Adele y la había ayudado con la limpieza, sino que también se había ofrecido a darles de comer después.

—Sí. —Alexia sonrió—. Las dos estábamos un poco alteradas después de eso. Pero mi esposa nos pasará a buscar en una hora. Mamá se quedará unos días con nosotros, ¿verdad, mamá?

Adele suspiró.

—No me queda otra opción.

—En fin —comentó Alexia, inclinando su cuerpo en dirección a Lucas—, tengo que admitir que me he estado volviendo loca tratando de averiguar de qué apartamento provenían todos estos aromas ricos y distintivos cada noche que visitaba a mamá. La mayoría de la gente compra comida hecha por aquí.

Lucas dio un paso atrás, apagó la estufa, envolvió con un paño el mango de una gran sartén de hierro fundido y la levantó en el aire.

—Se debe completamente a Lucas, sí. —No quería que ella tuviera ninguna idea sobre mis talentos culinarios.

Caminó hasta la isla, donde estábamos Adele y yo, y colocó la sartén entre nosotros. Bajo la luz de la cocina brillaban unos filetes salteados rociados con chimichurri rojo e hicieron que me rugiera el estómago.

Alexia se acercó a la mesa y, como solo había dos taburetes, salté del mío y se la ofrecí.

—Por favor, siéntate. Eres una invitada.

—Ay, no quisiera...

—Rosie puede sentarse conmigo —anunció Lucas.

Fruncí el ceño, me di la vuelta y lo encontré sosteniendo un taburete.

—¿De dónde…?

—Lo encontré detrás de un gabinete —dijo y estiró las piernas—. Solo había uno, así que lo compartiremos.

—No lo sé… —Lo miré mientras se sentaba.

No podía comer sobre su regazo, ¿verdad? Él estaba lesionado y yo no sabía qué tan grave era.

Como si tuviera una manera de escabullirse en mi cabeza, se dio dos palmaditas firmes en el muslo izquierdo.

—Esta pierna está bien —aclaró—. Ahora ven aquí, Ro. Vamos a comer, me muero de hambre.

Fue la determinación en su mirada la que me empujó hacia delante. Me miró como si le estuviera haciendo un favor si accedía. Así que, caminé hasta donde él estaba y me dejé caer sobre su regazo. En un nanosegundo, Lucas me abrazó la cintura con el brazo fuerte y me apretó con suavidad.

—Te *crona* —susurró tan bajo que casi me lo pierdo.

Y ese código de agradecimiento que era solo nuestro me generó algo, algo poderoso y no del todo esperado. Algo que me hizo desear que fuera el código para algo más que un simple gracias.

Traté de concentrarme en la increíble comida que yacía delante de nosotros, en lugar de pensar en él.

—Todo esto se ve increíble, Lucas.

Más que escuchar, sentí su suspiro de alivio muy cerca del oído. Y mi cuerpo reaccionó de inmediato al contacto de su respiración contra mi piel. Tanto que probablemente él también lo sintió, porque me ordenó:

—Come.

—Ay, Señor, estas batatas —gimió Alexia—. ¿Qué es esta salsa? ¿Yogur con…?

—Ajo asado, limón y pasta de sésamo —explicó Lucas, mientras rociaba sobre mis papas un poco de la salsa que Alexia elogiaba.

Alexia se llevó otro bocado a la boca.

—Asaste toda la cabeza con las patatas. ¿Luego la usaste para la salsa? —Lucas asintió y ella agregó—: Bien hecho.

Y así, Alexia tomó las riendas de la conversación, interrogando a Lucas sobre todos y cada uno de los pasos que había seguido para cocinar la carne, el chimichurri rojo y lo que yo había descubierto fue nuestro postre: milhojas de pera y ruibarbo. Lo que resultó ser un postre español con su toque personal absolutamente delicioso.

—Está bien —dijo Alexia una vez que desapareció toda la comida y los platos de postre estaban prácticamente limpios—. Sospechaba que sabías lo que estabas haciendo, pero no tenía idea de que eras tan bueno.

Lucas respondió con un gruñido y un cambio de postura que me acercó aún más sobre su regazo. Traté de alejarme, pero con el brazo me sujetó contra su pecho. Cada parte de mí que estaba en contacto con cada parte de él estaba cobrando vida.

—Entonces, ¿a qué te dedicas, Lucas? —Alexia presionó, mientras yo intentaba recuperar el aliento—. ¿Trabajas en un restaurante en España? ¿Estudias en una escuela de cocina quizá?

Lucas soltó una risa incrédula.

—Nada de eso. Nunca se me ocurrió ir a una escuela de cocina. Supongo que nunca tuve... tiempo.

—Podrías ir ahora. Si eso es lo que querías —intervine, sin poderme contener—. Eres un cocinero increíble, Lucas.

La mano me apretaba la cintura. Su calor corporal ahora era imposible de ignorar. Con un suave tono de voz dijo:

—Gracias, Ro. Pero... No sé. Estoy un poco viejo para ir a una escuela.

—Claro que no —dijo Alexia con los ojos entrecerrados—. ¿Dónde aprendiste a cocinar así? La masa de hojaldre con hojuelas de mantequilla del milhojas era celestial y no me cabe duda de que no la compraste en una tienda. Y esta no fue la primera vez que preparas solomillo. He visto solomillos *asesinados* por personas que asistieron a una escuela de cocina.

Lucas dejó caer la mano sobre mi muslo, y la palmada me hizo recuperar el aliento.

—Aprendí de mi *abuela,* de mi madre... No sé, en todas partes. Soy autodidacta, supongo. Me gusta experimentar, probar cosas nuevas. En internet hay una terrible cantidad de información sin explorar. Así que, solo... fui aprendiendo sobre la marcha. Nada sofisticado o digno de comparación con alguien con estudios. O alguien con algún talento real. Mi talento es... *era* otra cosa.

No estaba de acuerdo, Lucas no se definía por una sola cosa, pero me quedé callada y dejé caer la mano sobre la suya. Entrelazamos los dedos y pude jurar que todas mis terminaciones nerviosas se agitaron ante el mero contacto.

Por eso casi me perdí las palabras de Alexia:

—Soy la *chef* ejecutiva de Zarato, así que sé de lo que estoy hablando. Eres talentoso. La escuela de cocina no sería un paseo por el parque, porque nunca lo es. Pero no está fuera de tu alcance.

—¡Guau! —exhalé. Me giré hacia Lucas por encima del hombro y le expliqué—: Zarato es *el* restaurante en el barrio West Village. La gente espera meses para obtener una reserva. Creo que en este momento está entre los tres primeros restaurantes de Nueva York.

Alexia hizo una risita.

—Entre los cinco mejores, pero la competencia es salvaje en Manhattan, así que nunca sabes adonde irás a parar el año siguiente.

Estaba siendo humilde. Si incluso yo, alguien que no conocía nada de cocina y solo salía a cenar en muy pocas ocasiones, había oído hablar y anhelaba vivir la experiencia de Zarato, eso significaba que estaba en boca de todos.

—Eso es de verdad asombroso —comentó Lucas, y pude escuchar en su voz que lo decía en serio—. Debes estar orgullosa de tu hija —le dijo a Adele.

—No podría estar más orgullosa —respondió con los ojos llorosos—. Pero eso ya lo sabes, Mateo.

Un silencio nos envolvió ante las palabras de Adele, que había permanecido tranquila durante la cena. El ambiente se volvió pesado de inmediato ante el recordatorio de la inminente enfermedad de Adele.

—Sí —dijo Lucas por fin—. Por supuesto que lo estamos.

Alexia rodeó a su madre con un brazo, le apretó el hombro y moduló un "gracias" a Lucas con los labios. Luego, ella dijo con más firmeza:

—Y, Lucas, te lo digo en serio. Sé cómo detectar talento. Así es como conocí a mi esposa. Comenzó como ayudante de cocina, puro potencial, y ahora es *sous chef* de Zarato, así que nunca se sabe. —Inclinó la cabeza—. Sabes, creo que ustedes dos deberían venir. La casa invita, por todo lo que has hecho.

Oh, oh, guau.

—No tienes que hacerlo, Alexia —respondió Lucas, y dándoles voz a mis pensamientos. Aunque pude captar una chispa de curiosidad en sus palabras—. Está bien, de verdad.

—Insisto —contestó con firmeza. Luego, extrajo una tarjeta de su bolso, la colocó sobre la mesa y agregó—: A Rosie le encantará.

Como si eso cambiara algo.

Y la mano de Lucas dejó la mía y la extendió hacia la tarjeta.

Fue mucho más tarde, ya bien entrada la noche, cuando un ruido me despertó. Era como un gemido, pero más profundo. Gutural.

Al principio, pensé que estaba soñando, pero luego de nuevo ese sonido. Esta vez más fuerte. Más apremiante.

Me senté en la cama, inspeccioné el espacio poco iluminado y detuve la vista donde sabía que Lucas estaría dormido en el sofá. Solo que no estaba. No podía estar durmiendo al moverse tan inquieto.

Hizo otro gemido, enredado en su respiración áspera, y me congeló en el acto. Porque sonaba como... como si estuviera luchando por llevar aire a los pulmones. Como si no pudiera respirar.

Un miedo helado me impulsó fuera de la cama y me hizo arrodillar en el suelo, junto al sofá.

–¿Lucas? –susurré. Pero Lucas se agitó de un lado a otro mientras lo tomaba de los hombros–. Lucas, despierta –dije con un tono de voz suave pero firme.

Murmuró algo que no entendí.

Con toda la delicadeza que pude, posé mis manos en sus mejillas.

–Lucas, por favor. Despierta. Tienes una pesadilla.

Sus movimientos espasmódicos se detuvieron de repente. Parpadeó con los ojos abiertos de par en par, que se revelaban como dos pozos marrones de miedo.

Se me estrujó el corazón al verlo así. Me estaba costando mucho mantener la calma delante de él y aún más no pensar en lo mucho que me importaba y cuánto odiaba verlo sufrir.

—Estabas teniendo un mal sueño —le dije, con los nervios filtrándose en mi voz—. Pero ya pasó. Ahora estás despierto.

Su mirada comenzó a despejarse lento, de a poco. Pero el miedo y la desesperación seguían ahí, grabados en su expresión.

Le sujeté el rostro con creciente desesperación.

—Estás bien. Fue un mal sueño, pero estás bien —repetí.

Lucas me tomó la mano. Tenía la piel fría, húmeda.

—Rosie. —Exhaló—. Estás aquí. —Sin explicación, sin sonrisa, sin intento restarle importancia con una broma.

—Hazte a un lado —le pedí para poder sentarme en el sofá con él.

Sin decir una palabra, Lucas se movió todo lo que pudo, mientras estaba recostado boca arriba. Me acosté de frente y me acurruqué a su lado. Le rodeé la cintura con un brazo. Tenía la camisa pegada al pecho.

—Estoy todo sudado, Rosie. Yo…

—Está todo bien. —Y me acerqué aún más. Con las puntas de los dedos le dibujé círculos relajantes sobre el pecho—. Me gustan que mis hombres estén sudorosos y somnolientos. Así que vuelve a dormir. Estoy aquí ahora.

Lucas no dijo una palabra, no movió un músculo. Ni siquiera trató de apretarme contra él, como lo había hecho tantas veces. Y estaba bien. Porque en ese mismo momento, era él quien me necesitaba. Así que me quedé justo donde estaba, muy al borde del sofá, mientras le transmitía el calor de mi cuerpo. Mi contacto y mi voz, de alguna manera, lo calmaron y se pudo volver a dormir.

Solo cuando su respiración recuperó el ritmo lento, me relajé. Pero me quedé despierta un buen rato. Pensando, vigilándolo, recordando mi conversación con Lina. Lucas, siempre solo, aislado, sin confiar en nadie. Pensé en cómo siempre regalaba sus sonrisas con tanta generosidad. En todo lo que había hecho por mí en el poco tiempo que nos conocíamos. Y mientras lo sostenía, no pude evitar preguntarme si alguien había hecho lo mismo por él alguna vez.

Capítulo 17

Rosie

Me estaba terminando de poner polvo compacto cuando sonó el timbre.

Fruncí el ceño ante el espejo, coloqué la brocha sobre la superficie del tocador y eché un rápido vistazo a mi reflejo.

Los rizos caían de forma pulcra, resultado de una hora completa de arreglo y cinco tutoriales distintos de YouTube. Tenía los labios rosa pálido y me había puesto sombras naturales en los párpados, por lo que parecía que casi no llevaba maquillaje. Me veía bien. Lo sabía. No estaba ni cerca de ser una *influencer* de estilo de vida o de moda, pero en general cuidaba mi aspecto y la ropa que usaba. A excepción del pelo, que siempre lo descuidaba. Me lo dejaba suelto con las ondas desordenadas.

Pero ese día no. Esa noche no. Porque íbamos a ir a una fiesta. El Baile de las Máscaras. Estaba tan emocionada como ansiosa, así me lo indicaban las mariposas en el estómago.

Nervios buenos o nervios malos, no estaba segura.

En realidad, no sabía qué esperar. Porque si bien esto se parecía mucho a una cita doble, no lo era. Cuando le había comentado a Lucas sobre el Baile de las Máscaras, me había dicho de inmediato que se apuntaba y habíamos comenzado a intercambiar ideas sobre los disfraces. Ideas sobre disfraces para parejas, aunque íbamos como amigos. Ni siquiera como socios de experimento, no. Solo amigos, teniendo en cuenta que Aaron y Lina estarían allí.

Lo que me recordaba que ellos nos recogerían pronto y Lucas todavía no estaba en casa. Dos horas atrás, cuando saqué mi disfraz del clóset, me dijo que tenía que ir por una cosa de último minuto y desapareció.

El timbre sonó otra vez y eso me trajo de nuevo al presente.

Crucé el apartamento a toda prisa, y el crujido de la tela del vestido de gala símil victoriano que llevaba puesto acompañaba cada uno de mis pasos.

Rápido, abrí la puerta de entrada y... ¡Guau!

Me quedé boquiabierta, con una mezcla de emociones: sorpresa, intimidación y... deseo.

Sí, ante todo, deseo.

–Lucas. –Lo miré de arriba abajo. Mi cabeza luchaba por encontrar algo para decir mientras un poderoso y repentino calor me invadía todo el cuerpo. De alguna manera, me las arreglé para agregar, con voz ronca–: Guau. Te ves tan pero tan bien.

Estaba de pie allí, con un traje de frac victoriano aterciopelado y un chaleco borgoña, sin hacer caso a mi mirada lujuriosa ni al "tan pero tan bien" que recién se me había escapado. Llevaba el cabello peinado hacia atrás, que le dejaba despejado el rostro apenas bronceado. Sus atractivos rasgos llamaban la atención más que nunca.

Y *mi* atención estaba muy feliz de prestársela.

—¿Te gusta? —dijo con tono burlón.

—Sí. —*Tanto pero tanto*, pensé. Porque decir solo "tanto" no era suficiente—. Te ves cien por ciento increíble. No, ciento veinte por ciento, mejor, porque has... Tú has roto la escala.

Se rio de nuevo y tuve que taparme la boca para resguardarme y no dejarme tan en evidencia.

Es cierto, estaba exhausta por haber estado escribiendo mi manuscrito todo el día, y eso sin duda era bueno y maravilloso. La inspiración me había golpeado como nunca en... diablos, no sabía por cuánto tiempo. Quizá como nunca.

No recordaba haber escrito alguna vez sintiéndome así, como me imaginaba que se sentiría montar una ola: salvaje, libre, impredecible. Tal cual como me sentía con Lucas.

—Tu vestido —reveló Lucas, ya sin burla en la voz—. Es hermoso. Hace juego con tu color de ojos.

Dejé que me recorriera el cuerpo con la mirada, de la misma forma en que la mía lo había hecho hacía un momento. Que me examinara intencionalmente. Y me... gustó. Me encantó. Verle una apreciación tan profunda en el rostro me hizo sentir toda clase de cosas. Cosas excitantes. Cosas efervescentes y cálidas. Cosas que debería mantener bajo control por mi propio bien.

Me recompuse y me moví de izquierda a derecha mientras le repetía sus propias palabras:

—¿Te gusta?

Me dirigió una sonrisa ancha y maliciosa que le dejaron ver los extremos puntiagudos de los colmillos de cotillón, y fue difícil no devolverle la sonrisa.

—¿Si me gusta? —Negó con la cabeza—. Te ves increíble, Rosie.

—Atenuó la sonrisa y el rostro se le iluminó con esa intensidad propia de él con la que yo no sabía qué hacer–. *Estás preciosa.*

Preciosa.

No fue necesario saber lo que eso significaba, no cuando la forma en que me miraba me intensificaba el aleteo en el estómago. Lo multiplicaba. Tanto que nunca sabré cómo me quedé de pie allí y tomé el cumplido con una expresión impasible, si todo lo que quería era desmayarme en sus brazos.

—Arrasas con todo como vampiro victoriano –me las arreglé para decirle después de unos segundos–. Eres mejor que el protagonista de nuestro programa.

Y te tomaría a ti por sobre él cualquier día de la semana, quise agregar.

Pero Lucas ya no sonreía como antes. Solo murmuró algo como respuesta, aunque toda la intensidad aún estaba allí.

Desvié la vista hacia su pecho en un intento de no parecer afectada por esa intensidad ni por la manera en que aquellos ojos chocolate me estaban clavando la mirada. Vi que se le había descosido un botón del chaleco y estiré el brazo para sacarlo. Dejé que mis dedos hicieran su trabajo, pero la calidez de su pecho, que se filtraba a través de las telas, entorpecía mis movimientos y me agitaba la respiración.

—¿Dónde encontraste esta ropa? –pregunté con la voz más tranquila de lo que esperaba–. Parecen las mismas que las de la serie.

Porque íbamos disfrazados de nuestra pareja de vampiros favorita, pero los de la versión de uno de los episodios *flashbacks* de la época victoriana.

Lucas inclinó la cabeza para mirarme las manos, que estaban aferradas a aquel botón. Dio unos pasos hacia delante y acortó la distancia.

—Tuve una pequeña ayuda —comentó, y pude sentir su respiración en la piel—. Y por "pequeña" me refiero a mi enojona prima de un metro sesenta.

Estaba jugando distraída con el botón que ya se lo había terminado de sacar, y buscaba una excusa para quedarme allí, cerca de su pecho.

—Mi amiga no es enojona. Ni bajita —me impulsó a decir mi lealtad—. Es tierna.

—Creo que tú eres tierna —replicó Lucas e hizo que se me congelaran los dedos. Exhaló una gran bocanada de aire despacio—. No. No eres tierna. Eres preciosa.

Tragué con fuerza. Quería rogarle que se retractara tanto como necesitaba que repitiera de nuevo esas palabras, así no podría olvidarlas jamás.

Pero lo que dije fue:

—Ahora sí. Ya estás listo.

Y acaricié la tela de su chaleco con las puntas de los dedos y me prometí a mí misma que ese sería el último contacto.

Sin embargo, antes de que pudiera alejarme, Lucas dio otro paso que nos dejó aún más cerca. Me puse roja. Esta nueva posición, esta nueva cercanía, me había dejado con las palmas de las manos sobre su pecho.

—No estoy seguro —dijo con voz varonil, profunda y sensual—. Debe haber otros botones que también necesiten de tu atención. Quiero asegurarme, ya que has hecho una labor maravillosa con ese.

Levanté la vista, y por fin me encontré con su mirada. Había vuelto esa versión de Lucas que me había manchado el labio con salsa de tomate mientras me miraba fijamente. El corazón me dio un vuelco, todo mi cuerpo percibió la forma en que se le movía el pecho y la intensidad de su mirada. Lo rígido y determinado que se volvían sus rasgos cuando me miraba de esa manera, como si toda la diversión y la alegría lo hubieran abandonado.

Se quedó esperando en el mismo lugar donde estaba, pero ¿qué se suponía que debía hacer? ¿Pedirle que se desabrochara toda la ropa así tenía una excusa para abotonársela de nuevo sobre su cuerpo sólido y atractivo?

¡Sí!, me incentivaba una voz. *Ese sería un buen comienzo.*

—Me... Me parece que ya están todos bien —señalé en cambio, porque cualquier otra cosa hubiera sido una locura. Una estupidez. Una imprudencia.

Estuvo a punto de decir algo y se mordió el labio antes de responder:

—Okey.

—Okey —repetí.

Y, enseguida, dio un paso atrás y puso distancia entre nosotros.

—Antes de irnos. —Retrocedió unos pasos más hasta desaparecer por el pasillo. Un momento después, regresó con algo detrás de la espalda—. Esto es para ti.

Cuando reveló lo que estaba escondiendo, me quedé boquiabierta, como si la mandíbula se me hubiese caído al suelo, y mi corazón la acompañó una millonésima de segundo después.

—¿Pa... para mí? —tartamudeé, al mirar el despampanante ramillete de magnolias rosadas que sostenía. El *corsage* que Jake nunca me había dado la noche de graduación. Como le había contado. Y se había acordado—. Lucas, no tenías que hacerlo. Esta no es una de nuestras... —Me contuve, antes de decir "citas", *una de nuestras citas*—. Esta noche no se supone que es parte de nuestra investigación.

—No importa —replicó con total naturalidad, y quise preguntarle

¿cómo? ¿Cómo podía ser que no le importara si a mí sí me importaba? Pero enseguida continuó–: Sé que no planeé esta cita, así que en rigor no lo es. Pero después de la forma en que terminó la última, en la que ni siquiera pude hacerte una cena apropiada, pensé que podía aprovechar la oportunidad para compensarlo. Considéralo como parte de la fase dos. Explorar la chispa.

De modo que esto no era más que investigación.

–¿Por eso estuviste afuera? –Tomé la pulsera floral y me la llevé al pecho–. ¿Para conseguir este *corsage*?

–Sí. –Me dirigió una pequeña y tímida sonrisa y, a pesar de todo, fue muy duro para mí no enamorarme un poco más de este hombre. Dios, porque eso era lo que yo estaba haciendo, ¿no? Enamorarme de él–. Quería sorprenderte. Y, además, sabía que te estarías cambiando, y quise asegurarme de no pescarla corriendo en *ropa interior*, señorita Rosalyn. Algunos límites no deben cruzarse.

Asentí con la cabeza. La decepción me inundó el estómago.

–Sí, creo que no querrías eso.

–¿Qué quieres decir? –Lucas inclinó la cabeza.

–Nada –negué, esbozando una sonrisa.

Antes de poder siquiera registrar sus movimientos, me acorraló contra el marco de la puerta y me alzó la barbilla. No tuve otra opción que mirarlo a los ojos, y me arrepentí en cuanto lo hice. Porque había algo en ellos que no comprendí.

Me acarició la barbilla con el dedo pulgar muy suavemente.

–¿Qué quieres decir, Rosie?

Negué un poco con la cabeza.

–Solo quiero decir que, como mi amigo y compañero de apartamento, eso es algo que no quieres ver. –Porque eso era todo lo que éramos. Nuestras citas experimentales eran pura investigación, y Lucas solo estaba tratando de ayudarme. Hasta que regresara a España.

Me miró fijamente a los ojos mientras parecía estar analizando algo en su cabeza. Y cuando por fin abrió la boca, solo pudo decir:

—Esta noche… —Antes de que lo interrumpieran.

—¿Por qué están tardando tanto ustedes dos? —Lina ni siquiera había subido las escaleras, pero su voz retumbó en el pasillo vacío—. Puedo escucharlos que están ahí arriba y estamos estacionados en doble fila.

—Después —me susurró Lucas. Justo al oído.

De mala gana, se despegó de mí como si no quisiera enfrentarse a la mujer que estaba pocos metros detrás de él.

Lina apareció frente a nosotros.

—*Hola, prima* —la saludó con un suspiro—. Estábamos por bajar.

Ella observó la situación unos cuantos segundos.

—Estás guapísima, Rosie. ¿Y esas magnolias? Son hermosas. ¿Dónde las conseguiste? —quiso saber.

Lucas dijo algo, demasiado rápido y complicado como para intentar descifrarlo.

Lina entrecerró los ojos cuando le respondió.

Y antes de que pudiera preguntar o abrir la boca para decir algo sobre ese intercambio, Lucas me jaló de uno de mis perfectos rizos. Bajó la vista con una sonrisa que no les llegó a los ojos.

—Busca tus colmillos y vamos, Ro.

—Sí —asentí, mirando el *corsage*.

Lucas entró al baño para buscarme los dientes de cotillón, mientras yo me ajustaba a la muñeca las magnolias rosadas que me había dado solo por la investigación.

Porque estaba decidido a ayudarme.

Y yo debería haberme sentido feliz y agradecida por eso.

No debería haberme sentido triste.

—Mierda —dijo Lucas a mi lado.

—Mierda por dos —murmuré, boquiabierta.

Lina estaba de pie delante de nosotros y nos bloqueaba en forma parcial la vista del impresionante salón donde se llevaba a cabo el Baile de las Máscaras. Ella no era muy alta que digamos, ni siquiera en tacones, pero llamaba mucho la atención por el cabello teñido de azul y la misma pintura haciendo juego que le cubría el rostro, el cuello y los brazos.

Lina y Aaron iban como los protagonista de *El cadáver de la novia*, una tarea que se habían tomado muy en serio. Los disfraces eran los más cercanos a los reales que había visto. Incluso Aaron se había maquillado las cuencas de los ojos con sombra gris humo, lo que le resaltaba aún más los ojos azules. Eso sumado a su altura, el traje de dos piezas y la novia no-muerta que llevaba del brazo componían una imagen imponente.

Parecían la pareja poderosa del inframundo. Muy distintos de Lucas y yo, que *no* éramos una pareja, a pesar de los disfraces a juego. No es que importara. Un solo vistazo a nuestro reflejo en el espejo del ascensor casi me había hecho caer de culo. En especial, cuando nos pusimos las máscaras preciosas con las que Lina nos había sorprendido. "Para la exhibición", nos había dicho con un guiño, sin saber que ese accesorio volvía a Lucas completamente... seductor para mí.

—Chicos, ¿no les encanta todo esto? —Lina sonrió, antes de girarse para contemplar el lugar–. Va a sonar muy pasado de moda, pero ¿creen que veremos a alguna celebridad?

–Es posible –respondió Aaron–. Esto es Nueva York y todo tipo de celebridades están invitadas.

–Aún espero ver a Sebastian Stan. –Lina aplaudió bajo su mentón.

Aaron murmuró algo ininteligible.

Yo solté una risita.

–Ay, no me molestaría para nada.

Lucas se desplazó un poco a mi derecha y cuando lo miré, estaba frunciendo el ceño.

–¿Quién es ese… *Sebastian Espanto?*

Lina hizo un gesto airado con la mano.

–*Sebastian S-tan.* Y es el actor más encantador, divertido y el más lindo de Hollywood al que subestiman por completo.

Asentí con la cabeza y agregué:

–Se lo ha visto en Nueva York lo suficiente como para que Lina crea que algún día nos vamos a cruzar con él.

–Bueno… –Lucas se encogió de hombros–, espero que a *Sebastian Estonto* no le importe chocarse con acosadoras.

Aaron resopló, por lo que recibió una mirada furiosa de su esposa.

–Basta de asesinar su apellido, Lucas –le advirtió Lina, antes de darle una palmadita a su esposo en el pecho–. Y no tienes ninguna razón para para estar celoso, *amor.* Quiero encontrarme con Seb, pero solo para que Rosie se lo quede.

Aaron la rodeó con un brazo y a la atrajo hacia él, como fusionándola a su lado.

Le eché un vistazo a Lucas, quien me estaba mirando. Pensé que diría algo más sobre el tema o que asesinaría el apellido de Sebastian de nuevo, pero solo me guiñó un ojo. Presumido, como si supiera lo bien que se veía al guiñar con el disfraz y la máscara. Y, diablos, todos los pensamientos sobre ver a Seb o a otra celebridad se desvanecieron de mi mente en un soplo.

Me adelanté para estar junto a Aaron y Lina. Ella soltó a su esposo, le dio un beso en la mejilla y enroscó su brazo con el mío para entrar a la fiesta y dejar a los dos hombres detrás de nosotras.

Después de cruzar la pista de baile, iluminada con una luz muy tenue, ocupamos un sitio en la barra, ubicada en el extremo opuesto del salón, donde los chicos se nos unieron.

—Creo que llegamos un poco temprano —comentó Lina, mirando a nuestro alrededor y señalándonos los pocos grupos dispersos que había—. ¿Qué hora decía la invitación, Aaron?

Le rodeó la cintura con el brazo y descansó la palma sobre su abdomen.

—Ocho. Va a venir más gente. Despreocúpate. Este es uno de los eventos más populares del año. Solo le gana la subasta de solteros.

—¡Ah! La recuerdo muy bien.

—Yo también. —Aaron inclinó la cabeza un poco más, le dio un beso en el hombro que derritió a mi amiga hasta convertirla en un charco de sustancia viscosa azul.

Mi rostro debe haber mostrado cada una de mis emociones (felicidad, anhelo, esa punzada de celos de buena fe pero agudos) porque el hombre que había aprendido a leerme como un libro abierto me estaba jalando de un rizo.

Me giré y encontré a Lucas a mi lado, un poco más cerca de lo que había estado hacía un minuto.

—Me encantaría tomar una copa —comentó, al mirarme—. ¿Qué hay de usted, señorita Rosalyn? ¿Le apetecería un brebaje? —Me mostró sus colmillos de cotillón—. ¿Quizá algún trago 0 negativo?

No pude evitar reírme, así que lo hice.

–Será un placer, mi buen señor, pero que sea libre de sangre, por favor. –Arrugué la nariz–. De solo pensarlo, me siento desfallecer...

Los labios de Lucas dibujaron una sonrisa y me dio un empujoncito con el hombro con una expresión radiante.

Después de eso, pedimos las bebidas y pasamos el rato en nuestra pequeña burbuja, charlando animosos mientras iba llegando más gente.

Y con cada minuto que pasaba y con cada persona que llegaba a la fiesta, más me acercaba a Lucas. Tanto que, sin saberlo, estábamos hombro contra hombro. Y se sentía bien. La charla amena, la forma en que me rozaba con el brazo, las chistes internos, las veces en que su mirada se perdía en la mía y la manera en que me preguntaba si la estaba pasando bien. Maldición, todo eso se sentía tan bien.

Me sentía como si estuviéramos en una cita doble de verdad con mi mejor amiga y su esposo.

A gusto. Emocionada. *Real.*

Capítulo 18

Lucas

Aaron había tenido razón, ese *era* un evento popular. Era difícil dar un paso sin chocarse con alguien. El lugar estaba repleto de gente. Supuse que eran personas que se movían en círculos sociales que yo desconocía. Personas que concurrían a bailes de máscaras en impresionantes salones de hoteles, esos que yo nunca tendría en cuenta para pasar ni una noche. No porque no pudiera, sino porque no me gustaban.

No estaba acostumbrado a estar entre multitudes como esta. Ni entre *cualquier* multitud, a menos que contáramos a la gente que asistía a los torneos. Pero tenía que admitir que no me sentí tan incómodo como había esperado. Y, claro, se trataba de la noche de Halloween. Pero también tenía mucho que ver la chica que me presionaba el brazo con su hombro. Estaba aquí por ella.

Y si de mí dependiera, la tendría apretada a mi lado, tal como Aaron tenía a Lina. No porque quisiera (no me malinterpreten, sí quería), sino porque cada vez había menos espacio a nuestro alrededor. Y la multitud empezaba a embriagarse y, por lo tanto, a descuidarse.

No me había gustado que cualquier zombi nos empujara por detrás y menos si era un superhéroe que no conocía. A este ritmo, corríamos el riesgo de que nos tiraran los tragos que teníamos en las manos, de que Rosie se lastimara y de que yo tuviera que golpear a algún borracho idiota con máscara.

Cuando revisé el vaso de Rosie para ver si había terminado su bebida, fue físicamente imposible evitar subir la mirada y recorrerle la cara. Bajar por su cuello. Para sumergirme de nuevo en ese escote.

No era la primera vez que lo hacía esa noche, y casi seguro no sería la última. Parecía incapaz de contenerme.

Sobre todo cuando sus pechos presionaban el escote de su vestido de tal forma que me arremolinó la sangre e hizo que fluyera hasta ciertas áreas de mi cuerpo que estaban empezando a sentirse un poco apretadas debajo de mi ropa. Yo era solo un hombre. Y podría soportarlo en tanto esa piel de aspecto suave y a la vista no me hiciera tener pensamientos poco apropiados para ese lugar. Y con esa compañía.

—¿Estás bien? —me preguntó Lina, y me obligué a dejar de mirar a Rosie. Mi prima inclinó la cabeza—. Te ves... extraño. ¿Tienes hambre o algo así?

Sonreí de la forma más natural que pude.

—Siempre tengo hambre. —Por el rabillo del ojo, vi la risita de Rosie—. Sin contar eso, estoy bien. *Gracias, prima.*

Como si fuera una señal, alguien nos chocó a mí y a Rosie por detrás. De nuevo. Seguramente era alguien que estaba tratando de hacer un pedido en el concurrido y caótico bar.

Con una maldición, al final me hice a un lado y me coloqué detrás de ella. Luego, le pasé un brazo por el costado y apoyé el codo sobre la barra para crear una pared detrás de ella.

Rosie movió la cabeza y sentí el aroma de su pelo.

Maldita sea, esos melocotones empezaban a volverme un poco loco.

Me daban ganas de sumergir la cabeza entre su cabello, colocar la nariz en su cuello y aspirar una buena y honesta bocanada, como si yo no fuera otra cosa más que un animal, como el hombre salvaje que era.

Aaron me miró a los ojos y asintió con la cabeza en señal de aprobación. Me pregunté qué podría estar aprobando en concreto, pero le correspondí la mirada.

—Gracias, Lucas —acotó Rosie. Su voz atrajo mi atención de vuelta a ella. Sus ojos verdes bailaban con calidez, con esa conciencia que yo también estaba sintiendo—. Realmente no tienes que hacerlo, ya sabes, protegerme o algo así. Pero te lo agradezco.

¿Realmente no tengo que hacerlo?

Dios.

Ya le había dicho una vez lo mucho que odiaba que bajara sus estándares, y así lo creía. Era una persona que daba vida a héroes románticos e historias de amor que la gente anhelaba. Me sacaba de quicio que no esperara todas esas cosas en la vida real. Porque ella realmente parecía estar bien sin esperar que ningún hombre estuviera a la altura de sus héroes. Ella estaba bien con eso.

—No hay nada que agradecer —respondí, y di un paso adelante para estar poco más cerca, porque no me podía mantener a raya. Bajé la mirada de nuevo, justo a tiempo para verla tragar, y el movimiento lento de la garganta junto con la forma en que lo acompañaban los pechos al respirar fue suficiente para hacer que me apretaran los pantalones. Jesús. Menudo amigo era–. Estoy feliz de protegerla, señorita Rosalyn.

No respondió, y cuando volví a encontrarme con su mirada, tenía los ojos... distintos. Sorprendidos, entrecerrados. Quizá reflejaban los míos.

–¿Qué tal si bailamos? –sugirió Lina con un entusiasmo jovial, y rompió el hechizo–. Creo que ya hemos pasado tiempo suficiente aquí.

Aaron se quedó en silencio. Rosie dudó. Y yo... me encogí de hombros. Me dolía la pierna por haber estado tanto tiempo de pie, pero los seguiría hasta la pista de baile si ese era el plan.

–Vamos –insistió Lina.

Pero antes de que alguno de nosotros pudiera responderle, alguien me empujó por detrás y me hizo entrar en pleno contacto con la espalda de Rosie. Sin pensarlo, la rodeé con un brazo, justo cuando sentí que su trasero se apoyaba contra mi entrepierna. Una nueva inyección de conciencia se me desparramó por todo el cuerpo e hizo que mi miembro se pusiera en alerta.

–¡Sí! –gritó Rosie–. ¡Vamos a bailar!

Sin darme a mí ni a Aaron otra opción, las chicas se tomaron del brazo y caminaron hacia la multitud en movimiento.

Aaron me lanzó una mirada, y lo que sea que vio en mi expresión le hizo soltar una risita.

–¿Qué es tan divertido? –le interrogué, mientras ensayaba una expresión natural.

Echó un vistazo al mar de personas delante de nosotros y sus ojos se centraron en un punto que, supuse, era su esposa.

–No tenías que decir nada –repuso, mirando hacia delante–. Sabes, no va a ser fácil. Pero va a mejorar.

Forcé una risa para fingir que sabía de lo que estaba hablando.

Pero ya sabes a lo que se refería, me respondió una voz. *Aunque nunca mejorará. Porque ella no es tuya. Y, de todos modos, te vas.*

Negué con la cabeza, Aaron asintió y nos aventuramos a la pista de baile.

Las chicas estaban bailando, haciendo lo suyo mientras estaban perdidas en la canción, girando en círculos con los brazos en alto. Me recordó a aquella Rosie que giraba con *Dancing Queen*. Sonreí, por el recuerdo y por lo que estaba viendo. De hecho, estaba bastante seguro de que estaba devorando, con cegador asombro, cada uno de sus movimientos, como si estuviera viendo el amanecer por primera vez.

Una imagen extraña se infiltró en mi mente. Rosie, sentada a horcajadas sobre mi tabla, flotaba en el océano. Tenía el cabello mojado pegado a la piel y sonreía. Me encantaría llevarla, enseñarle a remar, a atrapar su primera ola, escucharla reír por sobre el sonido de las olas. Todas las cosas que yo no podía hacer.

Los ojos de Rosie se encontraron con los míos, pero lo que sea que comunicara mi rostro hizo desvanecer su sonrisa y su expresión se tornó seria. Preocupada. De inmediato, caminó en mi dirección, y aunque no quería arruinarle la diversión, me alegré de verla acortar la distancia. De que viniera hacia mí.

Se detuvo lo suficientemente cerca como para regalarme otra bocanada de melocotones. De ella.

Se puso de puntillas para que pudiera escucharla por encima de la música.

—No estás bailando. ¿Te está molestando la pierna?

Lina y Aaron estaban a varios metros de distancia. La multitud se había tragado sus cuerpos fusionados.

Tal vez por eso me sentí libre de decir la verdad:

—Me distraje observándote como para sentir alguna molestia.

—¿Observándome? —Se profundizó el verde de sus ojos.

Asentí con la cabeza, despacio, todo en mí gritaba que me inclinara. Que me sumergiera en ella y me acercara a su oído. Que le tocara con los labios su delicada piel y que se liberara de su conciencia.

—Es muy difícil no mirarte, Rosie. Lo haces difícil.

Abrió la boca, pero antes de que pudiera decir algo, alguien la empujó contra mi pecho. Con fuerza.

Rosie jadeó mientras mis brazos la rodeaban y la sostenían contra mi pecho. Mis manos sintieron de inmediato el líquido que le corría por la espalda.

—Esto tiene que parar —grité, entre dientes—. *¿Qué cojones le pasa a esta gente?*

Porque, en serio, ¿qué demonios les pasaba a todos los que estaban en esa maldita fiesta?

Levanté la vista y me encontré a una persona vestida como... ¿Chewbacca? Se dio la vuelta, se quitó la cabeza peluda y se la puso debajo del brazo.

—Lo siento mucho. No te vi, cariño.

Ignoré la forma en que miró a Rosie y ese "cariño" que había deslizado como si no hubiera un hombre que la estuviera sosteniendo, en este caso yo.

—¿Estás bien, Ro? —le pregunté mirándola.

—Sí. —Ella asintió rápidamente, sin moverse de mi abrazo—. Pero estoy cubierta con lo que sea que contenía el vaso.

Lo estaba. Demasiado, teniendo en cuenta la forma en que la tela de su vestido se sentía entre mis dedos.

Chewbacca se nos acercó.

—Por favor, deja que me encargue de los gastos de la limpieza en seco. —Le entregó una tarjeta de negocios a Rosie y luego agregó—: Mi número está ahí. Puedes llamarme. O déjame invitarte una bebida, te lo compensa...

—Está bien, de verdad —Rosie lo interrumpió, rechazándolo—. No es necesario nada de eso.

Una parte ilógica y básica de mí quiso decir: *Bien, ahora sigue tu camino.*

—¿Segura? —insistió Chewbacca—. ¿Ni siquiera la bebida?

—Estoy segura. —Le sonrió de manera educada mientras se inclinaba más hacia mí—. Gracias de todas formas.

Chewbacca se quedó mirándola fijamente unos segundos más de lo necesario, como si esperara que cambiara de opinión.

Fruncí el ceño y me contuve de ladrarle algo a ese tipo porque, uno, no tenía derecho a hacerlo; y dos, Rosie lo había manejado bien sin mí.

Así que, en cambio, le pasé un brazo sobre los hombros, tal como me había estado muriendo por hacer toda la noche. Lástima que tuviera que ser en aquel momento: ella, empapada, y yo, un poco enojado.

—Vamos a secarte. Los baños deben estar por aquí. Te voy a ayudar a limpiarlo.

Anduvimos entre el enjambre de criaturas danzantes, superhéroes y más que una buena cantidad de referencias a la cultura pop que no reconocí, hasta que por fin encontramos los baños.

Rosie se desprendió de mí y se adelantó.

Opté por ignorar la etiqueta o las reglas de la sociedad en general, y la seguí. Pero en cuanto vio mi reflejo en el espejo, ella se detuvo.

—Lucas, ¿qué estás haciendo?

—Te ayudo. —Le ofrecí mi mejor sonrisa—. Como dije. Y antes de que pienses en quejarte. Sí, tengo que hacerlo. Y sí, quiero.

—Este es el baño de las damas. No deberías estar aquí.

Miré a mi alrededor para asegurarme de que estuviéramos solos.

—Siempre he sentido curiosidad al respecto —mentí. Solo quería estar allí por ella y me sentí un poco sobreprotector—. Me preguntaba por qué las mujeres pasan tanto tiempo aquí.

Me ignoró y tomó algunas toallas de papel que parecían costosas.

Divisé una *chaise lounge* tapizada en una esquina y sonreí con satisfacción.

—¿Ves? Esa sería una buena explicación. Tienes la oportunidad de recostarte y relajarte un momento. ¿También sirven bebidas aquí?

Rosie dejó de frotarse los hombros con las toallas y me miró.

—Qué ridículo eres. —Pero se rio, lo que siempre consideraba una victoria—. ¿No estabas aquí para ayudarme?

—Siempre. —Me animé.

—Entonces ven aquí y ayúdame.

—¡Ah! —Me di unas palmaditas en el pecho—. Me encanta cuando me das órdenes, Graham —dije mientras caminaba hacia ella y atravesaba la sala demasiado amplia y grande. Rosie se había pasado un brazo por encima del hombro para intentar llegar a un punto de la espalda—. Espera, déjame ayudarte con eso.

—Gracias —dijo en voz baja.

Tomé un par de toallas de papel y, con suavidad, le limpié la humedad de la piel visible de su espalda.

—¿Qué demonios llevaba ese Chewbacca? ¿Una cubeta?

Rosie se rio, se recogió el cabello y lo colocó a un lado sobre el hombro, lo que dejó su cuello al descubierto. Era esbelto, delicado y con solo verlo hizo que me relamiera.

Animal, me regañé.

Pero todavía seguía preguntándome cómo se sentiría su nuca

entre mis dedos si la capa de papel desapareciera. Me preguntaba si temblaría con mi caricia. Me preguntaba qué pasaría si me inclinaba hacia abajo y…

Cristo. *No sigas, Lucas.*

Con un gemido ahogado, seguí dándole toques con la mano alrededor del hombro, en automático, y llegué al frente del torso. Me detuve al darme cuenta de que estaba tocando ese lugar en el que había estado tan concentrado toda la noche.

El corazón me dio un brinco, ese deseo volvió por una revancha. Quizá fue por eso por lo que, cuando vi una gota desbocada que cruzaba la curva de su clavícula, se deslizaba por su pecho y caía peligrosamente cerca de su escote, ni siquiera pensé en ir a por ella.

Seguí el camino de la gota con la toalla, lentamente y con delicadeza. El pulso de Rosie cobró vida bajo mi mano y su respiración me lo indicó.

La busqué con la mirada en el espejo porque quería y necesitaba ver su rostro, y me encontré con el reflejo de sus ojos.

Escondían una pregunta. Maravilla. Hambre. Curiosidad, también.

—Solo estoy tratando de secarlo todo —murmuré, manteniendo mis ojos en los de ella—. No me gustaría que caminaras así y te resfriaras.

—Ah, okey —exhaló, y entonces, pude sentir los latidos de su corazón en las yemas de los dedos, incluso a través de la delgada toalla—. Está bien. Está muy bien.

—Me encanta ser servicial —comenté a pesar de que mi mano ni siquiera estaba moviéndose en ese momento.

Tragó con fuerza.

—¿Sabes? Esto no es ni la mitad —aclaró, su voz retumbó junto a la mía en el subsuelo—. La bebida de alguna forma traspasó mi vestido. Y creo que mi ropa interior podría estar… ya sabes, mojada.

Tragué tan fuerte que incluso escuché el sonido.

–¿Lo... lo crees? ¿Estás segura?

Ella afirmó con la cabeza.

Mi propia imaginación se volvió en mi contra, revelándome todo tipo de imágenes delante de los ojos. Su vestido de fiesta deslizándose por su cuerpo. Rosie en ropa interior. Gotitas rodando por su espalda, llegando al elástico de sus pantis. Cayendo incluso más abajo, por sus muslos, y...

–Creo que necesito sacármelo –acotó y me trajo de regreso. Más o menos de regreso. Aunque no del todo, porque...

–¿Sacártelo? ¿El vestido? –dije con voz ronca. O gruñí. No estaba seguro–. *¿Ahora?*

Rosie cortó el contacto, se movió fuera de mi alcance e hizo que se me cayera la mano sin fuerza a un costado.

–Sí, ahora –confirmó.

Estrujé la toalla de papel en el puño.

Se llevó la mano a la espalda para alcanzar la cremallera, pero no se estiró lo suficiente como para lograrlo.

–Solo me lo... –Se estiró más–. Me lo quitaré y lo secaré debajo del secador de manos. –Ahora tenía el brazo doblado en un ángulo extraño–. Creo que puedes irte, Lucas.

Sí. No. Yo… no debería estar aquí si ella se iba a quitar el vestido. Porque perdería la cabeza. Me abalanzaría sobre ella, teniendo en cuenta cuánto estaba luchando mi autocontrol esa noche. Me gustaría hacerle cosas como… *Cabeza fría, Lucas.* Tragué con fuerza.

–¿Rosie?

–¿Sí?

–¿Qué tal si nos metemos en un cubículo, te bajo la cremallera y te lo sacas ahí? ¿Te parece bien?

Se detuvo en seco. Se volvió a incorporar y relajó los brazos al costado del cuerpo.

—Okey. Me parece razonable.

—¿Ves? —Suspiré aliviado pero no tanto—. Te dije que estaba aquí para ayudarte.

Ella me hizo un mohín.

Cuando nos movimos al cubículo más próximo, abrí la puerta, la sostuve en esa posición con mi cadera y guie a Rosie para que quedara dándome la espalda.

Y… todo mi alivio pasajero saltó por la ventana.

—¿Lista? —pregunté, por si acaso. Solo para no asustarla con mi contacto. Solo para tener un par de segundos para prepararme.

—Siempre lista —murmuró.

—Voy a comenzar con el pequeño botón de la parte superior. Luego, bajaré la cremallera.

Exhaló despacio.

—No tienes que narrarlo, Lucas. Solo hazlo.

Mis labios se curvaron ante su impaciencia, pero en el momento en que mis dedos desabrocharon ese primer botón, esa sonrisa murió.

Apreté la mandíbula cuando empecé a ocuparme de la cremallera, a bajarla con suavidad y sutileza, mientras me decía a mí mismo que era porque la tela era gruesa y pesada, cuando en realidad me estaba costando que mis dedos funcionaran. Inspiré una gran cantidad de aire por la nariz y seguí jalando de la cremallera. Iba descubriendo cada vez más de esa piel suave y rosada, mientras me palpitaba todo el cuerpo.

Ansiaba sacarle el vestido y tocarla. Tocarle la piel. Sentir con las yemas de los dedos si estaba fría o caliente. Seguir la línea de la columna vertebral con el dorso de la mano y ver si se estremecía.

Un silencio pesado se instaló entre nosotros. El único sonido en ese espacio cerrado era el lento silbido de los dientes metálicos mientras mi mano derecha seguía bajando, tirando del deslizador de la cremallera, con el objetivo de alcanzar algo para lo que no había estado preparado.

El borde de la ropa interior de Rosie.

De encaje. Negro.

Esa imagen hizo que mi corazón hiciera un esprint. Me bullía la sangre y se me acumulaba abajo, bien abajo. En esos lugares que harían que esta situación fuera difícil de explicar si alguien entrara y nos encontrara en ese preciso momento.

—¿Lucas?

—¿Sí? —me parece que dije.

—Creo que... —ella se alejó, su voz se tornó grave— puedo hacerme cargo desde aquí.

Y antes de que pudiera abrir la boca para intentar responder, ella desapareció dentro del cubículo.

Me dejé caer hacia delante y apoyé la frente sobre la puerta cerrada. ¡Ay, mierda!

No me olvidaría del borde de sus bragas negras de encaje.

—¡Ay, Dios! Ay, no —gimió desde adentro e hizo una pausa—. Estoy tan… mojada.

Mojada. Estaba mojada.

Ante su declaración, me salió un sonido lastimero.

—¿Puedes alcanzarme algunas toallas de papel? —me pidió un segundo después—. ¿Por debajo de la puerta?

—Por supuesto, compa. —*Compa, de compañeros de cuarto. No lo olvides, Lucas,* me recordé a mí mismo mientras agarraba un puñado de toallas y seguía sus instrucciones—. Aquí tienes.

–Gracias –respondió, y me las sacó de la mano. A los dos segundos, su vestido colgaba de la parte superior de la puerta del cubículo.

Cerré los ojos ante esa imagen y recurrí a toda mi fuerza de voluntad para no pensar en lo que eso significaba. Ella, casi desnuda. En su ropa interior de encaje negro. *Mojada.*

–¿Lucas?

Me aclaré la garganta.

–¿Sí?

–¿Puedes poner el vestido debajo del secador de manos? Solo un par de minutos. –Un segundo de silencio–. Mientras me limpio.

Tomé el vestido, caminé hasta el secador de manos y lo coloqué debajo del aire caliente. La tarea me distraía de mis pensamientos lujuriosos y caóticos.

–¿Funciona? –Rosie quiso saber unos minutos más tarde.

No. No lo suficientemente rápido. La tela era gruesa y al tacto la sentía apenas menos húmeda.

–Sigue un poco mojada todavía.

–Creo que me lo voy a poner de nuevo. Hemos estado aquí demasiado tiempo, y no creo que vaya a estar mejor que esto.

Regresé a su cubículo y sostuve el vestido delante de mí. Y, por supuesto, ese fue el momento exacto en el que alguien decidió entrar al baño. Aunque era un superhéroe más que no reconocí. ¿Eran... unos cuernos lo que tenía esa mujer en la frente?

–Hola. –La saludé con un movimiento de cabeza–. Por favor, ignórame. Estoy...

Y, antes de que supiera lo que estaba pasando, me estaban jalando hacia dentro del cubículo de Rosie y la puerta se trabó detrás de nosotros. Cerré los ojos.

–¿Por qué estabas entablando una conversación con ella? –susurró.

—Estaba siendo educado, Ro —respondí, y me giré hacia la puerta para darle la espalda por extra seguridad—. La abuela me enseñó que los buenos modales y una sonrisa pueden llevarte muy lejos. No tienes por qué estar celosa.

—No estoy celosa —se burló—. ¿Vestido?

Todavía de espaldas, porque no me había olvidado del hecho de que ella estaba de pie casi desnuda, se lo alcancé por encima de mi hombro.

—Aquí está. Pero no te voy a mentir. No estoy seguro de que vayas a querer ponértelo.

La escuché resoplar cuando lo tomó.

—Maldita sea.

Mi impulso fue darme la vuelta y decirle que todo estaría bien y consolarla de alguna forma, pero no podía ni debía hacerlo, ya que estaba prácticamente desnuda y yo estaba intentando mantener la compostura.

—Puedes usar mi camisa, Rosie. Y mi chaqueta. Creo que son bastante largos.

—Nada más que... ¿eso?

No lo visualices, no lo visualices, recité en silencio.

Pero la imagen provocativa (Rosie, mojada, con mi ropa y las piernas desnudas) tomó forma en mi cabeza tan rápido y con tal claridad que mi siguiente palabra apenas me salió de la boca.

—Sí. —Me aclaré la garganta—. Seguro. No tengo ningún problema de andar por ahí sin camisa, ya lo sabes. Además, todavía tengo el chaleco.

Silencio.

—Póntelos —insistí—. Puedo sacarte de aquí. Llevarte a casa.

Suspiró. Y debe haber estado muy cerca de mí porque sentí su respiración en la espalda. Luego, su frente cayó entre mis omóplatos.

—A casa. —Soltó otro suspiro—. La noche ha terminado. Está arruinada, ¿no?

La clara decepción en su voz hizo que el corazón me diera un vuelco.

Sin pensar en eso, en todas las razones por las que no debía, me di la vuelta y envolví su cuerpo apenas vestido entre mis brazos y la traje contra mi pecho.

Tenía la piel cálida y pegajosa por la bebida ya seca y fue imposible no aspirarla cuando cerré muy fuerte los ojos, como medida preventiva.

—Lo siento, Ro —ofrecí, y le apoyé la barbilla sobre la cabeza—. Te haré palomitas de maíz. Esas de caramelo y sal que te gustan. Y veremos una película de miedo. La noche no ha terminado.

No sé cómo, se le habían quedado atrapados los brazos entre su torso y el mío, y yo sentí que movió las manos para acomodar las palmas contra mis pectorales, lo que me hizo desear tomarla de las muñecas y rodear mi cuello con sus brazos.

Se le escapó un sonido ahogado, amortiguado por mi ropa, así que la empecé a soltar. Pero ella se sujetó a la tela de mi chaleco, tiró de ella y me mantuvo allí.

—Eres… —Ella exhaló temblorosa y me hizo fruncir el ceño. Deseé ser capaz de abrir los ojos para poder mirarla a la cara—. Eres increíble, Lucas. Y creo que no te das cuenta de eso.

Con los ojos aún cerrados, dejé que mi mano derecha bajara, solo unos pocos centímetros seguros, para que descansara en el medio de su espalda. Mi pulgar le rozó la piel cálida y pegajosa.

—¿Por qué dices eso?

—Porque estás aquí, ayudándome, en vez de ir por ahí y divertirte… y… no sé, vivir tu vida sin tener para preocuparte por mí.

Mi ceño se frunció más. *¿Tener que preocuparte por ella?*

¿Pensó que sentía que tenía que preocuparme? ¿No vio que esto me salió de forma natural? ¿Que no podía controlarlo, aunque quisiera?

Antes de que pudiera expresar cualquiera de esas preguntas, sentí que sacaba la cabeza por debajo de mi barbilla.

—Eres tan increíble que hasta cierras los ojos para no verme en ropa interior. —Su voz sonó apagada, y la preocupación se apoderó directamente de mis entrañas—. Yo ni siquiera te pedí que lo hicieras.

—Porque no tienes que pedírmelo, Rosie.

Sentí que tiritaba en mis brazos. Entonces, le empezó a temblar el cuerpo contra mi pecho. Mi cerebro se volcó en piloto automático y traté de atraerla hacia mí, de calentarle la piel de cualquier manera que pudiera.

Pero ella se resistió.

—Estás temblando, Rosie. —Por un segundo, ni siquiera me reconocí la voz. Hacía mucho tiempo que no sonaba así... desesperado. Suplicante. Pero no me avergonzaba de ninguna de esas emociones, así que le di unas palmaditas a mi pecho con un puño—. Ven aquí. Déjame darte calor.

Pero no sentí que se moviera. Ni siquiera la escuché hablar.

Hasta que me ordenó:

—Abre los ojos, Lucas.

—No. —Negué con la cabeza de manera brusca.

Con las manos todavía aferradas a la parte delantera de mi chaleco, jaló de él y me acercó hacia ella. Eso hizo que se me acelerara el pulso aún más, casi salvaje.

—Esto es lo que quise decir hoy —explicó—. Cuando me dijiste que te ibas del apartamento así me podía cambiar. Que no querías verme correr por ahí en ropa interior.

Me acordaba, por supuesto que sí.

–¿Sería tan malo? ¿Que me miraras? –Su voz tenía un matiz que no me gustó, como si la hubiera lastimado. Algo que no podía soportar, pero tampoco sabía cómo solucionarlo.

Ella me jaló de nuevo, acercándome aún más. Desgarrando mi autocontrol.

Sentí el contorno de su cuerpo (la curva de sus pechos, la pendiente de su abdomen) contra mí y me llevaba hasta mi límite.

Y cuando dijo:

–Quiero que abras los ojos, Lucas. Necesito que lo hagas.

Fue esa *necesidad* la que me mató. Saber que ella me necesitaba, que quería que lo hiciera por ella. Mi fuerza de voluntad, completamente agotada. Hacía mucho que ya no podía interpretar el papel de noble amigo.

Mi autocontrol se quebró.

Y abrí los malditos ojos.

Impregné mi mirada con la imagen que tenía delante. De Rosie, en nada más que su ropa interior, con todos los rizos enmarcando su precioso rostro, todas las curvas que pedían por mí. Que la tocara, no como lo había hecho en cualquier momento en el pasado, sino para conocerla. Que dejara que mis manos deambularan lentamente por toda su piel hasta que no hubiera ni un centímetro que no me supiera de memoria.

Era guapísima. Deslumbrante. Todo lo que un hombre podría querer. Y me miraba a mí como si se preparara para verme huir, cuando en verdad haría lo que fuera por quedarme.

–Rosie –empecé a decir después de recuperar el aliento–, si piensas que esto es algo que no quiero ver, entonces me estás malinterpretando.

Sus labios se separaron con sorpresa.

Sorpresa.

Negué con la cabeza y, debido a que había perdido el autocontrol, por fin dejé que mi mirada se impregnara sin reservas. Mis ojos recorrieron su delicado cuello, tomaron la suave curva de su hombro y alcanzaron sus pechos, apenas contenidos por el correspondiente sujetador de encaje negro.

Debido a que mi autocontrol se había desvanecido, también me permití tocarla (por fin, carajo, por fin) para rodearle la cintura con las manos. La sentí cálida y flexible, y pude mover su cuerpo a mi antojo.

Rosie dejó salir su respiración en una bocanada y me tomó de los hombros con firmeza.

Mis manos fueron subiendo hasta que los pulgares rozaron debajo de la curva de sus senos.

–¿Crees que no quiero verlos? –La rocé de nuevo con las yemas de los dedos, el contacto a través del encaje ya me estaba volviendo loco–. ¿Tocarte así?

Rosie arqueó la espalda en respuesta, acercándose más y mi miembro se sacudía en mis pantalones ante la vista, ante la cercanía de su cuerpo.

–No hay nada de ti que no quiera ver. –La tomé de las muñecas y me llevé una muñeca a la boca–. Eres una obra de arte, Rosie –le dije, sobre la piel–. Una obra del carajo. Como un espejismo. Una ilusión. ¿Qué hombre en su sano juicio no querría verte?

Rosie liberó un gemido que despertó a esa parte primitiva mía que había tratado de mantener a raya toda la noche.

Sin ningún sentido de pensamiento racional, me abalancé sobre ella y, con un movimiento rápido, la coloqué contra la puerta cerrada.

Me incliné y me aseguré de hablarle muy cerca del oído cuando le pregunté:

—¿Eres siquiera real?

—Soy real. —Apenas le salieron las palabras por la respiración jadeante—. Puedes tocarme, si no me crees.

—Tocarte —gruñí ante la idea de hacerlo de verdad, no solo rozarle la piel con las yemas de los dedos, sino tocarla de veras, por todos lados. *Quiero eso.* Le levanté los brazos y le sujeté las manos por encima de la cabeza, dejándola inmóvil—. No digas cosas que no quieres decir, Rosie. No ofrezcas cosas de las que te puedas arrepentir.

Ella arqueó su espalda de nuevo y empujó los senos contra mi pecho.

—No me voy a arrepentir.

Mis manos le apretaron las muñecas mientras me inclinaba y posaba mis labios sobre su piel.

—Quiero hacer cosas nobles, Rosie. —Sumergí la nariz en su cabello y, como el animal que era, aspiré una profunda bocanada de ese aroma—. Pero me está resultando muy difícil, porque todo lo que quiero hacerte son cosas pecaminosas.

Apretó su pecho contra el mío y pidió:

—Puedes ser las dos cosas. Haz ambas cosas.

No.

—¿Recuerdas que te dije que no podía ser tierno y desordenado? —dije con voz ronca y avancé sobre ella, presionándola más fuerte contra la puerta. Ella asintió con la cabeza y murmuré con voz áspera—: Esto es lo mismo. Si soy noble, me alejo. Te envuelvo en mi chaqueta y te llevo a casa.

Rosie tiró para salirse del agarre que yo le hacía en las muñecas, y como no cedí, me miró a los ojos y contestó:

—No.

Era la necesidad en sus ojos, la forma en que se estremeció al pensar que me alejaba, lo que aniquiló ese último hilo de cordura y rompió algo dentro de mí, algo más grande, más salvaje. Lo que le dio un empujón a la bestia.

—Déjalas aquí –gruñí, y le presioné las muñecas para mantenerlas por encima de su cabeza. Tragué saliva, incapaz de contenerme–. Quieres pecar. –Deslicé las manos hacia abajo, con las palmas listas y abiertas–. Sería tan fácil, Rosie. –Mis pulgares le rozaron los senos; luego, jugaron con los picos fruncidos sobre la tela de encaje de su sujetador, antes de bajar de nuevo y llegar al borde de sus bragas. Me activé con la tela delgada, se me aceleró el pulso por los pensamientos que me daban vueltas en la cabeza–. Podría deslizar esto a un lado y hacerte sentir bien. Hacerte morir de placer con los dedos.

Ella jadeó de sorpresa, *anhelante*, y el sonido, la imagen de su boca entreabierta del placer que ni siquiera le había dado me hizo poner tan duro que no tuve más remedio que apretarme contra ella. Mis caderas empujaron las de ella con un impulso rápido y duro que le sacó otro gemido desenfrenado.

—¡Ay, Rosie! –gruñí de nuevo, presionando contra la tela de su ropa interior y me aferré a esa última astilla de sentido–. ¿Qué hace un ángel como tú con alguien como yo?

Un sonido estrangulado y áspero salió de sus labios, antes de susurrar mi nombre:

—Lucas...

—¿Rosie? –Una voz familiar cortó el momento–. ¿Hola? ¿Rosie? ¿Estás aquí?

Maldije para mis adentros, se me congeló el cuerpo sobre el de ella.

Los párpados agitados de Rosie se cerraron y podía ver la derrota en su rostro. Luché con uñas y dientes contra esa derrota mientras trataba de recuperarme y enfriar lo que estaba pasando en mi cabeza, en mi pecho y en mis pantalones.

–¿Hola? –La voz de Lina volvió a aparecer, la angustia era obvia en su voz–. Jesús, he buscado por todas partes.

Rosie abrió los ojos e hizo una mueca con la boca.

–¡Aquí estoy! ¡Estoy aquí! ¡Ey!

Ella me miró y me obligué a darle la mejor sonrisa que pude. Luego, le di un beso en la cabeza.

–¡Por fin! –Lina exclamó, su voz se iba acercando al cubículo–. ¿Qué pasó? Desapareciste y no podía encontrarte.

Rosie abrió la boca, pero no le salieron palabras.

–¿Has visto a Lucas? –Lina continuó–. Tampoco podemos encontrarlo.

Pude ver a Rosie luchando por responder. Por explicar cómo terminó conmigo en un cubículo de baño. Por explicar por qué ella estaba semidesnuda y yo tenía la cara de un hombre hambriento y con un bulto en la entrepierna.

–Aaron también está buscándolo en el baño –agregó Lina.

Los labios de Rosie seguían moviéndose y entendí con qué estaba teniendo problemas. Y lo que tenía que hacer yo.

Negué con la cabeza y modulé un "no estoy aquí" solo con los labios.

Frunció el ceño.

–¿Rosie? –la llamó Lina–. ¿Estás bien?

Asentí con la cabeza.

–Sí –respondió Rosie, desviando la mirada–. Un tipo me derramó su bebida sobre el vestido y me lo mojó todo. Me estaba limpiando.

–Ay, no, qué mal. ¿Puedes sola o necesitas que entre y te ayude…?

–¡No! –gritó Rosie, todavía mirando a mi izquierda–. Está todo bajo control.

En algún momento, las mejillas se le habían puesto de un tono rosa. Seguro fue cuando la manoseé como el bastardo desesperado que era.

—¿Lucas está esperando afuera, entonces? —Lina se rio entre dientes—. No se está escondiendo allí contigo o algo así, ¿verdad?

Ese comentario fue como un sacudón para Rosie, y la entendía. Vaya que sí. Lina había dejado bien claro cómo se sentía acerca de la posibilidad de Rosie y yo juntos.

Negué con la cabeza por ella. Aunque odié hacer eso.

—No —mintió Rosie con una risa falsa—. ¡Nosotros dos en un cubículo sería una locura! Y estúpido.

Sus palabras me retorcieron el estómago, pero recogí el vestido del suelo, adonde había terminado cuando me abalancé sobre ella, y la ayudé en silencio.

Solo cuando estuvo vestida y con la cremallera subida, me buscó la mirada de nuevo.

Me di cuenta de que estaba haciendo todo lo posible para ocultar cómo se sentía, lo cual no era bueno, pero por más que a mí tampoco me gustara, no tuve más remedio que decirle, solo moviendo los labios: "Tú vas primero. Esperaré".

Asintió con la cabeza, salió del cubículo del baño y se reunió con mi prima. Escuché sus pasos mientras salían. Me dejó solo con mis pensamientos mientras esperaba el tiempo suficiente para salir de allí y que no me atraparan.

Me atraparan.

Nunca en mi vida había dejado que nadie influyera en mis acciones. Nunca permití que el mundo o sus opiniones me rigieran la vida. De quién era amigo, con quién salía o follaba. Nunca me había importado demasiado. Y no me importaba lo que Lina pudiera pensar de Rosie y de mí.

Me importaba Rosie.

Su confianza y nuestra amistad. Quería hacer lo correcto por ella. Quería que tuviera todo lo que se merecía. Porque se merecía *todo*, aunque no fuera yo.

Porque te vas, me recordé.

Sí. Eso también.

Capítulo 19

Rosie

Una semana después del Baile de las Máscaras, dos cosas habían quedado claras.

La primera era que, a pesar de lo que había pasado entre Lucas y yo en el cubículo del baño, nada había cambiado entre nosotros, por más que hubiera pensado que así sería.

No se desvanecieron ni menguaron sus sonrisas. Nuestra rutina seguía igual: me cocinaba todas las noches y yo lo observaba desde mi lugar en la isla de la cocina. Después de cenar, hacíamos una maratón de nuestro programa, y cuando nos íbamos a la cama (y al sofá), me preguntaba cuántas palabras había escrito y yo le pedía que me contara algo de su día.

Sus respuestas siempre incluían algo divertido o extraño que había visto o experimentado esa jornada, y la mía, una cifra decente de palabras escritas.

Por fin.

Porque estaba escribiendo. Nuestro experimento, nuestra investigación, aunque en teoría no había terminado, ya estaba funcionando. Para bien o para mal, me estaba empezando a dar cuenta de que Lucas podía ser lo más cercano a una musa que había tenido jamás. Y eso era… excitante y aterrador.

Éramos amigos. Vivíamos juntos. Teníamos citas que no eran reales, que no eran para que fortalecer una relación. Compartimos momentos a escondidas, íntimos y ardientes en un cubículo de un baño y continuamos como si solo hubiera sido un sueño.

Lo que me retrotrae a la segunda cosa de la que me había dado cuenta: estaba jugando con fuego. Porque, por mucho que todo este asunto me estuviera ayudando, el hecho de que la estadía de Lucas en Nueva York (y en mi vida) tuviera una fecha de vencimiento empezaba a ocupar cada vez más espacio en mi mente. Me estaba empezando a desesperar por aprovechar cada una de las cosas que podía tomar de él, antes de que se fuera. No para la Rosie de las citas nocturnas. Sino para la Rosie de todas las noches.

Y parecía estar dispuesta a ignorar las consecuencias. El precio. Ignorar, por ejemplo, que aún podía sentir la huella de sus manos en la piel o fingir que no podía evocar las palabras que me había susurrado en el oído. De todos modos, habíamos hecho un pacto. Habíamos dicho que no dejaríamos que el experimento cambiara las cosas entre nosotros, que afectara nuestra amistad. Él me había prometido que no se enamoraría de mí, por el amor de Dios. Y quizá por eso no había cambiado nada para él después del Baile de las Máscaras.

—¿Ya terminaste, Rosie? —me preguntó Sally, la mesera de mi café favorito de Manhattan, devolviéndome a la realidad. Balanceaba una bandeja en la cadera—. Te retiro la taza si ya terminaste.

—Sí, gracias —Le alcancé la taza y los platos vacíos–. Por cierto, los rollitos de canela nuevos están espectaculares. Estoy pensando en llevarme un par a casa.

Porque le encantarían a Lucas.

—¿Quieres otro ahora? Parece que estás trabajando. —Señaló la computadora portátil que estaba sobre la mesa–. Puedes necesitar combustible extra.

—No, gracias. Creo que le voy a dar un cierre a esto y me iré enseguida a casa.

Asintió con la cabeza, puso todo en la bandeja y volvió al mostrador.

Cuando terminé de guardar mi copia de seguridad, un hombre, que estaba cerca del mostrador, atrajo mi atención. Llevaba puesto un elegante esmoquin negro y golpeaba el suelo con el pie y se destacaba en el ambiente informal de la cafetería.

Y, como solía pasarme alguna vez y hacía tiempo, me empecé a imaginar los posibles escenarios que pudieron haberlo traído aquí. Quizá estaba de camino a una fiesta, algo muy común en Manhattan. O tal vez venía de una y tenía la necesidad urgente de cafeína. O, quien sabe, quizá se había escapado de algún evento sin que nadie se diera cuenta y lo que yo interpretaba como impaciencia era, en realidad, la lucha con la urgencia de huir antes de que lo atraparan. Podría ser… un novio fugitivo.

Un novio fugitivo que deja a la novia en el altar y se enamora a primera vista de la mesera. O del maestro pastelero. O del dueño, al que le derrama café por todos lados en su apuro por escapar.

Sonreí para mis adentros, y estaba pensando que ese sería un libro de romance que me encantaría leer, cuando el hombre se giró y me miró.

Abrió los ojos como platos cuando me reconoció.

El novio fugitivo era Aiden Castillo, el contratista.

Hizo un intento de saludo con la mano y le devolví el saludo con un movimiento de cabeza. Luego, tomó su pedido y dio unas zancadas en mi dirección. Y mientras se acercaba, no pude evitar darme cuenta de que el día que nos conocimos había pasado por alto: lo atractivo que era.

—¡Se ve genial, señor Castillo! —lo saludé en un impulso y como al pasar, cuando alcanzó mi mesa. Se quedó boquiabierto y yo asentí con la cabeza—. Es una manera extraña de decir: "Hola, ¿cómo está?".

El señor Castillo se rio.

—Estoy bien, y gracias por el cumplido. —Bajó la voz, como su estuviera por decirme un secreto—: Aunque, para serle honesto… odio el esmoquin y, después del día que he tenido, muero por sacármelo.

Era muy curiosa, pero pedirle que me contara un poco más no sería de mi incumbencia. Así que, en cambio, comenté:

—Bueno. ¡Qué lástima! —Se escuchó una risita sonora proveniente de la mesa más cercana a la ventana, y le eché un vistazo y se trataba de un pequeño grupo de adolescentes—. No mire —le advertí—. Pero creo que tiene un pequeño club de admiradoras. Y se sentirían muy desilusionadas si lo escucharan decir eso.

—Bien —la expresión del señor Castillo transmitía humor—, no quisiera desilusionarlas, así que pienso que debería quedar entre nosotros.

Pensé que era un buen hombre. Y por alguna razón, me vino un *flashback*: yo, gritando sobre el pecho de Lucas.

—Con respecto al otro día, durante la visita a mi apartamento, debería pedirle disculpas por lo… incómoda que debe haber sido para usted, y ahora que lo veo aquí… —me encogí de hombros— quiero, ya sabe, disculparme.

—No hace falta que se disculpe —aclaró, con un movimiento de manos—. No tiene sentido negar que mi cuñado es un imbécil.

—¡Ah!, ¿así que usted es pariente del señor Allen?

Asintió con un suspiro.

—Para bien o para mal. —Pareció pensar en algo—. Lo que me hace acordar de una cosa: no sé si él ya la ha llamado para darle las novedades.

Fruncí el ceño. *¿Las novedades?*

—Okey —asintió el señor Castillo—. Veo que no lo ha hecho. —Negó con la cabeza—. Tengo como regla no hablar de trabajo los domingos, pero creo que puedo hacer una excepción. —Hizo una pausa—. Su apartamento pronto estará listo para que se pueda mudar. Muy posiblemente el viernes.

Viernes.

Eso era dentro de… cinco días. Menos de una semana.

Sonrió y, en ese momento, pensé en la sonrisa de Lucas. Y en cómo el señor Castillo no me había hecho sentir… nada.

—¡Ah! —exhalé, y sentí la desilusión muy dentro en el estómago.

Desilusión.

Porque eso significaba no vivir más con Lucas. Y pronto terminarían nuestras cuatro citas experimentales. Porque íbamos por la tercera cita, si contábamos la de Halloween, cosa que deberíamos hacer, porque si no, ¿cómo podríamos catalogarla?

Y después de que nuestra investigación terminara, si ya no vivíamos juntos, no pasaría más tiempo con él.

No más Lucas.

Porque, además, pronto se iría de Nueva York.

Respiré profunda y temblorosamente, y noté que el señor Castillo fruncía el ceño.

—Eso es bueno —chillé, una vez recompuesta—. En serio. Muy bueno. Gracias.

Asintió con la cabeza una vez.

Yo negué con la mía y me maldije por ser tan tonta. Debería estar feliz. Era una gran noticia.

—Lo siento, es que… —¿Por qué tenía la garganta seca?—. Estoy cansada y por eso no se me nota, pero de verdad estoy feliz. Gracias por avisarme, señor Castillo.

Por algún motivo, eso pareció tranquilizarlo, porque hizo un gesto con la mano y dijo, con una nueva sonrisa:

—Por favor, llámame Aiden.

—Ah, seguro. —Traté de devolverle la sonrisa—. Puedes llamarme Rosie.

—Perfecto. —Asintió con la cabeza lentamente, como si hubiera tomado una decisión—. ¿Sabes?, de verdad estoy muy feliz de haberte encontrado. Me preguntaba, ahora que nosotros…

La puerta se abrió detrás del señor Castillo y su voz fue convirtiendo en un ruido de fondo cuando noté que un hombre entraba a la cafetería.

El corazón me dio un vuelco y la más dulce de las sorpresas me llenó el estómago de mariposas, aun cuando yo misma le había contado a Lucas que estaría trabajando ahí.

Lucas me divisó de inmediato. Llevaba su gorra I ♥ NYC y una sonrisa tan radiante le iluminaba el rostro que deseé que fuera por mí. Solo por *mí*, Rosie. No por Rosie, su compañera de apartamento o amiga.

Vi que venía en mi dirección, con su mirada, anclada a la mía. Se movía como si estuviera en una misión y acortó la distancia casi tan rápido como me latía el corazón.

Se detuvo junto a Aiden, se centró en mí y me saludó:

–Hola, *preciosa*.

–Hola –le respondí, insegura ante la palabra *preciosa*.

Sabía lo que significaba. Podría ser una de mis palabras preferidas ahora que había decidido usarla para nombrarme cada vez que me veía.

Preciosa. Bonita. Hermosa. Guapa.

Aiden se aclaró la garganta y me hizo acordar de que estaba aún allí. Y, a juzgar por su expresión, estaba esperando… ¿algo?

–Entonces, ¿qué dices, Rosie? –continuó Aiden, con el ceño apenas fruncido–. Conozco este lugar espectacular. De hecho, no queda muy lejos de aquí.

Aiden me sorprendió. Mierda. No tenía ni idea de lo que me podría haber dicho. Me había distraído. Atontada por la llegada de Lucas. Por la palabra *preciosa*. Por él.

Le tembló la sonrisa al contratista y, de a poco, desapareció.

–Te estaba diciendo que, si ya habías terminado aquí, podíamos salir a comer algo. –Hizo una pausa y yo veía cómo se le movían los ojos al seguir, tal vez, el movimiento de mis cejas, que se elevaban hasta le frente a causa de la conmoción. *¿Me estaba invitando a salir?* Se rascó la nuca–. Te decía que, si no te importaba el esmoquin o mi club de admiradores, te podía llevar. Esperaba que me… –Soltó una risa extraña y estuve muy segura de que se sonrojó–. Pero creo que debo haber interpretado todo mal.

Okey. Me *había* invitado a salir.

Me ardieron las mejillas.

Y Lucas estaba ahí, de pie, sin decir nada. Solo… observaba. En silencio. Quizá se sentía incomodo y pensaba el chiste que podría hacer después.

—Me… —Me apresuré a buscar una respuesta–. No, entendió bien, señor Castillo. El esmoquin es genial. Le queda muy bien, en serio.

Fue entonces cuando por fin decidí mirar a Lucas. Y no pude dejar de notar que se puso tenso. De hecho, era difícil pasar por alto que había bajado la vista. Una mirada rápida hacia abajo, como si quisiera comprobar algo.

Y como mi mirada había seguido ese movimiento, vi la bolsa que llevaba en la mano. Al instante reconocí el logo de la comida para llevar.

Miré al señor Castillo y, como si hubiera estado esperando que le prestara atención, me dijo:

—Puedes decirme Aiden, ¿recuerdas?

Por el rabillo del ojo, vi que Lucas apretaba con fuerza la manija de la bolsa.

Volví mi vista al rostro de Lucas. Tenía una expresión neutral y la sonrisa tensa.

—Lucas. —Odié la forma en que apretaba la boca en una mueca que no era *su* sonrisa–. ¿Te acuerdas de Aiden, el contratista?

—Sí, me acuerdo. —Lo saludó con una inclinación de cabeza.

Aiden le correspondió:

—Un gusto verte de nuevo, Lucas. Eres el… —Dejó inconclusa la frase.

Pensé que se me detenía el corazón a la espera de que terminara la frase, aunque no tenía ninguna razón para anticiparla.

—… el amigo de Rosie –agregó Lucas después de los que me parecieron los cinco segundos más largos de mi vida.

Y mentiría si dijera que sus palabras no me dolieron un poquito, poquísimo. Porque así fue. Por más que fuera cierto.

—Okey, bien. —Aplaudí con suavidad y dejé de lado lo que no valía la pena sentir–. Todos recuerdan a todos, muy bien. Genial.

Mi mirada iba de un hombre a otro y, al fin, se quedó en Aiden, a quien todavía le debía una respuesta.

El amigo de Rosie.

Lucas y yo éramos amigos.

Entonces, le podía decir que sí a Aiden. Podía tener una cita con él. No sería más que eso, una cena, pero podía ir. Quizá hasta debería ir. Pero cada una de mis células me decía que había comida para dos en la bolsa plástica que Lucas tenía en la mano. Que él ya había planeado cenar conmigo, tal como lo hacíamos todos los días. Y, aunque tal vez no signifique nada para él, no más que una comida con su compañera de apartamento, su amiga, lo había hecho por mí. Tanto que me di cuenta de que me moría porque fuera Lucas el que me invitara a salir. Que quisiera salir conmigo, Rosie. Y tener una cita real.

Pero Lucas no tenía citas reales. Ya no. No por ahora. Lo había dejado muy en claro.

—Gracias por el ofrecimiento, Aiden. —Le sonreí con amabilidad—. Pero creo que me voy directo a casa.

Estaba ocupada evaluando su reacción, porque me daba ansiedad defraudar a la gente y porque me agradaba y tenía miedo de hacerlo sentir incómodo, cuando de repente:

—Conmigo —dijo Lucas, e hizo que me latiera fuerte el corazón—. Se va a casa conmigo.

El tono no había sido alto ni insolente. Ni siquiera les había inyectado emoción a sus palabras, lo cual era muy raro en él. Y, aun así, ese "conmigo" había sido tan poderoso, tan significativo para mí, que supe que se me quedaría impreso en la memoria por mucho tiempo.

Porque lo había dicho como si fuéramos algo más.

—Sí. —Me vi en la necesidad de explicar. ¿A Aiden? ¿A mí misma?

No lo sabía–. Vivimos juntos por el momento, mientras mi apartamento esté en reparaciones.

En la expresión de Aiden se vio entendimiento.

–¡Ah, claro! Tiene sentido. –Asintió con la cabeza–. Okey, entonces, creo que Ed (el señor Allen) te va a llamar en algún momento de la semana para darte los detalles sobre tu mudanza. –Me brindó una última sonrisa–. Que tengas buenas noches, Rosie. –Se giró a su izquierda–. Lucas.

Y con eso, desapareció por la puerta del café.

Cuando por fin miré a Lucas, me encontré en sus ojos. Su expresión seguía igual. Sin ninguna emoción.

–¿Vamos?

–Ajá –respondí, ocupada en juntar mis cosas y tirarlas en el bolso de mi *laptop*–. Aiden me dijo que es probable que el viernes ya pueda volver a mi casa. –Al escuchar el tono sombrío de mi voz, fingí un entusiasmado–: ¡Hurra!

Lucas dudó por un pequeño instante, pero luego, una sonrisa genuina y real apareció en su rostro (nada que ver con lo que había mostrado hasta ahora).

–¡Ey!, eso es increíble, Ro. –Me puso las manos sobre los hombros y me dio media vuelta para que quedara de frente a él y me atrajo a su pecho. Y yo… me derretí dentro de él, porque era una tonta e indefensa en todo lo que lo involucraba–. Es una gran noticia.

Al menos, alguien creía que lo era.

Me soltó y me miró mientras me trastabillaba de espaldas. Tomé con torpeza mi chaqueta y traté de esconder mi expresión de aturdimiento.

–Deberíamos celebrar –sugirió, y asentí con fingido entusiasmo–. Lo bueno es que tengo pollo frito japonés. Para dos. En realidad, tal vez para cuatro. –Alzó la bolsa de la comida y se me estrujó el corazón, porque yo había tenido razón. Había comprado comida para mí también. Por supuesto que sí–. Podemos abrir un vino si quieres.

–Suena fabuloso. –Solo logré esbozar una sonrisa insegura.

Lucas tomó el bolso de mi computadora portátil y se lo cruzó en el torso.

–Entonces, vamos a casa. –Retrocedió un poco y me cedió el paso–. Después de ti, *preciosa*.

Me tambaleé un poco al escuchar de nuevo esa palabra, pero continué la marcha.

Vayamos a casa, entonces.

A casa. Con Lucas.

Aunque no por mucho tiempo más.

Capítulo 20

Lucas

Celos. Eso era algo nuevo.

No se parecía en nada a aquellas reacciones rápidas e inconscientes que había experimentado en el pasado. Oh, no, el nuevo sentimiento era más intenso que rápido y, sin duda, consciente. Era todo eso junto. Te hierve toda la sangre, te desgarra las entrañas, te gruñe siempre.

Hubiera querido decir algo en la cafetería. Me hubiera gustado marcar mi territorio y decir *mía,* como un hombre neandertal. Un animal.

Igual como me había comportado en la fiesta de Halloween.

Pero se suponía que no pensaba en eso.

Hice mi mejor esfuerzo estos últimos días, pero fallé. Había tratado de fingir que esos momentos en el cubículo no habían sido lo que pensaba cuando Rosie se mordía el labio, pensativa, o cuando se me acercaba y me llegaba una ráfaga de su aroma. O cuando se rozaron nuestras manos al alcanzarle las palomitas de caramelo y sal que había hecho para ella.

Algunos días, buscaba excusas para tocarla, como decirle que tenía algo en el cabello. O que había pensado que tenía algo pegado en la ropa. Algunas veces, la tocaba y no se me ocurría ninguna excusa a tiempo, así que me limitaba a sonreírle como un completo idiota, y esperaba lo mejor.

Y aquí estaba, muerto de celos. Como si tuviera derecho de reclamarla como mía, solo porque habíamos tenido un par de citas experimentales y porque le había susurrado un par de palabras sucias al oído.

¿Cómo me atrevía a declararla mía si eso era lo único que había pasado?

Se merecía hombres en trajes de etiqueta que la llevaran a lugares de moda en Manhattan. Y yo… no tenía un esmoquin. Ni siquiera traía conmigo una camisa deportiva o un blazer, por Dios santo.

Era para reírse, de verdad.

No era de extrañar que Lina se hubiera vuelto loca ante la idea de que nos convirtiéramos en… lo que sea, en todo, en cualquier cosa.

—¿Lucas? —La voz de Rosie me trajo de nuevo con ella mientras salíamos de la estación del metro más cercana de nuestra casa. *Nuestra casa*, que ni siquiera era nuestra y que no la compartiríamos durante mucho más tiempo.

—¿Sí, Ro? —suspiré.

—Estaba pensando —comentó, tan despacio que me hizo mirarla de soslayo—. En realidad, no lo he pensado demasiado, pero me preguntaba, ahora que estoy escribiendo y que nuestro experimento está funcionando, si todavía tiene sentido.

—¿Qué quieres decir? —Apreté la bolsa que llevaba en la mano.

—Bueno, ya me has ayudado demasiado, ¿sabes? Creo que ya debería tener todo bajo control. Me ha costado, pero ya no estoy perdida, no estoy tanteando en la nebulosa. Y dijimos que no permitiríamos que este acuerdo pusiera ninguna incomodidad entre nosotros, pero no... —Exhaló con fuerza por la boca—. No sé, Lucas, me sentí un poco rara en la cafetería, así que solo...

Se detuvo. Miraba para todos lados, excepto a mí y eso no me gustó. Ni un poquito. Porque quería que me mirara, en especial si estaba hablando de algo tan importante.

Hice un alto en la acera y esperé hasta que me miró a los ojos.

—¿Quieres salir con él? ¿Con Aiden? —pregunté, y mantuve la voz lo más suave que pude. Porque si era por eso, quería escucharlo de su boca. Necesitaba escucharlo—. ¿Quieres tener citas reales?

Quería retirar la palabra reales, porque lo que sucedió entre nosotros en esas dos citas experimentales, o incluso en el Baile de las Máscaras, no había sido ficticio, forzado o irreal. Pero usé esa palabra, porque si quería salir con otros hombres, ¿quién era yo para impedírselo?

Pero a Rosie no pareció importarle mucho esa palabra, y yo estaría mintiendo si dijera que eso no me produjo resquemor.

—Tal vez yo quiera lo real. No con Aiden, pero quizá desee las citas reales.

Por supuesto que lo quería.

Y eso fue como un golpe inesperado a las entrañas.

¿Podría siquiera darle esa cita? No, no podría, porque ya me iba. Quería darle cosas que no tenía.

Algo debe haberme cambiado en la expresión, porque frunció el ceño, como confundida.

—Las tres citas experimentales que tuvimos han sido más de lo que podría haber pedido.

331

—Dos citas. —Con sutileza, le coloqué la palma de la mano en la parte baja de la espalda y seguimos caminado—. Tuvimos solo dos, Ro.

—Pensé que el baile contaba como una.

Retiré el brazo para reajustarme la correa del estuche de la *laptop* en el hombro, solo para no hacer nada estúpido. O imprudente.

—¿Por qué? No planeé nada. De hecho, no hice nada.

Fase tres. Deseo. Intimidad. Seducción. Recordaba esos tres puntos a la perfección. Había estado pensando mucho sobre ellos.

—Lo hiciste, Lucas —señaló, y volvió la vista al frente, a la acera—. En fase tres, se pone en marcha la conexión física. El deseo se vuelve tangible, una cosa viviente y palpitante entre las dos... partes. Se trata de romper la barrera que te sostiene y dejarte fluir. Ver si esa persona te atrae lo suficiente para hacerte querer ir más allá. Les permite avanzar hacia la intimidad física.

—Ya veo. —No solo lo *vi;* lo sentí en mi pulso. Lo sentí palpitar en mi cuerpo.

Rosie soltó una risita sutil y cohibida.

—Creo que nunca me sedujeron como se debe —aclaró, como si eso no me hiciera querer aullarle a la luna como un lunático. ¿Qué demonios me pasaba? Y continuó—: Por supuesto, todos los hombres con los que he salido han dicho o hecho cosas para sacarme mis pantis. Con éxito, se podría decir. —Esa declaración no logró apaciguar a la bestia, si tener los nudillos blancos por apretar la bolsa demasiado fuerte indicaba algo—. Pero nunca algo como, ya sabes, eso que pasó.

Eso que pasó.

Antes de saber lo que estaba haciendo, me detuve de nuevo.

—Rosie...

—No quiero que esto se vuelva algo raro —me interrumpió y se detuvo a un paso delante de mí—. Porque estoy segura de que fue un error de juicio o algo así. –Se sonrojó–. Quiero decir, te tuve que forzar a que me veas, literal. Pero igual cuenta. Investigación es investigación.

¿Eso era lo que pensaba?

–¿Forzarme? –Solté y di un paso hacia ella–. ¿Crees que tuviste que *forzarme* para que te mirara? ¿En nombre de la investigación?

–No tienes que explicarme nada. Y tampoco debería haberlo dicho de esa manera.

Rechiné los dientes. Mi incredulidad se convirtió en frustración, porque ¿cómo podía pensar que…?

–Rosie –comencé, y me aseguré de acercarme a ella tanto como fuera posible, aunque sin tocarla. Porque sabía que si lo hacía, se terminaría el juego para mí–, si no fuéramos amigos, si no fuéramos tan buenos y mejores amigos, te llevaría a algún lugar oscuro y te arrancaría la ropa con los dientes, sin que me importe tener una buena razón para hacerlo. Así podría verte, tenerte para mí –confesé con voz áspera y observé que se le cerraban los ojos.

Rosie entreabrió la boca, y cuando sacó apenas la lengua para humedecerse los labios, fue físicamente imposible seguir conteniéndome. Dios, quería tocarla, lamer su cuerpo, besarla por todas partes.

Retrocedí con un movimiento brusco. Luego, me adelanté de nuevo y, como si algo me obligara, le tomé la mano.

–Cuenta la fiesta de Halloween como una cita si quieres –acepté, y la conduje a seguir caminando conmigo–. Pero quedamos en cuatro. Acordamos cuatro citas.

Me apretó la mano.

–Así que, ya planeé la siguiente –continué–. Iba a decirte que te reservaras el jueves. –Y recordé la *gran* noticia de Aiden Castillo–. O si quieres empacar el jueves, te puedo ayudar y podríamos posponerlo. Me parece…

—No —respondió, al fin, y la forma en que lo hizo me llevó a echarle un vistazo—. Jueves a la noche está bien. Es una cita.

Asentí con la cabeza, aparté la vista de ella y cerré la boca antes de decir algo estúpido, como que ninguno de los dos había llamado a esta cuarta cita "experimental".

Unos minutos después, cuando estábamos subiendo las escaleras al apartamento tomados de la mano, Rosie me dijo:

—¿Lucas?

—¿Sí?

—Espero… Espero que esto te haga feliz.

Confundido por sus palabras, fruncí el ceño. Iba a decir algo en cuanto llegamos al pasillo y vi la puerta del apartamento abierta de par en par.

Venían gritos desde adentro y luego, una imagen borrosa de pelaje negro se lanzó en mi dirección.

—*Pero qué cojones…*

Me derribó, acabé con el trasero en el suelo frío y una bola energética de calor se instaló en mi regazo.

—¡Te dije que lo sujetaras! —Se escuchó desde el apartamento.

Baje la vista a la bola peluda que se acurrucaba a mi alrededor, y me golpeaba como un tren de carga.

—¡Taco! —lo llamé y sentí mi propia emoción en la voz—. *Taco, chico, ¿qué haces aquí?*

Mi pastor belga me saltó a los brazos y dio vueltas a mi alrededor, antes de volver a mi regazo y darme un lengüetazo húmedo en la mejilla.

Traté de murmurar algo, pero me había quedado sin palabras. Todo lo que pude sentir fue felicidad de ver a mi cachorro, de tenerlo conmigo.

Le di un beso fuerte en el pelaje, lo solté y dejé escapar una carcajada, extraño en mí.

—No puedo creer que estés aquí. —Le di una palmada en el costado. Gimió—. Yo también te extrañé, *chico*.

Dios, sí que lo había extrañado. Mucho.

De a poco, comencé a tomar conciencia de lo que me rodeaba, y no fue sorpresa que lo primero que vi haya sido a Rosie. Estaba de pie, un par de metros a mi derecha, con los ojos llorosos, a pesar de la sonrisa radiante que le adornaba su hermoso rostro.

—Taco está aquí —le comenté, como si no pudiera verlo.

Asintió con la cabeza, con una inmensa sonrisa.

Su mirada se concentró en mi pierna lesionada frente a mí mientras yo yacía en el suelo.

—Estoy bien —murmuré antes de que me pregunte—. Estoy más que bien.

Y ella asintió otra vez.

—*Hermanito* —me llamó una voz inesperada—. *Este perro es incontrolable.*

—¿Charo? —chillé. También estaba allí, apoyada contra el marco de la puerta. Dos cabezas nuevas aparecieron detrás de ella.

—¡Sorpresa! —gritó Lina. Aaron estaba detrás de ella—. Bueno, nosotros no somos la sorpresa. Charo y Taco son la sorpresa. Estamos aquí solo para reírnos y pasarla bien. También, para pedirte la custodia compartida de Taco, ¿por favor? ¿Si no esta noche, tal vez mañana?

—Pero… —empecé a decir, luego me contuve—. ¿Cómo?

El cabello rojo fuego de Charo se balanceó cuando se encogió de hombros.

—Me sentí con ganas de una aventura y, ¿te acuerdas de la tía Tere? Bueno, la prima de su mejor amiga es azafata y…

—Charo —replicó Lina—. *No te enrolles.*

Mi hermana suspiró.

—*Ay*, en fin. Tomamos un vuelo para verte. En especial Taco, que se va a quedar contigo. Solo voy a pasar un par de noches con Lina y Aaron y después, vuelo a Boston para visitar a mi amiga Alicia, que se mudó el año pasado, después de…

Lina le dio otro codazo a mi hermana para que se callara.

Taco, que se había calmado por el momento, estaba acurrucado entre mis piernas, me hociqueaba una de ellas y le puse la mano sobre la cabeza sin pensarlo demasiado. Lo acaricié entre sus orejas.

—¿Cómo viajaste con él? ¿Cómo…?

—Bueno… —Charo me interrumpió con una sonrisa traviesa—. Es gracioso que preguntes eso.

Fruncí el ceño.

—Nos aseguramos de que viajara seguro y cómodo —dijo Lina.

Negué con la cabeza, estaba a punto de darles las gracias y decirles lo que esto significaba para mí, cuando Charo aclaró:

—Rosie se hizo cargo de todo. —Mi cabeza giró en su dirección. Ella tenía los ojos abiertos como platos—. Investigó qué necesitábamos para que Taco volara en la cabina. Hasta se hizo cargo de la mayoría del papeleo, y le pagó el boleto a Taco. En realidad, fue su idea que viniéramos.

Rosie se sonrojó cuando murmuró:

—Se suponía que era un secreto, ¿recuerdas, Charo?

—¡*Ay, mujer!* —se rio Charo—. Eres parte de la familia, no hay secretos cuando somos familia.

Eres parte de la familia, le había dicho a Rosie. Y se me llenó el pecho ante esa posibilidad.

—¿Tú hiciste esto, Ro? —pregunté con voz áspera—. ¿Por mí?

Rosie se encogió de hombros.

–Lina me contó que Taco tenía entrenamiento en contención emocional y con Charo…

–Todo se solucionó –la interrumpió mi hermana–. No hay necesidad de entrar en detalles.

Tragué con fuerza. Mi mente intentaba unir las piezas.

Había notado cómo Charo había impedido que Rosie dijera algo más, pero solo me podía concentrar en el hecho de que Taco estuviera aquí. Rosie lo había hecho. Para mí. Para hacerme feliz.

Quería arrojarme a sus pies porque nadie había hecho algo así, tan reflexivo, por mí. Algo así de personal, algo pensado nada más que para brindarme felicidad.

Quería rodearla con mis brazos y darle las gracias, adorarla, asegurarme de que supiera lo agradecido que estaba. Joder. La quería. Ahora más que nunca.

Taco ladró y me sacó de esos peligrosos, muy peligrosos, pensamientos. Rosie se acercó con cuidado hacia Taco, con la mano extendida.

–¿Puedo?

–Por supuesto. No muerde –le aseguré, y cuando se puso a nuestro lado, agregué, para que solo ella pudiera escuchar–: Pero yo, en cambio, podría comerte de inmediato.

Rosie resopló, como si hubiera estado bromeando. Pero lo dije muy en serio. Podría empezar por su boca.

Luego, ella dijo en voz muy baja:

–Quiero gustarle.

–Rosie –empecé a decir, muy consciente del grupo reunido allí–, Taco te va a…

Se abalanzó sobre ella, y la tiró al suelo.

–... A amar –terminé, al verlo plantarle besos por toda la cara. Rosie se rio, como si fuera lo mejor que le hubiera pasado–. Taco te amará.

Una punzada de la emoción que había estado experimentando esa noche regresó y no podía creerlo, no lo habría creído si no lo estuviera sintiendo en lo más profundo de mi interior.

Pero como mantuve mis ojos en Taco y Rosie, fue imposible negar que estaba celoso de mi perro por estar en sus brazos, libre de plantarle todos los besos que quisiera.

¡Ay, los celos! Mis viejos amigos.

Capítulo 21

Rosie

Había algo distinto en Lucas.

No se trataba de la camisa y el traje de dos piezas.

Tampoco de su cabello, que se lo había arreglado de una manera que me hizo desear pasarle la mano, para verificar si era tan suave y delicado como parecía.

Sino que era algo en la forma en que sonreía, se movía y hasta respiraba cerca de mí. La forma en que me había susurrado al oído lo preciosa que estaba esa noche. La manera en que me colocó la mano en la parte baja de la espalda cuando entramos al restaurante de Alexia. Volvía a mí esa intensidad que había emanado en el pasado, pero esta vez... esta vez la sentía más. Mejor, más grande, como una fuerza inexorable y distinta.

Lo percibía como la fuerza de la gravedad.

Miré a nuestro alrededor, observé cada detalle de Zarato y me quedé impresionada. Sentí como si estuviéramos en una burbuja, en un sueño en el que no estábamos destinados a ser solo amigos o compañeros de apartamento, en el que el motivo de esa noche no era ayudarme con mi escritura ni tener la última cita experimental con Lucas. Un sueño donde éramos reales, permanentes.

Suspiré, volví a la realidad y sentí las paredes de esa burbuja cada vez más finas.

Pero no estalló, me dije. *Todavía no. Porque aún tengo esta noche.*

Era la primera vez que había ido a cenar a un restaurante como ese, por eso quería asegurarme de disfrutar tanto de la experiencia como de la compañía del hombre maravilloso que estaba sentado a mi lado.

El ambiente era refinado pero distendido, y nosotros nos habíamos ubicado en la barra de elegante hierro forjado en forma de herradura. El mejor lugar, según Alexia, quien nos recibió cuando llegamos.

La mano de Lucas me rozaba los omóplatos. Ese contacto me irradiaba escalofríos a los brazos, y me felicité por mi decisión de llevar un vestido sin espalda a pesar de las bajas temperaturas y del cielo encapotado.

—Te ves feliz —me dijo Lucas, con la voz grave y áspera que había estado usando esa noche—. ¿Te gustó todo?

—Estoy feliz. —Le sonreí, y cuando sus ojos me observaron la boca, su mirada se oscureció. Mis próximas palabras me dejaron en modo jadeante y agitado—: Todo es espectacular. Muchas gracias por traerme aquí.

—No quería estar con nadie más esta noche.

Me retumbó el corazón ante sus palabras, con hambre de más. Aunque fue lo más estúpido que pude haber dicho, me vi a mí misma en la necesidad de restarle importancia a la situación:

—¿Ni siquiera con Taco?

—No —respondió, negando con la cabeza, como si hubiera dicho algo grave. Y luego, inclinó hacia mí la cabeza y acercó el rostro hasta casi frotarnos las narices—. Eres la única persona que quiero aquí conmigo, que comparta una comida conmigo y que se siente tan cerca que me sea difícil controlar mis manos.

Y yo… *Okey. Entendí,* pensé.

Los latidos de mi corazón estaban bajo control y la forma en que sentía palpitar ciertos lugares sugestivos de mi cuerpo era ciento por ciento imperceptible.

Solo necesitaba decir algo. Cualquier cosa. Que la conversación siguiera fluyendo.

—Creo que… Creo que la fusión entre la comida argentina y japonesa es mi nueva obsesión.

Lucas soltó una risita y se separó unos centímetros.

—Alexia y Akane han hecho un trabajo increíble con el menú de degustación. Creo que no puedo elegir mi plato favorito de entre todos los que ofrecen.

Las especialidades de la fusión argentino-japonesa de Zarato solo habían cobrado vida después de que Alexia se enamorara y casara con Akane, su *sous chef*. Y que eso había elevado la reputación y la posición del restaurante. Eso nos contó Alexia durante un breve recorrido por la cocina y el salón. Un recorrido en el que vi a Lucas mirar todo asombrado, con ese interés que solo le había visto demostrar mientras cocinaba. Estaba tan absorto que ni siquiera se dio cuenta de que lo estaba observando, que me lo estaba grabando en la memoria.

Rozó con los dedos uno de los breteles de mi vestido y desvió todos mis pensamientos.

—¿Cuál fue tu favorito? —me preguntó en voz baja—. Ese que disfrutaste más.

—Me encantó todo. —Pero estuve tentada de decirle: *a ti. Te disfruto a ti. Tú eres lo que más disfruto.*

—Sé que tienes uno —sugirió, con una sonrisa cómplice–. Y me parece que puedo adivinar cuál, pero quiero escucharlo de tu boca.

Lo tenía. *Me conoce tan bien a estas alturas.*

—Fue el *mochi.*

Asintió con un murmullo y con el dedo pulgar me recorrió la columna y se detuvo en el borde bajo de la espalda.

—Lo supe en cuanto probaste el primer bocado. Fue el relleno de dulce de leche, ¿verdad?

Asentí con la cabeza y sentí que suspiraba ante las palabras que le salían de los labios. Nunca iba a olvidarme de cómo hablaba con ese acento.

—¿Qué fue eso? —interrogó, con una nueva chispa de interés en la mirada–. Eso que hiciste.

Diablos, podía ser muy perceptivo. Tragué con fuerza.

—No fue nada. Estaba pensando en el *mochi.*

—No, nada no. Dejaste escapar un pequeño suspiro. —Y para mi completa sorpresa, me llevó ese dedo pulgar, que había estado acariciándome la espalda, a la mejilla. Me rozó la piel en llamas–. Y ahora aquí está. Este hermoso rubor. ¿Qué lo causó, Rosie? —Bajó la voz–. ¿Qué te hace acalorar tanto?

Sus palabras me resonaron en los oídos y llegaron hasta un punto entre mis muslos. Pasaban los segundos y no respondía. Para ser honesta, no pensé que podría.

—¡Ey! —Lucas peinó un rizo que se había fugado de la trenza suelta que había intentado hacerme esa noche. Y, solo cuando entreabrí los labios, me lo acomodó detrás de la oreja con tal suavidad que me dejó otra vez sin aliento–. No seas tímida, Rosie. Soy yo.

¿Y no era ese el problema acaso, que yo era tan transparente y estaba así de afectada porque era él el que estaba allí conmigo?

Un segundo después, por fin, admití:

—Fue tu mano. En mi espalda. También las palabras en español. Todo fue… seductor. En especial, las palabras.

Un interés le brilló en la mirada.

—¿Qué tuvo de seductor, en concreto?

Continué con la verdad, porque ¿qué podía perder?

—El *dulce de leche* —dije, segura de que estaba mi pronunciación no se podía comprar con la de él—. Solo me pareció… sexy cuando lo dijiste.

Lucas parpadeó, un solo parpadeo lento, luego, se le llenaron los ojos con algo más. Algo malicioso y un poco oscuro.

—Te gusta mi español.

Sí. Obvio.

—Creo que sí.

—Puedo decírtelo de nuevo. ¿Te gustaría? —ofreció, y en vez de esperar mi respuesta (*"Sí, por favor, señor, ¿podría grabarlo también, así lo puedo volver a escuchar los años venideros?"*), se me acercó. Mucho. Demasiado. Hasta que casi me rozó la oreja con los labios—. *Dulce de leche.*

Si hubiera podido desvanecerme en una nube de vapor, lo habría hecho.

Así de caliente me puso este hombre con nada más que tres palabras que no se suponía que fueran excitantes. Pero yo lo estaba, Dios mío. Estaba muy excitada.

—¿Te gustó? —preguntó y mantuvo la boca donde estaba. El contacto de sus labios sobre mi piel me enviaba onda tras onda de escalofríos hacia los brazos—. ¿Quieres más?

Para mi entera sorpresa, asentí con la cabeza y respondí:

—Por favor.

Lo escuché inhalar profundo y lento. Luego, me susurró:

—*Eres preciosa. Me recuerdas a una flor. A una rosa.*

Entreabrí los labios. Se me agitó todo el cuerpo.

—¿Por qué?

La voz de Luca fue apenas audible, cuando contestó:

—Te sonrojas como ella. Concuerda tanto contigo. Tan… maravillosa, demonios.

Y yo… no estaba bien.

La forma en que me sentía no era normal. La manera en que se me aceleraron el corazón y las pulsaciones de todo el cuerpo, con necesidad, deseo y ansia por él, de ninguna manera podía ser normal.

No podía serlo. Y si lo era, no creía poder soportarlo. Era demasiado.

Pero Lucas lo había dicho; me había llamado preciosa. Me dijo que era despampanante. Y… sabía lo que eso significaba. Lo sabía en lo más profundo de mí.

Nunca me he sentido más viva, pensé.

Pero no podía permitirme reconocer eso a viva voz. Porque se suponía que esa noche era para investigar, era parte de un experimento (nuestra última cita), y en ese momento supe que estaba en peligro de que se me rompiera el corazón. Podría suceder mañana, cuando regresara a mi apartamento y no lo viera todos los días. O podría suceder en cuestión de semanas, cuando él regresara a España.

Dejé salir mi respiración con un sonido áspero, inestable.

—Gracias.

Lucas se echó con lentitud hacia atrás.

—¿Gracias?

Por más que no quería dejar de mirarlo, aun así desvié la vista.

–Sí. Eso fue un gran gesto digno de este tipo de noches.

Porque de eso se trataba la velada: fase cuatro, el gran gesto.

En general, en las novela, ocurría después de un momento de crisis en el que los sentimientos se ponen a prueba. Pero, en este caso, al ser nada más que un experimento, eso no tenía sentido, así que, lo pasamos por alto.

Lucas se quedó en silencio un momento. Solo me miró, y me dedicó la sonrisa más pequeña de todas.

Alcancé mi copa de vino, pensé mis próximas palabras y me decidí por algo que se me pasó por la cabeza, pero que nunca le había preguntado:

–¿Puedo hacerte una pregunta, Lucas?

–Sabes que me puedes preguntar lo que sea.

–Nunca hablas sobre España. –Estaba probando mi suerte allí. Sabía muy bien que no quería hablar de su lesión ni de lo que sea que le hubiera pasado. Pero no podía dejar de pensar en su regreso a casa–. Solo has hablado de tu abuela. Y de Taco. –Hice una pausa–. Ya sabes, el plan había sido que tu abuela volara con Taco. Pero ella dijo que había tenido demasiado de Nueva York cuando visitó a Lina hace un par de años. Dijo que todo es tan grande aquí que le daba *¿piel de gallina?*

Soltó una risita, pero sin ganas. Luego, preguntó:

–¿Qué quieres saber, bella Rosie?

Todo.

–¿Extrañas tu casa?

–Sí y no.

Me moví hacia el borde del taburete y mis rodillas se ubicaron en el espacio que había entre las suyas.

–¿Qué extrañas de allí?

Pareció desmoralizarse ante la pregunta, así que le coloqué la mano sobre la rodilla. Para darle ánimos. Presionó su muslo contra el mío en respuesta.

–Extraño… mi vida. Mi vida como era antes. Algunos días me despierto y pienso que el tiempo volvió atrás, y mi mente empieza a pensar a qué playa ir antes que se llene de gente. Y entonces, me acuerdo.

–¿Te acuerdas de qué?

Su mirada se centró en mis dedos, que descansaban sobre su rodilla.

–Que nunca más voy a estar allí. Que ya no soy el mismo.

–Lucas –dije, y lo que sea que escuchó en mi voz, hizo que retirara la mano de su rodilla, para entrelazarla con las suyas–. ¿Por qué venir aquí? ¿Te estás escapando de algo? ¿De lo que sea que te haya pasado?

Se llevó a la boca nuestras manos unidas y posó los labios en mi muñeca.

–No estoy huyendo, ángel. Algunos días ni siquiera me muevo.

Ángel. Se me aceleró el corazón.

–¿Qué necesitas? –le pregunté, porque sea lo que sea, quería conseguírselo–. Para sentir que sigues adelante.

Buscó en mi rostro.

–No lo sé, Rosie. Y eso es lo que más miedo me da.

Se me rompió el corazón por él. La necesidad de hacer que todo mejore crecía a cada minuto.

–Te voy a tomar de la mano –anticipé, y se la sujeté más fuerte–. Nos quedaremos juntos. Hasta que lo descubras.

Y también me voy a quedar con ese "ángel". Hasta siempre.

Me lo quedaré para cuando se vaya y solo me queden los recuerdos. Para cuando ya no esté conmigo.

No habló, no enseguida. Un momento después, rompió el silencio:

—Espero que estés lista para tu gran gesto.

Capítulo 22

Rosie

—No sé si lo hice bien —lo escuché decir detrás de mí, mientras me cubría los ojos con las dos manos.

Después de salir del restaurante, Lucas me había guiado al elevador del edificio donde se ubicaba Zarato y subimos hasta el último piso.

Antes de que las puertas se abrieran, me advirtió que cerrara los ojos y que los mantuviera cubiertos con las manos "por si acaso".

Caminamos muy despacio, Lucas me iba guiando, pero en un momento me tropecé con sus piernas y me sujeté de sus muñecas para evitar caerme.

—En serio. ¿Esto es necesario?

—Sí —confirmó, y me hizo detener—. *Cosmo* dice que el elemento sorpresa es muy importante.

—¿*Cosmo*? —Largué una carcajada—. ¿La revista *Cosmopolitan*?

—¿Qué es tan gracioso? —preguntó, divertido.

—Nada. —Le solté las muñecas—. Solo que suenas como un personaje de las comedias románticas de los noventa.

Movió las manos, de modo que solo con una me tapaba los ojos. Fue entonces que sentí que, con la otra, me hacía cosquillas en la cintura.

—¡Ey! —chillé y me dio un ataque de risa—. ¿Por qué me haces cosquillas? Es un cumplido. No hay nada mejor que el Matthew McConaughey de principios del 2000. —Esperé su risa, pero no llegó—. Fue un chiste inocente.

—No hay nada inocente en eso, Rosie. Sabes lo mucho que me gusta —repuso. Y antes de que pudiera pronunciar una palabra, me rodeó la cintura con los brazos. Las puntas de sus dedos hicieron contacto con la piel desnuda de mi espalda—. Cuidado con el escalón —agregó antes de levantarme en el aire.

Y al instante me colocó de nuevo en el suelo. Y yo... estaba demasiado aturdida, distraída, hasta para dar las gracias.

Lucas, enigmático, se rio por lo bajo, mientras dirigía la marcha otra vez.

—Para que lo sepas, usé otras fuentes además de revistas. —Giramos a la derecha, y luego, nos detuvimos de nuevo—. Espera un segundo. Mantén los ojos cerrados. Ya vuelvo.

Escuché sus pasos mientras se alejaba.

—Vi algunos finales de películas —habló a la distancia—. Clásicos, en su mayor parte. Hasta que descubrí que la gente hacía compilaciones de grandes gestos y las subían a YouTube. —Su voz se acercó más, y entonces, volvió a posar las manos sobre mí. Esta vez, en la cintura—. Y también leí tu libro.

Mi corazón latía con fuerza.

—El final fue una referencia bastante buena. Esclarecedora.

El final de mi libro. Ese que había escrito. Lucas lo había leído.

—Ya puedes abrir los ojos.

Como si estuvieran en piloto automático, mis párpados se levantaron.

Y... Dios. Ojalá nunca lo hubiera hecho. Ojalá no hubiera abierto mis ojos ante algo como eso.

Porque lo que había estado sintiendo hasta hacía unos segundos, minutos, horas, no había sido nada, nada en absoluto, en comparación con lo que en ese momento me inundaba el pecho. El cuerpo. Me sentí tan ligera, tan eufórica y conmovida que podía volar por el aire y flotar en la noche oscura y tormentosa.

—Lucas —susurré.

Sus manos se arrastraron hasta mis hombros. Sentí sus palmas cálidas, muy cálidas contra mi piel, y preguntó:

—¿Qué te parece?

Estábamos en la azotea del edificio. La mitad era un invernadero, con flores de todos los colores esparcidas a nuestro alrededor, mientras que la otra la mitad de la azotea estaba al aire libre y expuesta al cielo nublado de noviembre, que parecía iluminado por luces multicolores que se entrelazaban encima de nosotros.

Era un lugar precioso. Mágico. Trascendente. Se sintió como ese momento que antes de que haya terminado ya sabes que se convertirá en un recuerdo inolvidable.

Las palabras de mi papá se me vinieron a la mente: "Recuerda elegir a un chico que te plante un jardín, en lugar de solo traerte flores, Frijol".

—No sé si lo hice bien —confesó Lucas—. Este es mi primer gran gesto.

Negué con la cabeza al luchar contra la emoción que me obstruía la voz.

—Lo hiciste perfecto. Todo esto es tan hermoso, no… —Dios, necesitaba mantener la calma. No podía dejar que supiera *todo* lo que estaba sintiendo—. No cambiaría nada. Ni una sola cosa.

—Me halagas, ángel. Pero esto no es todo. Esto no es lo que esperaba haber hecho bien.

Bajó la cabeza y me rozó la mejilla con los labios con mucha suavidad. Me sorprendió lo diferente que se sintió en comparación con cada una de las veces anteriores en las que lo había hecho. Además, me rompió el corazón, porque quería mucho más que un simple beso en la mejilla.

Lucas me tomó de la mano y me guio hacia delante, hasta un banco donde había puesto una manta, un altavoz Bluetooth, una botella de vino y una caja rosa con una cinta.

Sacó su teléfono del bolsillo de su traje y tocó la pantalla. La música llenó el espacio que nos rodeaba.

—Me dijiste que te hubiese gustado que nos conociéramos en la boda de Aaron y Lina —recordó, con expresión sombría. Dio un paso decidido hacia mí—. Pensé que esta noche, por ser la última cita, podríamos fingir que estamos haciendo eso. Que nos estamos conociendo por primera vez.

Se me volvió a agitar el corazón. Más fuerte. Más rápido. Me abrumó una emoción tan poderosa que me costó respirar.

Lucas sonrió, y fue una de sus raras sonrisas tímidas.

—¿Qué opinas? ¿Es un gesto lo suficientemente grandioso?

Este hombre desinteresado, considerado y bueno, mostraba una ansiedad sin reservas porque me gustara su gran gesto. Porque lo considerara lo suficientemente grandioso.

Quería gritar. Gritarle al mundo por ser tan injusto. A él, por perseguir mi corazón así. Por conquistarlo en tan poco tiempo.

Porque lo había conquistado, ¿verdad? Me había hecho suya sin siquiera intentarlo de verdad. Sin que yo supiera el momento exacto en que había sucedido.

Dios, lo amaba. Me había enamorado de Lucas Martín.

Y lo sabía con una certeza que me oprimía el pecho.

Nunca creí que existiera esa posibilidad, no en realidad.

Me quedé allí, sin aire, inmóvil, haberme dado cuenta de todo me hacía temblar mientras observaba cómo Lucas se pasaba las manos por los muslos.

Se aclaró la garganta antes de hablar.

—Sé que esto no está ni cerca de ser un jardín con vistas al Golfo de Vizcaya, así que… también tengo esto.

Se arrodilló y buscó a tientas algo debajo de la banca. Un haz de luz apareció e iluminó la pared detrás de nosotros. Fotos de la boda de Lina y Aarón se proyectaron sobre la superficie lisa. El lugar, la ceremonia, los rostros felices de Lina y Aaron, la abuela, los padres de Lina, pequeños fragmentos de ese día se reprodujeron por toda la pared.

Y… entonces, yo... no podía hacer eso.

Con él, sabiendo que su presencia en mi vida tenía una fecha de vencimiento.

Me puso una manta sobre los hombros, y fue solo entonces que noté que estaba temblando.

—Di algo, Ro.

Ro.

Nunca me había llamado así en una cita. Esa era el apodo que usaba en *todas las otras noches*.

—Yo… —respiré. No tenía palabras para explicarle todo lo que esto significaba para mí. Que era maravilloso. Que me había enamorado de él por completo–. No puedo creer que hicieras todo esto. Que lo pensaste. Para mí. Eres…

Perfecto.

Maravilloso.

El mejor hombre que podría pedir.

Lucas inclinó su cuerpo para que solo pudiera mirarlo a él y luego me rozó la mejilla con la yema de los dedos.

–Rosie –dijo mi nombre con ternura, con tanta ternura que quise rogarle que se retractara–. Si hubiera ido a la boda –continuó, y me dejó de latir el corazón cuando nos miramos a los ojos–, te hubiera visto al otro lado de ese pasillo, me habría dicho: *¡Guau!* –Hizo una pausa y se le iluminó el rostro–. *Esa chica me deja sin aliento, ¡es tan hermosa! Y seguro es de las que le encanta el pastel.*

Una risita sutil se me escapó de los labios, aturdida por sus palabras.

Tomó la caja que estaba sobre la banca y jaló de la tapa para abrirla. Una sola rebanada de pastel de fresa y crema yacía sobre un pequeño plato. Y lo reconocí de inmediato. Era igual al que se había servido en la boda de Lina y Aaron. Pero *¿cómo?*

Lucas extrajo el plato, lo sostuvo en la palma de la mano y colocó la caja a sus pies. Luego, continuó:

–Habría cruzado el pasillo atestado de gente, pastel en mano y me habría acercado a ti con una sonrisa deslumbrante.

Dios.

Todas esas mujeres que habían estado con él en el pasado habían sido tan estúpidas como para dejarlo ir. Una locura.

–Y yo… –Me fui apagando, con la voz cargada de emoción, necesité unos segundos más para recomponerme–. Te habría mirado de arriba abajo con el ceño fruncido. –E hice exactamente eso–. Y hubiera pensado: *¡Hum! Es un bicho raro, pero al menos trae algo dulce.*

—Le quité el plato y cuando se rio, agregué—: *Y tiene la risa fácil, y una sonrisa seductora, así que creo… creo que me quedaré. Acepto el pastel.*

Me recorrió el rostro con una mirada cálida.

—Porque *soy* un bicho raro, te hubiera preguntado si me ibas a convidar. Eso sería lo menos que podías hacer, después de que hice todo el camino con el pastel hasta llegar a ti esquivando a los tíos borrachos y a las tías inquisitivas que querían saber si me iba a quedar soltero para siempre.

Sin importarme no tener un tenedor o una servilleta, le di una mordida. Este era un pastel más dulce, más suave y mucho mejor que el de la boda. Y supe, sin lugar a duda, que él lo había horneado. Lucas había horneado este pastel.

Mis siguientes palabras apenas lo disimularon.

—Y yo… quizá te hubiera dicho que tal vez estabas soltero porque ibas por ahí ofreciéndoles pastel a mujeres que no conocías. —Con las manos temblorosas, sostuve el plato delante de su cara—. Por eso tal vez, solo por esta vez, esta chica que podría o no estar disponible, y que podría o no gustarte, te compartiría un poco.

Lucas se inclinó, dio un mordisco del otro lado y se lamió los labios para limpiarse la crema. Lo saboreó, exactamente como yo sabía que lo haría, con sus ojos anclados a los míos. Y vi el movimiento de su garganta al tragar.

—Y después de darte las gracias, habría estado, con todo respeto, en desacuerdo. —Incliné la cabeza, y vi que se puso más serio—. Porque entonces habría sabido… —Dio un paso adelante, con la barbilla inclinada por mirarme directamente a los ojos, y siguió—: Que estuve soltero porque nunca nadie me había acaparado la atención ni me había distraído de mis pensamientos con tanta facilidad. Por completo. No de la manera en que tú lo hiciste.

Sus palabras bailaron a nuestro alrededor, danzaron al ritmo de mi corazón.

La energía cambió mientras nos mirábamos fijamente, cien mil cosas no dichas pendían entre los dos.

La atmósfera se volvió más espesa, más pesada y creí escuchar unos truenos a la distancia, pero estaba inmersa en un vacío. No me importaba nada más que él. Que nosotros.

Lucas me arrebató el pastel a medio comer y me quitó la manta de los hombros. Luego, me tomó de la mano y llevó la otra a la parte baja de mi espalda.

—Entonces —prosiguió, con una voz que nunca le había escuchado, una voz que nunca olvidaría—, te habría *rogado* que bailáramos una canción. O dos. O todas las que quedaban hasta que terminara la noche y los pies nos dolieran. Y después de eso, te habría rogado que, por favor, me dejaras llevarte a mi casa. A mi cama. En mi corazón.

Sentí que me expandía, flotaba y me fundía con el cielo tormentoso. Que estaba a merced de la corriente del viento si no fuera porque los brazos de Lucas me anclaban a la tierra.

Como si lo hubiera sabido, me atrajo hacia él, comenzó a moverse al ritmo de la música y bailamos en silencio. Giramos y nos balanceamos, me había rodeado la cintura con los brazos y mi mejilla descansaba sobre su pecho. Y en aquel momento me juré que nada y ni una sola cosa en el mundo me podría alejar de él. Ni un trueno, ni el lugar ardiendo en llamas, ni siquiera el apocalipsis o King Kong subiendo al costado del edificio en el que estábamos.

Nada.

Porque yo estaba en los brazos de Lucas, y sabía lo efímero que era ese momento.

355

Que pronto lo perdería a él, a su cuerpo alrededor del mío. Solo me quedarían los recuerdos. Una marca que se desvanecería.

Quizá fue por eso por lo que, cuando el cielo se iluminó con un relámpago, no me importó nada. No lo solté.

Y cuando las nubes sobre nosotros temblaron con un trueno, permanecí en sus brazos.

Ni siquiera cuando las compuertas del cielo se abrieron y el agua comenzó a caer sobre nosotros, me moví de allí.

Fue su pecho lo que sentí temblar bajo mi rostro, con una risa y una maldición.

—Por el amor de Dios.

—No me importa la lluvia. —Negué con la cabeza y me aferré más a su cintura.

—Te estás empapando, Rosie. Deberíamos irnos.

—No —repuse, levanté la mirada para que pudiera verme—. Estoy bien aquí. No me quiero ir.

Otro trueno rugió, como si el cielo me estuviera poniendo a prueba.

Sin pensarlo, Lucas se quitó el saco como pudo, con mis brazos aferrados a su cintura, y lo sostuvo por encima de mi cabeza. Nuestras miradas se encontraron.

—Rosie, por favor. Te vas a enfermar, y no puedes. ¿Qué pasará con tu libro? Tienes que entregarlo en menos de tres semanas. No te queda mucho tiempo. Déjame llevarte a casa.

Y ahí estaba, con mi corazón de nuevo, poniéndome en primer lugar. Haciéndome imposible no amarlo de esa forma.

—Pero ¿qué hay de ti? —Negué con la cabeza. El cabello se me pegaba a las mejillas porque la chaqueta que hacía de paraguas ahora también chorreaba agua—. ¿Qué pasa si también quiero cuidarte?

Lucas tragó saliva.

—¿Qué pasa si eres importante para mí, Lucas? —Y vaya que lo era. Él debía escucharlo. Le puse las manos sobre el pecho y le pregunté—: ¿Qué pasaría si yo quisiera ser esa persona que dejaras que te cuide?

La expresión de Lucas cambió, se transformó. Como si le costara procesar mis palabras.

Quizá fue por eso por lo que continué:

—Siempre estás pendiente de mí, cuidándome y ayudándome. —Observé que tenía los ojos cerrados y negaba con la cabeza—. Me das todo sin pedirme ni una sola cosa a cambio. Y yo... también quiero darte cosas. Quiero dártelo todo. Quiero que tú también lo quieras. —Con la respiración agitada y el corazón acelerado, me animé a hacer la pregunta que no debía hacer—: ¿Quieres que lo haga?

Se quedó mirándome, como si mis palabras no hubieran sido nada más que un golpe al pecho. Como si le hubiera dado un puñetazo y dejado sin sentido. Permaneció en silencio, mientras que el agua que le recorría el rostro en finos surcos y le delineaba la mandíbula.

—Entiendes lo que estoy diciendo. —Y todo lo que me había guardado con tanto celo, se me escapó—: Sí, claro que lo entiendes, y por eso me estás mirando de esa forma.

Se le contrajo un músculo de la mandíbula.

No respondió.

Dejé caer los brazos a los costados de mi cuerpo, derrotada.

—Bueno, es mi culpa —murmuré—. Dijimos que las cosas no cambiarían entre nosotros, y dejé que... Lamento lo que hice, Lucas.

Me di la vuelta y empecé a juntar nuestras pertenencias en la banca. Oculté mi cara para que no viera que me sentía como una grandísima tonta. Cuánto yacía debajo de mi confesión. En cuántos pedazos él me estaba rompiendo el corazón.

—Rosie. —Me tomó la muñeca.

Negué con la cabeza.

—Está bien.

Me dio la vuelta. Le caía el agua por el cabello y le escurría por el rostro.

—Estás llorando, Rosie. —Un sonido escapó de sus labios, y, de nuevo, me atrajo hacia él–. *Ángel, por favor*. No llores. No me hagas eso.

—No estoy llorando –mentí–. Es solo la lluvia. Estoy bien.

Me tomó del mentón y me levantó el rostro hasta que me encontré con su mirada.

—Estás mintiendo. Estás llorando y me estás rompiendo el corazón –confesó, con voz desesperada–. *Preciosa*. –Se acercó más, como si no lo pudiera evitar–. Dime qué tengo que hacer para que dejes de llorar.

Intenté ocultarlo. No dejarlo salir; pero esa palabra, ese *preciosa,* me caló hondo.

Y así... se me escapó.

—Quiéreme –le dije, y Dios, lo desesperada que debía estar para mendigar algo así–. Quiéreme como yo te quiero. Porque estos destellos de lo que podríamos ser me están matando, Lucas. Por eso estoy llorando, porque me siento frustrada y devastada por no poder tenerte. Te quiero y no puedo tenerte.

Se quedó inmóvil, quieto bajo la lluvia; pero fue solo entonces, cuando resonaron mis últimas palabras, que todo en él cobró vida. Como un fósforo arrojado al fuego, algo rugió con fuerza en su interior.

Me atrajo más hacia él.

—¿Crees que no puedes tenerme? –Sentí su respiración en la boca–. ¿Soy yo el que te hace derramar esas lágrimas?

Entonces, mi corazón se rindió.

—Estoy llorando porque solo somos amigos; porque nada de esto es real. Porque quizá para ti soy solo eso: tu compañera de apartamento. Ro. *Graham.*

Me acunó el rostro y sentí sus manos temblorosas y trémulas. Otro trueno retumbó en la distancia.

—Rosie —el sonido de mi nombre luchó contra el tronar en el cielo—, cada vez que te he llamado Graham, lo he hecho para recordarme que no podía quererte de la manera en que te quiero. Cada vez que hemos tenido una cita, me he recordado a mí mismo que era parte de un acuerdo. Y cada vez que te he dicho que quería ser tu mejor amigo, lo único que quería hacer era recibir todo lo que, tal vez, me pudieras dar.

Exhalé todo el aire de los pulmones.

—Si quieres algo de mí, solo tienes que pedirlo. —Lucas apoyó la frente contra la mía, y entonces, su respiración se agitó—. ¿No ves que me rompería el alma por darte todo lo que pudieras necesitar? ¿No te parece obvio?

—No puedes estar hablando en serio. Eres…

—Lo digo con todo lo que soy.

Luché contra mi propio miedo, contra la certeza de que esto no podía estar pasando de verdad, porque ¿cómo podía serlo? Y afirmé:

—Si es cierto, si lo dices en serio, entonces, quiero que me beses, Lucas.

Hacía un segundo, las manos de Lucas me sostenían el mentón, y al siguiente, se deslizaban detrás de mi cabeza, entre mis rizos mojados.

Me tomó la boca con los labios, como si estuviera luchando por su última respiración, como la lluvia que caía a nuestro alrededor y anunciaba el fin del mundo. Me besó como si fuera nuestro primer y último beso, como si esa fuera la única oportunidad que tenía para darme lo que le había pedido. Y eso me debería haber advertido de algo, pero no me importó. No me importó cuando su boca estaba contra la mía, y me entreabrió los labios y me los devoró. Me devoró.

Su cuerpo se pegó al mío, retiró la mano que me sostenía la nuca y la deslizó por mi columna, hasta apoyarla en mi espalda. Soltó un gemido cuando dejé que me acercara a él, sin ofrecer ningún tipo de resistencia, porque ¿cómo podría resistirme cuando su caricia se extendió por la parte baja de la espalda, me sostuvo firme contra él, me apretó el vientre contra sus caderas y mis senos contra su pecho?

Desesperada por más, le rodeé el cuello con los brazos y me puse en puntillas, mientras deseaba que las telas empapadas y pesadas no estuvieran allí, entre nosotros. Deseé poder desnudarlo, así obtendría de él todo lo que fuera posible, todo cuanto pudiera memorizar.

Su boca abandonó la mía para recorrer el costado de mi cuello y me pidió un gemido. El sonido avivó su ímpetu y lo alentó a tomarme por la parte posterior de las rodillas y sostenerme en sus brazos.

Como si hubiera sido coreografiado, le rodeé la cintura con las piernas y me mantuvo firme contra él de nuevo.

—Lucas —exhalé, con los dedos entre su pelo, y me invadió una nueva oleada de necesidad—. Tú… —Me mordisqueó el lóbulo de la oreja—. No puedes...

—Tendré cuidado —prometió, y me acomodó a él otra vez. La nueva posición me hizo saber y sentir lo grande y duro que estaba—. Hay cosas más importantes que eso: tú. Querías un beso. —Me miró a los ojos, con una expresión salvaje en la cara. En la boca. Desbordaba el hambre en su mirada—. ¿Qué más quieres de mí?

Todo.

–Otro beso. Y un segundo. Y un tercero. Y un cuarto, y…

Me tomó el cabello y lo recogió en un puño, dejándome el cuello expuesto.

–¿Es eso todo lo que quieres? –dijo, contra mis palpitaciones, mientras me daba suaves mordiscos en la piel.

No, quería decir, pero entonces me acunó la cabeza y juntó nuestras bocas. Luego, me apretó con sus caderas, justo entre mis piernas, y estaba tan duro y tan caliente que yo...

–Lucas –gemí, con los párpados cerrados.

–Te hice una pregunta –habló con voz ronca, aun cuando su respiración parecía entrecortarse–. Dije que te daría lo que me pidieras. Y tú querías mi boca. Un beso. Y ahora... –Se detuvo y me acomodó de nuevo. Sentí que la fricción era inmejorable, aunque al mismo tiempo, insuficiente–. Ahora quiero darte más. Ahora no quiero detenerme en un beso en la boca, Rosie.

Así que fui yo la que cambió de posición, al deslizarme debajo de las palpitaciones de su cuerpo, lo que nos trajo a los dos las mismas expresiones de delicioso dolor. Lo tomé del pelo y lo atraje hacia mí, y arrojé las siguientes palabras:

–Entonces, no te detengas. Dame más que eso. Dame lo que me prometiste en el Baile de las Máscaras.

Tragó con fuerza. Su expresión se oscureció cuando tomó conciencia con un pensamiento.

–Tenías que ser perfecta, ¿no? ¿Tenías que ser capaz de domarme y sacar todo lo que llevo dentro?

Sí.

–Todo. Lo quiero todo.

Le cambió la cara y, Dios, parecía listo para sucumbir, para darme justo lo que le había pedido y que yo quería permitírselo. Entonces, esta vez yo le tomé la boca para alentarlo. Un gemido profundo le salió de la garganta y… empezó a sonar un móvil.

Al principio, apenas registré que era el mío. Hasta que volvió a sonar y se infiltró en nuestra burbuja y nos obligó a separarnos para tomar aire.

La voz de Lucas era apenas áspera, pero me indicó:

—Es tu teléfono, *preciosa*.

Todavía aturdida, luchaba entre los vestigios de una nebulosa, cuando la llamada entrante se detuvo y comenzó de nuevo.

Lucas me dio un beso en la comisura de los labios, otro en la frente y me colocó de nuevo en el suelo. Nos dirigimos hasta donde habíamos dejado nuestros abrigos, en la entrada de la azotea. Tomó mi bolso, lo abrió y extrajo mi teléfono, que seguía sonando.

Revisé la pantalla (desconocido) y respondí a la llamada.

—Rosie —escuché—. Estoy listo para irme a casa.

—¿*Olly*? —Cada célula de mi cuerpo que había estado ardiendo hacía solo unos segundos de repente se convirtió en hielo—. ¿Dónde estás?

Mi hermano no respondió, no de inmediato, pero pude escuchar el ruido de fondo. Música. El club nocturno.

—Envíame un mensaje de texto con la dirección —le repetí—. ¿Me escuchas, Olly? Envíame un mensaje de texto con la dirección del lugar. Voy en camino.

Hubo un corte.

—Gracias.

Y luego, se cortó la llamada.

Capítulo 23

Rosie

Lucas me sostenía la mano de nuevo.

Lo había estado haciendo durante todo el trayecto y sabía lo que eso quería decir. No tenía necesidad de poner en palabras "Estoy aquí, cuenta conmigo", porque bastaba ese apretón suave pero apasionado que le daba a mi mano extendida en la suya. No. En realidad, era más que eso. Él me acompañaba y no había dudado en buscar un taxi, sin pedirme detalles de nada, y con seguridad tomó las riendas de una situación que me estaba costando mantener a flote, y eso fue más que suficiente. Lo fue todo.

El recuerdo de la última vez que vi a Olly, con el labio partido, se proyectó delante de mis ojos.

Dios, ¿en qué diablos te has metido, Olly?

Los dedos de Lucas otra vez apretaron los míos y me pareció que murmuró algo, con calma, pero todo lo que escuchaba en mi cabeza era: *Por favor, que esté bien. Sea lo que sea, por favor, que esté bien.*

El taxi se detuvo en la dirección que Olly me había mandado por mensaje de texto y me solté de la mano de Lucas tan rápido que no pudo hacer nada para evitar que saltara del automóvil.

—¡Rosie, no! —Pero seguí caminando. Estaba en piloto automático.

Escuché sus pasos detrás de mí, presurosos, veloces, como si estuviera trotando para alcanzarme, y me sentí una idiota porque no debería dejar que corra, por su lesión. Pero…

Me tomó la mano y jaló suavemente para que me detuviera. Me rodeó hasta que estuvimos cara a cara.

—No me hagas eso otra vez, por favor.

Todavía tenía el pelo mojado. Debajo de nuestros abrigos, teníamos la ropa tan mojada que pesaba el doble. Era probable que Lucas tuviera tanto frío como yo y, sin embargo, sabía que esa no era la razón por la cual parecía tan abatido.

—Lo siento —me disculpé, y era de verdad—. No debí haberte hecho eso.

Le apreté la mano y se le relajó la expresión de la cara.

Con otro suspiro, presté atención a nuestros alrededores y al estruendo de la música indistinguible que se escuchaba a la distancia. Tenía que venir del club nocturno al final de la calle, ese que Olly me había indicado por mensaje. Pink Flamingo.

—¿Conoces esta parte de la ciudad? —preguntó Lucas.

—Nunca había estado aquí. —Negué con la cabeza—. Pero precisamente no se la conoce por su buena reputación. —Hice una pausa—. Hay algo que quizá debería decirte, Lucas. —Permaneció en silencio, con la mirada fija en mí, a la espera de que continuara—. Mi hermano… tenía un ojo negro. Hace unas semanas. Y yo…

Y yo no había hecho nada. Nada de nada. Lo había dejado irse así.

Lucas procesó la información. Luego miró a la izquierda y a la derecha.

—Envíale un mensaje de texto para decirle que estamos aquí. Si no te contesta, entonces vamos a buscarlo y lo sacamos de allí.

Asentí con la cabeza, ya avanzando hacia la entrada iluminada con luces de neón. Lucas me jaló de la mano.

—Te vas a quedar detrás de mí, ¿okey? No estoy en plan de héroe sobreprotector, Rosie, pero si alguien trata de acercarse a ti, ignóralo, ¿de acuerdo? —Se palmeó el pecho con el puño—. Estás conmigo.

Se me cerró la garganta.

—Pero y si…

—*Ángel* —me interrumpió, casi con dolor—. He viajado, me he topado con gente que no debería haber conocido y me he metido en unos cuantos líos feos. Así que, por favor, te lo suplico, quédate conmigo. Solo confía en mí con…

—Está bien —asentí con la cabeza. Sin titubeos—. Confío en ti. Voy a quedarme contigo. No me voy a enfrentar con nadie. —Sus rasgos se suavizaron—. Pero solo si tú tampoco lo haces. No quiero que te metas en problemas, no por mi culpa.

Algo cambió en su mirada y entonces, sin darme ninguna clase de advertencia, estaba rozándome un beso la comisura de los labios.

—También confío en ti, *ángel.*

Y así como así, nos pusimos en marcha de nuevo.

Lucas se detuvo cerca del cartel de neón, donde se encontraba un guardia de seguridad de pie delante de la entrada, cubierta por una cortina granate.

Eché un último vistazo a mi teléfono para ver si Olly me había respondido el mensaje. No lo había hecho.

—Vamos —le indiqué a Lucas.

Nos dirigimos a la puerta, Lucas un poco más adelante, y el sujeto de seguridad nos miró de arriba abajo con el ceño fruncido.

–No se permiten parejas. Artistas por la parte de atrás.

Rodeé a Lucas y me quedé a su lado así podía explicar al tipo por qué necesitábamos entrar. Los dos.

Pero el monigote de seguridad me detuvo en seco con una mano.

–No se permiten parejas –repitió, antes de volver a su posición y apartar las cortinas–. La dama puede entrar. –Tú –señaló a Lucas–, afuera. O por la parte de atrás.

–No –rechazó Lucas. Di un paso adelante y me dijo en tono de advertencia–: Rosie, por favor.

Estaba lista para soltarme de su mano y decirle que estaba todo bien, cuando la cortina se abrió y escuché mi nombre.

–Rosie –dijo mi hermano, mi hermano *menor*.

Y estaba… sin camisa. Cubierto de lo que parecía… aceite. Y *glitter*.

Me abalancé sobre él y lo abracé.

–¿Estás bien? Por favor, dime que estás bien.

Los ojos de Olly miraban para todos lados.

–Estoy bien –chilló–. Pero deberíamos irnos ya.

Lo solté y le toqué las mejillas para inspeccionarle la cara. Dios, en qué momento se había transformado en este hombre que tenía delante.

–¿Qué demonios está pasando, Olly?

El tipo de seguridad habló antes de que me pudiera responder:

–Graham, sabes las reglas. Nada de juntarse en la entrada. Los artistas, por la maldita puerta de atrás. Tienen cinco segundos.

–Olly…

Mi hermano negó con la cabeza y nos alejó del club.

—Vamos, Rosie. Te contaré todo, pero no aquí, ¿okey?

Lucas me posó la mano en la parte baja de la espalda.

—Llamé a un Uber en el mismo momento que Olly salió por la puerta. Va a estar aquí en unos minutos —anunció, mientras nos alejaba de la entrada del club.

Se sacó el abrigo y me lo dio.

—Dáselo a tu hermano.

—¿Quién es este? —preguntó Olly.

Observé a mi hermano justo a tiempo para verlo ponerse el abrigo de Lucas. Luego, me echó un vistazo y me miró la ropa. Se detuvo.

—Ay, Dios, estaban en una cita.

Retomé mi paso y lo atraje hacia mí. La respuesta a eso era demasiado complicada de elaborar.

—Y ahora, aquí estoy. Estoy muy contenta de que me hayas llamado, Olly.

Y, mientras Lucas asentía con la cabeza, escuché unos pasos enérgicos detrás de nosotros. Me giré (todos nos giramos) y me encontré con un hombre que acababa de salir del club y que, en ese momento, estaba siguiendo nuestros pasos.

—Jimmy —murmuró Olly—. Carajo.

—Bueno, bueno —dijo Jimmy, arrastrando las palabras—. Olly, tendrías que haberme avisado que ibas a invitar a tu linda hermana a ver el espectáculo. —Me miró de arriba abajo con desdén—. Hubiera limpiado.

Reconocí al hombre, era el que había recogido a mi hermano afuera de la Estación Pensilvania hacía unas semanas.

Tanto Lucas como Olly se pusieron apenas delante de mí.

Pero me las arreglé para hacer contacto visual con Jimmy. Reconocía a un matón con solo verlo.

—¿Ni siquiera un hola? —Chasqueó la lengua—. Eso no es muy amistoso, ¿no?

Lucas, que recién en ese momento noté que había estado avanzando hacia Jimmy, se detuvo a un par de metros delante de mí y de Olly.

Observé los músculos de su espalda erguida y sus hombros de alguna forma más anchos.

—No le hables a ella —advirtió Lucas, con una voz áspera que nunca le había escuchado—. Ni siquiera te fijes en sus modales. Si tienes algo que decirle a ella o a Olly, dímelo a mí.

Jimmy se rio.

—Bueno, entonces dile al niño lindo que el próximo espectáculo es en quince minutos. La multitud ya está descontrolada, así que será mejor que se meta adentro y se tire un poco más de aceite encima. —*Próximo espectáculo*. La verdad se esclareció: Olly, mi hermano, un bailarín, un estríper—. ¿O ahora que su chica se escondió no se va a subir al escenario nunca más?

Se escondió. ¡Ay, Olly! Cualquiera sea el problema en que se haya metido, todo fue por proteger a una chica, por supuesto.

Las palabras de Jimmy seguían resonando en medio de la noche cuando un vehículo se detuvo detrás de nosotros.

Vi que el hombre entrecerró los ojos.

—Rosie, mete a tu hermano en el auto —dijo Lucas sin voltearse para mirarnos (mirarme).

Todavía conmocionada, titubeé. Lucas estaba de pie allí, como una estatua, servía de pared entre Jimmy y mi hermano y yo.

—*Ángel*. —Su voz profunda y dominante volvió otra vez, sacándome de toda duda—. Auto, ahora. Por favor.

Entré en acción, entrelacé el brazo con el de mi hermano y nos encaminamos al Uber. Una vez que Olly estuvo sentado, me giré a ver qué pasaba con Lucas. Permanecía en la misma posición, solo que Jimmy estaba justo frente a él, y hablaban. Nada más que mascullaban tan bajo que no pude entender ni una palabra.

No me gustaba. Ni un poco. Cada una de mis células me demandaba que buscara a Lucas y me lo llevara a rastras.

—Quédate aquí, Olly —le ordené y le hice un gesto al chofer para que esperara.

Había arrastrado a Lucas a este lío, y me odiaría si algo le pasaba por mi culpa. Casi había llegado hasta donde estaba, con los brazos extendidos hacia él, para alcanzarlo, cuando Jimmy echó los hombros para atrás y le dio un empujón en el pecho.

El hombre al que tanto amaba por su gentileza, su calidez y su corazón generoso, tropezó antes de enderezarse. Y, en vez de tomar represalias, de devolver el empujón o lanzarle un puñetazo, dio otro paso atrás.

—Tienes suerte —advirtió Lucas, con voz cortante—. Le prometí a ella que no me involucraría.

—Ah, ¿sí? —se burló el otro hombre.

Lucas miró fijamente al matón un buen rato. Luego se giró y le dio la espalda. Estaba cumpliendo lo que me había prometido; no iba a confrontarlo.

Pero entonces, con un movimiento rápido que casi ni registramos, Jimmy se abalanzó sobre Lucas y su bota le impactó contra la pantorrilla. La pantorrilla derecha.

Lucas se desplomó y cayó de rodillas casi sin hacer ningún ruido. Le colgaba la cabeza hacia abajo y estaba agitado.

Mi visión se tornó borrosa, me silbaban los oídos y todo se me puso rojo. Como si no fuera yo, me lancé hacia delante.

—¡Tú, hijo de puta! —grité.

—Mala mía —lo escuché a Jimmy arrastrar las palabras—. Sabes, las promesas no me importan mucho.

Ignoré toda precaución. Mi rabia salió a la superficie.

Miré a todos lados, desesperada por hacer algo, cualquier cosa para dañarlo, pero no encontré nada, excepto mi bolso, que me colgaba del hombro.

Lo tomé por la correa y levanté el brazo, lista para lanzárselo como si eso fuera lo mejor que podía hacer. Pasé por alto lo inofensivo y lo ridículo que sería.

Unos dedos cálidos me tomaron de la muñeca y escuché la única voz en el mundo que podría haberme detenido de hacer una estupidez:

—Rosie, *no*.

Entreabrí los labios y me escuché decir:

—*Sí*.

Separó un poco los dedos, el contacto me paralizó. Me puso de nuevo los pies sobre la Tierra.

—No confrontes. Me lo prometiste. —Lo había hecho, pero antes de que Lucas se llevara ese feo golpe—. Baja el bolso.

No fue la súplica en su voz. Fue el saberlo de pie, con el dolor entrecortándole la voz, lo que me hizo obedecer. Lo miré y hasta esbozó una sonrisa.

—No vale la pena.

No la valía.

Pero, por primera vez en mi vida, quería elegir la violencia.

—Vayamos a casa. —Lucas me jaló del brazo y me sacó el bolso de mi agarre mortal. Se lo deslizó por el hombro, aun cuando le dije que podía llevarlo yo misma. Pero no me escuchó. Se incorporó y me pasó un brazo por el hombro y apoyó parte de su peso sobre mí.

Caminó conmigo y podía decir que se estaba mordiendo de dolor. Cuando llegamos al auto, se giró–. No tengo *nada* que perder, Jimmy. Nada. Y sería bueno que lo recordaras, porque la próxima vez no me voy a ir.

Capítulo 24

Rosie

Nadie dijo ni una palabra durante el trayecto al apartamento. Olly miraba por la ventanilla, con el torso desnudo cubierto con el abrigo de Lucas.

Yo iba sentada entre ellos, del brazo de mi hermano. Y Lucas, cuyo rostro no mostraba ninguna emoción, me sostenía la mano con firmeza. Como si yo fuera la que necesitara contención.

Yo, cuando *él* había sido el que había terminado en el suelo. Yo, cuando *él* era el dolorido. Muerto de dolor por mi culpa.

Me sentía tan culpable que apenas podía respirar. Quizá por eso, y porque tampoco podía permitirme pensar demasiado, me puse en modo líder de equipo en cuanto entramos, por fin, al apartamento de Lina durante la que sería mi última noche.

Arrastré a mi hermano al baño y lo obligué a tomarse una ducha. Cuando salió, hice lo mismo con Lucas. Tomé la ropa deportiva y un suéter con capucha que Lucas le ofreció y se los entregué a Olly en mano, para asegurarme de que se abrigara. Preparé té. Tomé unas mantas del clóset y las coloqué en los apoyabrazos del sofá, listas para cobijar a los dos hombres por si tenían frío. Luego, puse hielo en un paño para Lucas, aunque no sabía si eso ayudaría en algo. Y, después de eso, inicié una búsqueda del tesoro para encontrar analgésicos. Porque esa no era mi casa y no sabía dónde los podría haber guardado Lina.

—¿Qué buscas? —me preguntó Lucas, mientras yo estaba aún con mi vestido, en cuclillas en la cocina.

—¿Qué estás haciendo *tú*? —respondí—. Toma el hielo y ve a sentarte, por favor.

—No hasta que me digas qué estás buscando.

—Estoy buscando analgésicos. Para ti. —Al mover una gran sartén a un lado, suspiré—. He buscado por todos lados: baño, cajones… No sé si Lina tiene alguno.

—Rosie —su voz me hizo levantar la mirada. No parecía feliz, lo que, dadas las circunstancias, no me sorprendió—, no hay analgésicos allí. Solo trastos.

—Tienes razón —admití, y me volví a incorporar, sentí la ropa todavía húmeda pegada a las piernas—. Hay una farmacia CVS al final de la calle. Debería estar abierta.

—No vas a ir a ningún lado —advirtió, sin más—. Vas a quedarte justo donde estás. Conmigo. Y también te vas a sacar ese vestido y meterte bajo la ducha.

—Pero…

Vino hacia mí y se acercó mucho, en serio. Me acomodó un mechón de cabello detrás de la oreja.

—Esto no es una calle de un solo sentido, Rosie. Tú me cuidas, y yo te cuido. Nos cuidamos el uno al otro. Somos un equipo.

—Un equipo. —Suspiré, se me cerraban los ojos.

Me acarició el mentón con el dedo pulgar, tan suavemente que apenas lo noté.

—Sí. Así que, ve a ducharte y a cambiarte de ropa. Yo vigilo a Olly.

Con miedo a que se me escapara decirle lo bueno que era y lo mucho que lo amaba, solo asentí con la cabeza.

Traté de calmar mis pulsaciones mientras me dirigía al baño. Todas las emociones en conflicto amenazaban con explotar. Culpa y gratitud. Amor y miedo atroz a que se me rompa el corazón.

Una vez que terminé con la ducha, me sequé el pelo con una toalla seca y me puse el pijama y abrí la puerta del baño. Olly estaba envuelto en una cobija, en un extremo del sofá, y Lucas estaba sentado en el suelo con la espalda apoyada contra el otro extremo.

Estaba poniéndose una compresa de hielo sobre la rodilla y, cuando cruzamos las miradas, había calidez en la suya. Entonces, permanecí de pie en mis pantaloncitos de dormir, me miró las piernas desnudas y esa calidez se volvió un calor abrazador.

Unas horas atrás, una mirada como esa me habría dejado un cosquilleo, un deseo de más; pero ahora todo eso... se había puesto amargo. Porque yo había arruinado la noche. Y odiaba eso. Odiaba ser la responsable de que él estuviera dolorido.

—Ven aquí —indicó Lucas, y dio una palmadita sobre el cojín del sofá, detrás de su cabeza—. Le estaba preguntando a Olly qué podríamos ver en la televisión.

Suspiré.

—Es tan tarde, Lucas, me...

Sin embargo, antes de que pudiera quejarme como era debido, los labios de Lucas delinearon una sonrisa que me distrajo.

—Todos necesitamos relajarnos y desenchufarnos esta noche. Cocinaría algo, pero...

—No. —Y, por instinto, me acerqué. Solo para que no se moviera de donde estaba—. Nada de cocinar ni de cualquier otra cosa que implique estar de pie. Quédate quieto.

Se le agrandó la sonrisa y, maldición, era imposible sentirse mal al verla.

—Creo que tiene razón, Rosie —ofreció mi hermano.

—¿Ustedes dos se unen contra mí? —Con un suspiro, me detuve frente a Lucas—. ¿Por qué no te acomodas en el sofá? Hay bastante espacio para que estires la pierna.

Negó con la cabeza.

—El suelo está bien.

Le clavé la mirada.

Y, en vez de discutir conmigo por eso, en vez de tratar de decir algo que me convenciera o me hiciera sentir mejor, me apoyó la palma de la mano sobre el muslo. Y lenta, muy lentamente, me apretó. Me presionó la piel desnuda con las yemas de los dedos, y allí donde nuestras pieles se ponían en contacto, se calentaba. Una intensa sensibilidad viajó por todo mi cuerpo.

Dejó la mano descansar allí, mientras me miraba desde abajo, directo a los ojos, con la mandíbula firme y los rasgos serios.

—No me obligues a ponerme de pie y a levantarte yo mismo, *ángel*. Porque te voy a llevar al sofá si es necesario. —Y sabía que lo decía en serio.

—Está bien —cedí.

Me acarició la piel al mismo tiempo que un gruñido de satisfacción se le escapaba de los labios.

Decidí ignorar cuánto me afectaba ese pequeño sonido y me dejé caer sobre el sofá sin temor. Lucas se reacomodó de manera de quedar sentado entre mis piernas.

Dobló el brazo para tomarme de la tibia con la mano que no sostenía el hielo.

—Ahora el suelo no solo está bien —comentó, en voz baja—, es perfecto.

Me reí y en secreto lo maldije por creer que podía ir por ahí diciendo cosas como esa como si nada. Como si no fuera obvio que me hacía querer levantarme e instalarme en su regazo.

—¿Frijol? —Mi hermano me habló desde el otro extremo.

—¿Sí, Olly? —Le eché un vistazo.

—¿Por qué estamos en el apartamento de Lina?

—Esa es una larga historia. Mañana me mudo de nuevo a mi apartamento.

Lucas me empujó la rodilla con la cabeza y, sin darme cuenta, me froté el muslo con la mano y me detuve cuando toqué su cabello. Distraída, deslicé la mano y le peiné unos mechones de color chocolate.

—Después de dejarte en casa de papá —agregué y miré con infinito placer cómo la cabeza de Lucas giraba hacia un lado bajo mi contacto—. Tomo el tren contigo a Fili y me vuelvo a la ciudad.

—Está bien —aceptó sin quejarse. Y eso me alivió tanto que apenas me las arreglé para no llorar. Y agregó—: Ya se lo dije a tu novio, mientras estabas duchándote, lo… lo siento por arruinarte la noche.

Y el hombre que estaba en el suelo, sentado entre mis piernas, aquel cuya cabeza estaba inclinada sobre mi muslo y cuya mano estaba aferrada al tobillo, no dijo ni una palabra sobre la etiqueta que mi hermano había usado. Ni siquiera se puso tenso o se resistió. Olly siguió:

—Te debo una explicación, Rosie. Por ser un idiota y haberte arrastrado a mis líos esta noche. Porque si hubieras aparecido sola, Jimmy…

—Pero no lo hizo. —Lucas lo interrumpió—. Y es lo que importa.

—Así es. Y sé que lo sientes, Olly. —No tenía dudas ni en mi mente ni en mi corazón de que lo sentía, y esta experiencia dura le pesaría por un largo tiempo—. Pero necesito saber qué pasó, lo que sea que haya sido.

Olly asintió con la cabeza y se quedó tan quieto que pensé que no diría nada, pero entonces, lo hizo:

—Hay una chica, Lexie. En realidad, todo comenzó con ella. —Negó con la cabeza, y ese gesto de alguna forma me recordó cuánto había cambiado. Lo adulto que parecía en ese momento—. Fue una apuesta. Estaba intentando impresionarla y… y se convirtió en algo divertido. Más divertido de lo que pensé. Y el dinero era bueno. Esa película no mentía. —Soltó una risita—. Hice lo suficiente como para volver a la siguiente noche. Pero fue por ella que volví cada noche después de eso. Para cuidarla.

Tragué con fuerza, procesaba todo lo que me estaba contando, se me ocurrían cien preguntas, pero la que me pareció más importante fue:

—¿Lexie está bien ahora?

Él asintió.

—Sí, estamos… No importa. La saqué del problema, Rosie. Por eso fue que ya no lo quise hacer. —Su expresión mostró pesar—. Jimmy es la mano derecha del dueño y no estaba contento de que yo renunciara. Parece que atraía un buen… público. Pero sabía que, si te involucraba, él me dejaría ir. Porque ese tipo no querría llamar mucho la atención ni traer problemas. Llamarte fue egoísta.

—Ay, cariño. —Suspiré, me dolía el corazón—. Soy tu hermana. Pedirme ayuda no es egoísta.

—Pero lastimé a tu novio. Y tú también podrías haber salido herida.

—Jimmy lo hizo, no tú —repuso Lucas—. Y no dejaría que nadie le hiciera daño a Rosie, Olly. Tal cual te dije antes.

–Gracias –murmuró Olly.

Aparte de eso, mi hermano no dijo nada más y tampoco lo hizo ese hombre abnegado que descansaba entre mis piernas. Entonces, continué jugando con el cabello de Lucas durante un buen rato y frotándole el cuero cabelludo. Y, aunque estaba sentado y desparramado contra mis piernas, me frotaba la piel con su torso y hacía un gruñido ahogado mientras yo continuaba. Porque por más que tocarlo me solía dejar un cosquilleo en cada célula del cuerpo, estaba empezando a comprender que, ejercitar el sentido del tacto con alguien a quien amas era mucho más que eso. No siempre se trataba de chispas y de fuegos artificiales. No se reducía solo a eso. Podía tratarse también de la paz que te brindaba. Del bienestar. Y eso no estaba en las novelas románticas que había leído ni en las casi dos que había escrito. Nunca me hubiera imaginado que tocar a un hombre podría iluminarme por dentro y aquietar cada preocupación y cada ruido del mundo.

Nos quedamos así un rato, ninguno de nosotros le prestaba atención a lo que pasaba en la televisión. Solo cuando la respiración de Olly se hizo más profunda y los ronquidos se escucharon desde su extremo del sofá, me incliné para susurrarle a Lucas al oído:

–Vamos a dormir.

Lo rodeé, me incorporé y le tendí las manos. Con una expresión de cansancio en el rostro, que me decía que había estado imitando a mi hermano, se sujetó de ellas y dejó que lo levantara.

Y, como pasaba cada vez que estaba muy cerca de él, terminé acurrucada entre sus brazos durante un buen rato.

–Estuviste tan bien esta noche, Rosie. Tan bien.

Sentía que no había hecho nada *bien* esa noche. Ni los últimos meses.

Negué con la cabeza y me di la vuelta, de camino a la cama.

—¿Rosie? —La voz susurrante de Lucas me llegó desde donde estaba, todavía al pie del sofá—. Creo que si me ayudas —endureció sus facciones como si estuviera pensando en algo—, quizá podemos llevar a tu hermano a la cama.

—Ven aquí —le susurré también, y abrí el cobertor de la cama. Pero titubeó y se quedó inmóvil. Me enterneció el corazón todavía más—. Deja a Olly. Dormirás aquí esta noche. Conmigo.

Apretó la mandíbula.

—Lucas Martín —sentencié, y oí mi voz cortante, aunque susurrante—. Si no vienes a acostarte a esta cama conmigo y en este preciso instante, me vas a partir el corazón. Y no creo que pueda aceptarlo. No esta noche.

No bromeaba.

Porque hacía solo unas horas, había estado entre sus brazos y me había estado besando. Y por más que no lo hubiéramos hablado, algo se había… abierto entre nosotros. Algo *más*.

Todo esto se me debe haber notado en la expresión porque la duda de Lucas se esfumó.

Elegí no preguntarle por centésima vez si le dolía la pierna, me metí junto a él en la cama y nos cubrimos con el cobertor. Me puse de costado y suspiré profundamente. Lo miré, estaba boca arriba pero con la cabeza girada hacia mí.

—¿Estás cómodo?

—Como nunca más lo voy a estar, ángel.

Tragué saliva y busqué en su expresión el significado real de eso. ¿Sentía dolor? ¿Se arrepentía de haberme acompañado esa noche? ¿Se arrepentía de haberme besado?

—Siento mucho lo de tu pierna, Lucas. No soporto que te hayas lastimado, pero… —Me fui apagando y me odié un poco por lo que iba a decir–. ¿Es de mala persona decirte que, a pesar de todo, me alegra que estuvieras ahí, conmigo?

Negó con la cabeza.

—No tienes que pedirme disculpas por nada, ¿okey? —Me miró como si estuviera esperando algo–. Nunca habría dejado que te metieras allí sola, Rosie. Nunca.

Me le acerqué un poco más. Lucas estiró una mano y con los dedos me rozó suavemente la comisura de los labios. Demasiado rápido.

—No puedo creer que estuvieras lista para golpearlo con tu bolso. Por mí.

No estaba sonriendo. Ni se reía. Y yo tampoco quería hacerlo, porque de verdad había estado a punto de usar mi bolso.

—Y yo no puedo creer que me hayas detenido.

—Eres siempre hermosa. —Me conmocionó que lo dijera y se me aceleró el corazón–. ¿Pero verte así? ¿Lista para abrirte paso e ir a protegerme? —Hizo una pausa, los ojos conmovidos por algo que podría haber sido asombro si no fuera por el atributo pesado y sensual que los recubría–. Estuviste impresionante. Como un ángel vengador. Tuve que contenerme de besarte allí mismo.

Entreabrí los labios y me ruboricé. No de vergüenza, sino por la oleada de deseo que me inundó todo el cuerpo. Porque Lucas me dijo que había estado a punto de besarme y me miraba como si fuera a morir si no lo hacía.

—No deberíamos. —Exhaló–. Es tarde y deberíamos dormir un poco.

Asentí de mala gana.

—La pierna va a estar mejor mañana, lo prometo –agregó.

No le creía. Pero lo amé por seguir intentando.

—Me dijiste que te podía preguntar cualquier cosa, siempre, así que quiero saber algo –dije y asintió con la cabeza–. ¿Por qué tienes pesadillas?

Lucas trató de ponerse de costado e hizo una mueca de dolor.

—El accidente –admitió y se quedó quieto un minuto–. Es irónico porque en mis pesadillas casi me muero ahogado. Pero eso no fue lo que pasó. Es como si mi mente estuviera inventando nuevas y diferentes maneras de asustarme durante el sueño. –Dejó salir un largo y tembloroso suspiro–. No he sido capaz de hablar sobre eso, no desde que sucedió.

—¿Por qué? –Me acerqué más a él.

—No ha habido nadie a quien yo… haya querido contárselo, hasta ahora. Alguien que no quisiera arreglarme. Porque ya no queda nada que arreglar, Rosie.

¿Arreglarlo? ¿No se daba cuenta de que era perfecto? No había nada en Lucas que se necesitara arreglar.

—No puedes arreglar algo que no está roto, Lucas.

Me tomó de la cintura y me atrajo hacia él.

—Me estaba preparando para una competencia en Soorts-Hossegor, unas semanas antes de la boda de Lina –comentó, con la voz áspera. Y así, supe que por fin se iba a abrir. Conmigo. Me sentí la mujer más afortunada del mundo por ser la primera persona en quien confió.

—¿Hossegor?

—En Francia. –Hizo una pausa–. No es una playa peligrosa de por sí, pero… hay un lugar con uno de mis descansos favoritos. –Suspiró, y en cierto modo estaba esperanzado, feliz–. Es un lugar precioso. Si las condiciones son las adecuadas, las olas pueden mantener sus formas hasta tres metros de altura, creo que son casi diez pies. Grandes olas, maravillosas. Por eso trataba de ir por lo menos una vez al año, incluso si está cerrada y no se permite surfear.

Estaba hablando con esa clase de pasión que reconocía. La misma que se oía en mi voz cuando hablaba de escribir. De mi sueño. O esa que le había visto destellar cuando hablaba de cocina.

—Eso sí, el problema con ese lugar —continuó, con distinto tono de voz—, es la rompiente. Si estás montando una ola que rompe directo en la costa, puede salir despedido varios metros y estamparte contra la arena. A esa velocidad y con esa fuerza, es como golpearse contra concreto. Te puedes romper el cuello. Dañarte la columna vertebral. O, si caes de una determinada forma, quebrarte las piernas o los brazos. —Se le quebró la voz, se agitaban los ojos cerrados—. Yo lo sabía. Conocía los riesgos. Es un lugar excelente, reservado para los profesionales por una razón. Y sin embargo…

Y sin embargo algo pasó.

Le puse la palma de la mano sobre el pecho. Sentí sus latidos bajo mis dedos.

—Y, sin embargo —repitió, aún sin terminar la frase. Su respiración había tomado un ritmo irregular—. Se me hizo añicos la rodilla. Necesité cirugía. Todo era… —Una expresión fantasmal, que me rompió el corazón en miles de pedazos, se apoderó de él. Quería gritar por la injusticia del accidente, por todas las cosas que él había perdido, y quería devolvérselas de alguna forma—. No voy a poder recuperar eso. Mi pierna derecha… No puedo, Rosie. Soy demasiado grande para empezar de nuevo, para recuperarme y volver a alcanzar el estado físico que tenía. La rehabilitación física me pondría en buen estado (no espectacular ni de primera línea), solo *bien.*

Le acuné el rostro y le pasé el dedo pulgar por la mejilla.

—Un golpe. Solo eso bastó. Un mal golpe y yo… —Se fue apagando y pareció desorientado durante unos segundos–. Me hundí. Me hundí directo al fondo.

–No lo hiciste –repuse, y le deslicé los dedos por el cabello para tomarlo de la nuca–. Estás aquí. Respiras. Estás entero. Estás vivo.

Las facciones de Lucas se contrajeron.

–Perdiste tanto ese día y, sin embargo, estás aquí –repetí lo que él necesitaba escuchar–. No eres el mismo y no tienes que serlo. Porque estás aquí, conmigo. Abres los ojos cada mañana y le sonríes al mundo de esa manera en que solo tú lo puedes hacer. Perdiste algo, pero no todo, Lucas. No te perdiste a ti; solo… has cambiado.

Inclinó la cabeza y apoyó la mejilla sobre mi muñeca.

Y, en un santiamén, me rodeó con los dos brazos y me dijo:

–*Ven aquí.*

No reconocí las palabras en español, pero no importó, porque sabía lo que significaban. Acércate más.

Así que me acerqué. Porque, en lo que se refería a Lucas, nunca había dudado. Entonces, me apretujé contra su pecho y descansé la cabeza sobre su corazón.

–Tienes razón. Estoy aquí, *ángel* –murmuró antes de besarme la cabeza–. No puedo creer que te encontré.

Se equivocaba. No me había encontrado.

Yo lo había hecho.

Capítulo 25

Lucas

Me despertó un fuerte calambre en toda la pierna. Sabía las consecuencias de no asistir a las sesiones de terapia física. No había nutrido mis articulaciones reconstruidas ni mis músculos atrofiados para que se recuperaran, y esta era su forma de protestar. De tomar el control. Solo tenía que culpar a mi propia terquedad.

En realidad, no me había importado hasta anoche. No habían existido razones para eso. Pero entonces, ese bastardo me había pateado, atacado por la espalda y me había caído de rodillas. Me quedé sin el maldito aire e incapaz de moverme, aterrorizado de que hubiera ido tras Rosie sin poder detenerlo. Había sido ese miedo el que, de alguna manera, me levantó. Solo para encontrarla a ella, con el bolso en alto, como una princesa guerrera.

Mi muslo volvió a tener espasmos y me estremecí. Al darme cuenta de que estaba sobre mi costado y todo el peso del cuerpo caía sobre la pierna dañada, traté de rodar sobre mi espalda. Pero algo me detuvo. *Melocotones.*

Eché un vistazo a mi alrededor y encontré la fuente de aquel aroma delicioso y embriagador.

Rosie. Nuestros cuerpos descansaban en la misma forma.

Estábamos en cucharita: ella, acurrucada de espaldas a mí, con la nuca contra mi garganta; yo la abrazaba, nuestros muslos apretados y sus nalgas ceñidas en mi regazo.

Ceñidas contra mi firmeza matutina.

Dios. Nunca una erección se había sentido tan bien, y nunca había sido tan... inoportuna. Inoportuna por... razones que no podía recordar.

Razones a las que mi miembro no hacía caso cuando el cuerpo de Rosie estaba tan cálido y suave contra el mío. Razones que me parecían sin importancia, cuanto más tiempo pasaba abrazado a su cintura o cuanto más alto llegaba mi mano sobre su vientre o más profundo hundía la nariz en su cabello.

Rosie se movió y sus nalgas se contonearon en mi regazo. Mi erección permaneció en alerta, mientras se disipaba cualquier vestigio de sueño para mantenerme bien despierto.

Respiré con tanta fuerza que tuve que contenerme de cometer una locura, algo malicioso. Algo como ubicarla de modo que se frotara contra mí justo en...

Rosie movió las caderas de nuevo y me rozó el pene, volviéndolo de acero.

—*Ay, joder* —Exhalé.

Sin ser capaz de ayudarme, extendí los dedos sobre su vientre hasta casi tocarle las costillas. Tenía que detenerme, detener esto, pero no podía. En realidad, no quería. Todo en mí la deseaba bien cerca, fusionada contra mí y eso dominó cualquier buena intención que pudiera haber tenido en el pasado. Quizá fue por eso por lo que no podía dejar de atraparla en mis brazos, de atraerla hacia mí, bien contra mí.

Se le cortó la respiración.

—¿Esto está bien, *ángel?* —le murmuré al oído, y me sentí como un bastardo egoísta aunque haya preguntado.

Una pequeña parte de mí suponía que se molestaría, que se giraría y me preguntaría qué diablos estaba haciendo, qué clase de libertades me estaba tomando, pero un suspiro de satisfacción le brotó de los labios.

—Pensé que estaba soñando —murmuró con voz casi inaudible. Me sujetó los brazos y se acurrucó contra mí. Se acurrucó sobre mi maldito miembro de acero, como si no hubiera otro lugar para ponerse—. Pero es real. Estás aquí.

Me acerqué a su oreja y me burlé:

—No estás soñando; estás despierta. —Y porque, en efecto, era un bastardo egoísta que por suerte había aprendido lo que eso le producía mi acento español, le murmuré—: *Buenos días, preciosa.*

Dejó salir una bocanada de aire y movió sus nalgas de nuevo, frotándose contra mi miembro. Se movía de arriba hacia abajo; sabía con exactitud lo que me estaba haciendo.

Entreabrí los labios, quería dejar escapar un gruñido y me moría por mover las caderas contra ella, con los dientes listos para mordisquearle la oreja, mientras le susurraba todas las cosas que quería hacerle.

—¡Mmm!, aún se siente como un sueño —confesó con voz temblorosa, y eso me bombeó más sangre a mis partes, que latieron de deseo.

Balbuceé una respuesta y dejé que la mano que le había puesto sobre el vientre se acercara al borde de su busto. Deslicé los dedos por abajo, el contacto de nuestras pieles me calentó la sangre y se oscureció todo, menos mi ansia por ella.

—Yo también te siento como un sueño —le respondí, y sumergí la nariz entre su pelo mientras lo aspiraba despacio—. También hueles como un sueño.

Un escalofrío le recorrió el cuerpo y me tomó de la muñeca, como instándome a que la tocara, como si yo necesitara algún estímulo.

Dejé caer más de mi peso sobre ella y llevé la mano hacia arriba, muy arriba, pasé por el vientre, el torso y alcancé el trasfondo de sus pechos. Me salió un gemido cuando recordé que no tenía puesto el sostén.

De nuevo, Rosie apretó las nalgas contra mi miembro para incitarme. Y, una vez más, no me detuve, no podía. Se sentía tan bien contra mí, bajo mi piel.

Le rocé con las yemas de los dedos la calidez de su piel y la hice temblar. Y, Señor, me tomó menos de un segundo acunarle el pecho.

Algo parecido a un "sí" salió de sus labios y moví los dedos, con la yema del pulgar le acaricié el pezón.

Quería escuchar ese *sí* otra vez, pero más fuerte. Más claro. Que abandonara su boca en un grito de placer y que dijera mi nombre. Quería arrancárselo. Pero había algo que me estaba olvidando.

Algo que…

Carajo.

—Rosie, tu hermano está durmiendo en el sofá, a menos de cinco metros —señalé con voz áspera.

Negó con la cabeza, arqueó la espalda todavía más para atraerme de nuevo a esa nebulosa, me empujaba más hacia el punto de no retorno.

—Duerme como un tronco —masculló.

Cerré con un círculo entre el índice y el pulgar alrededor del pezón, y quise rugir por la frustración de saber que no podía tomarla tan duro ni tanto como quería. Que pronto tendría que detenerme.

Rosie gimoteó muy suave, empezó a mover sus nalgas de arriba hacia abajo en mi regazo, jugaba con mi miembro con movimientos ondulantes.

Saqué la mano de su pecho, lo que requirió de toda mi maldita fuerza de voluntad, y la aquieté con brusquedad contra mí.

Conté hasta tres.

—Rosie —le advertí al oído, le mordisqueé la delicada piel, aun cuando no debería haberlo hecho–, tienes que detenerte.

Pero no lo hizo. Se movió de nuevo e hizo que mi miembro se hinchara y latiera con una oleada cegadora de deseo.

—Pero se siente tan bien —murmuró, sin aliento–. ¿No lo estás disfrutando?

Claro que sí.

—*Preciosa* —le gruñí al oído–. Carajo, se siente increíble. —Y no debería, de verdad no debería haberlo hecho, pero presioné las caderas contra ella. Solo una vez–. Tan bien que me voy a acabar en los pantalones si continúas.

—Eso no es algo malo —respondió con rapidez, el ansia cubría sus palabras acalladas–. Me gusta.

Intentó moverse de nuevo, pero logré detenerla. La giré y la sujeté con todo mi peso. Y sentí el cambio, el momento en que se dio cuenta de lo mucho que le gustaba estar debajo de mí. Un gemido le salió del pecho.

Me maldije.

—¿Te gusta esto, preciosa? —murmuré, y la inmovilicé entre el colchón y yo. Ella asintió con la cabeza. Respiraba con dificultad, agitada–. Te encanta darme el control, que esté sobre ti. —Asintió otra vez. Y, sin ser capaz de detenerme, presioné las caderas contra sus nalgas de nuevo. Un último impulso. El último—. Se sentiría tan bien que te vinieras así, Rosie.

Rosie gimió, esta vez en voz alta, e hizo que toda la sangre se fuera derecho a mi miembro, agitado con desesperación. Le tapé la boca.

Y eso…

Mierda. Eso no sirvió, porque su cuerpo en ese momento se estaba derritiendo como la maldita nieve bajo el sol.

—Rosie —le dije en voz baja, tan baja que ni yo la reconocí—, no voy a hacer que te corras. Tu hermano nos puede escuchar. Lo siento, *preciosa,* lo siento.

Y lo sentía, Dios sabía cuánto.

Rosie asintió con la cabeza en señal de entendimiento y, cuando abrió los ojos, le solté la boca.

Le rocé las sienes con los labios.

—Cuando te haga acabar, voy a querer escuchar esos gemidos. —Bajé con la boca hasta alcanzarle la mandíbula y le di besos suaves a lo largo de esa hermosa línea—. Si te hago venir, necesito escucharte decir mi nombre.

Y luego, hice una de las cosas más difíciles de mi vida: me despegué de ella.

Despacio, rodé sobre mi espalda, la pierna me agradeció por el cambio y mi miembro era… una carpa de edredón.

Rosie se giró para mirarme a la cara. Me recorrió con la mirada, se humedeció los labios y dejé salir un suspiro áspero.

—*Ángel* —suspiré—. Sigue mirándome y humedeciéndote los labios así, pero, por favor, no me toques porque me… —Me perdería. Me perdería en un cien por ciento. Me importaría un carajo quien estaba en el apartamento. Le haría gritar mi nombre.

—Me portaré bien —respondió.

¿Y por qué eso me hizo querer… hacerle cosas malas?

Se me contrajo la entrepierna.

Mantén la calma, me dije. *Piensa en cosas no sexys. Como cestos de basura. O… esa vez que Taco tuvo diarrea.*

—¿Lucas?

Le di un vistazo y vi cómo se le curvaban los labios en una sonrisa. Me golpeó como con una tonelada de ladrillos lo hermosa que estaba por las mañanas. Bajo esa luz. En mi cama.

—¿Sí?

Puso ambas manos debajo de las mejillas.

—Cómo me gustaría que hubiera más paredes.

—Sí —resoplé con una risa—, yo tampoco soy muy fan de estos modernos apartamentos estudio, Ro.

Soltó una risita suave.

—Aunque soy fan de las vistas —agregué, mirándola a los ojos—. Un gran fanático de ellas.

Le reapareció ese rubor que la hacía ser única.

—Está tan lleno de cumplidos hoy, señor McConaughey.

—Vivo para cautivarla.

Mi mente volvió a la noche anterior, cuando nos besamos. Algo se partió en dos en el momento en que su boca se encontró con la mía. No estaba ajeno a eso. Había estado cocinándose a fuego lento entre nosotros durante mucho tiempo, pero se había liberado en esa azotea.

Necesitábamos hablar de eso. Le había prometido ser honesto, y no quería que Rosie pensara que no significaba nada para mí ni que lo estaba ignorando. Pero quería hacerlo bien (en todo lo que la involucraba yo necesitaba hacer lo correcto por ella) y en la cama no era el mejor para hablarlo.

—Tengo que recoger a Taco de la casa de Lina y Aaron.

Ella asintió.

—Y yo debería despertar a Olly y llevarlo a lo de papá —mencionó, confirmaba que había cosas mucho más urgentes con las que lidiar—. Tengo un largo día por delante.

—¿Quieres que vaya contigo? —pregunté.

—Me encantaría presentarte a papá, pero tal vez bajo mejores circunstancias. —Se quedó pensando en algo—. ¿Y si la llamamos a Lina y le preguntamos si puede dejar a Taco? Deberías hacer reposo y descansar.

Asentí, tragué con fuerza.

—Quizá tengas razón.

—Siempre tengo razón. Entonces…, ¿le pedirás a Lina que venga?

Puse los ojos en blanco. Ella se rio y fue un sonido mágico.

—No me hagas pelear por esto, Lucas. Voy a ganar.

Fue mi turno de sonreír.

—No me amenaces con pasar un buen rato, Rosalyn Graham.

Abrió la boca, pero antes de que pudiera decir algo, se escuchó una voz distinta en el apartamento.

—¿Rosie? ¿Ya te levantaste? —Olly llamó desde el sofá, y nos hizo reprimir lo que sea hubiera quedado entre nosotros.

Capítulo 26

Lucas

Estar solo en el apartamento me dejó más tiempo para mí del que podía manejar.

Rosie se había ido con Olly en cuanto él se despertó y, a pesar de sentirme inquieto por quedarme, comprendí por qué ella me había dicho que no era buena idea que la acompañara.

Rosie, su hermano y su papá necesitaban pasar ese tiempo a solas. Como familia. Y un tiempo más que necesario que yo podía usar para apaciguarme, después de haber estado tan cerca de hacerlo con Rosie esa mañana.

Además, había estado esperando que Lina me dejara a Taco desde que me había quedado solo. Por supuesto, Lina, como acaparadora que era, había cambiado los planes. De manera que había decidido traerme a Taco más tarde, cuando nos recogiera para mudar las cosas de Rosie a su apartamento. Porque Rosie se iba a ir ese día. Se volvía a su casa.

Y me iba con ella. Por desgracia, no de la forma que quería. Iba solo a echar una mano, aunque no iba a ser de mucha ayuda. Pero… necesitaba verla de nuevo en su apartamento, asegurarme de que todo estaba arreglado y solucionado, ver por mí mismo que estaría segura. Bien.

Mentiroso, una voz denunció en mi cabeza. *Lo que quieres es una excusa para pasar más tiempo con ella. Una excusa, un mínimo desperfecto en su casa para arrastrarla contigo de vuelta a este apartamento.*

Sí. Así es. Porque después de besarla y dormir con ella a mi lado, era muy difícil ignorar esta parte mía, esta emoción dentro de mí, palpitante y latente, que deseaba a Rosie. La deseaba *demasiado.*

Y, entonces… se me hacía difícil de nuevo. Tal como había sido todo ese día, pero peor, porque no paraba de pensar en ella, en la mudanza a su apartamento y en que no la volvería a ver nunca más.

Con un suspiro tembloroso, miré la hora y me di cuenta de que tenía tiempo antes de que Rosie regresara de Filadelfia y Lina trajera a Taco.

Una ducha. Fría. Necesitaba bajar revoluciones antes de que apareciera alguna de las chicas.

Entré rápido al baño y me saqué la ropa. Me eché un buen vistazo al espejo y señalé con el dedo a mi reflejo.

—*Contrólate, Lucas* —le ordené a mi imagen, como si eso ayudara—. Te estás comportando como un idiota cachondo, y eso no puede ser.

Pero ni mi expresión anhelante se apagó ni mi miembro se volvió menos firme.

Negué con la cabeza, abrí la ducha tan fría como saliera, me metí de un salto y cerré los ojos en cuanto sentí el chorro de agua sobre los hombros.

No debería sentirme de esta forma por una mujer que había

conocido hacía solo unas pocas semanas. Una mujer a la que le había prometido que estaría a salvo conmigo. Una mujer que se había convertido en uno de mis mejores amigos. *Mi mejor amiga.*

¿Cómo había pasado esto?

Rosie me afectó de maneras que ninguna otra mujer lo había hecho jamás. Quería hacer cosas por ella y, si ella me lo permitía, dárselo todo. Quería asegurarme de que estuviera bien. Más que eso. No solo bien, sino *feliz.* De que cumpliera sus sueños. De que se sintiera cuidada y apreciada.

Y, *Dios,* quería hacerle el amor. Venerar su cuerpo. Darle placer. Con las manos. Con la boca. Con mi miembro, si alguna vez tuviera esa suerte. Quería tratarla como se merecía, como el tesoro más preciado.

No había forma de evitarlo. Todo eso estaba ahí, latente bajo la piel. Me exigía que lo apaciguara.

Me llevé las manos a la cadera y… Dios. Había pasado mucho tiempo desde la última vez que había aliviado toda esa presión.

Nuestro acuerdo de convivencia tuvo un montón de ventajas, pero también tuvo una gran desventaja: la falta de habitaciones. Y de paredes. De privacidad. La habíamos sufrido tanto esa mañana.

La imagen de Rosie moviéndose sobre mi regazo se proyectó delante de mis ojos, me encendió la piel e hizo que bajara la mano con lentitud, alentado por el agua que se deslizaba por cada rincón de mi cuerpo. Incapaz de detenerme, por fin me entregué a la abrumadora necesidad que había estado tratando de mantener a raya durante horas, y tomé con fuerza mi miembro.

Liberé un gemido.

Jesús, estaba tan duro, maldición. Me sorprendió no haber estallado cuando se acurrucó en mi regazo. Anclada a mí.

Con un suspiro jadeante, me lo froté de la base a la cima. Y casi me caí de rodillas.

Apoyé la otra mano sobre los azulejos fríos y resbaladizos de la ducha y continué moviendo la mano. Cada presión áspera y lenta me hizo cerrar los ojos por el dolor y el alivio. La tortura y el placer.

Mi mente evocó las imágenes de esa mañana, cuando Rosie me frotó con sus nalgas. Me imaginé recostándola boca abajo, mientras me preparaba para hacerla gemir como le había prometido. Mi puño recorría toda la longitud con un ritmo uniforme, y me imaginé también su sabor, la sensación del cuerpo suave debajo del mío, la piel sonrosada, la curva de los labios cuando, por fin, yo la llevara al clímax que ambos ansiábamos.

Me vuelve loco.

De solo pensar en ella pierdo la cabeza. Y se lo diría yo mismo. Con mucho gusto la vería retorcerse de lujuria al susurrarle todas esas palabras que a ella tanto le gustaban. Me…

—¿Lucas?

Su voz atravesó la nebulosa y me envolvió como una nube de humo.

—¿Rosie? —pronuncié su nombre, deseoso y sorprendido.

Me di la vuelta sin detener mi mano, porque no podía parar. Rosie estaba de pie en la puerta abierta del baño, con el abrigo puesto, las llaves le colgaban de la mano. Quería saborear con mi boca esas mejillas sonrosadas. Estaba paralizada, con la mirada clavada en mi puño, que sostenía mi miembro.

—Rosie, *mi ángel* —imploré, con voz áspera, y me giré hacia ella. Dejé que me viera todo, porque estaba a su merced. Ni siquiera tuve vergüenza cuando agregué—: Esto es lo que me haces sentir.

Se le agitó la garganta y vi que todo el cuerpo reaccionaba ante la vista. De verme desnudo, mientras me frotaba bajo la corriente de agua. El verde de sus ojos se volvió acuoso. Se enrojeció toda. Hizo con la boca una hermosa letra O, y ya estaba fantaseando con esos labios sobre mi piel, alrededor de mi dureza, sobre mi boca.

Se puso más rígido todavía.

—No puedo parar —confesé, con la voz áspera, desesperada, obligándome a detenerme.

La mirada de Rosie se encontró con la mía.

—No te detengas. —Esos ojos vidriosos me confirmaron que ella no estaba consternada por mi descontrol. Para nada. Estaba excitada, halagada. Con deseo—. Escuché un gemido y pensé que te dolía la rodilla.

Dejé caer la frente sobre la puerta de vidrio de la ducha y una risita se me escapó de los labios.

—Estoy dolorido, *ángel.* —Me tiré hacia atrás, enderecé la espalda y la miré directo a los ojos para darle una muestra, si eso era lo que quería—. Tanto que tuve que tocarme a mí mismo.

Se movió, y volvió a dirigir la mirada a mi puño. A mi miembro. Y yo me froté cada vez más fuerte. Me llevaba cada vez más cerca del abismo. Bajó un poco la vista y noté la conmoción, la preocupación en su mirada, cuando vio la cicatriz de mi rodilla.

—Levanta la vista, Rosie —le ordené. Estaba listo para detonar como una condenada bomba y la quería conmigo.

Ella obedeció. Y de inmediato se llevó una mano al pecho sin prestar atención y la bajó hasta detenerse entre los senos.

—¿Te gusta lo que ves, Rosie? —le pregunté, fascinado por ver el éxtasis en su rostro—. ¿Te gusta verme así? ¿Te gusta ser responsable de esto?

Afirmó con la cabeza.

—Mucho.

Carajo.

—Rosie —masculle—. *Rosie.* Las cosas que quiero decirte. Y quiero *hacerte.*

Ella tragó saliva y estuvimos suspendidos en el tiempo durante un buen rato. Luego, con lentitud, muy despacio, dejó caer las llaves al suelo. Se desabrochó el abrigo, que reveló la camisa a cuadros que le había visto ponerse esa mañana. Con mucha delicadeza, como si no estuviéramos apurados y no supiera que yo estaba a punto de explotar de puro deseo, dejó caer el abrigo al suelo.

—Ya hemos dejado de hacernos los tímidos. Dímelo todo —declaró, y me miró a los ojos con algo que me hacía enloquecer—. Quiero escucharlo. Quiero que me veas como yo te estoy mirando.

Un gemido me retumbó en el pecho, me subió por la garganta y me dejó en un estallido.

—¿Quieres que te diga cómo jugaría con tu hermoso cuerpo? ¿Quieres darme una muestra y volverme loco como solo tú puedes?

Ella afirmó con la cabeza, recorriéndome con la mirada desde mi puño hasta mi rostro.

Sentí que le enseñé los dientes, la bestia se desató, cortaba las ataduras y se escapaba de la correa.

—Desabróchate la camisa —le indiqué, y ella lo hizo tirando con fuerza del cuello. Con tanta fuerza que arrancó dos botones de la parte superior y se cayeron al suelo. Su sostén de algodón quedó al descubierto. Dejé escapar un gruñido ante esa vista—. Tócate otra vez el pecho con esa mano.

Lo hizo y se me dispararon las pulsaciones, el miembro me palpitaba en el puño.

Rosie gemía mientras se frotaba el pecho, mirándome.

—Tú también tienes dolor, Rosie. —Exhalé por la nariz, recorriéndole el cuerpo con la mirada y bebiendo esos movimientos lujuriosos. Quería salir de esa ducha—. Estás sufriendo y no podemos permitirlo.

Asintió y tragué con fuerza, deseando que fuera mi mano la que le rodeara los pechos. Que mis dedos la tomaran. Que mi lengua se posara en ese pico rosado que ansiaba ver.

—Bájate el sostén —le ordené en voz baja. Y se convirtió en un gruñido cuando añadí—: Deja que te mire, *preciosa.*

Verla allí, de pie, con la camisa entreabierta que le dejaba ver sus pechos, pudo haberme puesto de rodillas, pero en vez de eso algo se quebró. Mi autocontrol para mantenerme alejado. Para mantenerme a raya.

Apreté los dientes y abrí la mampara de la ducha con una mano y, con la otra, seguí frotándome. Bajó la vista otra vez y soltó un gemido.

—Hazle esto a tu pezón, Rosie. Con la palma de la mano y luego, con tus dedos.

Hizo lo que le indiqué y gimió de nuevo; mantuvo los ojos cerrados durante un instante, solo para volver a abrirlos y centrarlos en mí, con un deseo que sabía era el mismo que se reflejaba en mi rostro.

—No basta con eso —gruñí.

Sin pensar en todas las razones por las que no debería hacerlo, di unos pasos, listo para salir de la ducha y hacerle el amor en el suelo como un maldito animal. Pero Rosie se movió al mismo tiempo, mirándome, el deseo desesperado le brotaba por los poros. Se quitó los zapatos y se metió en la ducha conmigo, empapándose la ropa debajo del agua. Su mano cayó sobre mi pecho y vi una explosión roja delante de mis ojos.

Con un solo movimiento rápido, la tuve de espaldas contra los azulejos resbaladizos. Con otro, la vi bajarse la cremallera del pantalón vaquero y reveló el encaje blanco de su ropa interior.

Solté un gruñido y, por instinto, me froté más.

—Quieres ver, Rosie. Entonces, puedes verme de cerca. —Respiré jadeante, y moví con rudeza mi puño a lo largo de mi longitud pulsante—. Quieres que te guíe, así que, desliza tus dedos dentro de ti, hazlo. *Por favor*. Deslízalos antes de que lo haga yo.

Metió la mano dentro de sus bragas, obediente. Y, ¡ay!, el gemido que salió de su boca casi me hizo explotar de placer, hasta pude sentir mis primeras gotas de éxtasis.

—Frótate el clítoris, juega con él como yo lo haría —la incité, y apenas me reconocí la voz. Nuestras manos se movieron con urgencia—. ¡Ah, *preciosa*, así!

El sonido de nuestras respiraciones se impuso al agua que nos caía sobre la cabeza, y no pude dejar de acercarme, no podía detener a mi mano, que se posó sobre su garganta y se cerró con mucha suavidad.

—¿Esto está bien? —le pregunté, mirándola a la cara bien de cerca—. Dime si no te gusta.

Asintió con la cabeza una vez, como si no fuera capaz de más.

—Sí. ¡Oh, Dios mío! Sí.

Nuestros movimientos se volvieron vertiginosos, más desesperados, nuestras caderas se movían como si estuviéramos haciendo el amor en vez de tocarnos con nuestras manos.

—¿Lucas? —Se le cortó la respiración—. Estoy a punto de alcanzarlo. Ay, Dios. Me… Lucas.

Mis muslos presionaron los de ella y aumenté apenas la presión de los dedos sobre su garganta. Me contuve de acabar hasta que ella estallara de placer.

—Vamos, Rosie —gruñí, dejé mi miembro libre y moví la mano sobre la de ella—. Tal como he estado fantaseando desde Halloween. Frótate nuestros dedos y acábame.

Ella explotó con un gemido agónico, justo como quería, se le agitaron los párpados y le tembló todo el cuerpo delante de mis ojos. Y, cuando su mano perdió intensidad por la ola de placer que la sacudía, tomé el mando hasta que alcanzó el orgasmo.

Mi frente cayó sobre la de ella y esperé que abriera los ojos una vez más antes de retomar mi propio éxtasis. Ella se humedeció los labios entreabiertos mientras me frotaba con la mano salvajemente, con tanta rudeza como nunca lo había hecho. Tenía la columna tensa en tanto me acercaba al clímax.

—Esto es lo que me haces, Rosie.

Posó las manos sobre mis hombros, las dejó caer hacia mis pectorales y con las uñas me acarició el vientre.

Respiré hondo y me froté con desesperación frenética porque solo quedaba deseo.

—¿Puedo acabar sobre ti, Rosie, *ángel?* Por favor.

—*Sí* —exhaló—. Sí.

Rosie se levantó la camisa y obligó al resto de los botones a abrirse. Yo me frotaba el miembro una vez más antes de explotar. Con un gemido ronco, acabé sobre su piel lisa, y extraje hasta la última gota con mi puño. Deseé estar dentro de ella. Deseé que esto hubiera durado horas, días.

—Rosie —exhalé, y me apoyé sobre la pared detrás de ella; sentí que mi miembro todavía palpitaba por la liberación, y observé cómo el agua le limpiaba mis restos blanquecinos del vientre—. *Estoy a tus pies. A tus pies, preciosa.*

Nos quedamos un rato bajo el agua, frente contra frente y los torsos pesados, hasta que, en algún momento, cerré la llave y levanté a Rosie en mis brazos sin decir ni una palabra. Mi pierna se quejó y ella lo notó y me exigió que la dejara en el suelo, pero me negué. No me quedaba mucho tiempo con ella y eso me volvió imprudente. Por eso quizá en vez de dejarla irse, en vez de poner distancia entre nosotros y hablar de lo que acababa de pasar, la puse sobre el piso y la despojé de su ropa mojada. La besé otra vez en los labios. La ayudé a ponerse ropa seca. Y luego, permití que me hiciera lo mismo.

Porque estaba corriendo contrarreloj. Todo estaba contra mí. Y, tal vez, siempre lo había estado.

Capítulo 27

Rosie

—Apenas rocé el cordón de la calzada. Estás haciendo que parezca que atropellé a una... ardilla o algo así. Me reí por lo bajo.

—¿Una ardilla? ¿En serio? —preguntó Lucas.

Lina le lanzó una mirada.

—Podría suceder. —Luego, bajó la voz a un susurro y ojeó a Taco—. No quería usar un p-e-r-r-o como ejemplo, ¿okey?

Taco gimoteó a mi lado y Lucas, a quien no dejé de mirar en todo el trayecto a mi casa, murmuró por lo bajo:

—Lo que sea. No te voy a cubrir con Aaron. Me agrada y estoy seguro de que estaría rompiendo algún código de hermanos.

—¡Ah! —agregué—. Yo tampoco te cubro, lo siento.

—Aaron sabía lo que estaba haciendo cuando me prestó su auto. Es el único que me dijo que no debería asustarme el tráfico de Nueva York, sabiondos. —Puso los ojos en blanco.

Lucas me rozó la espalda, lo que me trajo una poderosa ráfaga de sensibilidad en la piel, incluso con ese breve toque.

—Claro —asintió Lucas, mientras iba por el bolso que me colgaba del hombro—. Es el tráfico de Nueva York el que debería estar aterrorizado —repuso, y me miró—. De ella.

Negué con la cabeza y dejé escapar una risa. Estos dos eran ridículos, y de ninguna manera lo iba a hacer cargar mi bolso.

Lucas entrecerró los ojos.

—Divertido —comentó Lina, desde el maletero del automóvil de Aaron—. Alguien se comió un pequeño payaso hoy.

Lucas ignoró el comentario de Lina y fue a buscar la maleta que descansaba a mis pies.

Yo también la ignoré, porque alguna idea tenía de lo que ella podría querer decir. Además, estaba demasiado ocupada en darle otra mirada severa a Lucas. Bajé la voz y le recriminé:

—No deberías llevar nada pesado.

Parecía listo para contradecirme, pero aceptó:

—Tienes razón.

—Te dije, siempre tengo razón —murmuré, y estiré los labios. Luego, le quité la correa—. Dámela.

—No —repuso y recogió el bolso de todos modos—. Tienes razón, pero eso no significa que voy a dejarte que cargues sola con todo ese peso por las escaleras. —Se encogió de hombros y fue mi turno de entrecerrar los ojos y ofrecerle mi peor cara—. Esa mirada no me está disuadiendo, Rosie. —Se me acercó y, solo para que yo pudiera escucharlo, murmuró—: Solo me está excitando más.

Separé los labios y yo...

No me había esperado que dijera eso, pero me gustó. Mucho. *Demasiado.*

Quería sus manos sobre mí de nuevo, como hacía unas horas, pero esta vez, quería más. Esta vez, lo quería todo.

Lucas entornó los ojos.

—*Preciosa,* no me mires así. Solo estás empeorando las cosas.

Lina se aclaró la garganta fuerte y cuando le di un vistazo, tenía los ojos entrecerrados.

—¿Qué están cuchicheando ustedes dos?

—Le estaba diciendo a Rosie lo contento que estoy de que estemos vivos —respondió Lucas rápido, pero su expresión me contaba una historia por completo diferente. Luego, se giró hacia su prima—: ¿No estás de acuerdo en que tenemos suerte, *señora rápida y furiosa*?

—¡Ja! —respondió Lina—. Graciosísimo.

Con un suspiro, le dije a mi mejor amiga:

—Toma. —Coloqué mi llave en su palma—. Ve tú primero. Nosotros llevamos el resto.

Para mi sorpresa, Lina no me cuestionó. Solo llamó a Taco y se dirigió a la escalera.

Tomé la bolsa más liviana que pude encontrar (una con un cojín) y se la coloqué en el hombro a Lucas. Luego, recuperé la maleta que él pensaba subir.

—Ahí está. —Le di unas palmaditas en el pecho—. Hasta arriba, Martín número dos.

Me tomó de la muñeca y una sensación omnipotente y salvaje me inundó todo el cuerpo. Levanté la mirada, la pesadez y la lujuria se disiparon con sutileza cuando me hizo el más tierno puchero. Me reí.

—No seas un gruñón —dije con el tono más despreocupado que pude—. No puedes ganar todo el tiempo. Ahora, ve arriba.

Se burló.

—Soy un rayo de sol. —Bajó la mirada hacia los dedos que me

sujetaban el brazo. Movió tomó la mano y se la llevó al pecho, justo sobre su corazón–. Yo solo... quiero ayudar.

No quería ayudarme. Necesitaba hacerlo. Y yo lo sabía.

Entonces, le acaricié el suéter y me aseguré de que sintiera mi contacto a través de toda la ropa que me separaba de su piel. Y solo cuando parecía estar tan distraído como yo por eso, le confesé:

–Estás aquí conmigo. Eso es todo lo que necesito de ti.

Lo miré fijamente, así que fue imposible no ver la forma en que le cambió la expresión cuando captó mis palabras.

Tal vez quería hablar sobre lo que había sucedido ese día o la noche anterior, porque aún no lo habíamos hecho, aunque sabía que nos debíamos una charla. Pero, una vez más, este no era el momento, así que me aclaré la garganta y le dije:

–Vamos. Lina seguro se está preguntando por qué tardamos tanto.

Asintió con la cabeza y subió.

Unas dos horas más tarde, ya habíamos subido todas mis cosas y limpiado el gran desorden que los contratistas habían dejado.

–Estoy muerta –gruñó Lina desde la punta de mi sofá–. Esto valió, al menos, como tres meses de ejercicio físico.

Me reí por lo bajo y Lucas se burló con ironía:

–Creo que los abundantes descansos de diez minutos que tomaste para comerte las papas fritas anulan el entrenamiento, prima.

–¡Qué aguafiestas! –Lina hizo ademanes en el aire–. Estás de buen humor hoy, Lucas. Ni siquiera sabía que podías *hacerte* el malhumorado. –Lina no estaba mintiendo. Lucas no había actuado como él mismo esas últimas horas. Había estado suspirando, gruñendo y apenas sonriendo–. Tal vez deberías tomar una siesta cuando llegues a casa, ¿sí? Estás actuando como un bebé que necesita descansar un poco.

—Anoche dormí bien —aclaró, y me miró desde el otro lado de la sala—. De hecho, en lo que menos estoy pensando es en dormir.

Se me aceleró el pulso, porque podía ver lo que irradiaba ese par de ojos marrones que me miraba fijamente. Podía sentirlo en la piel.

Lina se aclaró la garganta.

Desvié la mirada y aplaudí una vez.

—Bien. Muchas gracias por la ayuda, chicos. —Me puse de pie y Taco me empujó la pierna con la cabeza. Me puse en cuclillas y le planté un gran beso—. Y gracias a ti también, por ser el más guapo de todos.

Lucas gruñó y Taco se fue de inmediato con él. Parecía estar un poco más relajado.

Miré hacia el sofá de dos plazas donde Lina estaba sentada, y me golpeó el hecho de que no había razón para que se quedaran. No había ninguna razón para que Lucas se quedara. Volvería al apartamento de Lina. Y pronto, también volvería a España.

El pánico se arremolinaba dentro de mí y me hacía respirar con más dificultad.

Solté lo primero que se me pasó por la cabeza.

—Chicos, ¿quieren comer algo? No tengo nada en el refrigerador, pero puedo pedir pizza. —Me dirigí a mi mejor amiga, porque si miraba a Lucas podría hacer algo muy estúpido, como saltar a su regazo y rogarle que no se fuera—. Es lo menos que puedo hacer.

Lina suspiró, juntando las manos debajo del mentón.

—Le prometí a Aaron que lo recogería de InTech después de que termináramos. —Se puso de pie—. Y aprovecharé cualquier oportunidad que tenga para sacarlo de allí temprano. Porque un día tendré que arrancarle el trasero de esa silla de oficina, antes de que se fusione con su computadora portátil.

Asentí con la cabeza, me debatía si debiera decirle a Lucas que si quería quedarse, que podía hacerlo. Me moría por estar con él.

Pero luego, Lina intervino de nuevo:

—Así que, de veras, deberíamos ponernos en marcha. Dejaré a Lucas antes de ir a Manhattan. Me queda de paso.

—Por supuesto —respondí, porque ¿qué más podría decir?

Ni siquiera sabía si Lucas quería quedarse y estaba muy callado. Tomé mi teléfono de la mesita de café y miré la hora.

—Está bien, claro. Entonces, realmente deberían irse si…

—Tengo hambre —deslizó Lucas, como al pasar—. Y esas pizzas me parecen una gran idea.

Mi cabeza giró en su dirección tan rápido que casi me mareé.

Me miró con determinación.

—Puedes llamar a lo de Alessandro en el camino de regreso —dijo Lina y recogió su abrigo y su bolso—. Él tendrá tu pedido listo a la hora que te deje.

—Tal vez tengo hambre ahora —respondió Lucas mirándome.

Se me aceleró el pulso. Mi corazón, pobre y esperanzado, se me subió a la garganta.

Escuché la exhalación de Lina.

—No vas a comer en el auto de Aaron. Te va a matar, y, aunque hoy estés gruñón, eres de verdad mi primo favorito.

Vi a Lucas respirar muy lentamente por la nariz, casi como si estuviera por juntar fuerzas. Y por primera vez en mucho tiempo, me quedé atónita al verlo contestar mal.

—¿Siempre eres tan desconsiderada, Lina?

—*Lucas.* —Tuve que sofocar un jadeo.

—¿Ves lo que quiero decir? —Mi mejor amiga entrecerró los ojos al mirar a su primo—. Hoy estás de mal humor.

Lucas parpadeó varias veces y se disculpó:

—Perdón. Lo siento. Yo… *Soy un gilipollas.*

—Sí, lo eres. Pero disculpa aceptada. —Lina se puso de pie delante de él—. Y para que lo sepan, no estoy ciega. Te he visto cojeando por todo este apartamento y también la vi a Rosie, controlándote cada cinco minutos. —Eso me dejó boquiabierta—. Y también siento una loca energía sexual alrededor de ustedes dos. Entonces, a menos que quieran tener una conversación ahora mismo sobre todas esas cosas, te llevo a casa. Y si dejas de ser un imbécil, puede ser que no te interrogue sobre por qué Aaron se calla cada vez que te nombre. Y créeme que quiero, en serio, porque esta es la primera vez que mi esposo, de alguna manera, me oculta algo; y, aunque es adorable que te esté cubriendo como si respetara los códigos de una hermandad, me pone mal que me dejen de lado.

Lucas se puso de pie y abrazó a Lina.

—*Soy un idiota* —se disculpó con ella—. Lo siento. Tienes razón. Puede que necesite esa siesta.

Las palabras de Lina me oprimieron el pecho. Había sido una amiga horrible por ocultarle esto.

—Ya tienen que irse —murmuré con suavidad, mientras trataba de controlar mis pensamientos para no quebrarme—. Podría dejar pasar las pizzas y caer en cama, de todos modos. Me muero de sueño.

Los primos Martín rompieron el abrazo, y a continuación me vi en brazos de mi mejor amiga.

—No estoy enojada —me aclaró solo a mí—. Me lo dirás todo, lo sé. Y estaré allí cuando estés lista, ¿de acuerdo?

Un sonido ahogado salió de mi garganta.

—Está bien.

Dios, sin duda ella era la mejor.

Cuando mi amiga me soltó, Lucas estaba allí, como si hubiera estado esperando en la fila para conseguir su abrazo. Y yo... Ay. No podía esperar para arrojarme a sus brazos. A su calidez, su aroma y su fuerza. Me envolvió en un abrazo y sentí que me dio un beso silencioso en un costado de la cabeza, cerca de mi oreja. Luego, susurró:

—*Buenas noches, preciosa.*

Taco me frotó los pies y soltó un gemido.

Pero no les dije ni una palabra a ninguno de ellos. Y quizá fue lo mejor. Porque seguro habría dicho algo estúpido. Algo como "quédate".

Quédate para siempre.

Así que me limité ver cómo Lucas, Lina y Taco se iban, y unos minutos más tarde, estaba sola. Otra vez. Así como lo había estado antes de que Lucas llegara a mi vida y, de alguna manera, se volviera... irreemplazable.

—Está bien —le anuncié a mi apartamento vacío—. Estoy sola. Y eso está bien. Está bueno.

Solo que no lo estaba. La verdad es que no.

Porque ya lo extrañaba, y eso era una locura. Era... ridículo. Exagerado. Pero estaba esta cosa viva y palpitante dentro de mí que exigía que la dejaran salir.

Y así, se me prendió la lamparita. Una que estaba conectada al órgano que me latía en el pecho. Tomé el bolso de la computadora portátil, la saqué y me volví a zambullir en el sofá. Abrí mi manuscrito e hice lo único que había sabido hacer alguna vez, mucho tiempo atrás. Escribí sobre cada una de las cosas que no sabía cómo... manejar. Cómo procesar. Cada miedo en mi cabeza, cada emoción poderosa que me ardía en el corazón, cada pregunta aterradora y cada certeza sofocante. Cada esperanza. Y solo escribí. Los liberé en mi historia para poder desenredarlos de la mejor manera que conocía. Sobre el papel.

Unas horas más tarde, estaba acostada en la cama. Muy despierta.

De alguna manera, me había quedado trabajando hasta pasada la medianoche, y pensé que esa productiva sesión de escritura, sumada al agotamiento del día, me dejarían noqueada. Pero nop.

Miré fijamente el cielorraso oscuro de mi habitación. Le daba vistazos fugaces al teléfono. Deseaba que se iluminara con un mensaje o una llamada. Deseaba ser lo suficientemente valiente para contestarla y contactarme.

Pero la pantalla se mantuvo completamente negra; el dispositivo, en silencio.

No me atrevía a hacer nada al respecto y eso me estaba volviendo loca.

Apretando los ojos cerrados, dejé escapar un gruñido.

Había tantas reglas implícitas sobre cómo las mujeres deberían comportarse con los hombres que les interesaban. Hombres a los que habían besado y querían besar una y otra vez. Pero se trataba de Lucas y de mí. Esas reglas no aplicaban a nosotros.

Lo había visto desnudo, hermoso e imponente, mientras estaba parado debajo de la corriente de agua, con la mano en su miembro. Muriéndose por mí. Vulnerable. Poderoso.

Y antes de eso, lo había besado bajo la lluvia y no me había importado nada, excepto sus labios, que se movían sobre mi boca.

Había bailado con él al ritmo de *nuestra* banda sonora, me hizo dar vueltas en sus brazos mientras me envolvía en su risa.

Lo consolé cuando tuvo pesadillas, y lo que más quería era poder quitarle el miedo.

Y cuando necesité que alguien me consolara a mí, lo dejé sostenerme la mano. Y dejé que algo que había comenzado como un experimento se convirtiera en algo real.

Las reglas no se aplicaban para nosotros.

Yo era adulta. No necesitaba una razón para enviarle un mensaje a Lucas. A mi amigo. A uno de mis mejores amigos. Al hombre en el que no podía dejar de pensar.

Le escribiría.

—A la mierda...

Y en ese preciso momento, la pantalla se iluminó.

Con el corazón en la garganta, me apresuré a tomarlo, y en el apuro se me enredaron las piernas en el edredón y me caí.

—¡Ay! Maldita sea.

Desde mi posición, desparramada sobre la alfombra, estiré un brazo y tomé el móvil de la mesita de noche, sin molestarme en regresar a la cama. Era un mensaje de texto.

Lucas
> Debo tener ansiedad por separación.

Curvé los labios en la sonrisa más ridícula y grande de todas, y mis dedos se apresuraron a escribir la respuesta.

> Pensaba que solo las mascotas la tenían.

> Estás levantada.

¿Te desperté?

Nop. Estaba bien despierta.
He estado trabajando durante horas.

Me alegro. ¿Cuántas palabras?

Montones. 😋

Esa es mi chica.
Debes estar exhausta entonces.
Debería dejarte ir a dormir.

La vibración de mi pecho se me subió a las sienes mientras inventaba una excusa para seguir hablando.

No te preocupes. Mi cerebro sigue encendido,
así que no puedo dormir.

¿Podrías... hacerme compañía? ¿Quizá?
Hasta que me quede dormida.

😇 Ah, ¿sí? ¿Eso quieres?

Síp.

Bueno, tienes suerte, soy un excelente
animador y grandiosa compañía.
La mayoría del tiempo.

> Lo sé.

> Todo el tiempo. Incluso cuando eres un gruñón.

Apareció una foto en mi pantalla. Era una *selfie* de él con el ceño fruncido. Hacía un puchero.

> ¿Un gruñón como este?

> Todavía creo que me veo bien. Sexy, te diría.

Lo estaba. Como siempre.
Me entró otro mensaje.

> ¿Me podrías entretener a mí también?
> Envíame una foto.

> En nombre de mi ansiedad por separación.
> Tengo terror de olvidarme de tu rostro.

> ¿Estás... coqueteando conmigo, Lucas Martín?

> ¿Está funcionando?

Con una risita nerviosa, me saqué una *selfie* y se la envié.

> ¿Estás en... el suelo? ¿Por qué estás acostada al pie de la cama?

¡Ups! Mi cerebro atontado por Lucas no había pensado en eso.

Otra foto suya me apareció en la pantalla. Estaba tomada desde una distancia mayor, como si hubiera estirado el brazo de tal forma que podía ver que estaba en la cama. Sobre el cobertor. Sin camisa. Su glorioso torso al desnudo, con ese tatuaje que se asomaba en el borde de la pantalla.

> Así es como se deben usar las camas, Ro.
> Te acuestas sobre ellas.

> Gracias por la clase, profesor.

> ¿Qué puedo decirte? Soy un experto
> en los distintos usos de las camas.

> ¿Eh?

¿Eh?

¿De verdad, Rosie? ¿Eh?

Podrías haber respondido mejor, mucho mejor. Con más sensualidad. Pero mi cerebro estaba… disperso.

> No pareces sorprendida.

Me tomé unos segundos para pensar mi respuesta. Pero me había derrotado.

> ¿Te has olvidado de lo de esta mañana? Porque yo no.
> Eso es en todo lo que pienso.

> Bueno, no todo. He pensado también en esa ducha.
> En ti, cuando te venías tan suave.

Me quedé mirando esa palabra en la pantalla, una sensación de calor se me acumuló abajo y se me concentró entre las piernas. No supe qué contestarle.

Mi cerebro se desarmaba para darle una buena respuesta, cualquier cosa, decirle algo. Estaba bien, solo era sexteo. Y yo era una escritora de novelas románticas, de escenas de sexo. Podía ser sexy. Podía atreverme. Podía sextear.

Pero me quedé en blanco. No se me ocurría nada. Solo imágenes de esa mañana de nosotros en la cama, bajo el cobertor. De esa ducha y de Lucas desnudo, que me acababa en el vientre. Había sido la experiencia sexual más erótica, más caliente de mi vida y me…

Debo haberme quedado pensando mucho tiempo, porque Lucas me mandó otro mensaje.

> ¿Rosie?

> Sigo aquí.

> Lo siento. Soy un idiota. Te juro que no estaba tratando de tener sexo telefónico ni de sextear contigo.

> Ah, ¿no?

> No.

Bueno, eso era desilusionante. Habría estado encantada con cualquiera de las dos opciones; solo necesitaba… un poco más de tiempo.

> Te estaba enviando mensajes porque te extraño como loco.

> El apartamento está demasiado tranquilo. Demasiado vacío.

> Aun con Taco aquí. Nada se siente bien. Quiero que vuelvas.

Se me hinchó el pecho hasta que me dolió.

Quiero que vuelvas.

Era así como me sentía en mi propia casa. Así era como él me había echado a perder. ¿Sería posible que los dos nos sintiéramos igual?

> Yo también te extraño.

Entonces, como era claro que yo no tenía instintos de supervivencia en lo que se refería a este hombre, le escribí las palabras que quería que leyera, la verdad que quería que viera, que quería gritarle hasta que la garganta se me quedara en carne viva.

> Yo también quiero que regreses.
> Me gustaría que estuvieras aquí, conmigo.
> En mi cama.

> ...

> Me hubiese gustado que no me lo dijeras.

Los tres puntitos bailaron en la pantalla de mi teléfono durante unos segundos y luego, desaparecieron.

Me quedé muy quieta y esperé un minuto.

Luego, pasaron dos, tres, diez, quince. Treinta minutos.

Lucas no respondió.

Tal vez se había… quedado dormido.

O quizá se había quedado con hambre y decidió ir por un bocadillo. Lo conocía, eso suponía algo más sofisticado que abrir una paquete de cereales y un cartón de leche, aunque sea la una de la madrugada. O quizá…

—Jesucristo —me dije, en la habitación vacía—. Escúchate, Rosie.

Maldije, me di cuenta de que no solo estaba siendo ridícula, sino que también estaba de pie y caminaba de un lado a otro delante de mi cama y a punto de provocarme a mí misma un dolor de cabeza.

El portero electrónico retumbó en el apartamento y me sobresaltó e hizo que se me cayera el teléfono. La pantalla se iluminó a mis pies.

Soy yo.

Dejé el teléfono allí y no me importó nada, excepto la puerta.

Porque… él estaba aquí.

Corrí al portero electrónico y apreté el botón que abría la cerradura de la entrada del edificio y cuando abrí de un tirón la puerta de mi apartamento, mi jadeo no tenía nada que ver con mi carrera.

El rostro más lindo que había visto en mi vida apareció en el corredor, unos segundos después. Y el hombre que se había convertido, de alguna forma, en mi persona favorita de Nueva York (del país, de todo el mundo) vino hacia mí.

—Por esto —dijo con esa sonrisa muy suya. Esa que era radiante y feliz y que tenía el poder de soltar una bandada de pájaros en mi estómago. Capaz de hacerme erizar la piel y agitarme cada nervio—. No podía venir corriendo hasta aquí y aparecerme en tu puerta después de la medianoche sin que me hubieras invitado. Por eso deseé que no me hubieras dicho que me extrañabas.

Mi corazón cantaba.

—Me dijiste que me extrañabas —repitió, como si todavía estuviera procesando mis palabras.

Y sin querer, sin saber cómo, me arrojé en sus brazos. Lo habría escalado como a un árbol, si no hubiera sido por su pierna, que no estaba lista para soportarlo. Pero, aun así, me enredé en él lo mejor que pude. Respiré su piel, recibí su aroma, sus músculos tonificados bajo toda la ropa que tenía puesta para contrarrestar el clima helado de Nueva York. Lo recibí a él.

—Y es lo mejor que he dicho en toda mi vida —respondí, las palabras me desbordaban y caían sobre su pecho. Cerca del corazón, donde me quería esconder. Y entonces, dije algo que tal vez no debería haber dicho, pero ya no fui capaz de detenerme—. Lo diría de nuevo si eso hiciera que te quedaras. Lo diría un millón de veces.

Me abrazó fuerte y dejó salir un largo suspiro que me entibió el cuello.

Y, porque él me había roto la coraza y todo estaba saliendo, continué:

—Te he extrañado desde que te fuiste de este apartamento hace unas horas. Y te he extrañado durante mucho tiempo más antes de eso, Lucas.

Su pecho hizo un ruido sordo, un gruñido profundo que me agitó con expectativa y con deseo ante lo que estaba creciendo entre nosotros.

Luego, me tomó de la cintura, nos metimos en el apartamento y cerramos la puerta detrás de nosotros. Al siguiente segundo, me apoyaba contra esta.

Lucas puso un brazo a cada lado de mi cabeza y me aprisionó contra la superficie de la madera.

–Otra vez. Nadie me había extrañado o necesitado de esta forma. Dilo de nuevo –me dijo, mirándome a los ojos.

Se me secó la boca ante la expresión en su rostro. Ante la forma en que se le ensombreció la mirada y la barbilla se le volvió una línea tensa.

–Te he extrañado, Lucas. Mucho. Por favor, quédate conmigo. Quédate esta noche.

Quédate esta noche y cada una de las noches siguientes.

Me tomó el rostro con la mano derecha, me recorrió la mejilla hasta la comisura del labio y me dibujó la línea de la boca con la yema del dedo índice.

–Si yo me quedo… –Cerró los ojos y exhaló tembloroso–. Te he visto desarmarte delante de mí, Rosie. Y apenas tuve la oportunidad de tocarte. Si me quedo, eso va a cambiar. Si me quedo, vamos a hacer el amor.

Me estremecí de solo pensar lo mucho que quería que cumpliera esa advertencia.

–Bien.

–Necesito que escuches algo –aclaró, con la mirada endurecida–. Me voy en una semana, y es en serio cuando digo que no puedo… Mi vida es un caos, Rosie. No tengo nada que ofrecerte. Pero soy…

soy un egoísta cuando se trata de ti. Te doy mi boca si me lo pides. Mis caricias, mi cuerpo. No es mucho y sin duda es menos de lo que mereces, pero si lo quieres, si me quieres…

Lo besé.

Detuve sus palabras.

No las necesitaba. Lo único que necesitaba era a él.

Y se lo hubiera dicho si no me hubiera devuelto el beso con una urgencia que competía con la mía.

Así que lo besé. Lo besé como hacía mucho tiempo quería hacerlo, por fin dejaba ir todo lo que me lo había impedido. Porque se iba pronto y era probable que esto fuera lo único que podría tener de él, así que lo iba a tomar.

Lo atraje más cerca de mí con una desesperación que nunca había sentido. Quería apretarme contra él mientras me embriagaba la boca. Me rodeó la cintura con un brazo, ajustó su cadera con la mía y me apretó contra la puerta. Solté un gemido ante el contacto y Lucas aprovechó la oportunidad para separarme los labios y rozarme mi lengua con la suya.

Me daba vueltas la cabeza con cada sensación que me inundaba el cuerpo y me dejaba desequilibrada. Intenté quitarle el abrigo, deseaba que esa barrera extra se fuera, pero él no quiso ceder.

Una queja se asomó a mis labios, mientras me recorría el cuello con la boca, muy despacio. Me succionaba la piel y la queja se transformó en un largo gemido.

Subió a la oreja y me habló pegado a la piel sensible.

—Ese sonido.

—¿Cuál? —Luché por preguntar.

Con los dientes, me acarició el lóbulo de la oreja y tiró de él. Mi reacción fue inmediata. Un nuevo gemido me trepó por la garganta.

—Ese —susurró—. Haría locuras por ese sonido, Rosie.

—¿Qué cosas? —exhalé. Pero todo lo que quería decir era: *Por favor. Hazme todas ellas. En este instante.*

Me presionó la cadera con las suyas, me cortaba el aire que me salía de los pulmones ante el deseo que surgía de mi cuerpo. *Duro.* Era tan duro y grande.

—Cosas como hacerte el amor contra la puerta, ahora.

Quería gritarle que no se detuviera.

Pero antes de que me salieran las palabras, su boca estaba recorriendo el camino de regreso a la mía y dejaba detrás un rastro de estremecimiento que se me extendía a los brazos. Su boca se detuvo cuando llegó a la mía. Pero sin hacer contacto.

Sin besarme.

¿Por qué no me estaba besando?

Me acarició la nariz con la suya.

—Estuve tan cerca de hacerte el amor esta tarde —confesó en voz baja—. De tomarte sobre el suelo de ese baño.

Solté un gemido y le jalé las ropas de nuevo, pero no quería moverse.

Todo lo que hizo fue tomar mi labio inferior con su boca y preguntar:

—¿Quieres saber qué otras locuras estoy por hacerte?

—Sí.

—Quiero bajarte esos pantaloncitos de pijama que me han estado volviendo loco —dijo en voz baja, muy baja, pegado a mi boca—. También las bragas. —Me arrastró los labios por el mentón—. Solo así puedo llegar a lo más profundo de ti, hasta que lo único que sientas sea a mí.

Mis párpados cerrados se agitaron ante sus palabras.

—Hazlo —supliqué, y distinguí en mi voz una necesidad intolerable–. Todo eso. Por favor.

—No. —Con los dientes rozó la oreja y se me tensaron los dedos de los pies–. Ahora no. —Sentí sus palabras como una tortura que me arrancaba la posibilidad de tener todo eso en ese momento. O de tenerlo tan pronto y tan rápido como pudiera–. ¿Sabes lo que voy a hacer en cambio?

Abrí los ojos justo a tiempo para ver cómo, despacio, se le dibujaba una gran sonrisa. Esta era un nuevo tipo de sonrisa. No era una feliz y radiante; era oscura. Sensual. Una advertencia y una promesa. Una que quería que mantuviera.

—Esta noche —declaró, y supe, antes que dijera las palabras, que no había vuelta atrás, que después de esa noche yo no volvería a ser la misma porque iba a tomar todo de él–, esta noche te voy a llevar a la cama. Te voy a hacer el amor profundo y lento. Y no me voy a detener por ese hermoso gemido. Esta noche, te voy a hacer gritar mi nombre.

Si en algún momento hubiera pensado que él había venido deshecho, no podía haber estado más equivocada.

Porque, desde el preciso instante en que esas palabras le salieron de los labios, Lucas se desató.

Me cargó en brazos de nuevo y, antes de que me pudiera preocupar por él, antes de que pudiera siquiera pensar, me estaba poniendo las piernas alrededor de su cadera, mientras se dirigía a mi dormitorio.

Se me paró el corazón. Mi deseo se agitó. Y lo próximo que supe fue que me había dejado sobre el edredón.

Ladeó la cabeza con lentitud, me recorrió el cuerpo de arriba abajo con la mirada y ¡Dios!, nadie nunca me había mirado de esa manera. Como si estuviera listo para comerme viva.

Con la boca entreabierta, observé cómo se quitaba, por fin, el abrigo. Luego, tomó el dobladillo de su sudadera con capucha y se la sacó con un solo movimiento suave.

No tenía nada puesto debajo.

Un sonido gutural de deseo me recorrió la garganta, porque aunque ya lo había visto desnudo, ya le había visto la geografía de la cadera y cada músculo que demostraba su fuerza, no los había visto así. Ni siquiera ese día temprano en la ducha. No con ese brillo oscuro en la mirada ni con esa sonrisa traviesa.

—¿Sin camiseta? —me escuché preguntar.

Se sonrió con sutileza, haciéndose el misterioso.

—Estaba apurado cuando dejé el apartamento. Todavía no sé cómo me las arreglé para dejarle un mensaje a Aaron para que cuidara a Taco. Me debe estar odiando ahora, pero me tiene sin cuidado.

Se me secó la garganta, su expresión se volvió seria cuando se adelantó unos pasos hacia la cama.

—Ven aquí. —Se detuvo en el borde.

Sin perder ni un segundo, me arrodillé y me arrastré hasta que estuve justo frente a él.

Me miró con expresión tensa y suave. Me rozó la mejilla con los dedos y dijo:

—Todo este rubor de tu piel. *Eres preciosa.* —Se acercó más, bajó la cabeza para que pudiera mirarlo a los ojos—. Me muero por ver cómo se esparce.

Sentada sobre las rodillas, extendí los brazos hacia arriba y le di la mejor luz verde.

No dudó en tomar mi oferta y me sacó la camiseta.

Exhalé por la boca, temblorosa, mientras que sus ojos me recorrían el cuerpo de arriba abajo y disfrutaba de mis pechos desnudos.

–*Me robas el sentido* –murmuró–. Me dejas sin aliento.

Me estiré hacia él, le puse las palmas de las manos sobre el pecho con delicadeza y las deslicé abajo. Memoricé el mapa de su piel firme y cálida bajo las puntas de mis dedos. Le confié todo a mi memoria. Y cuando llegué al borde de los pantalones vaqueros, me incliné para rozarle el centro del pecho con la boca. Entonces, apreté los labios sobre su corazón. Después, fui por su costado, cerca del tatuaje, y sin pensarlo le di un enorme beso con la boca entre abierta sobre la cresta de la ola, y dejé que mi lengua repasara el hermoso diseño.

El abdomen de Lucas se contrajo, se tensó y lo sentí estremecerse bajo mi lengua.

Levanté el rostro y la confesión se me escapó:

–He querido hacer esto desde que te vi por primera vez.

Soltó un gruñido, y lo siguiente que supe fue que me atrajo hacia él y me tomó la boca con la suya.

Cuando terminó el beso, dijo con voz ronca:

–¿Has estado fantaseando con esto? ¿Conmigo?

Asentí con la cabeza.

–Todos los días. Cada noche antes de dormir. Cada vez que cerraba los ojos.

Exhaló con brusquedad.

–¿Qué otra cosa te has imaginado haciéndome?

Arrastré las manos a lo largo de la cintura de sus vaqueros, luego dejé que mis pulgares dibujaran las curvas de sus caderas, para, por fin, volver con los dedos hacia el botón y escuchar su gruñido.

–Hoy, cuando te sorprendí en la ducha –comenté, e hice un gran esfuerzo a causa de la intensa sensación de calor que emanaba de él–, deseé que esa fuera mi mano. O mi boca.

Las caderas de Lucas empujaron hacia arriba y supe que había sido un acto reflejo.

Me puse a la altura de sus ojos y agregué:

—Me hubiera gustado que me acabaras dentro.

Me tomó el rostro, con los dedos entre mi cabello, mientras yo le bajaba la cremallera.

Lo envolví con la mano a través de la tela elástica de su ropa interior negra, y Lucas resolló con una exhalación.

—Te gustó ver que cómo me tocaba —dijo y se movió contra mi mano—. Pero hubieras querido ser tú.

Asentí con la cabeza.

—Tómame y muéstrame ahora. —Me tiró del cabello un poco más.

Le bajé la ropa interior y me relamí al verlo liberarse. Sin pensarlo, cerré la mano alrededor de su longitud, presionándolo de arriba hacia abajo muy lentamente, porque quería darle placer. Hacerlo sentir bien. Más que bien.

Su pecho vibró con un gruñido y arqueó la espalda.

—Una vez más —demandó—. Más duro que eso, *preciosa*. No seas tímida.

Le obedecí y lo apreté con fuerza mientras lo observaba hincharse en mi mano.

Dejó escapar otro gemido agudo y breve, y esa fue mi última advertencia antes de que me soltara el cabello y me tomara de los hombros para recostarme en la cama.

—Basta de jugar —sentenció, mientras me apoyaba un brazo a cada lado de la cabeza. Me besó con fuerza.

Luego, me recorrió el cuerpo con los labios y con los dientes sujetó mis pantalones cortos. Con un movimiento ágil, me los arrancó y colocó la cabeza justo sobre la pelvis. Su boca siguió la costura de mis bragas, con los dientes arañaba la tela y se me arqueó la espalda ante su mero contacto. La cabeza me giraba como un trompo en el espacio.

—Lucas —exhalé, estaba a punto de correrme.

Con la boca rozó la tela fina que me cubría el clítoris. Luego, hizo a un lado las bragas para revelar toda mi humedad y zambullirse en mí.

—¡Ay, Dios! —gemí. Y como él no se detuvo, solo podía repetir esas palabras—. *¡Ay, Dios!*

Sentí su rugido sobre mi piel.

—Dios no —advirtió, antes de volver a explorar mi centro con su lengua—. Lucas.

Gimoteé y me puse las palmas sobre la cara interna de los mulsos y los separó. Se aseguró de mantener mis piernas bien abiertas mientras su lengua descendía otra vez.

—Dilo.

Se me escapó un gemido y elevé mis caderas.

—Te dije que quiero escuchar mi nombre, fuerte y claro —repitió, empujó de nuevo, y otra vez, y una vez más—. Dilo.

Movió una mano y con el pulgar empezó a frotar el clítoris con movimientos circulares y llevó a mi cuerpo directo a un frenesí.

—Lucas —jadeé con la voz quebrada.

Entonces, hizo algo con la lengua, algo que nunca había experimentado antes; y así, di manotazos hacia atrás y me sujeté de la primera cosa que encontré: un cojín. Mis caderas se pegaron a su boca, deseaba ir más rápido y profundo y, cuando lo hizo, entreabrí los labios, con un gemido a punto de escapárseme y, como Lucas quería, grité su nombre.

Cuando los espasmos orgásmicos se aquietaron, mi cuerpo se aflojó y él se arrodilló delante de mí. Tomó su miembro, mirándome fijamente.

—Podría acabar justo ahora de solo saborearte en mi lengua y mirarte gozarlo.

Antes de que pudiera procesar la forma en que esas palabras parecían traerme de vuelta a la vida, él estaba saltando de la cama para deshacerse de su ropa interior y vaqueros.

Una vez que se colocó entre mis piernas de nuevo, dejó que su miembro yaciera sobre mí, y ese contacto, él desnudo aquí y contra mí, me dejó sin aire.

—Métemelo —rogué, tan jadeante que apenas me reconocí la voz—. Estoy tomando la píldora. La última vez que me hice un control estaba todo bien y no he estado con nadie en mucho tiempo. Me has dicho que tú tampoco.

Lucas se estremeció, se concentró en mi rostro mientras dirigía su punta henchida hacia la entrada al placer y se hundió en mí.

—También estoy limpio. Nunca he tenido sexo sin condón, Rosie.

Parecía perdido en sus pensamientos, luego me miró con algo nuevo en los ojos, en la cara. Algo que amaba y que me aterrorizaba.

Por eso afirmé:

—Sé lo que estoy haciendo. Sé lo que estoy consiguiendo. Quiero todo lo que tengo delante de mí. —Se le endureció la mandíbula y me aseguré de que me mirara a los ojos cuando declaré lo siguiente—: Te quiero en mi interior, Lucas. Voy a recibir lo que sea que tengas para darme.

Lucas gruñó ante mis palabras y, sin perder el contacto visual, se deslizó dentro de mí. Un empuje firme y duro.

Cerré los ojos, el placer me movía hacia arriba y hacia abajo y me recorría la columna.

—No. Mírame —me ordenó.

Y porque yo estaba a su merced, mis ojos se agitaron abiertos. Vi su mirada justo cuando me tomó de los muslos y se impulsó otra vez, todavía más profundo.

—¿Cómo se siente? ¿Cómo se siente dentro de ti?

—Bien —respondí al moverme contra él—. Muy bien.

—Bien no es suficiente. —Se metió dentro de mí de nuevo y vi pequeñas estrellas en sus ojos—. Esto no es *buen* sexo.

No respondí, no podría si su ritmo no hacía más que aumentar. Entonces, me estiré para alcanzarlo, atraerlo hacia mí y que se fusionaran nuestras bocas.

Le rugió el pecho y sus embestidas se iban profundizando; tanto me movían sobre la cama que tuvo que sujetarme de la cintura.

Se movió sobre sus rodillas e hizo que se me arqueara la espalda con el cambio de postura, aunque yo solo lo deseaba más adentro aún. Más rápido. Más duro. Solo lo deseaba… a él. A su peso. A su cuerpo. Todo. Sobre. Mí.

Lo próximo que supe fue que esas manos que me habían estado tomando de la cintura, me tiraron hacia él y me dieron vuelta sobre mi vientre. Apoyé la mejilla sobre el edredón, que apreté con el puño mientras él se deslizaba dentro de mí otra vez por detrás.

—Te leo como si fueras mi libro favorito, Rosie, como si te hubiera memorizado. —Me levantó las caderas, así que los dos estábamos sobre nuestras rodillas—. ¿Es lo suficientemente profundo? ¿Ahora soy más que bueno?

Ay, joder, vaya que lo era.

—Voy a borrar de tu memoria a cada perdedor que te tuvo y no te merecía. —Con una mano me tomó por la base de la garganta, pero no ejerció esa deliciosa presión como había hecho esa tarde. Solo la sostuvo firme allí. Con la otra mano, me sujetó los pechos mientras sus caderas seguían su ritmo. Me llevaba más y más cerca del abismo. Me hizo gemir con abandono—. Eso es. Ahora, un poco más alto.

Obedecí.

—Vamos, preciosa —me insistió al oído con voz áspera, mientras se movía hacia dentro y hacia afuera contra mi espalda—. Libérate, Rosie. Llega al clímax. Acaba sobre mí y llévame derecho al paraíso.

Llevó una mano al centro de mi placer y me frotó círculos con los dedos, mientras continuaba impulsándose, estaba haciéndomelo justo como se lo había rogado.

—Lucas, me... —Nunca logré terminar la frase porque me hizo venirme rápido una vez más, y sentí su pulso dentro de mí, sentí el gruñido que le salió de los labios, y acabé con él. Grité su nombre otra vez. La última.

Tenía la cintura atrapada entre sus brazos y me mantenían pegada a él, mientras estaba dentro de mí y yo me seguía viniendo con él.

Después de un momento maravilloso, me dio un beso suave en la barbilla. Luego, sin despegarse de mí, guio nuestros cuerpos hasta que quedamos acostados en cucharita.

Lo tomé por los brazos, porque de verdad no quería dejarlo ir.

Un gemido ahogado me salió de la garganta y su risa era relajada y feliz.

Respiré hondo, satisfecha, y, por fin, me giré en sus brazos para mirarlo a la cara. Estudié su sonrisa, los pliegues en las comisuras de los ojos, los labios que quería besar otra vez.

—¿Estás bien?

—Nunca he estado mejor. —Su boca rozaba la mía con una suavidad que me habría puesto de rodillas si no hubiera estado acostada—. Pero debería ser yo el que haga esa pregunta.

—¿Por qué?

—Porque quiero. —Me dio un beso en la nariz—. Porque te mereces que te lo pregunten.

De verdad era el mejor hombre.

—Pero...

Me detuvo con otro beso, este fue en los labios.

—La próxima vez, te dejaré hacerme el amor. Me vas a montar y yo te veré moverte sobre mi —anunció, lo dio como un hecho y me hizo ponerlo boca arriba y hacerle cumplir su palabra.

Pero, en cambio, pregunté:

—¿La próxima vez?

—Si estás de acuerdo. —Se le borró la sonrisa—. No creo que pueda mantenerme lejos de ti. No ahora que te he probado. No ahora que te he tenido. No cuando solo tengo una semana para sentirte aquí, contra mí.

Podría haber hecho muchas preguntas.

¿Qué pasará cuando te vayas?

¿Qué estamos haciendo?

¿También sientes esta fuerza palpitante y poderosa justo en el medio de tu pecho?

Pero una gran parte mía no quiso escuchar su respuesta a ninguno de esos interrogantes. Quería vivir el momento, justo allí. Deseaba tener esa *próxima vez* de la que me hablaba y todas las veces después de esa. Durante todo el tiempo que lo tuviera. Aunque solo fuera por una semana. No quería que Lucas tuviera que definir lo que éramos o no después de todo lo que le había pasado y de haber perdido tanto.

Así que, lo único que le pude decir fue:

—Entonces, no lo hagas. No te alejes.

Capítulo 28

Rosie

Había pocas cosas que me incitaban a despertarme con solo olerlas. Número uno: el olor a humo, incrustado en mi cerebro desde esa vez en que el señor Brown decidió, a las tres de la madrugada, poner un peluquín en el microondas. No, nunca le pregunté por toda esa historia. Solo tomé la experiencia como una lección de vida y la dejé pasar.

Sin embargo, el número dos era por lejos la forma más placentera de ser agasajada de día (o de noche): pancakes.

Y ese era el aroma que se sentía en todo el apartamento.

Mi estómago gruñó expectante y goloso.

Esas expectatives pronto se convertirían en una clase distinta de hambre al palpar la cama y, de inmediato, recordar quién había ocupado ese espacio junto a mí. Quién me había abrazado toda la noche y me había depositado besos suaves en el cuello. Y me había tomado entre sus brazos como si no quisiera irse.

Lucas.

Una oleada de deseo me atravesó. Se asentó en lo más profundo de mí y me empujó a salir de la cama con una gran determinación. Tomé la primera prenda que encontré tirada por ahí (su sudadera con capucha) y me la puse.

Nunca en mi vida la distancia entre mi habitación y la cocina me había parecido tan larga.

Cuando por fin llegué al umbral de la puerta de la cocina, la música llenaba el ambiente. Era una canción que nunca había escuchado antes, ni tampoco Lucas la había puesto antes, pero que tenía un ritmo alegre y vivaz.

Fijé la mirada en el hombre que estaba junto a la estufa con una espátula rosa en la mano y en ropa interior con un delantal ajustado en la esbelta cintura. Se movía de lado a lado en perfecta sincronía con la música, mientras meneaba un poco el trasero para marcar el ritmo.

Y… Señor. Al verlo, mi pobre y henchido corazón dio un vuelco y luego, se agrandó al verlo y tener la certeza absoluta de que estaba tan loca por él que ni siquiera era divertido.

Se me debe haber escapado algún sonido, porque Lucas se volteó. Su hermosa sonrisa me bajó por completo la guardia, y creo que murmuré algo estúpido como:

—Hola.

—*Buenos días, Bella Durmiente* —dijo, mirándome a los ojos con la misma enorme emoción con la que me había mirado anoche, cuando me había dicho que no podía alejarse.

Me recorrió el cuerpo de arriba abajo. Muy despacio. Y se le cambió la sonrisa. No desapareció del todo, pero su expresión se volvió grave y enfocada, mientras me inspeccionaba las piernas con cuidado.

—Me puse lo primero que encontré —aclaré, un poco jadeante, y agité su sudadera—. ¿Está bien…?

—Sí —dijo sin dudar, con voz ronca y baja—. Por favor, déjatelo, úsalo todo el tiempo. —Inhaló con lentitud, como si hubiera necesitado oxígeno extra—. ¿Sabes qué? ¿Qué te parece si te quedas con todas mis sudaderas con capucha? Camisetas, pantalones, también. Quédate con todo, no me importa. Prefiero vértelos puestos a ti que a mí.

Mis labios se estremecieron.

—Pero ¿qué vas a ponerte entonces?

Asintió con la cabeza, aún distraído.

—Ya pensaremos en eso más tarde.

La risa que había estado aguantando se me escapó de los labios y sonó como la de una adolescente enamorada de una manera pegajosa y cursi.

—Okey, trato hecho. —Me encantaba tener ese tipo de poder sobre él—. Pero solo si sigues bailando.

Me fui hasta una de las sillas que rodeaban la mesa de la cocina, la saqué y me desplomé sobre ella. Apoyé los codos en la mesa y me dispuse a esperar con el mentón sobre los puños.

—Estoy lista para verte ahora.

—¿Lo viste? —La sonrisita de satisfacción de su rostro era deliciosa.

Asentí.

—¿Te gustó?

Fingí que pensaba la respuesta.

—Es un… nueve de diez para mí.

Dejó la espátula sobre la encimera y dio un paso en mi dirección.

—¿Y este? —me preguntó, al repetir el mismo meneo de trasero de antes—. ¿Cuál es tu veredicto?

433

Balanceó las caderas de un lado al otro al ritmo de la canción nueva.

Me hice la que evaluaba sus movimientos.

—¡Ajá!, eso te da un puntaje de nueve punto cinco. Pero quizá solo porque has comprado al jurado al darme *toda* tu ropa.

Dejó escapar una risa estridente y espontánea.

—¿Me estás llamando la atención, Ro? —Dio un paso en mi dirección—. ¿Te ríes de mí porque me distraje un poco al verte tan apetecible con mi ropa puesta?

—Fue lindo. —La velocidad de mis pulsaciones se aceleró cuando se acercó—. Muy lindo.

Lucas se detuvo frente a mí. Se inclinó un poco y extendió el brazo para tomar el borde de la silla, justo debajo del lado de mi trasero. Y luego, movió la silla (conmigo en ella) hacia él. Me tenía justo debajo.

Con una mano se apoyó en el respaldo de la silla, detrás de mi cabeza.

—Me disperso contigo. —Tenía la boca a pocos centímetros de la mía mientras yo levantaba la mirada—. No habrá un momento en el que no me distraigas de lo que sea que esté pensando o haciendo. —Me recorrió con la nariz el largo de la mía, con los labios apenas rozando mi boca—. Tienes ese poder sobre mí.

Exhalé, temblorosa, porque quería que acortara la distancia y que me hiciera de todo en esa silla.

Me besó apenas en la comisura del labio.

—Ya te deseo tanto. Otra vez —susurró. Y me fue imposible ignorar el brazo que estaba flexionado junto a mi cabeza. Se contenía de hacer lo que yo deseaba con desesperación que hiciera—. Una mirada, Rosie: eso es todo lo que hace falta y lo que necesité para encenderme.

Lo besé. Porque ese era la mejor respuesta que podía darle. Gimió desde lo profundo de la garganta. Me tomó la nuca y me inclinó la cabeza un poco más todavía, de manera que se me entreabrieran los labios.

Le entrelacé las manos en la nuca e hizo una especie de fuerza hacia arriba, lo que nos llevó a estar de pie. Con la otra mano me tomó de la cintura y me dejó sentir lo duro que estaba, lo mucho que me deseaba, tal cual me había dicho. Así que me sujeté todavía más fuerte a él y gemí. Maldije a la sudadera gruesa que me colgaba de los hombros. También le hice sentir lo mucho que lo necesitaba.

Lucas interrumpió el beso, me miró a los ojos y había un millón de cosas que le bailaban en la mirada.

—Por mucho que disfrutes esto —repuso, indiferente, como si eso no me pusiera más débil y cachonda—, no voy a dejar que se queme el desayuno. Todavía no he superado la pérdida de esas pizzas.

Dejé caer los brazos a los costados, mientras asentí con la cabeza y me preparé para volver a la silla, porque, si no nos íbamos a besar (o a hacer *otras* cosas sexys), entonces me conformaría con verlo cocinar. Pero Lucas cambió mis planes: no me soltó la cintura, sino que me volteó y juntos fuimos hasta la estufa.

Se colocó detrás de mí y sentí su respiración en la sien.

—No quise decir que te iba a abandonar —me susurró al oído, mientras me ponía la espátula en la mano—. Primero, desayuno. Después, iremos a recoger a Taco. —Iremos. Nosotros, juntos.

—Lucas, ¿tú y Taco se van a quedar aquí? ¿Conmigo? —le pregunté con una enorme y ridícula sonrisa.

—Solo si tú nos quieres.

—Sí —me apresuré a decir y me dio otro beso en el pelo. El corazón me cantaba cuando di un vistazo al pancake marrón que chisporroteaba en la sartén—. ¿Crees que podemos salvarlo?

Tomó el bol de la mezcla, estiró un brazo y me puso ese bíceps justo sobre mi rostro. *¡Delicioso!*

—Descartemos ese y volvamos a empezar.

—Sí, *chef.*

—¡Ah! —comentó al tirar el pancake medio chamuscado—. Me encanta cuando me hablas sucio, Rosie.

Un vaso de agua apareció junto a mi computadora portátil.

Bueno, no salió de la nada. *Noté* que alguien lo había dejado en algún momento.

Lucas.

Desde el viernes casi no habíamos salido del apartamento, solo unas pocas horas para recoger sus cosas y a Taco, una vez que aceptamos que no íbamos a dormir separados. Sin embargo, decir que estábamos durmiendo era una exageración. No es que me estuviera quejando. Es más, seguro estaría colgada de él si no tuviera que trabajar. Porque todavía estaba a poco menos de tres semanas de la fecha de entrega y, aunque mi progreso había sido bueno desde que Lucas y el experimento llegaron a mi vida, todavía tenía mucho trabajo por hacer, muchas palabras que escribir.

"No puedes aflojar con eso, Ro. Estás tan cerca", había insistido Lucas cuando deslicé al pasar que podía dedicar más tiempo a estar con él.

Pero Lucas tenía razón. Estaba tan cerca que ya podía sentir la cinta que se rompía contra mi pecho mientras cruzaba la línea de llegada.

Así que, aunque el tiempo de Lucas en Nueva York, en mi

apartamento, estaba llegando a su fin, yo trabajaba por la mañana y por la tarde, en tanto él se sentaba en algún lugar a leer algunos de los muchos libros de romance que tenía, y se aseguraba de que siempre tuviera bocadillos y me mantuviera hidratada. Almorzábamos y cenábamos juntos; sacábamos a pasear a Taco y nos acurrucábamos en el sofá todas las noches. Y teníamos sexo. Mejor que solo buen sexo. Un sexo que te volaba la cabeza. El mejor sexo de mi vida.

El hecho de que se iba a ir era una constante en el fondo de mi mente, como un zumbido bajo que no podía ignorar, pero con el que podía aprender a vivir. Porque no podía permitirme que eso me amargara el tiempo con él. No lo dejaría. Así que, por una vez en mi vida, opté por no planear y decidí disfrutar el momento. A Lucas. Si se suponía que lo nuestro iba a terminar en una semana, una semana era lo que iba a disfrutar. Ya me las arreglaría con las secuelas cuando llegara el momento.

—¿Rosie? —Una voz baja sonó cerca de mi oído y me trajo de regreso al presente.

Una deliciosa conciencia se arrastró dentro de mí ante el descubrimiento de que Lucas estaba detrás de mí.

—¿Sí? —respondí, y disfruté la manera en que su aroma me envolvía.

Apoyó las manos sobre el escritorio y me encerró. Dios, adoraba cuando hacía eso.

—Tu tiempo terminó, Ro.

—¿Y cómo puedes saberlo?

Me pasó la nariz a lo largo de la mejilla, lo que me produzco un cosquilleo en la piel.

—Te quedaste mirando el vaso de agua. —Se rio por lo bajo—. Mucho tiempo.

—Estaba pensando.

Se inclinó un poco más sobre mí y me apoyó la barbilla en el hombro.

—¿Estuviste pensando en mí? ¿En nosotros?

Me sonrojé, se me aceleró el corazón ante lo cerca que estaba de la verdad.

—Puede ser.

—¿Estaba desnudo? —preguntó a continuación.

—Es posible. —Me mordí el labio.

—¿Estabas desnuda?

Me mordí el labio.

—Hum… ¡Ey!, esos son mis pensamientos favoritos.

Me di la vuelta muy rápido, le di un beso en los labios y regresé mi atención a la computadora. A mi manuscrito.

Lucas se debe haber sentido encandilado un momento porque no dijo ni una palabra. Solo… pareció necesitar un momento para recuperar el aliento.

Me sonreí para mis adentros.

—Entonces, Rosie —dijo por fin—. ¿Cuándo me vas a dejar leerlo? Lo he estado ansiando más desde que terminé el primero.

—Aún no está terminado. —Ni siquiera traté de ocultar lo feliz que me hacía.

—¿Qué te parece si me das una probadita y nada más? —respondió un segundo después—. Un… fragmento. Un avance. Es martes, te debes a tus *fans* y yo soy el mayor de todos. *Hashtag Team* Rosie. *Hashtag* Avance del martes. *Hashtag* Beso de viernes.

La cabeza me dio vueltas despacio.

—¿Dónde aprendiste eso?

Su sonrisa fue tan grande y orgullosa, hermosa y libre, justo como él.

—Tengo mis métodos. Deberías saber lo buen investigador que soy ahora.

—En realidad, tienes razón —consideré. Luego, me volteé y sonreí para mis adentros porque, ¡guau!, ¿Lucas había investigado en la *librósfera*? ¿Por mí?—. Perdón por subestimarte, Matthew McConaughey. Pero nada de adelantos para ti.

Por nada en el maldito mundo.

Estaba superorgullosa de este primer borrador, pero no sabía cómo me sentiría si Lucas lo leyera cuando había demasiada… inspiración tomada de él. De nosotros.

—¿Ni siquiera una puntita de alguna escena picante? Podría ayudar inspirándote un poco más.

Mis entrañas se llenaron de una deliciosa calidez, pero negué con la cabeza.

—Okey. —Suspiró, pero sabía que estaba actuando—. Entonces, ¿cuántas palabras te faltan?

Esbocé una sonrisa, imparable.

—No muchas.

Me tomó de la cintura con los brazos por detrás y dejó descansar su rostro en mi hombro.

—Esa es mi chica —declaró, y mi corazón se perdió ante eso, como si fuera la primera vez que decía esas palabras—. Estoy tan orgulloso de ti, Ro. Tan pero tan orgulloso.

Y por alguna razón, escucharlo decir eso, que estaba orgulloso de mí, lo sentí como si hubiera logrado algo grande.

Algo increíble. Algo extraordinario.

Hasta ese punto él me importaba.

—Todo gracias a ti. —Exhalé, abrumada por mis propios pensamientos—. Por tu ayuda. Por nuestro experimento.

—Fuiste tú, *preciosa*. Yo no escribí ni una palabra. Tú lo hiciste.

Esta era la última noche de Lucas en Nueva York. En los Estados Unidos. En mi apartamento, en mi cama, mi huso horario. Y con cada segundo que pasaba y nos acercaba a mañana por la mañana, mi humor se desplomaba.

Junto con mi corazón.

Esa semana habíamos pasado todo el tiempo juntos, en mi apartamento, y nunca hablamos de lo que sucedería después de que él y Taco abordaran el vuelo y volvieran a España. Para siempre. Había sido como si ninguno de nosotros hubiera querido explotar la burbuja de felicidad en la que nos habíamos encerrado. Y que, tal vez, fue un error. No tal vez, *sin duda* fue un error.

Pero ¿qué se suponía que dijera? ¿Cómo empezaría el tema? "¡Ey, Lucas!, me he enamorado de ti. Y sé que tu vida está en ruinas y que estás luchando para llegar a un equilibrio entre lo que has perdido y quién eres, pero ¿qué somos nosotros?".

Eso sería tan egoísta.

Hasta pensar en cargarle a Lucas esa conversación me hacía revolver el estómago. Todo lo que quería era protegerlo, hacer lo mejor posible por él, verlo encontrar su camino y disfrutar una nueva vida, y sabía que esto (una relación a larga distancia con alguien que había conocido hacía un par de semanas), no haría nada de eso más fácil.

¿O sí? A estas alturas, no lo sabía. Y esto me ponía increíblemente triste.

Tan así, con este ánimo. Por los suelos.

Y Lucas lo notaba. Por supuesto que sí.

Por eso toda la noche había tratado de hacerme sonreír. Hasta delante de Aaron y Lina cuando nos encontramos para su cena de despedida. Me había tomado de la mano, tocado la espalda y susurrado al oído y, simplemente... actuó como el hombre que yo quería que fuera para mí. Como si fuera mío.

De pie, en el baño, frente al espejo mientras me cepillaba los dientes, miré mi teléfono.

Tenía una par de mensajes de Lina. Era comprensible. Sabía que había algo entre nosotros y le debía una explicación. Pero creía que eso podía esperar hasta mañana. Ella podría lidiar también con las secuelas de mi corazón roto, si no estaba demasiado enojada conmigo. Mataría dos pájaros de un tiro.

Bloqueé el móvil, lo coloqué con la pantalla para abajo sobre el mueble del baño y seguí mirando a la nada hasta que estuve lista para ir a dormir.

Fui a la habitación y encontré a Lucas abriendo su mochila. Taco, a sus pies. La escena me hacía querer gritar. Me hacía sentir furiosa conmigo; con el tiempo, por pasar tan rápido; con el destino, por cruzar nuestros caminos solo para llevárselo lejos de mí.

¿Qué me podría decir si le sacaba esa estúpida mochila, corría hasta la ventana y la mandaba a volar?

¿Qué me diría si le pedía que se quedara? No podía estar más de tres meses sin una visa. Pero los podría esconder a él y a Taco.

¿Qué me diría si le decía que no me importaba lo que sea que pensaba que podía o no podía darme? Lo tomaría. Me mudaría a España. Me...

—¡Ey! —La voz de Lucas me sobresaltó.

Había algo en su expresión que se parecía mucho al... dolor. Preocupación.

Caminó hasta donde yo estaba y me tomó de la cintura con los brazos por instinto.

–¿Qué estás pensando?

–¿Con sinceridad?

Afirmó con la cabeza.

–Me preguntaba qué tanto te enfadarías si lanzara tu mochila por la ventana.

Se rio y, aun así, no mejoró mi ánimo.

–¿Quieres también una respuesta honesta?

–Siempre.

–No me habría enojado tanto por eso. –Me sostuvo el rostro con las dos manos y me lo levantó para mirarme directamente a los ojos–. Creo que nunca me podría enojar contigo. En serio.

Fruncí el ceño y pregunté, al hacer un puchero:

–¿Por qué?

–Porque todo lo que haces es por una razón. –Me recorrió la línea del labio con el dedo pulgar y me borró ese puchero–. Así que, si quieres tirar todas mis cosas afuera, sabría que no sería irracional. Tomaría mi abrigo con una sonrisa y me iría a rescatar lo que haya quedado.

Una especie de presión que conocía muy bien me subió del pecho al rostro y se me acumuló en los párpados.

–A mí me parece bastante irracional.

–Tal vez –admitió–. Pero no tendría importancia porque sabría lo que significaría. Por qué lo hiciste. Y es una razón bastante buena para sonreír.

Exhalé, solté la bocanada de aire por la boca, con fuerza.

–Bueno, estoy feliz si estás feliz.

Lucas se rio por lo bajo y eso me molestó.

—¿Te parece que esto es divertido? —Traté de cruzarme de brazos, pero Lucas se inclinó, me rozó los labios con su boca y eliminó mi intención de irme a cualquier lugar que no fuera regresar a su pecho.

Su beso fue lento y suave y me dio ganas de llorar.

Cuando nos tomamos un respiro, me esforcé por hacer que me funcionaran las cuerdas vocales.

—¿Lucas?

—¿Sí? —contestó, esos ojos marrones emanaban una seriedad que no le había visto antes.

—No creo que pueda decirte adiós. —Porque no era solo despedirse. Era verlo irse de mi vida, sin ser capaz de hacer nada para evitarlo. Era la injusticia del tiempo, que no había estado de nuestro lado. Se trataba de lo mucho que deseaba que se quedara—. No... No creo que pueda ir contigo al aeropuerto y verte partir. No... —Cerré los ojos. Negué con la cabeza—. No puedo, Lucas. Solo...

Sentí sus labios en la frente y me apretó con la boca durante un largo momento.

—Está bien, Ro —me susurró—. No tienes que venir. Lo entiendo.

Pero no quería que lo entendiera.

Quería que peleara por mí. Que me hiciera decir las palabras que todavía no había pronunciado en voz alta porque él necesitaba oírlas. Que me dijera que no se marcharía o que no nos convertiríamos en nada más que un recuerdo. Que me dijera que, por mucho que no hubiera descubierto su nueva vida, me quería en ella y me necesitaba.

Pero no podía hacerle decir esas cosas. Y podía entender que no lo hiciera.

Eso me rompió el corazón, pero tampoco podía hacer que priorizara mi corazón antes que a él mismo.

443

—Okey —Exhalé. Y, cuando abrí los ojos, no estuve lista para ver lo que me estaba devolviendo en la mirada.

Había una emoción que flotaba en su expresión, sus ojos, la manera en que sus rasgos se dispusieron en ese mismo momento como si tuviera, por lejos, mucho más dolor que yo. Como si no pudiera soportar la idea de irse. Como si me amara.

Sin decir una palabra, me tomó de la mano y me llevó a la cama. Y sin decir nada, fui.

Me acomodó sobre mi espalda y me puso una mano a cada lado de la cabeza.

Nuestras miradas se encontraron, y juré que me estaba mirando con una emoción que no quería reconocer en voz alta. Esa emoción poderosa y que lo consumía todo se reflejaba en la mía.

—¿Qué necesitas? —quiso saber, y me dio un beso en la comisura de los labios—. Te lo daré, Rosie.

La respuesta era tan sencilla, tan obvia, que no entendí por qué me lo preguntó.

Me aferré a él, casi desesperada, y le contesté:

—A ti.

Porque solo lo necesitaba a él.

Capítulo 29

Lucas

Apoyé los codos sobre mis rodillas y dejé caer la cabeza con los hombros abatidos. Cerré los ojos y me dije por centésima vez que había hecho lo correcto.

Lo único que podría haber hecho.

Rosie no fue la única que luchaba contra la idea de decir adiós. Yo también lo hacía. No… habría podido pasar por eso si no me hubiera ido como lo hice.

Me escabullí mientras ella todavía dormía. Fui un cobarde.

Pero se trataba de supervivencia.

No podía darle lo que ella merecía. Era… un hombre sin ningún plan. Sin vida. Sin propósito. *Sin oficio ni beneficio*, como diría la abuela.

Y si me hubiera quedado un minuto más en esa cama con ella, toda suave y cálida y maravillosa junto a mí, nunca me hubiera ido de su lado. Solo habría demorado lo que tarde o temprano iba a pasar: encontraría a alguien más que le pudiera dar todas las cosas que quería y merecía. Todo eso que habíamos tenido *y* estabilidad. Alguien que tuviera un maldito plan, un futuro. Alguien que tuviera todas sus mierdas resueltas.

No quería que Rosie se conformara conmigo. Y no me permitiría usarla a ella, usarnos a nosotros mismos para ignorar la realidad.

Miré el mostrador de nuevo y, al fin, vi mi destino desplegado en la pantalla de arriba, en donde se indicaba que ya estaba abierto para el *check-in*.

—Mierda, ya era hora —murmuré por lo bajo, aun cuando sabía que toda la espera era por mi culpa, por haber ido al aeropuerto tan temprano.

En vez de disfrutar de ese tiempo con Rosie.

Con un suspiro, que no era de alivio, me puse de pie, tomé mi mochila del suelo y llamé a Taco:

—*Vamos, chico.* —Luego me dirigí a la fila antes de que fuera más larga.

Tomé el teléfono y le mandé un mensaje de texto a mi hermana, que el día anterior había llegado a España desde Boston. Por la diferencia horaria, sabía que tenía que ser la hora del almuerzo en España.

> En el aeropuerto. ¿Nos vas a recoger?

> ¿Podemos quedarnos en tu casa esta noche?

> Primero, cuido a tu perro. Ahora, ¿a los dos?

Puse los ojos en blanco; ella se estaba haciendo la difícil, como siempre. Conocía a mi hermana mayor.

> La abuela se está quedando aquí también,
> se me instaló aquí hoy. Así que las dos te vamos
> a ir a buscar. Voy a llevar sándwiches al aeropuerto;
> sé que los vuelos te dan hambre. ¿Jamón o chorizo?

> Jamón.

> ¿Y el "por favor" y "gracias"?

> Por favor. Gracias.
> Y ¿por qué la abuela está contigo?

> Grosero. Espero que le traigas un regalo.
> A mamá igual.

> ¡Uh!

Ay, mierda. No me había acordado de comprarle nada a nadie. Ni siquiera el llavero con el Empire State Building que me había pedido mamá.

> ¿Uh? ¿Eso es todo?

> ¿Qué quieres decir?

> Por empezar, dices "por favor" y "gracias"
> sin ser sarcástico. Luego, ni siquiera tratas
> de bromear con algo como "te llevo mi
> presencia, soy el regalo". O de actuar como
> el... tío encantador de siempre.

> Lo siento.

> ... ¿Ahora te estás disculpando?
> ¿Estás bien?

Esa era una pregunta inquisitiva. No tenía energía para analizar cómo estaba, menos vía mensaje de texto con Charo. Empecé a tipear una respuesta.

> Estoy bien. Solo cansado, hablamos cuando llegue, ¿okey? Aterrizo a las...

—¡Lucas!

Levanté la cabeza y fruncí el ceño porque esa no podía ser la voz que creía que era. La voz de ella. Ella no podía…

—¡Lucas! ¡Espera!

Me di la vuelta. Mis ojos escudriñaron la multitud, saltaban de cabeza en cabeza, de rostro en rostro hasta que se detuvieron en uno. El único que nunca me perdería de ver. Ni siquiera en una terminal de aeropuerto abarrotada de gente.

Y luego, todo sucedió en cámara lenta.

Como si yo estuviera protagonizando un sueño, Rosie separaba las aguas del mar de gente ocupada. El cabello era un hermoso enredo de rizos desordenados; tenía los ojos verdes centellantes; las mejillas, sonrosadas, y esos labios carnosos que yo había memorizado estaban entreabiertos. Llevaba puesta la sudadera de mangas cortas con la que había estado durmiendo (mi sudadera), cuya parte delantera estaba metida en el vaquero y… Dios, ¿por qué diablos no tenía puesto el abrigo? Era noviembre y afuera estaba helando.

—¡Lucas! —repitió Rosie. Se acercó, mientras yo seguía de pie allí como una estatua. Como un completo idiota, la observé correr hacia mí y escuché a Taco que ladraba con entusiasmo—. ¡Ay, Dios mío! Aún estás aquí. Gracias a Dios.

Los últimos tres pasos que dio fue como en una nebulosa. Como si ella no fuera real y eso no pudiera estar pasando. Como si todo fuera producto de mi imaginación.

—¿Rosie?

Pero en vez de contestarme, se me abalanzó y aterrizó sobre mi pecho. Fue como si el suelo debajo de mis pies por fin se hubiera afirmado. Todo lo que me rodeaba desapareció.

Me abracé a ella, respiré su olor, me alegré de tenerla de nuevo en mis brazos, de tener la posibilidad de hacer todo lo que no me había animado la última vez.

Levantó la vista, con esos ojos que nunca habría de olvidar, y se encontró con mi mirada.

Incapaz de contenerme, incliné la cabeza y la besé. Feliz, nada más que por volver a besar esos labios.

Cuando me detuve para tomar aire, hice que nos saliéramos de la fila, sin importarme un carajo si perdía mi lugar. La miré a los ojos.

—Rosie, ¿qué estás haciendo acá?

Ella tembló en respuesta y me saqué el abrigo para cubrirle los hombros. Negó con la cabeza, pero no se quejó. Bien. Quería darle calor. Que estuviera segura.

—No… —Se fue apagando y dio un paso atrás—. No pude hacerlo, Lucas.

No me gustaba el espacio entre nosotros, pero tuve el presentimiento de que ella lo necesitaba.

—Pensé que no te gustaban las despedidas —repliqué—. Por eso me fui.

Mentiroso. Eras tú el que no pudo soportar el pensar en despedirse de ella.

–Y tienes razón. –Su garganta se agitó–. No puedo. No puedo decirte adiós, Lucas. Por eso estoy aquí.

Fruncí el ceño, sentí que había más. Algo más.

Sacó su teléfono del bolsillo trasero del vaquero. Lo desbloqueó y buscó algo.

–Mira. –indicó, y me mostró la pantalla. Era una foto. Una *selfie* mía con Taco en la playa. Una foto vieja. Del día anterior al accidente y antes de que nos hubiéramos conocido. Me… –Mira –repitió–. He estado guardándola en mi teléfono desde que la publicaste en tu Instagram. –Se le aceleró el ritmo de la respiración, le salía el aire en grandes bocanadas–. Soy… algo así como tu seguidora, pero sin seguirte a ti, en realidad. Me fijaba todos los días si habías subido algo nuevo, me iba a dormir y pensaba en las fotos, en ti, en tu rostro y también en Taco.

Mi propio pecho imitaba al de ella; de repente, el oxígeno luchaba por entrar y salir de los pulmones.

–Durante meses –agregó–. Después, no viniste a la boda de Aaron y Lina, y eso me rompió el corazón porque perdí la oportunidad de conocerte en persona. Estaba devastada. Pero me dije que estaba siendo una estúpida, que solo había sido un tonto enamoramiento en línea. –Negó con la cabeza–. Pero me estaba engañando. Nunca… dejé de pensar en ti, Lucas.

Abrí y cerré la boca varias veces, pero nada me salía. Solo… ¿Qué podía decir? Estaba tratando de procesar todo lo que me estaba diciendo. Lo bien que me hacía sentir eso, maldición. Cómo se me henchía el pecho y mi cabeza crecía un poco más.

–¿Piensas que soy una rarita? ¿Una *stalker*? –murmuró Rosie–.

Porque si ahora piensas eso de mí, tienes que decírmelo antes de que...

—No —por fin me apresuré a decir—. Por Dios, no. —Le apreté las mejillas y con los pulgares las acaricié—. Me siento halagado, Rosie. Estoy... Yo nunca podría pensar que eres rara. Me encanta que te haya gustado lo que veías. Amo que me desees. —La besé en la frente—. Si algo me pasa, es que me siento halagado, *preciosa.*

—Okey —susurró Rosie—. Eso es bueno. Es bueno de verdad.

—No te estaba mintiendo, Rosie. —Le tomé el rostro entre las manos y me aseguré de que mirara a los ojos—. Todo lo que dije en esa azotea sobre nosotros, si nos hubiéramos conocido en la boda, era verdad. ¿Lo entiendes?

Tenía algo en la mirada. Algo que me cortaba el aliento. Algo que se parecía a la forma en que ella me había mirado esa noche, segundos antes de que me pidiera que la besara.

—Lucas —declaró, al mirarme fijamente a los ojos—, me pone contenta que digas eso porque... —Por un breve momento, cerró los ojos agitados y luego, los abrió otra vez—. Este es mi gran gesto.

El corazón me latía desbocado en el pecho.

—Me he dicho mil veces que no debería hacerlo, pero no puedo evitarlo —prosiguió, y me miraba con miles de cosas bailando en sus hermosos ojos—. Quédate conmigo, Lucas. No te vayas. Te quiero. Hace mucho tiempo que te quiero. Sé que no puedes quedarte sin una visa, que exprimiste ese tiempo hasta el último segundo. Así que, voy contigo. Voy a conseguirme un pasaje ya, me... —Negó con la cabeza—. No he empacado ni tengo nada ahora conmigo, pero eso no importa. Me puedo comprar cosas en España. Pero lo que necesito es a ti, Lucas. Te quiero *a ti*. Quiero que tengamos citas que no sean experimentales. Quiero besarte bajo la lluvia unas cien veces más. Quiero bailar contigo en la cocina cada mañana. Quiero traerte una caja de cronas cuando quiera decirte gracias. Y no porque seamos amigos.

Se me detuvo el corazón.

Me dejaron de funcionar los pulmones, ni salía ni entraba aire.

Dejé caer los brazos a los lados.

Y… no sabía cómo estaba todavía de pie.

Luego, Rosie dio el golpe de gracia:

—Porque somos más que eso. Porque lo somos todo. Y eso lo podemos hacer aquí o en España.

Parpadeé, todo se quebró dentro de mí.

Se hizo añicos con un gran estallido sordo.

Rosie también lo debe haber sentido, porque se le cambió la expresión. Dio un paso atrás.

—Rosie —me salió apenas con voz áspera. Quise tomarle el rostro, pero negó con la cabeza. Porque lo supo; no necesité decírselo. Me podía leer—, no puedes dejar atrás tu vida y seguirme. Me…

Se alejó un poco, solo algunos centímetros, pero los suficientes para ponerme pálido y que la sangre abandone mi rostro.

Necesitaba abrazarla. No… podía soportar verla herida y a sabiendas de que yo era el único responsable.

—Rosie, *preciosa*. —Traté de alcanzarla otra vez, pero ella negó con la cabeza. Algo me oprimió el pecho y me cortó el aire—. Rosie…, yo…

No lograba que me salieran las palabras de la boca. Todo en mí tartamudeaba al mirar a esa hermosa mujer deshacerse en pedazos. Por mí.

Por lo que no podía decirle en voz alta. Dárselo a ella.

—Está bien —susurró. Pero no lo estaba—. Está bien. Eso fue muy egoísta de mi parte, imprudente. Te puse en una situación difícil. —Se le agitó la garganta—. Sabía que la última cosa que necesitabas ahora era esto. Me lo habías dicho tú mismo, que no estabas en el mercado para una relación, ¿verdad? Que no tenías citas. Solo que pensé… pensé que, tal vez eso había… cambiado. Por mí.

—Rosie… —repetí su nombre y, por primera vez, fue difícil, como si no tuviera el derecho de articular esas cinco letras juntas nunca más. Como si lo hubiera perdido desde el momento en que titubeé—. Yo… —*Quiero hacerlo. No hay nada que quiera más que a ti,* quería decirle—. No puedo.

No puedo dejar que hagas esto. No puedo dejar que te desarraigues. No cuando la nada misma me espera en España.

Pero esas palabras no salieron, las paralizaron la ansiedad y el miedo que me abrumaban.

Una sola lágrima rodó sobre su mejilla y mató algo dentro de mí. Apagó una luz y me trajo solo oscuridad.

Intenté acercarme, rogarle que no llorara, pero me lo impidió con una mano.

—Sabía lo que estaba haciendo. Estaba feliz de tenerte una semana conmigo, aunque era la última. Así que no te lamentes, Lucas Martín. Yo tampoco me lamento de haber hecho lo que hice. —Dejó caer la mano y se abrazó la cintura—. En realidad, solo deseaba que me quisieras tanto como yo te quiero.

Pero sí te quiero.

Te quiero con cada célula de mi cuerpo. Con cada terminación nerviosa. Con cada hueso. Con cada partícula de mi ser.

—Que tengas un buen viaje, Lucas —murmuró.

Luego, se dio media vuelta y, aunque Taco gimoteaba y me hociqueaba la pierna como un maniático, no me moví. Me quedé anclado en el lugar, sin aliento y viéndola alejarse con mi chaqueta, que le colgaba de los hombros.

Capítulo 30

Rosie

Miraba fijamente la pared de la habitación de huéspedes de papá.

Con un suspiro, me preparé para una nueva oleada de lágrimas, pero no llegó.

Ya debía haber vaciado mi tanque, lo cual, dadas las circunstancias, era normal cuando una lloraba durante horas. En mi defensa, me había contenido durante toda mi salida del aeropuerto. No había derramado ni una lágrima en el camino de vuelta a la ciudad ni tampoco en el tren a Fili. Ni siquiera cuando me di cuenta de que aún estaba envuelta en la chaqueta de aviador de Lucas, con su olor envolvente.

Recién cuando subí los escalones de la puerta de la casa de papá, los ojos me empezaron a arder y me prepararon para lo que iba a suceder. Y justo cuando papá abrió, al fin me quebré.

Me atrajo hacia él como lo había hecho miles de veces cuando era una niña, y lloré. Dejé salir todo.

Todavía no sabía la razón de por qué me había ido con papá, todo un viaje a Filadelfia, si de grande nunca lo había hecho. Ni una vez. En cada ocasión en que me habían abandonado o mi relación se había ido por la borda, siempre había llamado a Lina, me había comido un kilo de helado, me había sentido mal durante un par de días y después seguía adelante.

Pero esa vez presentí que era distinto de las otras. Me sentí como alguien que había sido dejada de lado. Desarmada y con todas mis piezas esparcidas por todos lados. Demasiado lejos una de otra como para intentar juntarlas de nuevo en su lugar.

Y después de mirar esa pared por un tiempo absurdamente largo, me di cuenta de que nada de lo que había experimentado hasta ese día había sido desamor.

Esto era desamor.

Creía que por eso había ido allí, al lugar que me proveía del tipo de contención que durante años nunca había necesitado. *La casa de mi papá.*

Para cuando me quedé sin lágrimas, había abierto un tipo diferente de puerta. Esa en donde había estado guardando todas las cosas que no le había dicho ni a mi papá ni a Olly. Así que les conté sobre el primer libro que escribí, sobre cómo me sentí ante esa nueva posibilidad, y lo feliz, bendecida y completa que me sentía, en una forma que no había estado antes. Les conté sobre mi renuncia al trabajo, sobre las mentiras y todo lo que les había ocultado. Porque había estado aterrorizada, paralizada por la presión a la que me había sometido. Por todo lo que estaba en juego. Por la posibilidad de que ellos no entendieran lo importante que era este sueño para mí. Y ellos me habían escuchado. Tal como una pequeña parte de mí, esa que no había estado agobiada por el miedo y las inseguridades, sabía que lo harían.

—Frijol, ¿por qué pensaste que me tenías que ocultar eso? —me había preguntado mi papá cuando terminé.

Me dio un hipo y le respondí:

—Me daba pánico decepcionarte. Que tuvieras miedo por mí, cuando yo ya tenía bastante miedo por ustedes dos. No… no quería que me dijeras que el único salto de fe que había dado en mi vida era un error. Creí que no entenderías. Pensé que, tal vez, me juzgarías. No sé.

—Por supuesto que tengo miedo —repuso papá—. Tengo miedo por ti. Siempre lo tendré, Frijol. Pero eso es parte de amar a los hijos. Uno quiere que ellos progresen, triunfen y que cumplan cualquier sueño que quieran alcanzar, pero también uno quiere protegerlos. Suavizar cualquier golpe que pudiera venir. Pero nunca estaría decepcionado de ti. —Hizo una pausa y luego, agregó—: Y siempre haré un esfuerzo por entender, Frijol.

Lo abracé muy fuerte.

—¿Aunque nunca hayas leído un libro de romance?

—Siempre hay una primera vez para todo. ¿Y a quién le importa lo que piense un viejo como yo? ¿Y qué importa lo que otro piense? —Suspiró—. No deberías haberme ocultado esto.

Sin duda no debería haberlo hecho.

Tampoco debería haberle ocultado a Lucas lo que sentía por él. Que lo amaba. Aunque eso no habría cambiado nada de nada.

La vida era demasiado corta, demasiado frágil para guardar secretos y vivir con verdades a medias. Incluso si pensáramos que estábamos protegiendo a aquellos que amábamos. O que estábamos protegiéndonos a nosotros mismos. A nuestros corazones. Porque la realidad era que, sin honestidad y sin verdad, nunca viviríamos a pleno.

Y estaba empezando a entender hasta qué punto así era.

—Y en cuanto a ese muchacho… —había proseguido papá y me había hecho recordar un tiempo en el que todo era mucho más simple porque éramos Frijol y papá, capaces de resolverlo todo con un plato de *waffles* en la cena.

Pero ya no era una niña y Lucas tampoco era un chico cuyo nombre garabateaba en mi diario.

Lucas era el hombre de quien me había enamorado. El hombre al que había ido a buscar al aeropuerto en un intento de convertirme en mi propia heroína romántica. Solo que, en esta historia, el héroe se había tomado un avión y me había dejado en tierra con el corazón roto.

Un golpe en la puerta me sobresaltó e hizo que mi mirada se dirigiera a la entrada.

—Rosie, *cariño* —saludó Lina y me miró de esa forma en la que solo tu mejor amiga haría. Como si estuviera lista para asesinar a quienes te lastimaran, pero también para darte un palmazo en la cabeza si te sales con algo estúpido—. Tu papá me llamó. Y, ¡guau!, Joe no me mintió. Te ves como la mierda.

No supe si era por su mirada o por el hecho de que había estado necesitando a mi mejor amiga, aunque la había estado apartando por mi propia estupidez, pero me largué a llorar de nuevo.

Lina fue presurosa a la cama y, antes de darme cuenta, me rodeó en un abrazo.

Esperó que yo me desahogara del todo, de nuevo, tal como lo había hecho con papá, solo que era distinto. Porque era con Lina, y no había nadie en todo el mundo que me entendiera mejor que ella.

Después de un rato, nos recostamos de lado, su cuerpo extendido junto al mío, y le conté todo. Como debería haber hecho en cuanto me di cuenta de que me había enamorado de su primo. Cuando terminé, Lina permaneció inmóvil, con una expresión de comprensión en su rostro.

—Lo siento mucho, Lina —murmuré, con voz áspera y aguda de tanto hablar y llorar—. No quise ocultártelo. No por tanto tiempo, pero todo sucedió tan… rápido.

Ella me buscó la mano y la sujetó fuerte en la suya.

—Me doy cuenta de eso, ¿sabes? —admitió, y se encogió de hombros—. Quizá he sido un poco… inflexible con la idea de ustedes dos juntos. Y eso no fue justo ni para ti ni para Lucas.

—Supongo que eso ya no importa.

—Importa. Eres mi mejor amiga y te quiero. —Me tomó de la mano—. Por supuesto que importa. Además…, es de verdad muy difícil estar enojada contigo cuando estás llorando. Sería como patear a un tierno pero muy triste cachorro.

Eso solo me llevó a acordarme de Taco, de Lucas.

Suspiré.

—Estoy muy lejos de ser tierna ahora y ambas lo sabemos.

Inclinó la cabeza.

—Sí, tienes razón. Siempre has sido una llorona fea. Pero igual te quiero.

No me sacó una sonrisa, pero me sentí un poco más… liviana. En todo caso, porque aún conservaba a mi mejor amiga. Eso no había cambiado. Ni siquiera después de haberle ocultado algo así.

—¿Te puedo preguntar algo? —susurró Lina.

Asentí con la cabeza.

—¿Por qué pensaste que funcionaría? —quiso saber, ahora con expresión seria—. ¿Por qué no pensaste que este… experimento terminaría en algo más?

Supongo que esa era una muy buena pregunta.

–Estaba desesperada, Lina. Renunciar a InTech para dedicarme a escribir, de alguna forma había… aumentado la presión que me había impuesto, tanto que me sentí arrastrada por la corriente, ahogada por algo que no podía controlar. Cuanto más alta la vara, más bloqueada estaba. Entonces, cuando Lucas se ofreció… –mi aliento se agitó ante el recuerdo de su sonrisa– quise aceptar. Porque era él, pero también porque quería que funcionara. Tal vez, y de algún modo, sabía que él se las arreglaría para que funcionara.

Y creía que una parte de mí siempre supo que, mientras fuera él… me podía inspirar. Me podía enamorar.

–Entonces, después de ser testigo de mi experiencia con citas y amores fingidos –analizó Lina–, aun así creíste que seguir la farsa con alguien que te *podría* gustar no confundiría tus sentimientos.

–No confundí mis sentimientos, Lina.

Frunció el ceño.

Antes de que me preguntara, lo confesé porque ¿qué sentido tenía ocultarle algo más a ella?

–Lo amo, Lina. Me enamoré de Lucas. No hay incertidumbre o confusión en lo que siento.

Lina se quedó unos segundos en silencio. Algo en su mirada cambió, iluminada por un mayor entendimiento.

–¿Eso ayudó? –inquirió–. ¿Lucas marcó una diferencia en tu libro?

–Sí –le respondí y, Dios, pensé que mi tanque había estado lejos de vaciarse, porque quería llorar otra vez–. Muchísima. Él …

Negué con la cabeza.

–Cuéntame –me pidió, estrujándome la mano.

–Él es mágico, Lina. Es generoso y amable. Es dulce e imponente. Se las arregla para hacerme sentir más aliviada, mejor. Tiene la sonrisa más hermosa. Y, quizá no quieras escucharlo, pero el sexo con él es el mejor tuve en mi vida, es… –La presión se aceleró en mi pecho e hizo que todo se sienta tenso–. Lucas es el mejor hombre que he conocido y yo… En realidad, quería que él me quisiera tanto como yo lo quiero. Por un segundo, pensé que tal vez sería así y ahora…

Me ardieron los ojos de nuevo, y si terminaba esa declaración, me quedaría sin aire.

Lina comenzó a parpadear, se le estaban llenando los ojos de lágrimas.

–No te atrevas a llorar tú también –le ordené con una risa ahogada.

–Jesús, Rosie. No tenía idea. –Agitó la cabeza–. Pero creo… Creo que tiene sentido, de alguna forma.

–¿Lo tiene? –dije con el ceño fruncido.

–Sabes que sospeché que ustedes dos se estaban enganchando desde el momento en que los vi juntos. –Abrí la boca, pero me detuvo con la mano–. Tal vez fue por eso por lo que estuve inflexible ante la idea. Incluso cuando Aaron me contó cientos de veces que ustedes tal vez no estarían *solo* teniendo sexo. –Se encogió de hombros–. No le creí a Aaron, hasta que por fin me contó que Lucas había hecho todo eso de la azotea por ti. ¿Sabías que Aaron lo ayudó con las fotos y con el pastel? ¿Sin que yo lo supiera? Fue en ese momento que lo supe. Y, después de eso, fue duro de verdad no notar lo… diferente que estaba Lucas.

–¿Diferente? –Exhalé.

–Era por la forma en que se movía alrededor tuyo, la forma en que te miraba.

Se me debe haber cubierto el rostro con puro dolor, porque Lina empalideció.

–Perdón, eso de verdad no ayuda –se apresuró a aclarar–. Okey, entonces, ¿está terminado el libro dos? ¿Está listo?

Lo estaba, en gran parte. Eso fue porque Lucas lo había cambiado todo.

—Sí.

—¿Me dejarás leerlo?

—Te lo voy a enviar esta noche, cuando llegue a casa.

—Estoy tan orgullosa de ti, Rosie. —Se acercó y me plantó un beso en la mejilla. Cuando se volvió a su lugar, me miró por un momento y su expresión se volvió divertida—. No puedo creer que corrieras detrás de él en el aeropuerto como toda una heroína del romance.

Gruñí, no porque me arrepintiera (lo haría de nuevo), sino porque sabía que, de ahora en más, Lina nunca iba a dejarme olvidar eso.

—No fue mi idea más brillante.

Nos sonreímos la una a la otra, pero enseguida se nos borró la sonrisa.

—¿Al menos te dio una buena razón? —quiso saber mi mejor amiga.

La pregunta empezó a darme vueltas en la cabeza y, aun después de pensarlo un buen rato, no parecía que fuera a encontrar una respuesta. Así que le dije lo mejor que se me ocurrió:

—Antes de tener esa primera cita, me prometió que no se enamoraría de mí. —Me acerqué para apoyarle la cabeza en el hombro—. Así que tal vez… Tal vez no debería haberme olvidado de eso.

Lina no dijo nada, y yo tampoco.

Solo nos quedamos tendidas en la cama, en silencio, hasta que papá entró y preguntó:

—¿*Waffles*? Olly está poniendo la mesa.

Capítulo 31

Lucas

Mi teléfono sonó de nuevo y mostró el nombre de la persona a la que había estado evitando las últimas tres semanas. Y tal como lo había hecho cada uno de los anteriores veintiún días, no contesté, y un mensaje de texto iluminó mi pantalla.

Lina

Gallina.

Estuve de acuerdo.

Eso no me haría atender la llamada.

Uno, porque mi prima tenía razón: yo era un cobarde. El más grande que ella jamás conocería, como me había escrito ayer en un mensaje de texto. Entonces, ¿por qué molestarme en negarlo?

Y dos, porque no me entusiasmaba discutir la forma en que Lina me quería patear las bolas. No quería escuchar que me iba a matar, que se aseguraría de que sufriera y que se quedaría con Taco para ella sola. No quería escucharla decir que nunca merecí a Rosie.

Porque sabía que ella pensaba todo eso y, además, que estaba en lo cierto.

No la había merecido y habría ayudado a Lina con la patada si hubiera estado de ánimo para levantar el trasero del sofá de la abuela. Aunque a este ritmo, la abuela me despacharía uno de estos días. Quizá hasta le dé una mano a Lina y me propine un palmazo en la cabeza.

Como la abuela había dicho ayer: "Como un alma en pena, pululando por la vida".

Y no se equivocaba.

Me tiré el cabello hacia atrás con las dos manos y traté de sacarme todo eso de la cabeza. Pero entonces, mi teléfono se encendió con otra notificación y, como hacía siempre, de inmediato lo levanté de la mesa. Solo en caso de que fuera ella.

Lina

Llámame, es importante. Pasó algo.

Con desesperación, mis dedos volaron sobre la pantalla del dispositivo y, en menos de dos segundos, estaba haciendo lo que no me había permitido hacer en semanas.

–¿Pasa algo malo? –le ladré al teléfono cuando Lina atendió–. ¿Qué sucedió? ¿Rosie está bien?

Solo hubo silencio.

–Lina, no juegues conmigo. –Ni siquiera reconocí mi propia voz–. Dime qué pasó.

Una risotada se escuchó desde el otro lado de la línea.

–Sabía que era lo único que te haría contestar mi llamada. –Resopló–. Debería haberlo hecho antes, pero creo que estaba tratando de ser amable.

Gruñí, de a poco me di cuenta de que me había engañado.

Pero todavía tenía el corazón en la garganta y no fui capaz de calmarme, de eliminar la idea de que algo podría haberle pasado a Rosie. Tampoco pude ignorar el hecho de que, con un océano de distancia entre nosotros, no hubiera podido hacer nada.

–¿Rosie está bien?

–No voy a responder a eso –resopló.

–*Lina, te lo juro…* –Detesté mi voz áspera–. ¿Ella está bien o no?

Exhaló con calma, parecía cargada de piedad. Mezclada también con enojo.

–Ya… Cálmate, ¿quieres? No pasó nada.

Solo cuando le escuché esa confirmación, exhalé un poco más aliviado. Solo apenas aliviado.

–Al menos, nada le pasó, aparte de *ti* –agregó después.

Tragué con fuerza. De verdad que traté de aguantarme las ganas de gritarle algo de lo que no podría retractarme. Estaba muy consciente de lo mucho que había herido a Rosie. Nada de lo que pudiera decir cambiaría las cosas. Me odié bastante por eso. Nunca me olvidaría la expresión en su rostro ni me perdonaría a mí mismo por ponerla en esa situación. Por infringirle cada segundo de dolor.

Taco, que de seguro percibió mi altibajo emocional, vino a mi lado y me puso la cabeza sobre la rodilla. Lo acaricié detrás de las orejas y me retribuyó con un ladrido rápido en señal de agradecimiento.

–¿Ese es Taco? –preguntó Lina, con un tono más animoso–. ¿Puedes darle un beso de parte de…?

–No.

–¡Auch! No me agradas mucho ahora mismo, Lucas.

Compartía su sentimiento.

–¿Qué quieres, Lina? Aparte de casi producirme un ataque al corazón y decirme algo que ya sabía.

–Bueno, al menos reconoces que apestas. Ese es un buen inicio. Pensaba que estarías en estado de negación, pero no lo pareces. Bien, porque…

–Lina –gruñí–, no tengo energía para esto, sea lo que sea. Por eso no te devolví la llamada.

Soltó otro largo suspiro.

–Estaba esperando que no lo estuvieras, pero suenas tan deprimido como ella. Hasta más que ella.

Algo me revolvió por dentro, y no tenía derecho a preguntar o a saber, pero se me escaparon las palabras antes de que pudiera detenerlas.

–Ella está… –apenas podía terminar– ¿deprimida?

–Bueno… –La voz de Lina se fue apagando, y me hizo revolver en la silla–. Esa es una pregunta inquisitiva, *primo*. ¿Cómo estás *tú*?

Deprimido sería decir poco. Los dos que me habían mantenido a flote eran Taco, que apenas se despegaba de mí, y la abuela, cuya paciencia, por supuesto, estaba por acabarse.

–Estoy bien.

–Ah, ¿sí? ¿Estás *bien*? –Mi prima bajó la voz como yo–. Bien, Rosie también está bien. Y, por cierto, no me ha dicho nada sobre lo que sea que te esté pasando. Así es ella, mi mejor amiga, leal hasta la muerte.

El recuerdo de su hermoso rostro, que me miraba con esperanza al pedirme que me quedara con ella, que estuviera con ella, se proyectó ante mis ojos. Y… Dios, quise romper algo. Luché también por respirar. No merecía su lealtad.

Taco me hociqueó la pierna para demandar mi atención, así que volví a rascarle el pelaje.

—Lo sé, chico —murmuré. Luego, me dirigí a Lina—: Okey, si eso es todo, entonces…

—¡Guau! —soltó Lina—. Mira nada más. De verdad eres más idiota de lo que pensaba.

—No tengo tiempo para este…

—No —me cortó. Y el cambio en su tono de voz fue claro como el agua. Iba a escuchar lo que ella había querido decirme por teléfono. Y si le cortaba la llamada, encontraría otra forma de decírmelo—. Sabes que te mereces que te diga que te comportas como un idiota. Por eso no has tenido los huevos de atenderme o devolverme las llamadas. Porque no quieres escuchar la verdad. Porque si quisieras escuchar la verdad, podrías abrir los ojos y ver las cosas de diferente manera y podrías terminar de profundizar de verdad en esa cabezota tuya.

Apreté las mandíbulas.

Ella, implacable, continuó:

—Te lo dije, Lucas. Te lo advertí. Te dije: "Si le haces daño, te voy a matar". Rosie es mi mejor amiga. Es mi familia aquí en Nueva York. Era todo lo que tenía antes de Aaron. —Hizo una pausa, y me di cuenta de que estaba tratando de controlarse—. Y no estaba bromeando. *Debería* querer matarte. Pero todo eso lo dije cuando di por sentado que ustedes dos solo estaban follando. Por diversión.

—No fue así —gruñí—. *Nunca* lo fue.

—Lo sé —admitió—. Ahora lo sé. Esa es la única razón por la que no he tratado de asesinarte. Porque ahora sé toda la historia.

Casi sentí terror de preguntarle:

—¿Toda la historia?

—Sí, Lucas. El *experimento* que ustedes dos estaban haciendo

—aclaró, y cambió el tono, como si no pudiera esconder más sus emociones—. Rosie me contó sobre eso. Sobre todo. Cada cosa que hiciste por ella. Todas las citas. La tienda de discos, lo de Alessandro…, la *azotea*.

Cerré los ojos ante los recuerdos.

—No… no quise que pasara esto, Lina. No quise herirla. Nunca he… —Se me quebró la voz—. Ella es… mucho más que… Ella es *Rosie*. —Me costaba trabajo respirar y las lágrimas, que tanto había luchado por contener, brotaron de mis ojos; por eso, lo mejor que pude hacer fue repetir mis palabras—: No quise que esto pasara.

Mi prima se quedó un rato en silencio. Tanto que pensé que ya estaba, que eso era todo, que había dicho su opinión y ya me dejaba solo.

Pero entonces, suspiró, y el sonido fue tan triste que por poco puse fin a la llamada.

—Lucas… —bajó la voz y casi pude verla negar con la cabeza—, ¿no pudiste predecir que ustedes dos harían todo eso y ella se enamoraría perdidamente de ti?

Mi mundo se detuvo.

Igual que cuando la había divisado en el aeropuerto mientras corría hacia mí. O cuando la había besado, sin sentir el agua que caía sobre nosotros (y que no me había importado). O cuando me había dicho que me extrañaba y yo corrí a su apartamento a la una de la madrugada.

Solo que esta vez era diferente, porque la gravedad, el significado de lo que estaba escuchando era… demasiado.

¿Ella se enamoraría perdidamente de ti?

Se me entumeció el cuerpo.

Sentía demasiada opresión en el pecho.

Ya no estaba seguro de si estaba sentado, de pie o recostado sobre el suelo. No podía decir si el teléfono se me había resbalado de la mano, hasta que la voz de Lina, de alguna forma, me llegó a través de la nebulosa:

—¿Me estás diciendo que la llevaste a Zarato, que de alguna manera te las arreglaste para convencer al dueño de dejarte usar su invernadero y luces colgantes e instalaste un proyector, solo para recrear la noche en la que a ella le hubiera gustado conocerte, y no pensaste que se podría enamorar?

Mi cabeza apenas registró las palabras de Lina, solo entraban y salían, y mi mente atascada estaba procesando lo que me había dicho antes.

—¿Me estás diciendo que conseguiste hornearle mi pastel de bodas (y, sí, Aaron me contó que te ayudó con eso, y créeme, ha pagado muy caro el haberme ocultado ese pequeño secreto), que pudiste bailar con ella y besarla bajo la maldita lluvia como un señor Darcy moderno, y aun así pensabas que nada de eso la haría enamorarse de ti?

Lina me dio el pie para decir algo, pero fui demasiado lento.

—¿Me estás diciendo que ella te persiguió en un aeropuerto…?

—Lina… —por fin logré hablar. *Suplicar.*

Ella solo esperó a que respondiera.

Con dificultad recobré el ritmo de la respiración antes de decir algo, y por eso quizá las palabras me salieron a borbotones.

—¿Ella me ama? ¿Dijo eso? ¿Rosie dijo que estaba enamorada de mí?

Los segundos se extendieron a una eternidad.

—Lucas, ¿estás bromeando justo ahora?

—Respóndeme.

—Jesucristo —murmuró—. Sí, Lucas. Por supuesto, Rosie te ama. Está enamorada de ti. —*Te ama. Está enamorada de ti*—. ¿Por qué te perseguiría por el maldito aeropuerto y te ofrecería seguirte adonde sea si no? Ese fue su gran gesto y créeme, por más gran escritora de romance que sea, nunca había hecho eso por nadie. Nunca en la vida. Rosie siempre piensa bien todo; hace planes. E hizo estallar sus reglas por ti.

Y yo no había dicho ni una palabra. Solo le había roto el corazón.

—No puedo darle nada, Lina. Nada de nada.

Porque la vida no era tan fácil como decir sí y estar con ella. La vida no era tan simple como seguir a tu corazón y esperar lo mejor.

¿Qué clase de hombre tendría junto a ella todos los días? Uno que no podía darle nada. Un hombre sin un futuro ni planes.

—Ella no quiere nada de ti. Solo te quiere a ti. *Amarte*. ¿No lo entiendes? —refutó Lina un segundo después.

Sí y no. Es que para *mí* no era suficiente. Tal vez lo era en ese momento, pero no a la larga.

—Para mí no es suficiente.

—Ay, Lucas. —Lina suspiró—. ¿De verdad no te das cuenta, no es cierto?

No tenía una respuesta para eso porque Lina aún no sabía toda la historia. Salvo que Rosie le hubiera contado, cosa que dudaba. Nunca haría eso, confiaba en ella por completo. Me...

—Rosie... —Su voz se fue apagando, como si dudara si debía decirlo—. Me va a matar si se entera de que te lo dije, pero... ella te escribió un maldito libro.

El suelo me tembló debajo de los pies de nuevo.

—¿Que ella *qué?*

—Su libro. He leído el primero, obvio. Y era bueno. Es...

–Lo sé –dije con voz áspera. Lo leí también. Me lo sabía de memoria.

–¿Pero este libro, esta historia a la que, de alguna forma, inspiraste con tu pequeño experimento? –Hizo una pausa, y sentí el bombeo de mi corazón en las sienes que retumbaba en los oídos–. Jesús, ese condenado libro me dejó sin aliento. No recuerdo si alguna vez me reí tanto, lloré con tanto desconsuelo o me angustié tanto. Y…

Lina se fue apagando, y dejó la frase inconclusa.

–¿Y qué? –Exhalé.

–Pude verte en esas páginas, Lucas. Eras tú. No tengo idea de cómo lo hizo, cómo transformó algo grandioso en algo que conmueve por su belleza, pero lo hizo. Y es como una maldita carta de amor. Para ti.

Capítulo 32

Rosie

Hubo un tiempo en el que amaba la Navidad.

De niña, había vivido para esa época del año. No tenían ni que ver los regalos ni la interminable provisión de dulces. Siempre se había tratado de la magia. Del amor.

Estaba suspendida en el aire como polvo de hada, esparcida sobre todas las cosas y las personas, y hacía que el mundo se viera un poco más radiante. Mucho mejor.

En algún punto de mi vida, quizá en la escuela secundaria, creí que se me había pasado el gusto por la Navidad. Era tan natural dejar de sentirse emocionada por cosas como armar el árbol o sacar del clóset tu viejo pijama navideño. Pensaba que me había vuelto más irritable por el color blanquecino de la ciudad o la tediosa búsqueda de encontrar regalos para todos. Pero, en realidad, nada de eso sucedió.

Mi amor por la Navidad nunca se desvaneció.

Hasta este año.

Por primera vez en mi vida, la temporada navideña había llamado a mi puerta y no podría haberme importado menos.

No armé el árbol. Dejé el pijama rojo y verde en el cajón. Al fin vi la nieve tal cual era: un entrevero gris y fangoso. Y no había comprado regalos para nadie.

Incluso me había sentido tentada a empacar mis cosas e irme a algún lado lejos, muy lejos. A algún lugar donde no celebraran la Navidad.

Sí. Contra todo pronóstico, me había convertido en el Grinch. Mi corazón, que alguna vez albergó sentimientos difusos, en ese momento era nada más que un agujero abierto. ¿Y la peor parte? Ni siquiera era rencor. Tampoco furia o frustración; era desesperanza. Me parecía que la broma era sobre mí, porque no podía convertirme en el gruñón e irritable Grinch. En vez de eso, tenía que ser una versión desanimada y triste de él.

Tal cual lo había descubierto ese día en que me aparecí en la casa de papá cuando salí del aeropuerto, cuando por primera vez en mi vida me habían roto el corazón. Roto de verdad. Y me tomó tiempo… enfrentarlo, aprender a vivir con la idea de que me perdí de un futuro que apenas había tenido tiempo de imaginar. Aprender a vivir sin él.

Porque extrañaba a Lucas.

Además, extrañaba la idea de estar enamorada.

Porque era la ingeniera devenida en escritora de romance que apenas había sobrevivido al momento más romántico y mágico del año.

No escapé de esa ironía.

Y, aun así, de alguna forma, logré pasar la Navidad sin un colapso nervioso; solo salí dos veces del apartamento (para el Día de Acción de Gracias y en Navidad), nada más para mostrar que estaba bien, que estaba un poco mejor. Y, con el tiempo, mi Grinch interno y yo observamos a todos guardar sus árboles de Navidad y suspiré, aliviada, mientras pensaba: *Bueno, ya se termina de una vez por todas.*

Y, sin saber de verdad cómo, calculé mal y terminé encontrándome con todo lo que había intentado evitar con tanto empeño.

Víspera del Año Nuevo.

Maldita víspera de Año Nuevo.

Así que, allí estaba yo, en el medio de la fiesta más sofisticada que mi mejor amiga se había encargado de encontrar, ataviada con un vestido de fiesta y un par de tacones altos que Lina me había elegido. En la mano, sostenía una copa de champaña que me había dado. Y trataba, sin éxito, de sonreírle a toda esa gente borracha llena de esperanza y nuevos propósitos.

—¿Más champaña, Rosie?

—Por supuesto —respondí, distraída, y asentí con la cabeza—. Me podría ahogar en ella.

—¿Ahogar en qué? —respondió Lina con una risita.

Triste Grinch Rosie.

—Nada. —Me volvió a llenar la copa y noté que tenía una botella en la mano—. ¿Dónde conseguiste esa botella?

—Contactos. —Me sonrió y me sirvió el líquido dorado hasta el borde de la copa—. Ahora bébelo.

Entrecerré los ojos.

—¿Y dónde está tu copa?

—¡Ah! —Hizo un gesto con la mano y noté que tampoco tenía vaso para ella. ¿Al menos había estado bebiendo algo? Diablos, si lo supiera—. La champaña es solo para ti, amiga. Así te relajas un poco.

Entrecerré los ojos hasta casi cerrarlos.

Lina puso los suyos en blanco.

—No me mires así. No estoy tratando de emborracharte. —Hizo una pausa y luego, masculló—: Confía en mí.

Antes de que pudiera analizar la última parte, Aaron reapareció. Se puso detrás de su esposa, tal como siempre lo hacía, mientras deslizaba el brazo alrededor de ella de una forma tan natural y orgánica que habría hecho embelesar a la Rosie de hacía dos meses atrás. El Triste Grinch Rosie suspiró y desvió la mirada.

Sin previa advertencia de cualquier tipo, un recuerdo se proyectó: Lucas, de pie detrás de mí, tal como Aaron hizo con Lina. Pero no habíamos estado en una fiesta sofisticada, sino que habíamos estado en mi cocina preparando el desayuno, y Lucas se había estado riendo, ese ruido sordo que salía de su pecho y que me hacía reír.

¡Uf! ¿Alguna vez iba a dejar de extrañarlo?

¿Qué estaba haciendo yo allí de todos modos?

Saqué mi teléfono y verifiqué la hora. Faltaban quince minutos para la medianoche. Y yo me iba a dar dieciséis minutos antes de irme. Habría de gritar el ¡hurra! al Año Nuevo y luego, desaparecería. Eso era lo que le había prometido a Lina y a mí misma.

Le eché un vistazo a mi mejor amiga y me miraba con una amplia y alarmante sonrisa.

—Hum… —murmuré, y pregunté con el ceño fruncido—: ¿Por qué sonríes de oreja a oreja?

No me respondió y me acercó mi copa a la mano.

Las personas que nos rodeaban comenzaron a moverse y el ambiente se tornó bullicioso mientras buscaban a esa persona a la que besarían al final de la cuenta regresiva.

Tomé mi copa y la vacié de nuevo de un sorbo.

—Está bien, amiga —ofreció Lina, y me dio una palmadita en la otra mano—. Pronto se va a terminar.

Sí, porque me iría a casa a esconderme bajo las cobijas.

–Bien.

Por alguna razón, le di un vistazo a Aaron y también lo encontré sonriéndome. Miré dos veces y me tomó un momento asimilarlo.

–Ustedes dos... *¿están bien?*

Las sonrisas mellizas se ensancharon todavía más y me hizo preguntarme si estarían drogados. Porque Aaron nunca había sonreído así, como un... maníaco, excepto el día en que se casaron y porque Lina le decía cosas raras, y ahora me miraba divertido. Y todo eso me dio escalofríos.

A menos... A menos que estuvieran solo drogados con la vida, con el amor y con lo que esta estúpida noche representaba.

–Me alegro... por ustedes. –Verifiqué mi teléfono otra vez. Faltaban diez minutos para irme–. ¿Puedo servirme más champaña?

–A propósito, ¿cómo está Olly? –Lina me hizo la pregunta con esa sonrisa psicótica, mientras me llenaba la copa. De nuevo.

Sabía lo que estaba haciendo (entretenerme, distraerme, porque lo había estado haciendo toda la noche), pero le seguí la corriente. Al menos Olly era un tema que me traía algo de consuelo.

–Está bien. Feliz de estar en casa.

–¿Al final Joe pudo comprender lo que le había pasado a Olly?

–Le llevó tiempo. Pero, sí. Más que nada porque pasara lo que pasara, nada cambió el hecho de que Olly volvió a casa.

Lina asintió con la cabeza con una cálida mirada.

–Es un gran pedazo de pan tu papá.

Aaron se rio con disimulo.

–Eso no se traduce literal, nena. Quieres decir que Joe es un osito de peluche.

Mi mejor amiga puso los ojos en blanco.

475

–Sí, Rosie me entendió de todas formas. Ustedes entienden bien lo que quiero decir.

Eso me hizo sonreír un poco, porque, al revés de lo que ella creía, yo en verdad no tenía ni idea de lo que había querido decir. Todo lo que sabía era que había sido algo bueno porque Lina adoraba a mi papá.

–Y mírala. –Lina me señaló la cara–. Le arranqué una pequeñísima sonrisa. ¡La primera en semanas!

Se me borró esa pequeñísima sonrisa del rostro.

–En fin. –Me encogí de hombros–. Le conseguí a Olly una entrevista con el contratista que me arregló el apartamento.

Había estado hablando por teléfono con Aiden, después de que el señor Allen me había pasado su contacto, y ahí me comentó que necesitaba más mano de obra y estaba considerando tomar aprendices. Así que le pregunté si estaría dispuesto a emplear a alguien sin experiencia. Me había dicho que sí, y cuando se lo mencioné a Olly no solo pareció interesado, sino entusiasmado con la idea.

–Eso es maravilloso, Rosie –celebró Lina con un pequeño aplauso–. Esperemos lo mejor. Y si necesita algunos consejos, podemos enviar a Aaron a que lo prepare para la entrevista. Si Olly sobrevive a eso, va a conseguir ese empleo que quiere. Sabes lo temible que puede ser Aaron y…

–Divertido –la cortó Aaron y le dio un beso rápido sobre la sien que dejó a mi mejor amiga un poco deslumbrada. Luego, se dirigió a mí–: Pero si crees que eso ayudará, envíame a Olly.

–Gracias, Aaron –le dije con honestidad. Sabía que tenía mucha experiencia con la conducción de entrevistas y, aunque InTech y el negocio de Aiden fueran diferentes por completo, cualquier ayuda sería bienvenida–. Me parece una buena idea, pero dejaré que Olly decida cómo quiere prepararse.

Sin ningún tipo de advertencia, nos quedamos en penumbras y un solo haz de luz iluminó la pantalla que se había instalado en lo alto, sobre una de las paredes.

Los brindis emergieron a nuestro alrededor y señalaron el momento que todos estaban esperando.

Todos excepto yo, por supuesto.

Lina aplaudió, su sonrisa increíble cada vez más radiante, y me hizo sonreír a mí también, aunque esta vez sin tristeza. No creo que me haya salido del todo bien, pero su expresión no decayó, así que creo que no apestó tanto. Luego, me tomó de la mano y me arrastró con ella lejos de la mesa y adentro del agitado gentío.

–¿De verdad tenemos que hacer esto?

–Sí. –Me dio una palmadita en la mano.

Dos números dorados se proyectaron e iluminaron la pantalla grande, un uno y un cero; y pude sentir en la boca el sabor de la expectativa de todos a mi alrededor.

Okey, solo unos cuantos segundos más para irme y seré libre.

Mi mejor amiga se ubicó entre su esposo y yo. La gente se movía y nos llevaba por delante al pasar, y quizá hasta nos hubiera separado, por querer acercarse a la pantalla o para buscar a aquellos que querían junto a ellos, cuando esos números comenzaran a hacer su conteo regresivo hasta el cero.

Lina giró la cabeza y me miró a los ojos. Había algo en su mirada, algo que no podía descifrar. Me miró como nunca, como… como si fuera a caminar sobre el fuego por mí. Como si se estuviera conteniendo de abrazarme. Se le llenaron los ojos de lágrimas y, a un segundo exacto antes del comienzo de la cuenta regresiva y comienzo del caos, me dijo:

–Pide un deseo, Rosie. Podría hacerse realidad.

Un poco sorprendida por sus palabras, cerré los ojos sin tener conciencia y escuché los números cantados, que se acercaban al nuevo año, incapaz de que me afectaran las palabras de Lina.

¡Diez!

Pide un deseo.

¡Nueve!

Podría hacerse realidad.

¡Ocho!

No quería nada. Nada… Excepto una cosa.

¡Siete!

Una persona.

¡Seis!

La única persona en el mundo que deseaba con todo mi corazón que estuviera aquí. Conmigo.

¡Cinco!

El hombre de quien estaba enamorada con locura.

¡Cuatro!

El hombre al que ojalá pudiera besar esa noche.

¡Tres!

Y, mientras tenía los ojos todavía cerrados, sentí que alguien me tomaba de la mano. El contacto era cálido, fuerte, familiar.

¡Dos!

El corazón me dio un vuelco en el pecho, y cobró vida después de estar adormecido durante semanas.

Me tiró con suavidad hacia delante, y me apretó contra el pecho.

El aroma a jabón fresco y a sal marina me golpeó e hizo que todo en mi interior se me tensara y agitara. Vibrara con posibilidad.

¡Uno!

Me quedé sin aire cuando sentí una brisa en los labios.

Un beso me rozó la barbilla.

Y luego, cuando pensé que era imposible, que mi mente estaba jugando porque esto era demasiado, me susurraron cuatro palabras al oído:

—Abre los ojos, *preciosa*.

¡Feliz Año Nuevo!

Parpadeé cuando abrí los ojos y... *Señor*.

Un gemido se me subió por la garganta. No sé por qué ni cómo, porque pensaba que me había llorado todas las lágrimas que tenía, pero lo hice. Lloré porque delante de mí estaba mi deseo. Mi único deseo.

Lucas.

Y había tanto que no entendía, tanto por saber, pero yo era solo una tonta enamorada que lo había extrañado con todo mi ser; así que no pude hacer nada, excepto tropezarme con él. Mientras me resbalaban las lágrimas por las mejillas, puse en duda mi vista, mi salud mental y el golpeteo de mi corazón. Lágrimas de felicidad, lágrimas de tristeza y toda clase de lágrimas. Porque él estaba allí. Delante de mí, en su traje oscuro, el cabello despeinado y los ojos más cálidos que alguna vez haya visto.

¿Había regresado? ¿Cómo? ¿Por qué?

Lucas me sujetó el rostro con las manos y una sonrisa en esa cara preciosa que tenía.

—No llores, Rosie. —Apretó mi frente contra la suya, me sostenía el rostro con creciente desesperación, suplicante—. Basta de lágrimas, no más.

Consciente solo de su presencia, no sabía de dónde venían las pequeñas chispas de color a nuestro alrededor; solo sabía que Lucas estaba allí, conmigo. Y él se aferraba a mí como había deseado ese día en el aeropuerto.

Sentí que sus palabras me rebotaron sobre las sienes cuando me dijo:

—Feliz Año Nuevo, *ángel*. Te he echado mucho de menos.

Entreabrí los labios, y lo tomé de las muñecas, lo sujeté con los dedos y sentí sus pulsaciones bajo su cálida piel.

—Lucas —susurré—. Estás aquí. ¿Por qué estás aquí?

Se me acercó y, con el cuerpo tan cerca del mío, sentirlo me hizo tiritar la espalda, de arriba abajo.

—Estoy aquí porque te amo. Porque pensé que tenía que irme, Rosie. Porque no te valoré. No valoré lo nuestro. Y porque estoy listo para humillarme todo lo que sea necesario para que vuelvas conmigo.

Un sonido extraño me salió de la garganta.

Me sujetó con más fuerza.

—Dejarte fue la cosa más dura que alguna vez he hecho. Pero ahora entiendo. Ahora sé que no podría reclamarte sin antes querer volverme un mejor hombre. Sin querer llegar a eso por mí. —Me recorrió la nariz con la suya, me acercó los labios a los míos, merodeaba con la promesa de un beso que necesitaba con desesperación—. Pero no me voy a ningún lado ahora. Si me aceptas de nuevo. Si me eliges. —Me acarició con las yemas de los dedos, mientras me levantaba el rostro para poder mirarme—. ¿Lo harás? ¿Todavía me quieres?

La pregunta me dejó sin aire, no pude articular ni una palabra.

—Tengo tanto que decirte, Rosie. Tanto que explicarte, pero… —Se detuvo, se acercó aún más, me apretó con más urgencia, bajó la voz con la necesidad que yo también sentía que emanaba—. Te necesito. Necesito que me aceptes de nuevo en tu vida así puedo demostrártelo.

—*Lucas* —dije por fin—, ¿podrías solo… parar de hablar y darme un beso? Por favor.

No necesité mirarlo, verlo para saber que estaba sonriendo cuando me tomó la boca. Porque cuando, al fin, sus labios se encontraron con los míos, lo sentí. Bien en mis huesos. Sentí su hermosa sonrisa, su amabilidad, su generosidad, su honestidad, su amor. Sentí todas esas cosas propias de *él* y que yo tanto adoraba. Todo lo que me había hecho enamorarme de él con desesperación.

Profundizó el beso, y con eso me decía lo mucho que me había extrañado, cuánto lo sentía y todo lo que me necesitaba y quería. Lo tomé todo. Lo tomé por mí misma y lo guardé en un lugar seguro, donde había almacenado todo lo que me había dado, y que pensaba que había perdido. Solo que ahora ya no dolía más. Ahora me llenaba de felicidad. Me hacía flotar.

Cuando nos detuvimos, su mirada encontró la mía. Sus ojos me veían como si tuvieran algo precioso enfrente. Algo invaluable. Algo que él no planeaba dejar marchar.

—Has matado al Triste Grinch Rosie —carraspeé, con voz quebrada.

Lucas rio.

—Te he echado tanto de menos. —Se le agitó la garganta—. Tu boca. —Con la yema del pulgar me rozó el borde del labio—. Tus ojos. —Se movió a mi ceja—. Este rostro precioso. —Bajó la cabeza, y me rozó las mejillas con los labios—. Pero, sobre todo, he extrañado esto. —Me llevó una mano al pecho, donde estaba mi corazón latiendo desbocado al querer dejarme e irse con él—. Y sé que ya no tengo derecho sobre él, pero Dios, lo quiero para mí. Lo quiero con tantas ganas. —Hizo una pausa, como si fuera casi imposible continuar para él—. Espero que lo pueda tener.

Mis manos subieron por sus brazos y llegaron a su rostro. Le acaricié el pelo y se lo jalé suavemente hacia atrás.

—Lo tienes —le aseguré, y levanté la mirada para que vea cuánto—. Siempre lo tuviste y siempre lo tendrás.

No me había dado cuenta de que había estado conteniendo la respiración, hasta que relajó el pecho y soltó todo el aire por la nariz con un estremecimiento.

—Bien —aceptó e inclinó el rostro ante mi caricia—. Eso es bueno. De lo contrario, lo que hubiera venido después habría sido un poco complicado.

Iba a responder algo, pero antes de que pudiera articular las palabras, por el altoparlante empezó a sonar una canción.

Despacio, tomé consciencia de lo que me rodeaba. La Víspera de Año Nuevo. La fiesta. Lina y Aaron. El confeti desparramado por todos lados. La línea de entrada de la pista que había marcado el comienzo de algo, antes de que pudiera saber a qué llevaría.

De nuevo, levanté la vista hacia Lucas y me encontré con ese par de ojos marrones llenos de la misma emoción que me inundaba el pecho.

—Nuestra canción —apenas pude comentar, algo me oprimía la garganta—. La banda sonora de Rosie y Lucas.

Lucas se encogió de hombros, curvó los labios en una sonrisa y luego, bajó la cabeza y me mordisqueó la oreja.

—Te dije que la escogieras a conciencia. —Un escalofrío me recorrió los brazos, todo mi cuerpo cobró vida ante ese simple contacto—. ¿Bailarías conmigo, Rosalyn Graham?

—Sí —respondí, y lo repetí por las dudas—: Sí. ¡Sí!

Me volvió a abrazar, me recorrió toda la espalda con una mano hasta alcanzar la nuca y la escurrió en el cabello.

—Sé que esta canción no es un lento, pero no creo poder estar lejos de ti ni un segundo más.

Lucas me levantó apenas la cabeza y me volvió a besar. Un beso con esmero. Con honestidad. Sin palabras de por medio, me concedía un pedacito de sí mismo al que no había tenido acceso antes. Le rodeé el cuello con los brazos y no pude hacer nada más excepto atraerlo a mí y darle acceso a lo que sea que había dejado.

Se separó de mi boca y me besó con suavidad todo el mentón.

—Desearía que no estuviéramos en medio de una fiesta —admitió en voz baja y solo para mi—. Que te tuviera toda para mí ahora, pero eso va a tener que esperar, de todas formas. Hay mucho que quiero escuchar antes.

Recobré la compostura, asentí con la cabeza y lo dejé hacer, nos balanceamos con suavidad.

—Entonces, dime. Dímelo todo, Lucas.

—Te abandoné sin ninguna explicación allí, en el aeropuerto —reconoció y tragó con dificultad—. Y lo siento. Perdón porque te herí y perdón por dejar que creas que lo que yo sentía por ti no era tan fuerte, tan poderoso como para estar contigo. Te hice creer que no eras suficiente para mí y nunca me voy a perdonar por eso.

Le acaricié la nuca y deslicé los dedos en el cabello suave.

—Lucas, no tienes que pedirme perdón por eso. —Y no debería. De verdad que no debería hacerlo—. Te agarré por sorpresa en un intento de hacerte comprender lo que sentía por ti. Fue demasiado y muy pronto.

—No lo fue. Por eso necesito que me escuches, Rosie. Porque tú… Porque tú lo eres todo. De verdad que sí. ¿No te das cuenta?

—Entonces… —Se me fue la voz, tenía terror de preguntar. Porque había jugado con esa pregunta tan seguido que no sabía qué esperar—. ¿Por qué te fuiste así?

—Estaba convencido de que estaba haciendo lo correcto. —Apretó la mandíbula—. Nunca dudé de que me querías, pero pensé que no lo harías por siempre. Creí que te estabas conformando. Y, si yo no creía que era el hombre para ti, ¿por qué tú sí?

Sus palabras me volvieron a romper el corazón, porque ¿cómo podría pensar eso de sí mismo este hombre desinteresado, considerado y amable?

—Cuando salí de España era una cáscara vacía de mí mismo, y así había sido durante ese tiempo. Me habían arrancado el cable que me sujetaba a la Tierra, Rosie, y me dejaron sin saber qué hacer, sin la persona que sabía cómo ser. No podía ofrecerte nada más que eso de mí. —Negó con la cabeza—. Te mereces a alguien que te desafíe, que comparta contigo el peso que tienes sobre la espalda, alguien que ponga el mundo a tus pies. Y yo... apenas podía arreglármelas para caminar sin quebrarme por mi propio peso. Así que, ¿cómo se suponía que podía hacer algo de todo eso por ti?

Me puse en puntas de pie y le besé la comisura de los labios, para decirle que lo estaba escuchando, que lo entendía.

—Pero luego —continuó Lucas, y su voz temblorosa por la emoción, apenas contenida—. Luego leí tu libro. El que escribiste mientras vivimos juntos, mientras estuvimos juntos. El que nació de nuestras citas —dijo. Entreabrí los labios, el corazón se me había acelerado—. Lina me lo envió, me dijo que lo leyera. Y yo... *Dios*. Todo lo que quizá no pensaba que era para mí, todo lo que no pude creer que veías en mí, estaba allí. Me vi a mí mismo a través de tus ojos. *Me amabas*. Y saber que alguien como tú podía amarme estando incompleto me hizo querer hacer más. Ser más. Me hizo desear convertirme en un mejor hombre por mí mismo. Uno que valiera la pena, para mí y para ti. Para demostrarte que tienes razón. Me hizo querer ganarme ese amor que estabas dispuesta a darme. Y eso es lo que estoy haciendo o tratando de hacer. —Había algo más en su mirada, algo feroz y apasionado, algo que había captado solo en efímeras ojeadas durante el tiempo que lo habíamos compartido—. Desperdicié mucho tiempo lamentándome, pensando en lo que había perdido y no vi lo que todavía tenía. Lo que podía tener. —Movió la mano para sostenerme el rostro—. Volví a la fisioterapia; aunque solo he hecho unas pocas sesiones, ahora estoy comprometido. También estoy consultando a alguien por mis ataques de pánico y para aprender a procesar lo que me pasó. Por fin les dije a todos sobre el accidente, pedí disculpas por ser un idiota y… pensé en ti, Rosie. Todos los días, todas las noches. Recordé hasta lo que me dijiste aquella noche con Alexia y Adele, en el apartamento de Lina. Fue un anhelo, un ruido sordo en mi cabeza. Y… de repente, todo tuvo sentido. Creo que siempre lo tuvo.

—¿Qué fue?

—La escuela de cocina. Solo que estaba ciego para verlo. Demasiado terco y sin esperanza. Sigo pensando que estoy demasiado viejo para eso, y sé que podría fracasar, pero estoy determinado a intentarlo. Porque es lo que quiero, lo que, junto a ti, me hace soñar en un futuro de nuevo.

Me rodaron lágrimas por las mejillas y la felicidad me henchía el pecho.

—Estuve en contacto con Alexia y ella me va a ayudar en todo —continuó—. Me voy a inscribir en la escuela, Rosie. Aquí, en Nueva York.

Salté a sus brazos, hundí el rostro en su cuello y el rio. Dejó salir una carcajada espontánea y visceral.

—Llevará algún tiempo tener todo listo: el papeleo para la visa, la solicitud de ingreso a la escuela, todo —me susurró al oído—. Así que, de verdad espero que estés dispuesta a una relación a distancia conmigo, ángel. Rezo porque lo estés porque…

—Sí, Lucas. *Sí.* —Hice un movimiento para poder plantarle un beso en los labios—. Te voy a visitar a España tan seguido como pueda, escribiré desde allí. Y el resto del tiempo, lo haremos a distancia.

Aunque te vaya a echar de menos todos los días. Durante todo el tiempo que tengamos que estar separados.

Se volvió a reír y fue un sonido glorioso.

—Estamos hablando de largos meses de sexo telefónico, ángel.

Sonreí.

—No se me ocurre un mejor uso para nuestros teléfonos.

Los ojos de Lucas se colmaron de una clase de maravilla que me dejaba sin aliento, esa clase que tenía el poder de cambiar una vida. Me colocó las manos sobre los hombros y me dio la vuelta. Sentí que se agachaba y me dijo:

—Bien, porque ¿recuerdas que te dije que esto podía volverse complicado si no me querías de vuelta?

Me señaló la pantalla donde se había visto la cuenta regresiva.

Parpadeé, un nuevo raudal de lágrimas me hizo difícil ver lo que se estaba desplegando. Y justo allí, justo frente a mí, se leía:

Rosalyn Graham: ¿quieres ser mi mejor amiga,
mi compañera de cuarto, mi reina del baile,
mi compañera del experimento de la vida y mi corazón?

¿Serás mía, así como yo soy por completo
y perdidamente tuyo?

Entonces, los labios del hombre que amaba me susurraron al oído:

—Te amo, Rosie. Te amo como nunca he amado a nadie. Y te amaré por el resto de mi vida si me lo permites.

Y, antes de que yo pudiera siquiera procesar lo que estaba haciendo, me giré en sus brazos y miré a esos ojos marrones para darle el *sí* más fácil que había dado en mi vida.

Epílogo

Lucas

Un poco más de un año más tarde...

—¿Estás seguro de que tienes todo? —me preguntó de nuevo—. ¿Guardaste en cajas todas las cosas que Charo te enviará y en tu mochila está lo imprescindible?

—*Preciosa* —le respondí, con una sonrisa imposible de tan grande—, tú eres todo lo que necesito tener conmigo.

—¿No te importaría olvidarte tus calcetines? —Su voz era dulce como las fresas—. ¿O tu ropa interior? Eso es algo muy molesto de reemplazar.

—No podría importarme menos. —Y no mentía—. Menos ropa para que me quites.

Dejó escapar un suspiro sutil. Conocía ese sonido muy bien. Se había vuelto muy familiar para mí, y también lo que indicaba. Lo había aprendido en las numerosas ocasiones en que habíamos recurrido a nuestros teléfonos en el tiempo que habíamos estado separados.

Habíamos tratado de vernos el uno al otro tanto como pudimos, pero aun así no fue suficiente. Nunca lo sería. Todavía llevaba la cuenta de todo el tiempo en que no la había tenido a mi lado.

Pasaron diez semanas, cinco días y catorce horas desde su última visita.

Y hasta entonces, no solo había estado sin ella, sino también sin Taco, ya que Rosie se lo había llevado con ella cuando había vuelto a Nueva York.

—Lo sé, *ángel* —y bajé la voz para que el chofer del taxi no me pudiera escuchar las siguientes palabras. No porque me importara que lo hiciera, sino porque eran solo para ella—: También me muero por tocarte. Por acariciarte con mis manos. Por sentirte bajo mi cuerpo.

Otro suspiro volvió, pero este fue distinto. Fue uno que me decía que ella extrañaba mucho más que mi contacto. Y de acuerdo con ella. Extrañaba cada parte suya.

—Ah, bien —asintió Rosie—. Espero que no te olvides tu cepillo dental al menos, porque compartir el mío sería dar un paso enorme.

Chasqueó la lengua, y su provocación, en vez de decir lo que ambos estábamos pensando (cuán dura fue la gran distancia y cuánto la habíamos odiado), me hizo querer saltar del taxi en medio del tráfico y correr hacia ella. A toda carrera.

Algo que, después del plan de fisioterapia, fui capaz de hacer sin renguear o sin mayores consecuencias. En esa ocasión.

—*Preciosa,* no hay paso para el que no estemos listos.

Y no lo había. Ya me habría casado con ella si hubiéramos estado viviendo en el mismo huso horario. El haberla dejado esa vez, hacía un año, era algo que estaba teniendo problemas para olvidar y para lograr aceptarlo. Casi había perdido a Rosie, el amor de mi condenada vida, en mi intento por protegerla y también por protegerme a mí, como había sido capaz de entenderlo después de las debidas sesiones con un terapeuta. Pero, como dijo el doctor Vera, no se trata de olvidar, sino de perdonarse a uno mismo y disponerse a trabajar para ser mejor. Y todos los días trataba de hacerlo. Además, había aprendido a vivir con quien yo era en ese momento, sin resentirme por lo que había perdido. Y estaba muy seguro de lo que quería para mi futuro.

Siempre había querido a Rosie. Y ahora estaba listo para tomar todo lo que me pudiera dar. Estaba contando los segundos para comenzar una vida con ella en Nueva York, adonde asistiría a una escuela de cocina y construiría un nuevo futuro para mí. Mientras ella crecía en su carrera como escritora de romance. Mientras construíamos un futuro juntos.

–¿Estás en el taxi, entonces? –preguntó Rosie, y me trajo de vuelta a la conversación–. ¿Camino al aeropuerto?

–Sí, estoy en el taxi. –Solo que no estaba camino al aeropuerto; estaba camino hacia ella. Había aterrizado en Nueva York hacía una hora, aunque Rosie pensaba que no había embarcado todavía.

–Uf, siento que las últimas diez semanas fueron las más largas de mi vida. Y encima debo esperar otra noche entera. No es justo.

Vi el edificio de Rosie aparecer a la vista.

–Ya casi estoy allí.

–Lo sé. –Suspiró–. Pero quiero que estés aquí ahora.

El taxi se estacionó.

–¿Qué harás cuando me veas, *ángel*?

Se escuchó una risa sensual y profunda.

–Qué *no* te haré…

Busqué dinero y le pagué al conductor.

–Cuéntame.

–Voy a saltar a tus brazos –contestó, sin titubeos.

Me colgué al hombro mi gastada y confiable mochila y me dispuse a caminar hasta su edificio. Empujé la puerta de entrada y la encontré sin cerrojo. Hice una nota mental para decirle a alguien que la arreglara, y entré.

Ella siguió:

—Te voy a besar por todos lados. En la boca, en el cuello. En los párpados, en las orejas, en todos los lugares que pueda.

—¿Todos? —pregunté, mientras subía la escalera.

—Cada rincón al que pueda llegar con mis labios —confirmó y yo musité de satisfacción—. Luego, cuando haya terminado y esté satisfecha con mi trabajo, me pondré de pie, tiraré del dobladillo de tu camisa y te sacaré toda la ropa, así puedo empezar a...

Llamé a la puerta.

Escuché el ladrido entusiasta de Taco.

Y por la línea, escuché a Rosie respirar sobresaltada.

—¿Empezar a qué? —le pregunté.

—Desnudarte —murmuró. Exhaló temblorosa. La emoción contuvo su voz cuando agregó—: ¿Lucas?

—¿Rosie?

—Tu vuelo —respondió, y pude escuchar todo en esas dos palabras: la sorpresa, el alivio, el amor, la alegría—. Me dijiste que era hoy. Que llegarías mañana.

—Lo hice —confirmé—. Y no te mentí. Mi vuelo era mañana. Pero no podía esperar, Rosie. Así que me conseguí uno más temprano.

—¿En serio?

—Sí, *preciosa* —asentí y escuché sus suaves pasos. Rápidos. Tan desesperados como yo estaba por ella—. No podía esperar ni un segundo más para verte, Rosie. Para besarte, para despertar cada mañana junto a ti por el resto de mis días. Para cocinarte y hacerte acordar de beber agua cuando estés muy concentrada en escribir. Para escuchar mi nombre salir de tus labios cada vez que esté dentro de ti. No podía esperar un segundo más para empezar nuestra nueva vida juntos. He esperado demasiado. He esperado una vida sin saberlo. Así que, ¿por qué no me abres esta puerta y me dejas demostrártelo?

Agradecimientos

Dios. Esto es real, ¿verdad?

Decir que los últimos doce meses han sido una locura sería minimizarlos por completo. Y, créanme, no lo digo a la ligera. Si es tu primera vez aquí y esta es la primera vez que has oído hablar de mí, seguro no tienes ni idea de lo que estoy hablando, y está bien. Solo quiero darte las GRACIAS por confiar en mí y espero que hayas adorado a Rosie y a Lucas tanto como yo. Pero si sí sabes a lo que me refiero, eso quiere decir que estabas ahí un año atrás. Significa que elegiste mi novela debut, *Farsa de amor a la española*, la leíste y te encantó tanto como para hablar de ella. Para hacer tu magia. Y sí, seguro le has querido gritar a todo el mundo (y a mí) sobre nuestro amante de las barritas de granola casera: Aaron Blackford. O sea que gracias A TI y a tu cariño y a tu pasión, hoy estoy aquí, escribiendo estos agradecimientos, sentada en mi oficina de escritora a tiempo completo, en lugar de estar detrás de una computadora en una compañía, robando horas a hurtadillas entre un trabajo que no me hacía feliz y una vida a la que le faltaba algo. Esto. Así que, gracias. A cada uno de ustedes que hizo esto posible, GRACIAS.

Ella, hola. Sé que vas a poner los ojos en blanco, pero tú empezaste esto. Has estado aquí desde aquel desastroso primer manuscrito de *Farsa de amor a la española*, e incluso cuando era un desastre (no puedo enfatizar lo suficiente cuan desastroso que era), me alentaste. Porque así eres tú. Y por eso te quiero y valoro tanto tu amistad. Por eso nunca te vas a deshacer de mí y por eso estarás atrapada en mis agradecimientos. PARA SIEMPRE.

Jessica, me has sostenido la mano, me has alentado, guiado en medio de esta locura, me has dicho cuándo relajarme y tomarme un descanso, y me has recordado que debería estar orgullosa de mí. Honestamente, creo que me estaría meciendo abrazada a mis rodillas en algún rincón si no fuera por ti. Gracias. Andrea, Jenn y todo el equipo de Dijkstra, gracias por su paciencia infinita (y perdón por seguir reventándoles la bandeja de entrada).

Kaitlin, *acabo* de leer tu nota en las pruebas de imprenta que *acabo* de recibir por mail, así que estoy un poquito emocionada. No voy a repetir lo que me has escrito, pero te diré que no te puedo explicar lo mucho que valoro que confíes en mí y me deposites toda tu fe. Todavía me cuesta creerlo, no te voy a mentir. Megan, Katelyn, Morgan y todo el increíble equipo de Atria, ustedes han trabajado meses contrarreloj y no podría estarles más agradecida de tenerlos de mi lado. Gracias a ustedes he logrado cosas que ni siquiera soñé.

Molly y el maravilloso equipo de Simon & Schuster UK, gracias por ser siempre tan geniales y por el trabajo increíble que están haciendo. El día que por fin vea mis libros en Waterstones, probablemente me desmaye.

Señor B, una vez, cuando estaba teniendo *uno de esos días*, me dijiste: "No solo tienes suerte. Para que la suerte te encuentre, primero debes trabajar duro y darlo todo", y por alguna razón, eso fue lo más tranquilizador que me han dicho. Te amo. Incluso a pesar de que no me regalaste flores el día del lanzamiento. Ni un pastel temático. Ni, hum, un cachorro. Sinceramente, no pido tanto.

A ti, que estás leyendo, hola de nuevo. Gracias de nuevo. La historia de Rosie y Lucas fue un poco más emocional y mucho más personal, y de todo corazón espero que te haya encantado. Y también espero que, si como Rosie o Lucas, sientes que te perdiste o que te estancaste, nunca nunca jamás te rindas. Quiero decir, vamos, como diría Joey: "No puedes rendirte. ¿Es eso lo que haría un dinosaurio?".